Las puertas de la medianoche

Las puertas de la medianoche

Lara Adrian

Traducción de Violeta Lambert

TERCIOPELO

Título original: *Taken by midnight*

© 2010 by Lara Adrian, LLC.

Primera edición: septiembre de 2012

© de la traducción: Violeta Lambert
© de esta edición: Roca Editorial de Libros, S.L.
Av. Marquès de l'Argentera, 17, pral.
08003 Barcelona
info@terciopelo.net
www.terciopelo.net

Impreso por Rodesa
Villatuerta (Navarraa)

ISBN: 978-84-15410-29-4
Depósito legal: B. 19.104-2012
Código IBIC: FMR

Para Heather Rogers,
por ser formidable.

Capítulo uno

«¿*V*ivir… o morir?»

Las palabras viajaron a la deriva y llegaron hasta ella a través de la oscuridad. Sílabas indiferentes. El chirrido áspero de una voz plana y ahogada que llegaba hasta su mente profundamente adormilada y la obligaba a despertarse y a escuchar. A tomar una decisión.

«¿Vivir?»

«¿O morir?»

Gimió contra el suelo de tablones fríos que sentía bajo su mejilla, tratando de resistirse a la voz y a la despiadada decisión que esta exigía de su mente. No era la primera vez que oía aquellas palabras, aquella pregunta. No era la primera vez en ese lapso de horas interminables que despegaba un pesado párpado en el silencio glacial de su cabaña y se encontraba contemplando el terrible rostro de un monstruo.

Un vampiro.

—Escoge —susurró la criatura débilmente, arrastrando la palabra entre dientes, lentamente. Se agachó sobre ella donde estaba tendida, acurrucada y temblando en el suelo cerca de la chimenea apagada. Sus colmillos brillaban a la luz de la luna, afilados como cuchillas, letales. Las puntas estaban todavía manchadas de sangre fresca, su sangre, extraída con la mordedura en la garganta que le había dado solo momentos antes.

Ella trató de incorporarse, pero no podía levantar sus débiles músculos, sino apenas flexionarlos. Trató de hablar, y solo consiguió emitir un gemido ronco. Sentía la garganta tan seca como la ceniza, la lengua espesa y lánguida en la boca.

Fuera, el invierno de Alaska rugía, amargo e implacable,

llenando sus oídos. Nadie oiría sus gritos, aunque lograra gritar.

Esa criatura podía matarla en un instante. No sabía por qué no lo había hecho ya. No sabía por qué continuaba presionándola en busca de una respuesta a la pregunta que ella había estado haciéndose a sí misma casi cada día de su vida durante los últimos cuatro años.

Desde el accidente que le había arrebatado a su marido y a su pequeña hija.

¿Cuántas veces había deseado haber muerto junto a ellos en ese tramo helado de la autopista? Todo sería mucho más fácil, menos doloroso, si hubiera sido así.

Podía ver un juicio silencioso en los ojos inhumanos e imperturbables que permanecían fijos en ella en la oscuridad, abrasadores, con las pupilas delgadas como las de un gato. Intrincados diseños cubrían la piel de la cabeza calva y el inmenso cuerpo de la criatura. La membrana de dibujos parecía latir con intensos colores mientras él la observaba. El silencio se extendió mientras la examinaba pacientemente como si ella fuera un insecto atrapado en un frasco de vidrio.

Cuando habló de nuevo, esta vez sus labios no se movieron. Las palabras penetraron en su cráneo como humo y se hundieron en lo más profundo de su mente.

«La decisión es tuya, humana. Dime qué será: ¿vida o muerte?»

Ella ladeó la cabeza y cerró los ojos, evitando mirar a la criatura. Rechazaba participar en el juego privado y silencioso al que parecía estar jugando. Un depredador entreteniéndose con su presa, contemplando cómo se retuerce mientras él decide si liberarla o no.

«El final depende de ti. Tú decidirás.»

—Vete al infierno —masculló ella, con la voz espesa y oxidada.

Unos dedos fuertes como el hierro le sujetaron la barbilla y le dieron un tirón para mirarla de nuevo a la cara. La criatura inclinó la cabeza, con sus ojos felinos de color ámbar mirándola sin emoción mientras se oía su respiración ronca. Luego habló a través de sus labios y colmillos manchados de sangre.

—Debes elegir. Ya no queda mucho tiempo.

No había impaciencia en la voz que gruñía tan cerca de su rostro, sino solo una llana indiferencia. Una apatía que parecía indicar que verdaderamente no le importaba que respondiera de una manera o de otra.

Ella sintió hervir la rabia en su interior. Quería insultarlo, decirle que la matara y acabara con aquello de una vez por todas si era eso lo que quería. No conseguiría que le suplicara, maldita sea. El desafío se agitó en sus entrañas, haciendo subir la rabia por su garganta hasta la misma punta de la lengua.

Pero no le salían las palabras.

No podía pedirle que la matara. Ni siquiera ahora que la muerte era la única manera de escapar del terror que la atrapaba. La única forma de escapar del dolor de haber perdido a las dos personas que más amaba en el mundo y de la existencia sin sentido que era todo lo que le había quedado desde entonces.

La soltó y la observó con una calma enloquecedora mientras ella volvía a acurrucarse en el suelo. El tiempo se estiraba, haciéndose insoportablemente largo. Luchó por sacar la voz, pronunciar la palabra que la liberaría o serviría para condenarla. En cuclillas cerca de ella, el vampiro se balanceó sobre sus talones y ladeó la cabeza en actitud reflexiva y silenciosa.

Después, para su horror y confusión, él estiró el brazo izquierdo y clavó una uña con el aspecto de una garra en la carne de su propia muñeca. La sangre brotó, borboteando, y gotas de color escarlata cayeron sobre los tablones de madera del suelo. Metió el dedo en la herida abierta, escarbando en los músculos y tendones de su brazo.

—¡Dios santo! ¿Qué estás haciendo? —El asco oprimió sus sentidos. Su instinto clamaba para advertirle de que algo espantoso estaba a punto de pasar… quizás algo todavía más horrible que el horror de estar cautiva con aquel ser de pesadilla que la tenía prisionera desde hacía horas y se había alimentado con su sangre—. ¡Oh, Dios mío! Por favor, no. ¿Qué demonios estás haciendo?

Él no respondió. Ni siquiera la miró hasta que extrajo del interior de su carne un objeto minúsculo y lo sujetó entre el pulgar y el índice sangrientos. Pestañeó lentamente, cerrando los ojos por un breve momento antes de clavarlos en ella como un hipnotizador rayo de luz ámbar.

—Vivir o morir —siseó la criatura, acosándola con esos ojos despiadados. Se inclinó hacia ella, chorreando sangre todavía de la herida que se había causado en el antebrazo—. Debes decidir ahora.

«No —pensó ella desesperadamente—. No. Por favor, deja que me vaya.»

Una creciente oleada de rabia surgió en su interior. No podía contenerla. No podía reprimir la explosión de furia que subió por su garganta y estalló en su boca con un grito atroz.

—¡No! —Levantó los puños y golpeó los hombros desnudos de aquella criatura de carne dura e inhumana. Lo golpeó una y otra vez, con todas las fuerzas que fue capaz de reunir, disfrutando del dolor del impacto cada vez que sus puños impactaban sobre su cuerpo—. ¡Maldita sea, no! ¡Lárgate de aquí! ¡No me toques!

Continuó golpeándolo, una y otra vez.

Sin embargo, él se acercó más.

—¡Déjame sola, maldita sea! ¡Lárgate!

Sus nudillos golpeaban contra sus hombros y los lados de su cráneo, golpe tras golpe, mientras una densa oscuridad descendía sobre ella. La notaba espesa a su alrededor, como una mortaja empapada que hacía más lentos sus movimientos y confusos los pensamientos en su mente.

Sus músculos se aflojaron, negándose a cooperar. Sin embargo, siguió aporreando a la criatura, cada vez más despacio, como si lanzara puñetazos en medio de un océano negro lleno de alquitrán.

—No —gimió, cerrando los ojos ante la oscuridad que la envolvía. Continuaba hundiéndose, cada vez más profundamente. Más y más profundamente en un vacío interminable, sin sonido y sin peso—. No... suéltame. Maldita sea... suéltame...

Entonces, cuando parecía que la oscuridad que la envolvía jamás la iba a soltar, notó algo frío y húmedo apretándole la frente. Voces que se mezclaban de una manera confusa en algún lugar por encima de su cabeza.

—No —murmuró—. No. Déjame ir...

Juntando los últimos restos de fuerza que le quedaban, lanzó otro puñetazo contra la criatura que la retenía. El golpe fue absorbido por un grueso músculo. Ella entonces agarró a su captor, clavándole las uñas. Sorprendida, sintió el tacto de una tela suave en sus manos. Era cálida, era un tejido de lana. No era el cuerpo desnudo, frío y húmedo de la criatura que había irrumpido en su cabaña y la retenía prisionera. La confusión se disparó en su mente.

—¿Quién? No... no me toques...

—Jenna, ¿puedes oírme? —La voz envolvente que sonaba tan cerca de su rostro le resultaba familiar. Extrañamente tranquilizadora.

Se dirigía a una zona en lo profundo de su ser, le procuraba un lugar donde agarrarse cuando no había a su alrededor más que ese mar de insondable oscuridad. Gimió, todavía perdida, pero sintiendo un delgado hilo de esperanza por sobrevivir.

Necesitaba desesperadamente oír de nuevo esa suave voz.

—Kade, Alex. Cielo santo, se está recuperando. Creo que por fin se despierta.

Respiró con dificultad, luchando por atrapar el aire.

—Suéltame —murmuró, insegura de poder confiar en sus sensaciones. Insegura de poder confiar en nada ahora—. Oh, Dios... por favor... no me toques. No...

—¿Jenna? —En algún lugar cercano, una voz de mujer cobró forma por encima de ella. El tono era tierno y lleno de preocupación. Una amiga—. Jenna, cariño, soy yo, Alex. Ahora ya estás bien, ¿lo entiendes? Estás a salvo, te lo prometo.

Registraba las palabras lentamente, recibiendo con ellas una sensación de alivio y de consuelo. Una sensación de paz, a pesar del terror escalofriante que todavía corría a través de sus venas.

Con esfuerzo, abrió los párpados y pestañeó para alejar el velo que aturdía sus sentidos. Tres formas surgieron a su alrededor, dos de ellas inmensas, inconfundiblemente masculinas, y la otra, alta y delgada, era la de una mujer. Su mejor amiga en Alaska, Alexandra Maguire.

—¿Qué...? ¿Dónde estoy...?

—Chist —la calmó Alex—. Silencio. Todo está bien. Estás en un lugar seguro. Te pondrás bien.

Jenna pestañeó, esforzándose para enfocar la vista. Lentamente, las formas que había junto a su cama se volvieron humanas. Se incorporó y se dio cuenta de que todavía tenía entre los puños la lana del suéter que llevaba uno de los dos hombres enormes. Era un afroamericano inmenso y de aspecto feroz con una melena trenzada que le llegaba hasta los hombros. El mismo cuya voz profunda la había ayudado a salir del terror de su pesadilla.

Aquel a quien había estado golpeando sin descanso Dios sabe cuánto tiempo, confundiéndolo con la criatura infernal que la había atacado en Alaska.

—Eh, qué tal —murmuró él, curvando suavemente sus anchos labios. Sus ojos oscuros e introspectivos le sostuvieron la mirada. Esa sonrisa cálida expresó tácitamente su comprensión mientras ella lo soltaba y volvía a tumbarse en la cama—. Me alegra ver que has decidido volver al mundo de los vivos.

Jenna frunció el ceño ante su toque de humor, que le recordó la terrible elección que la quería obligar a tomar su atacante. Soltó un suspiro y se esforzó por acostumbrarse a ese nuevo entorno nada familiar. Se sentía un poco como Dorothy al despertar en Kansas después de su viaje a Oz.

Excepto que Oz en su escenario le había parecido un tormento interminable. Un viaje aterrador a algún tipo de sangriento infierno.

Al menos aquella experiencia terrible había terminado.

Miró a Alex.

—¿Dónde estamos?

Su amiga se acercó y le colocó un paño frío y húmedo en la frente.

—Estás a salvo, Jenna. En este lugar nadie puede hacerte daño.

—¿Dónde? —preguntó Jenna, sintiendo crecer en ella un extraño pánico. Aunque la cama donde se hallaba tumbada era lujosa y estaba llena de suaves y sedosos cojines y mantas, no podía dejar de notar las asépticas paredes blancas y el conjunto de monitores médicos y lectores digitales reunidos en la habitación—. ¿Qué es esto? ¿Un hospital?

—No exactamente —respondió Alex—. Estamos en Boston, en unas instalaciones privadas. Este es el lugar más seguro donde puedes estar ahora. El lugar más seguro para todos nosotros.

—¿Boston? ¿Instalaciones privadas? —La vaga explicación difícilmente podía ayudarla a sentirse mejor.

—¿Dónde está Zach? Necesito verle. Tengo que hablar con él.

La expresión de Alex se alteró al oír que Jenna mencionaba a su hermano. Permaneció en silencio durante un largo momento. Demasiado largo. Miró por encima de un hombro al hombre que estaba de pie detrás de ella. A Jenna le resultaba vagamente familiar, con su cabello negro de punta, sus penetrantes ojos plateados y sus angulosas mejillas afeitadas. Alex pronunció su nombre en un susurro.

—Kade...

—Llamaré a Gideon —dijo él, haciéndole una suave caricia mientras hablaba. Ese hombre, Kade, era evidentemente amigo de Alex. Alguien íntimo. Él y Alex se pertenecían el uno al otro; incluso en su nervioso estado de conciencia, Jenna podía notar el profundo amor que la pareja compartía. Mientras Kade se apartaba de Alex, lanzó una mirada al otro hombre de la habitación—. Brock, asegúrate de que reine la calma hasta que regrese.

La oscura cabeza asintió con expresión sombría. Sin embargo, cuando Jenna le miró, ese hombre enorme llamado Brock le dirigió la misma mirada suave y relajada con la que la había recibido cuando abrió los ojos en aquel lugar extraño.

Jenna tragó saliva para deshacer el nudo de terror que sentía crecer en su garganta.

—Alex, dime qué está pasando. Sé que fui... atacada. Me mordieron. Oh, Dios... había... una criatura. De alguna forma consiguió entrar en mi cabaña y me atacó.

La expresión de Alex era dura, pero su mano descansó con ternura sobre la de Jenna.

—Lo sé, cariño. Sé que lo que has tenido que pasar ha debido de ser espantoso. Pero ahora estás aquí. Gracias a Dios has sobrevivido.

Jenna cerró los ojos al sentir que un sollozo la ahogaba.

—Alex, esa cosa... se alimentó de mí.

Brock se había acercado a la cama sin que ella se diera cuenta. Se quedó de pie justo a su lado y le acarició el cuello con la yema de los dedos. Sus grandes manos eran cálidas e increíblemente tiernas. La paz que emanaba aquella ligerísima caricia era una sensación de lo más extraña.

Una parte de ella quería rechazar aquel contacto que no había pedido, pero, por otro lado, aquella parte necesitada y vulnerable que odiaba reconocer, y mucho menos consentir, no podía dejar de aceptar ese consuelo. Su pulso agitado se hizo más lento bajo el suave ritmo de sus dedos mientras los movía suavemente arriba y abajo a lo largo de su garganta.

—¿Mejor? —preguntó él en voz baja mientras apartaba la mano.

Jenna dejó escapar un lento suspiro y asintió débilmente.

—Realmente necesito ver a mi hermano. ¿Zach sabe que estoy aquí?

Alex apretó los labios mientras un doloroso silencio crecía en la habitación.

—Jenna, cariño, no debes preocuparte por nadie ni por nada ahora, ¿de acuerdo? Has pasado por algo muy duro. Por ahora, vamos a concentrarnos en ti y en asegurarnos de que te pongas bien. Zach querría lo mismo.

—¿Dónde está, Alex? —A pesar de que Jenna llevaba un año sin ponerse el uniforme de la policía estatal de Alaska, sabía muy bien cuándo alguien estaba tratando de eludir los hechos. Sabía cuándo alguien trataba de proteger a otra persona, procurando evitarle más dolor. Como Alex estaba haciendo con ella en aquel momento—. ¿Qué le ha ocurrido a mi hermano? Necesito verle. Le ha pasado algo malo, Alex; puedo verlo en tu cara. Necesito salir de aquí, ahora mismo.

La ancha mano de Brock se movió de nuevo hacia ella, pero esta vez Jenna la apartó. Debería haber sido apenas un manotazo, pero le golpeó la mano como si hubiera empleado todas sus fuerzas en el empeño.

—¿Qué demonios…? —Brock afiló la mirada y un brillo peligroso asomó a sus ojos. Luego desapareció antes de que ella pudiera registrar lo que estaba viendo.

En aquel mismo momento, Kade regresó a la habitación, con otros dos hombres. Uno era alto y delgado, de complexión atlética, con una corona de pelo rubio despeinado y una gafas de cristales azul claro sin montura que se escurrían por el puente de su nariz dándole el aire de un científico loco fanático de la informática. El otro, de cabello oscuro y rostro serio, entró a grandes pasos en la habitación como un rey medieval. Su sola presencia llamaba la atención y parecía absorber todo el aire del lugar.

Jenna tragó saliva. Como antigua agente de la ley, estaba acostumbrada a lidiar sin inmutarse con hombres que tenían dos veces su tamaño. Nunca había sido fácil de intimidar, pero al mirar a esos probablemente cerca de cuatrocientos kilos de músculo y fuerza bruta de los cuatro hombres que ahora la rodeaban —por no decir nada del aire letal que parecían exhibir con la misma naturalidad que su propia piel— le resultó sumamente difícil soportar las miradas suspicaces y escrutadoras que todos le dirigían

Donde fuera que la hubiesen llevado, y fueran quienes fuesen esos hombres asociados a Kade, Jenna tenía la clara impresión de que ese recinto llamado instalación privada no era en absoluto un hospital. Y desde luego estaba condenadamente segura de que tampoco era un club de campo.

—¿Solo lleva despierta unos minutos? —preguntó el rubio, con un ligero acento británico. Cuando Brock y Alex asintieron, caminó hasta la cama—. Hola, Jenna; soy Gideon. Este es Lucan —dijo señalando a su enorme compañero. Gideon la miró por encima de sus gafas frunciendo el ceño—. ¿Cómo te encuentras?

Ella frunció el ceño también.

—Como si me hubiera atropellado un camión. Un camión que por lo visto me arrastró desde Alaska hasta Boston.

—Era la única manera —intervino Lucan con un tono de mando palpable en su voz. Él era el líder, y eso era incuestionable—. Tienes demasiada información, y necesitas cuidados especiales y observación.

A ella no le gustó nada cómo sonaba todo eso.

—Lo que necesito es volver a casa. Sea lo que sea lo que me hizo ese monstruo, he sobrevivido. No necesito ningún tipo de cuidados ni observación porque estoy bien.

—No —constató Lucan con gravedad—. No estás bien. Ni mucho menos.

Aunque lo dijo sin crueldad ni amenaza, un terror helado la invadió. Miró a Alex y a Brock, las dos personas que hacía apenas unos minutos le habían asegurado que estaba bien, que estaba fuera de peligro. Las dos personas que realmente habían conseguido que se sintiera a salvo, tras despertar de la pesadilla que todavía sentía. Ninguno de los dos decía nada ahora.

Apartó la vista, herida y asustada por lo que aquel silencio podía significar.

—Tengo que salir de aquí. Quiero volver a casa.

Cuando comenzó a mover las piernas hacia un lado de la cama para levantarse, no fue Lucan ni Brock ni ninguno de los otros hombres grandes quien la detuvo, sino Alex. La mejor amiga de Jenna se movió para bloquearle el paso, con una expresión sombría en su rostro, mucho más eficaz que cualquier demostración de la fuerza bruta que había reunida en la habitación.

—Jen, tienes que escucharme. Escucharnos a todos. Hay cosas que necesitas entender... sobre lo que ocurrió en Alaska y sobre cosas que todavía tenemos que descubrir. Cosas que probablemente solo tú puedes responder.

Jenna sacudió la cabeza.

—No sé de qué estás hablando. Lo único que sé es que fui capturada y atacada, mordida, mejor dicho, por una criatura que parecía salida de la peor de las pesadillas. Puede que todavía esté allí, en Harmony. No puedo quedarme sentada aquí sabiendo que el monstruo que me aterrorizó podría estar haciendo las misma cosas atroces a mi hermano o a alguna otra persona.

—Eso no ocurrirá —dijo Alex—. La criatura que te atacó, el Antiguo, está muerta. Ahora nadie en Harmony corre peligro. Kade y los demás se han asegurado de eso.

Jenna tuvo apenas una sensación de alivio, porque, a pesar de la buena noticia de que el atacante estuviera muerto, todavía sentía un frío que le laceraba el corazón.

—¿Y Zach? ¿Dónde está mi hermano?

Alex dirigió una mirada a Kade y a Brock, y ambos se acercaron a la cama. Alex sacudió débilmente la cabeza, con sus ojos marrones entristecidos bajo las ondas de su cabello rubio oscuro.

—Oh, Jenna... lo siento tanto.

Ella escuchó absorta las palabras de su amiga, negándose a

asimilarlas. Su hermano, el último familiar que le quedaba en el mundo, ¿había muerto?

—No. —Tragó saliva al negar, sintiendo el dolor que le subía por la garganta mientras Alex la rodeaba con un brazo.

Junto con su dolor, también los recuerdos surgieron a la superficie: la voz de Alex, llamándola desde fuera de la cabaña, mientras la criatura mantenía escondida a Jenna en la oscuridad. Los gritos enfurecidos de Zach, una corriente de letal amenaza en cada una de sus sílabas... ¿pero una amenaza dirigida a quién? No había estado segura entonces. Ahora seguía sin estar segura de nada.

Había oído el estampido de un disparo en el exterior de la cabaña, apenas un instante antes de que la criatura saltara y se arrojara a través de los desgastados paneles de madera de la puerta principal y saliera a la intemperie, al bosque cubierto de nieve. Recordaba el aullido de su hermano. Los gritos de puro terror que habían precedido al espantoso silencio.

Y luego... nada.

Nada más que un sueño profundo y antinatural y una oscuridad infinita.

Se liberó del abrazo de Alex, conteniendo su dolor. No lo soltaría allí, no delante de esos hombres de rostro serio que la miraban con una mezcla de piedad y cautela, con interés inquisidor.

—Voy a salir ahora —dijo, esforzándose por emplear el tono de policía que tanto le había servido en su trabajo. Se levantó, sintiendo un ligero temblor en las piernas. Cuando se inclinó ligeramente hacia un lado, Brock se acercó para ayudarla, pero ella recuperó el equilibrio antes de que él pudiera procurarle esa ayuda no solicitada. No necesitaba que nadie la mimara, haciendo que se sintiera débil—. Alex puede mostrarme el camino.

Lucan se aclaró la garganta.

—Me temo que no —señaló Gideon con un educado inglés británico pero con un tono inquebrantable—. Ahora que por fin estás despierta y lúcida vamos a necesitar tu ayuda.

—¿Mi ayuda? —Ella frunció el ceño—. ¿Mi ayuda para qué?

—Necesitamos entender qué ocurrió exactamente entre tú y el Antiguo mientras estuvo contigo. En concreto, si hubo cosas que te contó o información que te confió de alguna forma. Ella se burló.

—Lo siento. Ya he pasado por la terrible experiencia una vez, no tengo interés en rememorarla con sus horribles detalles para todos vosotros. Gracias, pero no. Quiero borrarla de mi mente completamente lo antes posible.

—Hay algo que necesitas ver, Jenna. —Esta vez fue Brock quien habló. En voz baja, con un tono de preocupación más que de exigencia—. Por favor, escúchanos.

Ella se detuvo, insegura, y Gideon llenó el silencio de su indecisión.

—Hemos estado observándote desde que llegaste al recinto —le dijo mientras se dirigía hacia un panel de control de la pared. Apretó algo en el teclado y una pantalla plana bajó del techo. La imagen de vídeo que apareció en la pantalla era aparentemente una grabación de ella, dormida en esa misma habitación. Nada extraordinario, simplemente ella inmóvil en la cama—. Las cosas empezaron a ponerse interesantes alrededor de cuarenta y tres horas más tarde.

Hizo avanzar la grabación hasta el momento mencionado. Jenna se observó en la pantalla, con una sensación de cautela al ver que en el vídeo ella misma comenzaba a moverse y retorcerse hasta revolcarse violentamente en la cama. Murmuraba algo en sueños, una serie de sonidos, palabras y frases, le pareció, aunque no era capaz de entenderlas.

—No lo entiendo. ¿Qué está pasando?

—Esperábamos que nos lo dijeras —contestó Lucan—. ¿No reconoces el idioma que estás hablando ahí?

—¿Idioma? Me suena como un galimatías.

—¿Estás segura? —Él no parecía convencido—. Gideon, pon el siguiente vídeo.

Otra imagen llenó la pantalla. Un episodio posterior, mucho más desconcertante que el primero. Jenna observaba, paralizada, cómo su cuerpo en la pantalla pateaba y se retorcía, acompañado del sonido surrealista de su propia voz hablando en un idioma que no tenía ningún sentido para ella.

Se asustó muchísimo, aquellas secuencias escalofriantes eran lo último que necesitaba ver después de lo que había tenido que atravesar en la cabaña.

—Apágalo —murmuró—. Por favor. No quiero ver nada más de esto ahora.

—Tenemos horas de secuencias como esta —dijo Lucan mientras Gideon apagaba el vídeo—. Te hemos tenido en observación las veinticuatro horas del día, todo el tiempo.

—Todo el tiempo —repitió Jenna—. ¿Cuánto tiempo llevo aquí?

—Cinco días —respondió Gideon—. Al principio creímos que estabas en estado de coma por el trauma, pero tus constantes vitales eran normales. Tu sangre también está normal. Desde el punto de vista de un diagnóstico médico convencional, estabas simplemente… —Se detuvo para buscar la palabra exacta—. Dormida.

—Durante cinco días —dijo ella, con la necesidad de asegurarse de que lo había entendido bien—. Nadie permanece dormido durante cinco días seguidos. Debe de haber algo que no está bien en mí. Dios, después de todo lo que me ha pasado debería verme un médico. Debo ir a un hospital de verdad.

Lucan negó gravemente con la cabeza.

—Gideon es el mejor experto que puedas encontrar. Estas cosas no pueden dejarse en manos de tu tipo de médicos.

—¿Mi tipo de médicos? ¿Qué demonios significa eso?

—Jenna —dijo Alex, cogiéndole la mano—. Sé que debes de estar confundida y asustada. Yo he estado así muy recientemente, aunque no puedo imaginar lo que debe de ser enfrentarse a lo que tú has tenido que soportar. Pero ahora necesitas ser fuerte. Necesitas confiar en nosotros, confía en mí si te digo que estás en las mejores manos posibles. Vamos a ayudarte. Descubriremos qué es todo esto y te ayudaremos. Te lo prometo.

—¿Descubrir qué? Explícamelo. ¡Maldita sea, necesito saber qué está pasando!

—Deja que vea los rayos X —murmuró Lucan a Gideon, quien pulsó una serie de teclas y obtuvo unas imágenes en el monitor.

—Esta primera radiografía fue tomada a los pocos minutos de tu llegada al recinto —explicó él, mientras se iluminaba la imagen de un cráneo y la parte superior de la columna. En la parte superior de las vértebras, algo pequeño brillaba ferozmente, tan diminuto como un grano de arroz.

Cuando finalmente ella pudo balbucir algo, su voz sonó temblorosa.

—¿Qué es eso?

—No estamos seguros —respondió Gideon suavemente. Mostró otra placa de rayos X—. Esta fue tomada veinticuatro horas más tarde. Puedes seguir el recorrido de los hilos que han comenzado a crecer desde el objeto.

Cuando Jenna miró, notó que los dedos de Alex se agarraban con fuerza a los suyos. Otra imagen apareció en la pantalla, y en esta los hilos se extendían aún más lejos desde el objeto que parecía encajado en su columna.

—Oh, Dios —susurró, llevándose la mano libre a la nuca. Apretó con fuerza y casi tuvo que reprimir las náuseas al notar ese diminuto objeto que tenía metido dentro—. ¿Él me ha hecho esto?

«¿Vivir... o morir?»

«La elección es tuya, Jenna Tucker-Darrow.»

Las palabras de la criatura volvieron a ella ahora, junto con el recuerdo de la herida que el monstruo se había infligido, y el objeto casi indiscernible que había extraído de su propia carne.

«¿Vivir o morir?»

«Escoge.»

—Metió algo dentro de mí —murmuró.

La ligera inseguridad que había sentido momentos antes regresó ahora con una nueva intensidad. Se le doblaron las rodillas, pero, antes de que cayera al suelo, Brock y Alex la sostuvieron cada uno de un brazo, para procurarle apoyo. Por muy terrible que fuera la imagen, Jenna no podía apartar los ojos de la radiografía que llenaba la pantalla.

—Oh, Dios mío —gimió—. ¿Qué demonios me ha hecho ese monstruo?

Lucan la miró fijamente.

—Eso es lo que pretendemos averiguar.

Capítulo dos

Un par de minutos más tarde, de pie en el pasillo junto a la salida de la habitación de enfermería, Brock y los otros guerreros observaban a Alex, sentada en el borde de la cama consolando a su amiga. Jenna no se quebró ni se derrumbó. Dejó que Alex la abrazara con ternura, pero sus ojos color avellana permanecían secos, mirando fijamente hacia delante, con una expresión indescifrable, vidriosos y con la quietud de la conmoción.

Gideon se aclaró la garganta, rompiendo el silencio mientras apartaba la vista de la pequeña ventana que había en la puerta de la habitación de la enfermería.

—Ha ido bastante bien, considerando lo que es.

Brock gruñó.

—Considerando que acaba de salir de cinco días de una especie de coma para descubrir que su hermano ha muerto, que el gran abuelo de los chupasangre se ha alimentado de ella, que ha sido traída hasta aquí contra su voluntad... ah... y, se me olvidaba, que además tiene incrustado en la espina dorsal algo que probablemente no es originario de este planeta, creo que pese a todo podemos sentirnos afortunados porque es posible que sea parcialmente alienígena... —Soltó un duro insulto—. Dios, esto es una puta mierda.

—Sí, lo es —dijo Lucan—. Pero sería muchísimo peor si no tuviéramos la situación contenida. En este momento, lo único que necesitamos hacer es mantener a la mujer en calma y bajo observación hasta que comprendamos mejor qué es ese implante y qué puede significar para nosotros. Por no mencionar el hecho de que el Antiguo debió de tener alguna razón para colocar ese material dentro de ella. Esa es la cuestión que necesita una respuesta. Cuanto antes mejor.

Brock asintió, junto con el resto de sus compañeros. Fue solo un ligero movimiento con la cabeza; sin embargo, al flexionar los músculos del cuello sintió una punzada de dolor en el cráneo. Se llevó los dedos a las sienes, esperando que el agudo tormento cesara.

A su lado, Kade frunció el ceño, y sus cejas color azabache se curvaron por encima de sus ojos plateados como los de un lobo.

—¿Estás bien?

—Divinamente —murmuró Brock, irritado por la muestra pública de preocupación, aunque viniera de parte del guerrero que era como un hermano para él. Y a pesar de que las duras punzadas de dolor de la experiencia de Jenna lo trituraban por dentro, se limitó a encogerse de hombros—. No pasa nada, ha de ser así.

—Llevas casi una semana ingiriendo el dolor de esa mujer —le recordó Lucan—. Si necesitas descansar…

Brock soltó un insulto en voz baja.

—No me pasa nada que no pueda curarse con unas horas de patrulla esta noche.

Su mirada se dirigió hacia el pequeño panel de vidrio transparente que había en la puerta de la habitación de la enfermería. Como todos los de la estirpe, Brock estaba dotado de una habilidad única. Su talento para absorber el dolor y el sufrimiento de los humanos había ayudado a consolar a Jenna desde su terrible experiencia en Alaska, pero sus habilidades en realidad solo estaban funcionando como una tirita.

Ahora que estaba consciente y era capaz de proporcionar a la Orden la información que necesitaban sobre el tiempo que había pasado con el Antiguo y teniendo en cuenta el material alienígena introducido en el interior de su cuerpo, Jenna Darrow debería enfrentarse sola a sus problemas.

—Hay algo más que debéis saber sobre esa mujer —dijo Brock observándola mientras ella movía las piernas con cuidado por encima del borde de la cama y se ponía de pie. Trató de no advertir cómo el camisón blanco del hospital se le enganchaba por la mitad de los muslos un instante antes de que sus pies tocaran el suelo. En lugar de eso se concentró en observar cómo mantenía fácilmente el equilibrio. Después de cinco días de estar tendida de espaldas durmiendo en un sueño antinatural, sus músculos soportaban su peso con apenas un ligero temblor de inestabilidad—. Está más fuerte de lo que debería. Puede caminar sin ayuda, y hace unos minutos, cuando Alex y yo nos quedamos en la habitación con ella, se agitó diciendo que quería ver a su hermano y, cuando fui a tocarla para tranquilizarla, desvió mi mano con un fuerte golpe, como si no le costara nada.

Kade alzó las cejas.

—Sin tener en cuenta el hecho de que eres de la estirpe, tienes unos reflejos extraordinarios y pesas muchísimos más kilos que esa mujer.

—A eso es a lo que iba. —Brock miró a Lucan y a los demás—. No creo que ella se diera cuenta de lo significativo que fue lo que hizo, sino que empleó todo ese poder sin ni siquiera intentarlo.

—Dios —susurró Lucan, con la mandíbula rígida.

—Su dolor también es más fuerte ahora que antes —añadió Brock—. No sé qué está pasando, pero todo en ella parece haberse intensificado ahora que está despierta.

Lucan frunció el ceño más profundamente y miró a Gideon.

—¿Estamos seguros de que es humana y no una compañera de sangre?

—Pertenece a la especie *Homo sapiens* —confirmó el genio residente de la Orden—. Le pedí a Alexandra que realizara un examen visual de la totalidad de la piel de su amiga en cuanto llegaron de Alaska. No había ninguna marca de nacimiento de una lágrima y una luna creciente en el cuerpo de Jenna. En cuanto a la sangre y el ADN, todas las muestras que tomé eran normales. De hecho, le he estado haciendo pruebas cada veinticuatro horas, y no hay nada notable. Hasta ahora todo en esa mujer, excepto la presencia del implante, parece perfectamente mundano.

¿Mundano? A Brock le costó contener la risa ante aquella palabra tan inadecuada. Por supuesto, ni Gideon ni ninguno de los otros guerreros estaban presentes durante el examen completo del cuerpo de Jenna tras su llegada al recinto. Había estado destrozada de dolor, perdiendo y recobrando la conciencia, hasta que Brock, Kade, Alex y el resto del equipo la encontraron en Alaska y la trajeron hasta Boston.

Puesto que él era el único que podía calmarla, se había quedado junto a ella para mantener la situación bajo control lo mejor que pudiera. Se suponía que su rol tendría que ser puramente profesional, clínico y distante. Debía funcionar como una herramienta especial que estuviera a mano en caso de emergencia.

Sin embargo, su respuesta fue poco profesional a niveles alarmantes cuando vio el cuerpo de Jenna sin ropa. Había sido cinco días atrás, pero recordaba cada centímetro de su piel color marfil como si la estuviera viendo de nuevo en aquel preciso instante, y su pulso se aceleraba al recordarlo.

Recordaba cada una de las suaves curvas e inclinados valles, cada pequeño lunar, cada cicatriz... desde la ligera huella de una incisión de cesárea en su abdomen hasta las marcas de las heridas cicatrizadas y los cortes de su torso y sus antebrazos, que le indicaban que ya había pasado por un infierno al menos una vez antes.

Y había sido cualquier cosa menos clínico y distante cuando Jenna fue presa de una convulsión repentina momentos después de que Alex hubiera terminado de examinar en vano todo su cuerpo en busca de una marca que significara que su amiga era una compañera de sangre como las otras mujeres que vivían en el recinto de la Orden. Colocó las manos a ambos lados de su cuello y le quitó el dolor, demasiado consciente de lo suave y delicada que era la piel que sentía bajo las yemas de sus dedos. Cerró los puños ante aquel pensamiento al sentirlo revivir ahora.

No necesitaba pensar en esa mujer, ni desnuda ni de ninguna otra manera. Solo que ahora que ella estaba allí, no podía pensar en nada más. Y cuando Jenna miró a través del cristal de la pequeña ventana de la puerta y se cruzó con su mirada, sintió que un calor espontáneo lo atravesaba como una flecha en llamas.

El deseo ya era de por sí bastante malo, pero era esa extraña necesidad de protegerla lo que realmente lo sacaba de quicio. Ese sentimiento había comenzado en Alaska, cuando él y los otros guerreros la encontraron. Y no había disminuido durante los días que llevaba en el recinto. En todo caso, la sensación se había hecho más fuerte cuando la contemplaba luchando presa de ese extraño sueño que la mantenía inconsciente desde que tuvo la nefasta experiencia con el Antiguo en Alaska.

Ella seguía mirándolo con su franca mirada a través del cristal. Con cautela, incluso con suspicacia. No había debilidad en sus ojos, ni en la ligera inclinación de su barbilla. Jenna Darrow era a todas luces una mujer fuerte, a pesar de todo lo que había atravesado, y él pensó que preferiría una mujer histérica y hecha un mar de lágrimas en lugar de la mujer fría y controlada cuya mirada imperturbable lo retenía ahora. Era tranquila y estoica, tan valiente como hermosa, y desde luego eso no la hacía menos fascinante.

—¿Cuándo se le practicó el último análisis de sangre y prueba de ADN? —inquirió Lucan. La pregunta, hecha en voz baja y grave, le procuró a Brock otra cosa en la que concentrarse.

Gideon se levantó la manga de la camisa para consultar su reloj.

—Tomé la última muestra hace unas siete horas.

Lucan gruñó mientras se daba la vuelta y se apartaba de la puerta de la enfermería.

—Hazle otra prueba ahora mismo. Si los resultados varían, aunque sea mínimamente respecto a los anteriores, quiero saberlo.

Gideon asintió con su cabeza rubia.

—Después de lo que nos ha dicho Brock, también quiero hacer alguna prueba de fuerza y de resistencia. Cualquier información que podamos obtener estudiando a Jenna podría ser crucial a la hora de averiguar con qué estamos tratando.

—Haz lo que necesites —dijo Lucan muy serio—. Simplemente hazlo, y que sea rápido. La situación es importante, pero tampoco podemos permitir que se atrasen nuestras otras misiones.

Brock inclinó la cabeza, al igual que los otros guerreros, sabiendo tan bien como ellos que un ser humano en el recinto era una complicación que la Orden no necesitaba teniendo todavía a un enemigo suelto: Dragos, el corrupto vampiro de la estirpe que la Orden llevaba persiguiendo desde hacía casi un año.

Dragos había estado trabajando en secreto durante muchas décadas, asumiendo diferentes identidades y con alianzas poderosas y clandestinas. Su operación había desarrollado numerosos tentáculos, mientras los guerreros investigaban, y cada uno de esos brazos iba destinado a un único objetivo: su total control y dominación, tanto de los humanos como de los vampiros de la estirpe.

La principal meta de la Orden era su destrucción y el desmantelamiento rápido y permanente de toda la operación. La Orden pretendía eliminar a Dragos de raíz. Pero existían complicaciones en torno a ese objetivo. Recientemente él había desaparecido, y siempre había capas y capas de protección a su alrededor... aliados secretos dentro de la nación de la estirpe y, tal vez, también fuera de ella. Dragos tenía también un numeroso ejército de asesinos adiestrados bajo sus órdenes, todos ellos criados y entrenados específicamente para matar. Letales machos de la estirpe que descendían directamente de aquella poderosa criatura de otro mundo que, antes de su fuga y subsiguiente muerte en Alaska, había estado bajo sus órdenes.

Brock miró hacia el interior de la habitación de la enfermería, donde Jenna había comenzado a caminar arriba y abajo como un animal enjaulado. Decir que la Orden tenía mucho que hacer era decir poco. Ahora que ya estaba despierta, al menos su parte había terminado. Su don había ayudado a Jenna durante la semana anterior; a partir de ahora eran Gideon y Lucan quienes tomarían las decisiones.

En el interior de la habitación, Alex se apartó de su amiga y se acercó a la puerta. La abrió y salió al pasillo, con sus ojos marrones reflejando preocupación bajo el flequillo rubio oscuro que cubría su frente.

—¿Qué está haciendo? —preguntó Kade, avanzando hacia su mujer como si la gravedad lo impulsara allí. Eran una pareja reciente; se habían conocido durante la misión de Kade como piloto en Alaska, pero cuando Brock miraba al guerrero y a su bonita compañera de sangre le parecía imposible que llevaran juntos tan solo un par de semanas—. ¿Jenna necesita algo, cariño?

—Está confundida y preocupada, cosa comprensible —dijo Alex, buscando refugio junto al cuerpo de Kade tal y como él había hecho con ella—. Creo que se sentirá mejor después de darse una ducha y ponerse ropa limpia. Dice que se siente agitada en la habitación y quiere salir a caminar para estirar las piernas. Le he dicho que preguntaría si es posible.

Alex miró a Lucan al decir eso, dirigiendo la pregunta directamente al miembro mayor de la Orden, su fundador y líder.

—Jenna no es una prisionera —respondió él—. Por supuesto que es libre de ducharse, vestirse y caminar por aquí.

—Gracias —dijo Alex, con un brillo en sus ojos inseguros—. Le expliqué que no era una prisionera, pero no pareció creerme. Después de todo lo que ha pasado, supongo que no es sorprendente. Le transmitiré lo que has dicho, Lucan.

Mientras se daba la vuelta para volver a la enfermería, el líder de la Orden se aclaró la garganta. La compañera de Kade se detuvo y lo miró por encima del hombro, para toparse con su mirada severa.

—Jenna es libre de caminar y hacer lo que quiera, siempre y cuando vaya acompañada por alguien y no intente salir del recinto. Asegúrate de que tenga todo lo que necesite. Cuando esté preparada para dar una vuelta por el recinto, Brock la llevará. Lo pongo a él a cargo de su bienestar y se asegurará de que Jenna no se extravíe por el camino.

Brock tuvo que esforzarse para reprimir el insulto que le vino a la lengua.

«Mierda», pensó, con un deseo infernal de negarse a aceptar la tarea que lo mantendría tan cerca de Jenna Darrow.

En lugar de eso, recibió la orden de Lucan asintiendo con la cabeza.

Capítulo tres

Jenna metió las manos, con los puños cerrados, en los bolsillos del albornoz blanco, ajustado con un cinturón, que cubría su fino camisón de hospital. Sus pies nadaban dentro de esas zapatillas de talla masculina que Alex había sacado de uno de los cajones del armario de la habitación de enfermería, donde Jenna había despertado hacía menos de una hora. Caminaba arrastrando los pies junto a su amiga, a lo largo del pasillo de mármol blanco que doblaba y serpenteaba en un laberinto de recovecos similares que parecía interminable.

Jenna se sentía extrañamente entumecida, no solo por la conmoción de saber que su hermano había muerto, sino también porque la pesadilla de la que había despertado todavía no parecía haber terminado. La criatura que la había atacado en la cabaña podía haberla matado, como le habían dicho, pero no se hallaba del todo libre de ella.

Después de lo que vio en las imágenes de rayos X y en el vídeo grabado en la enfermería, sabía, con un terror que le helaba los huesos, que una parte de ese monstruo con colmillos todavía la tenía sujeta en sus despiadadas garras. Ese solo conocimiento le hacía desear lanzar un grito de terror. En lo más profundo de su interior sentía miedo y dolor. Había puesto una tapa a presión sobre su hirviente histeria, negándose a mostrar ese tipo de debilidad, ni siquiera a su mejor amiga.

Pero había también una verdadera calma en su interior, una calma que la había acompañado desde el momento en que Brock puso las manos en ella y le prometió que estaba a salvo. Era ese consuelo, así como su propia determinación de soldado, lo que impedía que se viniera abajo mientras caminaba por el laberinto de pasillos junto a su amiga Alex.

—Ya casi llegamos —dijo Alex mientras guiaba a Jenna hacia un nuevo tramo del largo y brillante pasillo—. Creo que te sentirás más cómoda lavándote y vistiéndote en las habitaciones de Kade y mías antes que en la enfermería.

Jenna asintió vagamente con la cabeza, aunque era difícil imaginar que pudiera llegar a sentirse cómoda en alguna parte de aquel lugar tan extraño y nada familiar. Caminó con cuidado. Sus instintos de policía faltos de práctica asomaban cada vez que pasaba ante una puerta o una ventana. No había ni una ventana exterior en aquel lugar, nada que indicara dónde estaban localizadas las instalaciones ni qué podía haber detrás de las paredes. No había manera de saber si era de día o de noche.

Por encima de su cabeza, tanto a lo largo de ese corredor como de los otros, había pequeñas cúpulas blancas que ocultaban lo que parecían ser cámaras de vigilancia. Era una verdadera instalación de vanguardia, en un lugar muy privado y muy seguro.

—¿Qué sitio es este? ¿Alguna especie de edificio del Gobierno? —preguntó, expresando sus elucubraciones en voz alta—. Definitivamente no es un edificio civil. ¿Se trata de algún tipo de instalación militar?

Alex le dirigió una mirada vacilante y reflexiva.

—Es más seguro que cualquiera de esos sitios. Estamos a unos treinta pisos por debajo del suelo, no muy lejos de la ciudad de Boston.

—Entonces es un búnker —supuso Jenna, todavía tratando de encontrarle un sentido a todo aquello—. Si no pertenece al Gobierno y tampoco es militar, ¿entonces qué es?

Alex pareció sopesar su respuesta un poco más de lo necesario.

—El recinto donde estamos y la finca cercada que está sobre nosotras al nivel de la calle pertenecen a la Orden.

—La Orden —repitió Jenna, pensando que la respuesta de Alex suscitaba más preguntas que respuestas sobre el lugar. Jamás había estado en un sitio como aquel. Era extraño su diseño de alta tecnología, a mucha distancia de cualquier cosa que hubiera visto en su Alaska rural o en los lugares que conocía en los otros cuarenta y ocho estados del país.

Aparte de esa rareza, bajo sus pies, el suelo pulido de mármol blanco tenía incrustaciones de piedra negra brillante que formaban un diseño con extraños símbolos en el suelo: trazos en forma de arco y complejas formas geométricas que de algún modo recordaban los tatuajes tribales.

«Dermoglifos.»

La palabra le vino a la cabeza no supo de dónde, como la respuesta a una pregunta que no había formulado. No era una voz familiar, era en realidad tan poco familiar como todo lo que había en aquel lugar y todas las personas que aparentemente vivían allí. Y sin embargo, la certeza con la que su mente le suministró esa palabra correspondía a la que podría tener si la hubiera empleado miles de veces.

Imposible.

—Jenna, ¿estás bien? —Alex se detuvo en el pasillo unos pocos pasos por delante de ella, que había dejado de moverse—. ¿Estás cansada? Podemos descansar unos minutos si lo necesitas.

—No, estoy bien. —Sintió que fruncía el ceño cada vez más mientras levantaba la vista de los intrincados dibujos de la suave superficie—. Solo estoy… confusa.

Y era debido sobre todo a la peculiar sensación que la embargaba ahora. Todo le parecía diferente, incluso su propio cuerpo. Una parte de su intelecto sabía que después de cinco días de estar inconsciente y enferma en la cama, probablemente debería sentirse exhausta a pesar de lo corta que era la distancia que había recorrido.

Los músculos no se recobraban de ese tipo de inactividad sin un poco de dolor y reentrenamiento. Sabía eso por su experiencia personal, desde el accidente que tuvo cuatro años atrás y que la obligó a estar en la unidad de cuidados intensivos del hospital de Fairbanks. El mismo accidente que mató a su marido y a su hija.

Jenna recordaba demasiado bien las semanas de dura rehabilitación que había tenido que superar antes de ponerse en pie y caminar otra vez. Y, sin embargo, ahora, después de la terrible experiencia de la que acababa de despertarse, sentía las piernas firmes y ágiles. No parecían afectadas por la prolongada falta de uso.

Sentía su cuerpo extrañamente estimulado. Más fuerte, como si no fuera el suyo.

—Nada de esto tiene sentido para mí —murmuró, mientras ella y Alex continuaban avanzando por el pasillo.

—Oh, Jen. —Alex le tocó el hombro con suavidad—. Entiendo la confusión que debes de estar sintiendo en estos momentos. Créeme, lo sé. Desearía que nada de esto te hubiera pasado. Desearía que hubiera alguna manera de eliminar lo que has tenido que vivir.

Jenna pestañeó lentamente, registrando la profundidad del lamento de su amiga. Tenía preguntas, tantas preguntas… pero, a medida que se adentraban más profundamente en el laberinto de pasillos, el sonido de voces mezcladas llegaba desde una habitación con paredes de vidrio que se hallaba más adelante. Oyó la voz profunda de Brock y el habla rápida, con un ligero acento británico, de ese hombre llamado Gideon.

Mientras ella y Alex se acercaban a la habitación donde estaban reunidos, vio que el tal Lucan también estaba allí. Al igual que Kade y los otros dos, solo contribuían a fortalecer la aterradora sensación de que todos esos tipos parecían llevar sus ropas de combate y todas esas armas con la mayor naturalidad del mundo.

—Este es el laboratorio de tecnología —le explicó Alex—. Todo el equipo informático que ves aquí está controlado por Gideon. Kade dice que es una especie de genio de la tecnología. Probablemente es un genio en todo.

Mientras ellas se detenían en el pasillo, Kade alzó la vista y dirigió una mirada a Alex a través del vidrio. Sus ojos plateados tenían un brillo eléctrico, y Jenna tendría que haber estado inconsciente en la cama para no notar la pasión que compartían su amiga y aquel hombre.

Jenna dirigió la mirada a los otros hombres reunidos en la habitación. Lucan y Gideon se volvieron hacia ella, al igual que los otros dos hombres grandes que no le resultaban familiares. Uno de ellos, rubio y de ojos dorados, tenía una mirada tan severa y fría como un cuchillo. El otro tenía la piel aceitunada, una espesa cabellera de ondas color chocolate que acentuaba sus ojos color topacio de largas pestañas y una desafortunada concentración de cicatrices que recorrían el lado izquierdo de un rostro que, de otro modo, habría sido perfecto. Había curiosidad en la mirada franca de esos hombres, y cierta suspicacia también.

—Ellos son Cazador y Río —dijo Alex, señalando respectivamente al amenazante rubio y al moreno de las cicatrices—. Son también miembros de la Orden.

Jenna hizo una vaga señal de reconocimiento, sintiéndose tan expuesta delante de esos hombres como en su primer día de trabajo como policía del estado en Alaska, siendo una novata recién salida de la academia y además mujer. Pero aquí, la sensación no tenía que ver con una discriminación de sexo ni nimias inseguridades masculinas. Había tenido bastante de toda esa basura durante su trabajo de policía como para darse cuenta de que se trataba de algo diferente. Algo mucho más profundo.

Aquí, ella sentía que, por virtud de su mera presencia, estaba entrando en un terreno sagrado. De alguna forma que no podía expresarse con palabras, tenía la sensación de que esos cinco pares de ojos la estudiaban en aquel lugar, entre esas gentes, como si fuera de lo más extraña.

Incluso la mirada oscura y absorbente de Brock se demoró en ella, evaluándola de una manera que parecía indicar que no estaba seguro de que le gustara verla allí, a pesar del cuidado y la amabilidad que había demostrado en la enfermería.

Jenna no habría discutido ese punto ni por un segundo. Más bien estaba de acuerdo con la sensación que le llegaba desde el otro lado de las paredes de vidrio del laboratorio. Ella no pertenecía a aquel lugar. Aquella no era su gente. No. Había algo en esos rostros duros e indescifrables que le indicaba que no tenían nada que ver con ella. Eran otra cosa… algo distinto.

Pero después de lo que había tenido que pasar en la cabaña de Alaska, y después de las imágenes que había visto en la enfermería, ¿podía estar segura de quién era ahora?

Esa pregunta la dejó helada hasta los huesos.

No quería pensar en eso. Ya bastante le costaba aceptar que había servido de alimento a una criatura terrorífica que la había retenido prisionera durante horas. La misma criatura que había implantado un material extraño en su cuerpo cambiando su vida —o lo poco que quedara ahora de ella— por dentro.

¿Qué le ocurriría ahora?

¿Cómo volvería a ser la misma de antes?

Jenna estaba a punto de tambalearse ante el peso de más preguntas de las que estaba preparada para considerar.

Para empeorarlo, la sensación de confusión que la había seguido a través de los pasillos del recinto volvía ahora, con más fuerza todavía. Todo parecía amplificarse a su alrededor, desde el suave zumbido de las luces fluorescentes encima de su cabeza —luces demasiado brillantes para sus sensibles ojos— hasta el acelerado pulso de su corazón, que parecía lanzar demasiada sangre a través de sus venas. Sentía la piel tirante, envolviendo su cuerpo, acelerado con una extraña y nueva conciencia. Había sentido su movimiento desde el momento en que abrió los ojos en la enfermería, y, en lugar de calmarse, estaba empeorando.

Algún extraño y nuevo poder parecía estar creciendo en su interior.

Extendiéndose, despertándose…

—Me siento un poco extraña —le dijo a Alex, mientras sus sienes latían con fuerza y las palmas de las manos se le humedecían mientras sus puños cerrados permanecían en los bolsillos de la bata—. Creo que necesito salir de aquí, tomar un poco el aire.

Alex se acercó y le apartó un mechón de pelo de la cara.

—Las habitaciones están muy cerca. Te sentirás mucho mejor después de una ducha, estoy segura.

—De acuerdo —murmuró Jenna, permitiendo que su amiga la guiara apartándola de la pared de vidrio del laboratorio de tecnología y de las miradas desconcertantes que la seguían.

Varios metros más adelante, el pasillo se curvó y se abrieron las puertas de un ascensor. De allí salieron tres mujeres que llevaban parkas y botas de nieve. Iban seguidas de una niña vestida de forma similar que sujetaba las correas de un par de perros: un pequeño y vivaracho chucho tipo terrier, y la majestuosa perra loba gris y blanca de Alex, *Luna*, que por lo visto también se había mudado recientemente de Alaska a Boston.

Tan pronto como *Luna* clavó sus afilados ojos azules en Alex y en Jenna, se abalanzó hacia las mujeres. La niña que sujetaba la correa dio un pequeño tirón de ella, más por jugar que por otra cosa, y la capucha de su parka cayó hacia atrás liberando una cabellera rubia que rebotó sobre su delicado rostro.

—¡Hola, Alex! —dijo, riendo mientras *Luna* la empujaba por el pasillo a su estela—. Acabamos de regresar de dar un paseo por fuera. ¡Hace muchísimo frío!

Alex se inclinó para acariciar la gran cabeza y el cuello de *Luna* y dedicó a la niña una sonrisa de bienvenida.

—Gracias por llevarla. Sé que le gusta estar contigo, Mira.

La niña sacudió la cabeza con entusiasmo.

—A mí también me gusta *Luna*. Tanto como *Harvard*.

Quién sabe si en señal de protesta o de aprobación, el terrier soltó un ladrido y danzó frenéticamente en torno a las piernas de la perra, agitando la cola a toda velocidad.

—Hola —saludó una de las tres mujeres—. Soy Gabrielle. Me alegra verte despierta y levantada, Jenna.

—Lo siento —intervino Alex, enderezándose para hacer rápidamente las presentaciones.

—Jenna, Gabrielle es la compañera de Lucan.

—Hola. —Jenna sacó una mano del bolsillo de la bata y la extendió para saludar a la bonita joven de cabello caoba. Junto a Gabrielle, una llamativa mujer afroamericana le dedicó una cálida sonrisa y le ofreció la mano en señal de bienvenida.

—Soy Savannah —dijo, con una voz aterciopelada y suave, que instantáneamente hizo que Jenna se sintiera en casa—. Estoy segura de que ya has conocido a Gideon, mi compañero.

Jenna asintió, sintiendo que no estaba preparada para cortesías, a pesar de la calidez de las otras mujeres.

—Y esta es Tess —añadió Alex, señalando a la tercera del trío, una mujer rubia en avanzado estado de embarazo, con serenos ojos color verde mar que parecían sabios a pesar de la juventud de su rostro—. Ella y su compañero, Dante, están esperando un hijo, que llegará muy pronto ya.

—Solo faltan unas semanas —dijo Tess mientras apretaba brevemente la mano de Jenna y dejaba descansar la otra suavemente en su abultado vientre—. Hemos estado todas muy preocupadas desde que llegaste, Jenna. ¿Necesitas alguna cosa?

Si hay algo que podamos hacer por ti, espero que nos lo digas.

—¿Podéis eliminar todo lo que me pasó hace una semana? —preguntó Jenna, solo medio en broma—. Realmente me gustaría borrar los últimos días y regresar a mi vida anterior en Alaska. ¿Alguien puede hacer eso por mí?

—Me temo que eso no es posible —dijo Gabrielle. Aunque el dolor suavizaba su expresión, la compañera de Lucan hablaba con la serena confianza de una mujer consciente de su autoridad aunque no quisiera abusar de ella—. Lo que has tenido que soportar ha sido terrible, Jenna, pero la única posibilidad es seguir adelante. Lo siento.

—No más que yo —dijo Jenna en voz baja.

Alex murmuró unas palabras apresuradas de despedida a las otras mujeres. Luego acarició la cabeza de *Luna*, detrás de las orejas, y le dio un beso rápido en el hocico antes de retomar con Jenna la caminata por el pasillo. En la distancia, Jenna oyó un chirrido metálico y el sonido amortiguado de risas en medio de una conversación animada. Por el tono de esta, era una especie de competición entre al menos una mujer y no menos de tres hombres.

Jenna arrastró los pies junto a Alex mientras giraban por una esquina del pasillo y el tenue ruido de voces y de armamento se extinguía.

—¿Cuánta gente vive aquí?

Alex inclinó la cabeza, pensando.

—Ahora mismo la Orden cuenta con diez miembros que viven en el recinto. Todos tienen pareja, menos Brock, Cazador y Chase. Así que hay siete mujeres, además de Mira.

—Dieciocho personas en total —dijo Jenna, haciendo la cuenta distraídamente.

—Ahora diecinueve —la corrigió Alex, mientras le lanzaba una mirada por encima del hombro.

—Yo estoy aquí de forma provisional —dijo Jenna, mientras caminaban a lo largo de otro pasillo de mármol, y luego se detenía detrás de Alex cuando ella aminoró el paso al acercarse a una puerta sin nada escrito—. Tan pronto como uno de tus nuevos agentes secretos descubra cómo extraerme esa cosa que tengo en la nuca, me iré. No pertenezco a este lugar, Alex. Mi vida está en Alaska.

La sonrisa compasiva que se deslizó en los labios de Alex le sacudió el pulso.

—Bueno, aquí estamos. —Abrió la puerta de su apartamento privado para que entrara Jenna. Avanzó por delante de ella y encendió la lámpara que había sobre la mesa, que bañó el espacio con una débil luz. Alex parecía algo ansiosa, caminando alrededor del lugar como un torbellino y hablando demasiado deprisa—. Quiero hacerte sentir en casa, Jen. Relájate unos minutos en el salón, si quieres. Te traeré ropa limpia y prepararé la ducha para ti. A menos que quieras dormir un rato. Puedo darte una de las camisetas de Kade para dormir y prepararte la cama.

—Alex.

Ella desapareció en la habitación contigua, todavía hablando a toda velocidad.

—¿Tienes hambre? ¿Quieres que te prepare algo de comer?

Jenna se acercó al umbral de la puerta.

—Dime qué está pasando aquí. Quiero decir, qué está pasando realmente.

Finalmente, Alex se detuvo.

Volvió la cabeza y la miró fijamente durante lo que pareció ser un minuto de silencio.

—Quiero saberlo —dijo Jenna—. Maldita sea, necesito saberlo. Por favor, Alex, como amiga mía, dime la verdad.

Alex la siguió mirando fijamente, luego soltó un largo suspiro y sacudió lentamente la cabeza.

—Oh, Jen. Hay tantas cosas que yo no sé. Cosas que no he sabido hasta hace un par de semanas, después de encontrarme con Kade en Harmony.

Jenna permaneció allí de pie, observando cómo su amiga, normalmente franca y directa, luchaba por encontrar las palabras.

—Dime, Alex. ¿De qué trata todo esto?

—De vampiros, Jen. —La palabra fue susurrada, pero la mirada de Alex no titubeó—. Ahora ya sabes que son reales. Viste uno personalmente. Pero lo que no sabes es que no son como nos han enseñado en las películas y las novelas de terror.

Jenna se burló.

—La criatura que me atacó era bastante terrorífica.

—Lo sé —continuó Alex, ahora suplicante—. No puedo excusar lo que te hizo el Antiguo. Pero escúchame. Hay otros de su raza que no son diferentes a nosotros, Jen. En apariencia, por supuesto, no somos lo mismo. Tienen necesidades diferentes para sobrevivir, pero en lo profundo de ellos hay un núcleo de humanidad. Tienen familias y amigos. Son capaces de un increíble sentimiento de amor, bondad y honor. Igual que pasa entre nosotros, hay malos y hay buenos.

No mucho tiempo atrás, apenas una semana, de hecho, Jenna se habría echado a reír al oír algo tan descabellado como lo que Alex le estaba contando en esos momentos.

Pero todo había cambiado desde entonces. Le parecía que había transcurrido un siglo desde aquel momento. Jenna no podía reírse, no podía murmurar ni siquiera una palabra de rechazo mientras Alex continuaba explicándole que la estirpe, como prefería llamarla, existía desde hacía miles de años, y crecía a la sombra del mundo de los humanos.

Jenna únicamente podía limitarse a escuchar mientras Alex le contaba que la Orden había sido fundada hacía varios siglos por Lucan y otros compañeros, la mayoría de los cuales habían muerto hacía mucho tiempo. Los hombres que vivían en aquel recinto eran todos guerreros, incluidos Kade y Brock, e incluso el encantador genio de la informática, Gideon. Eran de la estirpe, sobrenaturales y letales. Eran diferentes, tal y como los instintos de Jenna le habían indicado.

Los miembros de la Orden se habían comprometido a proporcionar protección tanto a la raza humana como a la de la estirpe. Su misión era dar caza a los vampiros adictos a la sangre que recibían el nombre de renegados.

Jenna contuvo la respiración cuando Alex le confesó en voz baja que cuando era niña, en Florida, su madre y su hermano pequeño fueron atacados y asesinados por renegados.

—La historia que contamos a todo el mundo sobre mi madre y sobre Richie cuando nos mudamos a Harmony era solo eso, una historia. Una mentira que los dos queríamos creer. Creo que mi padre finalmente se la acabó creyendo, y luego el alzhéimer se encargó del resto. Yo casi había conseguido creerme nuestra mentira, también, hasta que comenzaron los asesinatos de Alaska. Entonces lo supe. No podía seguir huyendo de la verdad. Tenía que enfrentarme a ella.

Jenna cerró los ojos, permitiendo que todas esas increíbles revelaciones se acomodaran sobre sus hombros como una pesada capa. No podía desechar lo que había tenido que atravesar, igual que no podía rechazar la dolorosa experiencia que había tenido su amiga cuando era una niña. Afortunadamente la de Alex quedaba en el pasado. La había superado. Había encontrado finalmente la felicidad, irónicamente junto a Kade.

Jenna esperaba que ella también fuera capaz de superar la espantosa pesadilla que había soportado, pero se sentía como aprisionada por unos grilletes cuando pensaba en ese material desconocido incrustado en la base de su cráneo.

—¿Y qué pasa conmigo? —se oyó murmurar. Su voz se alzó con la ansiedad que sentía circular por la corriente de su sangre—. ¿Qué pasa con la pieza que hay dentro de mí, Alex? ¿Qué es esa cosa? ¿Cómo me la voy a sacar?

—No tenemos todavía esas respuestas, Jenna. —Alex se acercó, con la preocupación reflejada en su frente—. No lo sabemos, pero te prometo que encontraremos la manera de ayudarte. Kade y el resto de la Orden harán todo lo que esté en su poder para averiguarlo. Mientras tanto, te protegerán y se asegurarán de que estés bien cuidada.

—No. —Jenna se envolvió con sus propios brazos—. Lo que necesito es volver a casa. Quiero regresar a Harmony.

—Oh, Jen. —Alex negó con la cabeza, lentamente—. La vida que conocías en Alaska se ha terminado ahora. Todo ha cambiado en Harmony. Ha sido necesario tomar precauciones.

A ella no le gustaba nada cómo sonaba eso.

—¿De qué estás hablando? ¿Qué precauciones? ¿Qué es lo que ha cambiado?

—La Orden ha tenido que asegurarse de que el Antiguo y los extraños sucesos del pueblo no afecten al resto de la población. —La mirada de Alex se quedó fija en la de ella—. Jenna, han borrado a todo el mundo los recuerdos de los asesinatos en el bosque y las otras muertes que hubo durante la semana. Todas las personas de Harmony creen que tú y yo nos fuimos de allí hace meses. Puedes regresar y generar un montón de preguntas. Todo el mundo se nos vendrá encima si lo haces.

Jenna se esforzó por permanecer entera y asimilar todo lo que estaba oyendo. Vampiros y cuarteles secretos. Un mundo alternativo que había existido junto con su propio mundo durante miles de años. Su mejor amiga desde hacía veinte años casi no había logrado sobrevivir a un ataque de vampiros cuando era una niña.

Y luego la parte que le traía una nueva oleada de dolor: los recientes asesinatos de Harmony, que por lo visto incluían a su hermano.

—Dime qué le ocurrió a Zach.

El rostro de Alex estaba lleno de dolor.

—Él tenía secretos, Jen. Muchos. Tal vez sea mejor que no lo sepas todo…

—Cuéntamelo —pidió Jenna, odiando que la trataran con tanto cuidado, especialmente Alex—. Nunca hemos permitido gilipolleces entre nosotras, y te aseguro que no vamos a empezar ahora.

Alex asintió.

—Zach traficaba con drogas y alcohol entre la población nativa. Él y Skeeter Arnold habían estado trabajando juntos durante un tiempo. Yo no lo descubrí hasta que Zach… —suspiró suavemente—. Cuando obligué a Zach a enfrentarse a lo que yo había descubierto, se puso muy violento, Jen. Me apuntó con una pistola.

Jenna cerró los ojos, enferma al pensar que su hermano mayor, el policía condecorado al que ella se había esforzado en imitar prácticamente toda su vida, era en realidad una persona corrupta. La verdad era que nunca habían sido verdaderamente íntimos, por más que fueran hermanos, y se habían ido apartando cada vez más en los últimos años.

Dios, ¿cuántas veces había presionado a Zach para que investigara las cuestionables actividades de Skeeter Arnold en los alrededores de Harmony? Ahora, la reluctancia que Zach mostraba a la hora de hacerlo cobraba sentido. Nunca le había importado realmente lo que pasara en el pueblo. Se interesaba más por protegerse a sí mismo. ¿Hasta dónde podía haber llegado para proteger su sucio secreto?

—¿Te hizo daño, Alex?

—No —dijo ella—. Pero me lo habría hecho, Jen. Cogí mi

motonieve para ir hasta tu cabaña. Él me siguió. Cuando llegamos, me disparó… más que nada para asustarme. Después todo ocurrió demasiado rápido. Lo siguiente que supe es que el Antiguo atravesó la puerta de tu cabaña y se lanzó contra él. Hubo una lucha inicial y todo acabó rápidamente para él.

Jenna la miró fijamente durante un largo momento, sintiendo que se había quedado sin palabras.

—Dios santo, Alex. Todo lo que me estás contando… ¿es verdad? ¿Todo es verdad?

—Sí. Dijiste que querías saberlo. No podía ocultártelo, y creo que es mejor que lo sepas.

Jenna retrocedió, tropezando un poco. De repente estaba llena de confusión. Inundada con una emoción que le impedía respirar bien y le hacía sentir una opresión en el pecho.

—Tengo que… Necesito estar sola ahora…

Alex asintió.

—Sé lo duro que debe de ser para ti, Jenna. Créeme que lo sé.

Jenna se desplazó vacilante en dirección al baño y Alex se movió junto a ella, manteniéndose cerca porque temía que fuera a desplomarse. Pero las piernas de Jenna no iban a fallarle. Estaba aturdida y afectada por lo que acababa de oír, pero su cuerpo y su mente no estaban débiles en absoluto.

La adrenalina corría a través de ella, inundando sus sentidos y poniendo en estado de alerta su instinto de lucha o huida. Se esforzó por impregnar de calma su expresión al mirar a Alex ahora, aunque por dentro sentía cualquier cosa menos calma.

—Creo que me daré ahora esa ducha. Solo… quiero estar a solas durante un rato. Necesito pensar…

—Está bien —aceptó Alex, haciéndola pasar al enorme cuarto de baño—. Tómate el tiempo que quieras. Te traeré ropa y zapatos, y estaré ahí fuera por si me necesitas.

Jenna asintió, siguiendo a Alex con la mirada mientras salía por la puerta y esperando a que lo hiciera para cerrarla tras ella. Solo entonces dejó que salieran las lágrimas. Se las secó mientras corrían por sus mejillas, tan calientes como el ácido, aunque sentía el resto de su cuerpo completamente helado hasta el centro.

Se sentía perdida y asustada, tan desesperada como un animal atrapado en una jaula. Tenía que salir de aquel lugar, aunque tuviera que perder un miembro al escapar. Aunque tuviera que utilizar a su amiga.

Jenna abrió el agua caliente de la enorme ducha para dos personas. Mientras el vapor comenzó a llenar la habitación, pensó en el ascensor que había llevado a las otras mujeres y a la niña hasta la superficie.

Pensó en la libertad, y en lo que daría por probarla de nuevo.

—Todavía faltan dos malditas horas para que se ponga el sol —dijo Brock, mirando el reloj de pared del laboratorio de tecnología como si pudiera conseguir que se adelantara la noche. Se apartó de la mesa de conferencias donde estaba apoyado, con las piernas inquietas y la necesidad de mover el cuerpo—. Puede que los días sean más cortos en esta época del año, pero, maldita sea, a veces parece que se arrastran.

Sintió unos ojos clavados en él mientras comenzaba a merodear por la habitación. En ese momento solo estaban él, Kade y Gideon en el laboratorio. Lucan había ido en busca de Gabrielle, Cazador y Río se habían unido a Renata, y Nikolai y Tegan estaban en la habitación de armas para entrenar un poco antes de empezar las patrullas nocturnas por la ciudad. Tendría que haber ido con ellos. En lugar de eso, se había quedado en el laboratorio, por la curiosidad de ver los resultados del último análisis de sangre que Gideon le había hecho a Jenna.

Se detuvo detrás de la pantalla del ordenador y observó una serie de estadísticas desplazándose.

—¿Cuánto más va a tardar esto, Gid?

Por unos segundos, el movimiento de los dedos en el teclado fue la única respuesta.

—Estoy viendo un último análisis de ADN, luego tendremos algunos datos.

Brock gruñó. Impaciente, se cruzó de brazos y continuó dejando una huella en el suelo de la habitación.

—¿Te encuentras bien?

Al volver la cabeza, se topó con la mirada afilada y escruta-
dora de Kade. Le frunció el ceño al guerrero.

—Sí, ¿por qué?

Kade se encogió de hombros.

—No sé, amigo. No estoy acostumbrado a verte tan agitado.

—¿Agitado? —Brock repitió la palabra como si se tratara
de un insulto—. Mierda. No sé a qué te refieres. No estoy
agitado.

—Estás agitado —señaló Gideon por encima de los sonidos
que hacía con su trabajo en el ordenador—. De hecho has estado visiblemente distraído en las últimas horas. Desde que la
amiga humana de Alex se despertó.

Brock notó que fruncía el ceño profundamente mientras su
paseo por la habitación se volvía aún más agitado. Demonios,
tal vez estaba nervioso, pero solo porque ansiaba que llegara la
oscuridad para poder salir a patrullar y hacer lo que estaba entrenado para hacer. Eso era todo. No tenía que ver con nada ni
con nadie más.

Si se distraía con Jenna Darrow era porque su presencia en
el recinto violaba las reglas de la Orden. Jamás habían permitido que un ser humano entrara en sus cuarteles. Todos los
guerreros eran perfectamente conscientes de eso, cosa que había resultado evidente cuando ella y Alex habían pasado caminando por delante del laboratorio de tecnología un rato antes.
Y resultaba que esa mujer humana llevaba algo alienígena en
su interior… algo sin determinar, que tal vez podría ir en de-
trimento de la Orden y su misión contra Dragos. Eso hacía su
presencia todavía más perturbadora.

Jenna había puesto a todo el mundo nervioso en alguna
medida. El caso de Brock no era distinto. Al menos eso era lo
que él se decía mientras pasaba por última vez detrás del monitor de Gideon y dejaba escapar un taco.

—Joder, voy a salir de aquí. Si el análisis de sangre revela
algo interesante antes de que llegue la noche, estaré en la habitación de armas.

Fue a grandes pasos hasta la puerta del laboratorio y se detuvo mientras el panel de cristal se abría ante él. Tan pronto
como atravesó el umbral, Alex apareció corriendo como una
flecha.

—¡Se ha ido! —soltó mientras entraba en la habitación, claramente preocupada—. ¡Jenna se ha ido!

Brock sintió la noticia como un golpe en el estómago.

—¿Dónde está?

—No lo sé —respondió Alex, con sufrimiento en su mirada.

En menos de un segundo, Kade estaba al lado de su compañera.

—¿Qué ha ocurrido?

Alex sacudió la cabeza.

—Se dio una ducha y se vistió. Cuando salió del cuarto de baño dijo que estaba cansada. Me preguntó si podía echarse un rato en el sofá. Cuando regresé con una almohada y una manta que fui a buscar al armario… ya no estaba. La puerta de nuestro apartamento estaba totalmente abierta, pero no había ni rastro de Jenna. Llevo cinco minutos buscándola, pero no la encuentro por ninguna parte. Estoy preocupada por ella. Lo siento, Kade. Debería haber sido más cuidadosa. Debería…

—Está bien —dijo él, acariciándole suavemente el brazo—. Tú no has hecho nada malo.

—Tal vez sí lo hice. Le hablé de la estirpe y de la Orden. Se lo conté todo sobre Zach y sobre cómo han quedado las cosas en Harmony. Me hacía tantas preguntas, y pensé que tenía derecho a saberlo.

Brock dejó escapar la palabrota que tenía en la punta de la lengua. Sabía condenadamente bien que a él también le habría costado mucho mentir a Jenna.

Kade asintió con seriedad mientras le daba a Alex un beso en la frente.

—Está bien. Hiciste lo correcto. Es mejor que sepa la verdad y la mire de frente.

—Tengo miedo de que la verdad le haya provocado el pánico.

—Ah, venga ya —murmuró Gideon desde su posición ante el ordenador. En uno de los paneles que monitoreaban los sensores de movimiento en la finca las luces pestañeaban como las de un árbol de Navidad—. Está en la mansión al nivel del suelo. O mejor dicho, estaba en la mansión. Tenemos una grieta en la seguridad de una de las puertas del exterior.

—Creía que todas las salidas estaban cerradas como marca el procedimiento —dijo Brock, sin pretender que sonara como una acusación.

—Echa un vistazo tú mismo —dijo Gideon, girando el monitor mientras accionaba el auricular de manos libres y le daba a una tecla de llamada rápida.

—Lucan, tenemos un problema.

Mientras el líder de la Orden se ponía al día, Brock fue a consultar el ordenador principal del centro, seguido por Kade y Alex. En la cámara de seguridad que mostraba el exterior de la finca, se veía cómo una de las barras de la cerradura de acero reforzado había sido arrancada como si fuese un caramelo. La puerta estaba completamente abierta a la luz del día, y los rayos solares en la nieve del patio eran prácticamente cegadores, incluso en la pantalla.

—Maldita sea —murmuró Brock.

Junto a él, Alex ahogó un grito de incredulidad. Kade permanecía en silencio, con la mirada tan seria como petrificada, cuando deslizó los ojos hacia Brock. A través del teléfono, Gideon daba ahora órdenes urgentes a la mujer más temible de la Orden, llamada Renata, para que saliera y trajera a Jenna de vuelta.

—Tengo su localización en la cámara ahora —le dijo a Renata—. Está en el lado este de la propiedad, dirigiéndose a pie hacia el sudeste. Si sales por la puerta de servicio del sur, deberías poder alcanzarla antes de que llegue al perímetro de la valla.

—El perímetro de la valla —murmuró Brock—. Dios santo, esa cosa está cargada con más de cuarenta mil voltios de electricidad.

Gideon continuó hablando, informando a Renata del avance y la posición de Jenna.

—Corta la electricidad —dijo Brock—. Tienes que cortar la electricidad de la valla.

Gideon le dirigió una mirada dudosa.

—¿Y dejar que salga tranquilamente de la propiedad? No puedo hacerlo, amigo.

Brock sabía que el guerrero tenía razón. Sabía que lo más inteligente y lo mejor para la Orden era asegurarse de que la mujer permaneciera en el interior del recinto. Pero la idea de que Jenna tomara contacto con esa dosis de electricidad potencialmente letal era demasiado. Era, en una palabra, inaceptable.

Miró el alimentador de la cámara de seguridad y vio a Jenna, vestida con un suéter blanco y unos tejanos, el cabello castaño suelto, mientras corría a través del patio nevado hacia los límites de la propiedad. Iba directa hacia la valla de varios metros de altura que rodeaba la finca por todos lados.

—Gideon —gruñó, mientras la silueta de Jenna se hacía más pequeña en el monitor—. Corta la maldita electricidad.

Brock no esperó a que el otro guerrero cumpliera la orden. Se estiró y dio un manotazo sobre el panel de control. Las luces se apagaron, y un zumbido persistente alertó de que la red eléctrica había sido desactivada.

Un largo silencio llenó la habitación.

—La veo —dijo la voz de Renata a través del altavoz del laboratorio—. Estoy justo detrás de ella.

Miraron la pantalla donde la compañera de Nikolai corría a toda velocidad en dirección a Jenna, siguiendo su rastro en la nieve. Se oían pasar los segundos mientras esperaban otra palabra de ella.

Finalmente, Renata habló, pero el improperio que salió de su boca no era lo que nadie en la habitación esperaba oír.

—Maldita sea. No...

Brock sintió que el terror le helaba la sangre en las venas.

—¿Qué ha ocurrido?

—Háblame —dijo Gideon—. ¿Qué ocurre, Renata?

—Demasiado tarde —respondió ella, con la voz extrañamente rígida—. He llegado demasiado tarde... Se ha escapado.

Gideon se inclinó, ladeando la cabeza hacia Brock.

—Ha trepado por la maldita valla, ¿verdad?

—¿Trepado? —La risa de Renata fue más bien un amargo suspiro—. No, no ha trepado. Ella... ah, mierda. Te lo creas o no, la he visto saltar por encima de la valla.

Capítulo cuatro

La carretera vibraba bajo sus pantalones vaqueros y las suelas del calzado de Jenna, empapados por la nieve. El olor de carne ahumada y sudor masculino llegaba a ella de todas direcciones dentro de los límites oscuros de la furgoneta de reparto. Estaba sentada en el suelo entre cajas de embalaje y envases de cartón, recibiendo empujones con cada sacudida. Sentía malestar en el estómago, no sabía si por la adrenalina que estallaba en su interior o por la empalagosa mezcla de carne procesada y olor corporal que golpeaba su nariz.

Cómo había conseguido salir de la propiedad del recinto era un recuerdo borroso. Su cabeza todavía estaba inundada de las perturbadoras revelaciones que había recibido en la últimas horas y sus sentidos se habían puesto en marcha desde el momento en que había tomado la decisión de intentar escapar. Incluso ahora, las visiones, sonidos y movimientos —cada uno de los datos que entraba por sus sentidos— parecían sobrevenirle con una caótica confusión.

Arriba, al frente de la furgoneta, el conductor y su acompañante charlaban animadamente en un idioma extranjero que sonaba a eslavo. Sabían suficiente inglés como para acceder a llevarla a la ciudad cuando les hizo señales para que parasen junto a los terrenos de la finca, en un momento en que era perfecto para ella. Excepto que ahora, que habían recorrido varios kilómetros, se daba cuenta de que no habían dejado de sonreírle y de intentar hablarle en un inglés chapucero.

Ahora el conductor le lanzaba miradas furtivas por el espejo retrovisor, y a ella no le gustaba cómo sonaba su voz baja y los intercambios graciosos que compartían los dos hombres mientras daba botes en la parte trasera de la furgoneta oscura.

—¿Cuánto falta para llegar a la ciudad? —preguntó, apoyándose en una caja de salchichones mientras la furgoneta daba un giro a la izquierda. El estómago le dio un vuelco con el movimiento, le pitaron los oídos y le dolió la cabeza. Aguzó la vista a través del parabrisas al frente del vehículo mientras se dirigían hacia el brillo distante de las luces de la ciudad—. La estación de autobuses, ¿verdad? Allí es donde dijisteis que me llevaríais. ¿A qué distancia se encuentra?

Por un segundo, se preguntó si alguno de ellos podía oírla por encima del ruido del motor mientras el conductor le daba más gas. El sonido le parecía ensordecedor. Pero entonces el copiloto se dio la vuelta y le dijo algo en su propia lengua.

Algo que pareció divertir a su amigo detrás del volante.

Jenna sintió un nudo de miedo en el estómago.

—¿Sabéis qué? He cambiado de idea. No iré a la estación de autobuses. Llevadme a la policía. Po-li-cí-a —dijo, remarcando cada sílaba para que se entendiera bien. Se señaló a sí misma mientras el conductor le dirigía una mirada frunciendo el ceño ante el espejo—. Soy policía. Yo soy policía.

Hablaba con ese tono de «nada de tonterías» que había llegado a convertirse para ella en una segunda naturaleza, por más que hubiera pasado varios años sin llevar uniforme. Pero si el par de bromistas captaron el tono o lo que les estaba diciendo, no parecían inclinados a creerla.

—¿Policía? —El conductor se rio mientras miraba a su compañero—. *Nassi, nuk duken si ajo e policisë për ju?*

—No —respondió ese que por lo visto se llamaba Nassi, sacudiendo la cabeza. Luego, sus labios se separaron dejando ver sus dientes torcidos. Paseó la mirada lentamente por el cuerpo de Jenna—. *Për mua, ajo duket si një copë e shijshme e gomarit.*

«La chica parece una pieza muy sabrosa.»

Jenna pensó que la mirada lasciva de ese tal Nassi habría bastado para reconocer sus intenciones, pero las palabras eran descaradamente claras. Miró a los dos hombres mientras estos mantenían una conversación privada en su lengua nativa. Observó sus labios, estudió los sonidos que deberían resultarle totalmente extraños... palabras que no debería entender y que, sin embargo, entendía.

—No sé tú, Gresa, amigo mío, pero yo le daría un bocado a

ese culo americano de primera —añadió Nassi, tan confiado de que su idioma extranjero no era entendido por Jenna, que tuvo la desfachatez de mirarla directamente a los ojos mientras hablaba—. Lleva a esta puta a la oficina y vamos a divertirnos un poco con ella.

—Me parece bien. —Gresa se rio y hundió el pie en el acelerador, aumentando la velocidad de la furgoneta bajo un paso elevado de la autopista y adentrándose en un tramo abarrotado de tráfico.

Oh, no, dios mío.

La sensación de miedo que Jenna tenía minutos atrás era ahora como una bola de hielo en el estómago.

La aceleración repentina le hizo caer de culo. Gateó para agarrarse a las cajas de embalaje que había a su alrededor, sabiendo que sus posibilidades de escapar con el vehículo moviéndose a esa velocidad eran nulas. Si la caída no la mataba, los coches y camiones que circulaban por ambos carriles a su lado ciertamente lo harían.

Para empeorarlo aún más, la cabeza comenzaba a darle vueltas por el aluvión de luces y de ruido que provenía del exterior de la furgoneta. Los gases que despedían los automóviles, además del hedor del interior del vehículo, formaban un olor nauseabundo que le revolvía el estómago. Todo a su alrededor parecía amplificado y demasiado intenso, como si el mundo se hubiese vuelto más vívido, más lleno de detalles.

¿Estaría perdiendo la cabeza?

Después de todo lo que había tenido que pasar recientemente, después de todo lo que había visto y escuchado, no debería sorprenderse si perdía la razón.

Y mientras estaba sentada ahí detrás, abatida contra las cajas y embalajes, oyendo a esos dos hombres que discutían las ideas que tenían para ella con entusiasta y violento detalle, tuvo la sensación de que su cordura no era lo único que corría un riesgo ahora mismo. Nassi y su amigo Gresa tenían varios planes espantosos para poner en práctica al llegar a su oficina. Planes que incluían cuchillos y cadenas y paredes a prueba de sonido para que nadie pudiera oír sus gritos, si es que Jenna podía confiar en la repentina y nueva fluidez adquirida en su lengua.

Estaban discutiendo cuál de los dos sería el primero en disfrutar, mientras hacían girar la furgoneta para salir de la carretera principal y meterse en una zona destartalada de la ciudad. Las calles se estrecharon, y las luces de las farolas se hacían más escasas a medida que se adentraban en lo que parecía ser un área industrial. Almacenes y largos edificios de ladrillos rojos llenaban las calles y callejones.

La furgoneta de reparto rebotaba sobre los numerosos baches y el asfalto irregular. Los neumáticos crujían sobre el hielo marrón de la nieve fangosa medio derretida que se acumulaba a ambos lados del pavimento.

—Hogar, dulce hogar —dijo Nassi, esta vez en inglés, sonriéndole desde su asiento de copiloto—. El trayecto ha terminado. Es hora de cobrarnos el billete.

Los dos hombres se rieron mientras el conductor aparcaba el vehículo y apagaba el motor. Nassi salió de su asiento y se dirigió a la parte posterior del vehículo desde adentro. Jenna sabía que tendría apenas unos segundos para actuar… unos preciosos segundos para inutilizar a uno de los hombres o a ambos y salir disparada.

Se colocó en una posición estable, preparada para el momento que estaba esperando.

Nassi le dedicó una amplia sonrisa mientras avanzaba hacia el interior del vehículo.

—¿Qué tienes para ofrecernos? Déjame ver.

—No —dijo Jenna, sacudiendo la cabeza y fingiendo ser una mujer indefensa—. No, por favor.

Él soltó una risa lobuna.

—Me gusta ver a una mujer que suplica. Una mujer que sabe cuál es su lugar.

—Por favor, no —dijo Jenna mientras él se acercaba todavía más. Su hedor casi le provocaba arcadas, pero mantuvo los ojos fijos en él. Cuando se halló a un brazo de distancia, ella extendió la mano izquierda, con la palma hacia delante, como si quisiera mantenerlo a distancia físicamente.

Sabía que él la agarraría.

Contaba con eso, y casi no pudo contener la sacudida de triunfo que surgió a través de sus venas cuando él la tomó de la muñeca y la levantó del suelo de la furgoneta.

Jenna empleó todo su peso en el movimiento, usando su fuerza bruta para lanzarse contra él. Con el puño de la mano que tenía libre, le dio un fuerte golpe en la nariz, impulsando el blando cartílago por su tabique con un resonante «pop».

—¡Aaghh! —aulló Nassi al sentir el dolor—. *Putanë!* ¡Puta, pagarás por esto!

La sangre brotaba a borbotones de su rostro mientras rugía y empujaba sus manos hacia ella. Jenna se escapó hacia la izquierda, logrando esquivarlo. En la parte delantera de la furgoneta, oyó que el otro hombre se ponía en movimiento, abandonando su sitio tras el volante para atravesar torpemente la consola entre los asientos.

No tenía tiempo para preocuparse por él ahora. Nassi estaba furioso, y para poder salir de la furgoneta tenía que ocuparse primero de él.

Jenna juntó las manos y bajó los codos con fuerza sobre la espina dorsal de su atacante. Él gritó de dolor, tosiendo mientras hacía otro torpe intento de asirla. Ella lo esquivó, apartándose de su alcance con la misma facilidad que si estuviera quieto.

—*Puthje topa tuaj lamtumirë, ju copille shëmtuar!* —le susurró ella con violencia. Una amenaza que se vio reforzada cuando levantó la rodilla y le dio un fuerte golpe en los huevos.

Nassi se desplomó como una tonelada de ladrillos.

Jenna lanzó un grito, preparada para luchar ahora contra su amigo Gresa.

No vio el revólver que sostenía el otro hombre hasta que el destello del disparo ardió tan brillante como un relámpago. El repentino estrépito de la bala al explotar fue ensordecedor. Pestañeó, aturdida pero extrañamente distante, mientras el fuego abrasador del impacto la golpeaba.

—¿Tenemos algo?

Lucan entró a grandes zancadas en el laboratorio donde estaban reunidos Brock, Kade, Alex, Renata y Nikolai, en torno a la estación de trabajo de Gideon.

Brock tenía las manos apoyadas en el escritorio y miraba el monitor por encima del hombro de Gideon. Sacudió la cabeza mirando a Lucan muy serio.

—Todavía nada sólido. Seguimos buscando en los archivos del Departamento de Vehículos.

Jenna había huido hacía más de una hora. La mejor pista que tenían la había capturado durante un par de segundos una de las cámaras de seguridad del perímetro de la finca.

Aproximadamente al mismo tiempo que Renata vio a Jenna saltar la valla y esfumarse, una furgoneta de reparto blanca apareció por la carretera adyacente a la propiedad. Gideon apenas pudo obtener una vista parcial de la matrícula comercial antes de que el vehículo girara la esquina y desapareciera de la vista. Por eso, había accedido a los archivos del Departamento de Vehículos de Boston y estaba revisando las combinaciones numéricas de las matrículas, tratando de averiguar a nombre de quién estaba registrada la furgoneta y dónde podrían ir a buscarla.

Brock estaba seguro de que, si lograban localizar la furgoneta, Jenna no podría encontrarse lejos.

—Tengamos pistas sólidas o no, en cuanto se ponga el sol, dentro de una hora y media, tendremos patrullas registrando la ciudad —dijo Lucan—. No podemos permitirnos perder a esa mujer antes de entender qué puede significar para nuestras operaciones.

—Y yo no puedo permitir que le ocurra nada a mi mejor amiga —dijo Alex, señalando el vínculo emocional también presente en aquella situación con Jenna—. Está preocupada y herida. ¿Y si le ha ocurrido algo malo ahí fuera? Es una buena persona. No merece nada de todo eso.

—La encontraremos —dijo Brock con firmeza—. Te lo prometo, la encontraremos.

Kade lo miró a los ojos y asintió con expresión solemne. Después de las sorprendentes circunstancias en que Jenna había huido del recinto, encontrar a aquella mujer con un material alienígena en el interior de su cuerpo era una misión que ninguno de los guerreros podía eludir. Había que recuperar a Jenna Darrow, costara lo que costase.

—Atención, atención… —murmuró Gideon—. Esto podría ser interesante. Acabo de dar con dos nuevos vehículos en la última secuencia. Uno de ellos corresponde al registro de un taller en Quincy.

—¿Y el otro? —preguntó Brock, inclinándose para mirar más de cerca.

—Una planta de envasado de carne en Southie —dijo Gideon—. Una pequeña empresa llamada Los Mejores Carniceros. Dice que son especialistas en cortes personales y servicio a domicilio.

—No, mierda —dijo Renata, mientras su melena negra, a la altura de la barbilla, se agitaba cuando volvió la cabeza para mirar a los demás—. El director de un banco que vive a un par de kilómetros de esta carretera va a celebrar su cena de Navidad en casa el próximo fin de semana. Tiene sentido que esa furgoneta de reparto de carne viniera de allí.

—Sí, así es —aceptó Lucan—. Gideon, consigue una dirección de ese lugar.

—Ahora mismo. —Pulsó unas cuantas teclas y aparecieron en la pantalla la dirección y un mapa satélite del lugar—. Ahí está, en la zona más marginal de Southie.

Los ojos de Brock quedaron fijos en la localización, ardiendo como rayos láser. Se dio la vuelta y salió del laboratorio de tecnología, reflejando su determinación en cada una de las duras pisadas de las suelas de sus botas sobre el suelo de mármol.

Detrás de él, Kade se precipitó hacia el corredor.

—¿Qué demonios haces, amigo? El sol no se pondrá hasta dentro de un buen rato. ¿Dónde vas?

Brock siguió caminando.

—Voy a traerla de vuelta.

Capítulo cinco

*E*l sol estaba comenzando a bajar por detrás de la línea del horizonte de Boston mientras Brock hacía girar uno de los todoterrenos de la Orden por una de las calles de la zona sur. Debajo de su guardapolvo de cuero negro llevaba un traje que lo protegía de los rayos UV, guantes y gafas de sol envolventes. Con un siglo y poco más de una década de existencia y a muchos linajes de distancia de la primera generación de vampiros de la estirpe como Lucan, la piel de Brock podía soportar los rayos de sol durante un corto período de tiempo, pero no había un miembro de su raza vivo para quien la luz del sol no representara una amenaza para la salud.

No es que él tuviera intención de freírse, pero la idea de quedarse sentado en el recinto esperando el crepúsculo mientras una mujer inocente vagaba por la ciudad, sola y preocupada, era más de lo que podía soportar. Su decisión cobró todavía más sentido cuando vio la anodina furgoneta de reparto blanca aparcada junto a la dirección que Gideon había señalado. Incluso antes de que Brock bajara del coche, el hedor de sangre humana recién derramada alcanzó su nariz.

—Joder —murmuró por lo bajo, caminando al acecho sobre la nieve sucia y medio derretida de la calle donde había aparcado el vehículo.

Miró a través de la ventanilla del acompañante y se fijó en una caja de balas vacía que había en el suelo entre los dos asientos. El olor cobrizo a hemoglobina era ahí más fuerte, casi apabullante.

Perteneciendo a la estirpe, no era capaz de controlar la reacción de su cuerpo ante la presencia de sangre fresca. La boca se le llenó de saliva, sus dientes caninos le desgarraron las encías y los colmillos le llenaron la boca presionando contra su lengua.

Instintivamente, inspiró con fuerza el olor para determinar si la sangre era de Jenna. Pero ella no era una compañera de sangre; su aroma no llevaría impregnado ese sello único como el caso de Alex o las otras mujeres del recinto.

Un macho de la estirpe era capaz de seguir el rastro del aroma de una compañera de sangre durante kilómetros, por muy débil que fuera. Jenna podría estar sangrando a la vista de Brock y ante su nariz y no habría manera de distinguir por el olor si la sangre era de ella o de otro *Homo sapiens*.

—Maldita sea —gruñó, moviendo la cabeza en la dirección del edificio de envasado de carne que había al lado. El hecho de que alguien hubiera sangrado recientemente dentro de la furgoneta de reparto era la única prueba que necesitaba para saber que Jenna corría peligro.

Su ira parecía hervir a fuego lento anticipándose a lo que encontraría en el interior de aquel edificio de ladrillos rojos. Desde la calle, al acercarse al lugar, pudo oír las voces de hombres y el zumbido del sistema de ventilación colocado en el techo.

Brock se dirigió hacia una puerta lateral y se esforzó por ver a través de la pequeña ventana de alambre reforzado. No vio nada más que cajas y material de embalaje. Asió el pomo de metal de la puerta y lo hizo girar. Lo arrojó a un montón de nieve sucia al lado de la entrada y se deslizó en el interior del edificio.

Sus botas de combate eran silenciosas sobre el suelo de cemento mientras se desplazaba a través del almacén y la zona de limpieza, hacia el centro de la pequeña planta. El murmullo de la conversación se hacía más fuerte a medida que avanzaba, y pudo distinguir al menos cuatro voces distintas, todas masculinas y todas marcadas con un áspero acento de algún idioma de Europa del Este.

Algo había agitado a esos hombres. Uno de ellos gritaba claramente afligido, tosiendo y resollando, más que respirando.

Brock siguió la larga rejilla del sumidero que iba hasta el centro de la habitación. Los orificios de su nariz se llenaron con el hedor de los productos químicos y de limpieza y el olor nauseabundo de rancia sangre animal y condimentos.

Del umbral de la puerta que se abría ante él colgaba una cortina confeccionada con tiras de plástico. Cuando estuvo apenas a unos metros de distancia, un hombre que hablaba albanés entró desde la otra habitación. Llevaba un delantal manchado de sangre y la cabeza calva cubierta con un gorro elástico de plástico. Sostenía firmemente un cuchillo en la mano.

—¡Eh! —exclamó al volver la cabeza y ver a Brock de pie allí—. ¿Qué estás haciendo aquí, gilipollas? ¡Es propiedad privada! ¡Lárgate de aquí!

Brock dio un paso amenazador hacia él.

—¿Dónde está la mujer?

—¿Eh? —El tipo pareció sorprendido, fuera de juego por un segundo antes de recomponerse y blandir su cuchillo frente al rostro de Brock—. ¡Aquí no hay ninguna mujer! ¡Piérdete!

Brock se movió rápidamente, le arrebató el cuchillo de la mano al hombre y le aplastó la garganta con el puño antes de que el desgraciado tuviera oportunidad de gritar. Pasando por encima del silencioso cadáver, Brock apartó la cortina de plástico y entró en la zona principal del edificio.

La presencia de sangre humana derramada era más fuerte allí, todavía fresca. Brock divisó a un hombre sentado solo en un taburete dentro de una habitación con paredes de cristal. Sostenía un trapo manchado de sangre apretado contra su nariz. En aquella zona del edificio había pedazos de vacas y cerdos colgados de grandes perchas. La habitación estaba helada y apestaba por el hedor de sangre y muerte.

Brock avanzó hasta la oficina y abrió la puerta de golpe.

—¿Dónde está ella?

—¿Qué demonios…? —El hombre se levantó torpemente del taburete. Su voz, de marcado acento, sonaba pastosa y con un ceceo antinatural y nasal por el fuerte golpe de su nariz—. ¿Qué ocurre? No sé de qué estás hablando.

—Al infierno si no lo sabes. —Brock se acercó y agarró al tipo por la camisa salpicada de sangre. Lo levantó del suelo, haciendo que sus pies colgaran a cuatro centímetros del cemento—. Recogiste a una mujer a las afueras de la ciudad. Dime qué has hecho con ella.

—¿Quién eres tú? —graznó el hombre, con el blanco de los ojos cada vez más grande mientras luchaba, inútilmente, por soltarse—. Por favor, suéltame.

—Dime dónde está ella y tal vez no te mate.

—¡Por favor! —gimió el hombre—. ¡Por favor, no me hagas daño!

Brock dejó escapar una risa sombría. Luego, su agudo sentido del oído captó el sonido de pasos apresurados, moviéndose furtivamente por detrás de las mesas y equipos de carnicero de la habitación adyacente. Alzó la mirada… justo a tiempo para ver el brillo del cañón de una pistola de acero que apuntaba en su dirección.

Restalló el disparo, rompiendo en pedazos la ventana de la oficina y clavándose en la carne de su hombro.

Brock rugió, no de dolor, sino de furia.

Volvió la vista hacia el maldito bastardo que le había disparado, clavando en el humano sus feroces ojos de brillo ámbar, que habían perdido su habitual color marrón oscuro para adquirir el color de su naturaleza letal. Brock curvó los labios superiores y soltó un bramido dejando ver sus dientes y sus colmillos.

El hombre que sostenía el revólver lanzó un chillido agudo mientras se daba la vuelta y echaba a correr.

—¡Oh, Cristo! —gimió respirando con dificultad el humano que Brock todavía sostenía por la garganta—. ¡Yo no le he hecho nada… te lo juro! La muy puta me rompió la nariz, pero yo no la toqué. Gresa —farfulló, levantando la mano y señalando en la dirección del tipo que había huido—. Él le disparó, yo no fui.

Ante esa inesperada información, los dedos de Brock se tensaron alrededor de la frágil tráquea del humano.

—¿Le han disparado? Dime dónde demonios está. ¡Ahora!

—En el refrigerador —jadeó—. Oh, mierda. ¡Por favor, no me mates!

Brock apretó con mucha más fuerza, y luego arrojó al llorica malnacido contra la pared. El humano lanzó un grito de dolor, y luego siguió gimoteando sobre el suelo de cemento.

—Más vale que reces para que esté bien —dijo Brock—, o desearás estar muerto.

Y

Jenna estaba acurrucada en el suelo contra la alta pared del congelador, con los dientes castañeteando y el cuerpo temblando de frío.

En el exterior de la puerta precintada se oyeron fuertes ruidos.

Un gran estrépito, hombres gritando... el repentino estallido de un disparo y el ruido de cristales rotos. Luego un rugido intenso y letal la obligó a enderezar la cabeza justo cuando esta se estaba volviendo demasiado pesada como para poder levantarla, al igual que los párpados, que cada vez le costaba más abrir.

Escuchó, y solo oyó un silencio que se extendía.

Había alguien cerca de la celda que la contenía. No necesitaba oír el ruido de pisadas acercándose para saber que había alguien ahí. Por mucho frío que hiciera ahí dentro, la ráfaga de aire helado que venía del otro lado de la puerta cerrada era glacial.

La cerradura hizo un crujido de protesta un instante antes de que el panel de acero entero fuera arrancado de sus goznes con un chirrido ensordecedor. El vapor salió por el hueco envolviendo a un enorme hombre vestido de negro.

No, no era un hombre, se dio cuenta atónita.

Era un vampiro.

«Brock.»

Su rostro delgado era tan descarnado que costaba reconocerlo. Unos enormes colmillos blancos brillaban detrás de su amplia boca y su gesto serio y furioso. La respiración salía entrecortada de sus labios y, detrás de una gafas de sol envolventes, ardían dos carbones gemelos que Jenna sintió con la misma intensidad que si la hubieran tocado cuando él examinó el lugar lleno de vapor y la vio temblando en un rincón.

Jenna no quería sentir la oleada de alivio que sintió cuando él irrumpió allí dentro y se arrodilló a su lado. No quería confiar en la sensación que le indicaba que él era un amigo, alguien que iba a ayudarla. Alguien que ella necesitaba en ese momento. Tal vez la única persona que podía ayudarla.

Intentó decirle que estaba bien, pero su voz era muy débil.

Los ojos ámbar la quemaban a través del velo de sus gafas oscuras. Él silbó al ver la herida del muslo y la sangre que le empapaba la pierna y los tejanos formando un pequeño charco en el suelo.

—No hables —le dijo, quitándose los guantes de cuero y apretando los dedos contra ambos lados de su cuello. Su tacto era ligero pero reconfortante, y parecía calentarla por dentro. El frío se alejó, llevándose con él también el dolor de la herida del disparo—. Te pondrás bien, Jenna. Voy a sacarte de aquí.

Se quitó su guardapolvo negro y lo colocó sobre sus hombros. Jenna suspiró cuando la envolvió el calor de su cuerpo y también su aroma, un fuerte aroma a cuero y especias, profundamente masculino. Cuando él se echó hacia atrás, ella advirtió un agujero de bala en su hombro fornido.

—Tú también estás sangrando —murmuró, más alarmada por su herida que por la idea de que su rescatador era un vampiro.

Él se encogió de hombros ante su preocupación.

—No te preocupes por mí. Viviré. Hace falta más que esto para acabar con uno de los de mi raza. Tú, sin embargo…

La forma en que lo dijo, la grave mirada que asomó a su rostro a través de sus gafas cuando miró su pierna sangrante parecía casi acusatoria.

—Vamos —dijo, levantándola en brazos con suavidad—. Ya te tengo.

La sacó del frigorífico como si no pesara más que una pluma. De actitud más bien masculina desde el día en que dio sus primeros pasos, con su metro y setenta centímetros de altura y su buena forma física, Jenna nunca había sido el tipo de mujer para ser llevada en brazos como la frágil princesa de un cuento de hadas. Como antigua policía, nunca había esperado eso de un hombre, ni lo quería.

Había sido siempre ella la protectora, la primera en afrontar el peligro. Odiaba verse ahora tan vulnerable, pero era muy reconfortante sentir los sólidos brazos de Brock, así que no iba a darse por ofendida. La apretó contra él mientras recorría a grandes pasos la pequeña planta, y pasaba al lado de las espantosas perchas de carne y más de un cadáver humano tirado en el suelo.

Jenna apartó la cabeza y enterró el rostro en el pecho musculoso de Brock mientras atravesaban la última habitación de la planta y salían al exterior. Había anochecido, y el callejón nevado y los edificios estaban cubiertos por la luz azulada de la noche.

Mientras Brock bajaba los escalones de la entrada, se acercó un lujoso todoterreno. Se detuvo junto al borde de la acera y Kade bajó de un salto del asiento trasero.

—Ah, joder —gruñó el compañero de Alex—. Huele a sangre.

—Le han disparado —dijo Brock, con voz profunda y tono de gravedad.

Kade se acercó.

—¿Estás bien? —le preguntó a ella, con un débil brillo amarillento en sus ojos plateados. Jenna asintió con la cabeza, y observó las puntas de sus colmillos asomando por debajo de su labio superior—. Niko y Renata están conmigo —le dijo a Brock—. ¿Cuál es la situación ahí dentro?

Brock gruñó, y su voz sonó en un tono malhumorado y peligroso.

—Un desastre.

—Me lo imagino —dijo Kade, dedicándole una sonrisa irónica—. Tú tampoco tienes muy buen aspecto, amigo. Bonito disparo en el hombro. Necesitamos llevar a Jenna de vuelta al recinto antes de que pierda más sangre. Renata conducirá. Ella puede llevarla mientras nosotros limpiamos la zona.

—Esta humana es mi responsabilidad —dijo Brock, haciendo vibrar su pecho contra el oído de Jenna—. Ella está conmigo. La llevaré al recinto.

Jenna captó la mirada de curiosidad que asomó al rostro de Kade ante la afirmación de Brock. Afiló la mirada pero no dijo nada mientras Brock caminaba por delante de él hasta el todoterreno, llevando a Jenna en sus brazos.

Capítulo seis

—¿Cómo vamos? —preguntó Renata a Brock desde detrás del volante del Rover negro mientras el vehículo se alejaba a toda velocidad del sur de Boston en su recorrido hacia el recinto de la Orden. Sus ojos verdes miraron por el espejo retrovisor, frunciendo sus delgadas cejas—. Faltan unos quince minutos para llegar. ¿Va todo bien ahí atrás?

—Sí —respondió Brock, mirando a Jenna, que descansaba sobre su regazo en el asiento trasero. Él había extraído uno de los cinturones de seguridad para atarlo alrededor de su pierna a modo de torniquete, esperando que eso ayudara a contener la pérdida de sangre—. Está aguantando.

Ella tenía los ojos cerrados y los labios ligeramente separados y teñidos de un tono azul por el frío que había tenido que soportar en el interior del refrigerador de carne. Su cuerpo todavía temblaba por debajo del guardapolvo de cuero negro que la cubría, aunque él imaginaba que su temblor era más una reacción al trauma que a la incomodidad de la situación. Él usaba su don de la estirpe para paliar su malestar. Con una palma de la mano apoyada en su nuca y la otra acariciándole la sien, atraía hacia sí mismo todo el sufrimiento de Jenna.

Renata se aclaró la garganta a modo de indirecta mientras lo observaba a través del espejo.

—¿Y cómo estás tú, amigo? Veo una cantidad infernal de sangre ahí atrás. ¿Estás seguro de que no prefieres conducir mientras yo cuido de ella hasta que lleguemos al recinto? Solo tienes que decirlo y cambiamos enseguida. No llevará más que un minuto.

—Sigue conduciendo. La situación está bajo control aquí atrás —dijo Brock, a pesar de que tenía dudas de que la perspicaz compañera de Niko lo creyera, puesto que su respuesta tuvo que ser gruñida a través de sus dientes y colmillos apretados.

Había sido difícil contener su reacción ante la sangre de Jenna cuando la encontró en el interior del edificio. Ahora que estaba atrapado con ella en un lugar cerrado, sintiendo el calor de su sangre derramada a través del cuero de su guardapolvo, oliendo su fragancia cobriza y escuchando cada uno de los latidos de su corazón, que hacían brotar todavía más sangre de la herida, Brock estaba viviendo un infierno privado en la parte trasera de aquel vehículo.

Pertenecía a la estirpe, y no había nadie entre los de su raza que pudiera resistir la llamada de la sangre humana fresca. Tampoco ayudaba para nada que la última vez que se había alimentado hubiera sido... Demonios, ni siquiera sabía cuándo. Probablemente hacía una semana, y no precisamente en la mejor de las circunstancias.

Brock concentró todos sus esfuerzos en aliviar el dolor de Jenna. Era más fácil apartar la mente de su necesidad de esa manera. Y eso también lo ayudaba a no reparar en la suavidad de su piel y en las curvas de su cuerpo, que tan agradablemente se amoldaban al suyo.

El dolor absorbido de su herida y la ligera irritación del suyo propio eran lo único que evitaba que su cuerpo tuviera también otro tipo de reacción ante ella. Aun así, no podía ignorar del todo la incómoda tensión en su traje de combate, o cómo el ligero aleteo de su pulso contra la yema de los dedos que descansaban en su nuca lo hacía anhelar acercar allí su boca.

Saborearla, tenerla de todas las maneras en que un hombre puede ansiar a una mujer.

Le costó una gran cantidad de esfuerzo sacarse ese pensamiento de la mente. Jenna era una misión, eso era todo. Y era un ser humano, con la frágil y corta vida que los caracterizaba. Aunque si era del todo honesto consigo mismo, debía ser el primero en reconocer que ya hacía mucho tiempo que prefería a las mujeres mortales por encima de sus hermanas compañeras de sangre.

Cuando se trataba de lazos románticos, trataba de tomarse las cosas despreocupadamente. Nada demasiado permanente.

Nada debía durar tanto como para permitir que una mujer llegara a confiar en él.

Sí, ya había pasado por eso antes. Y ya sentía suficiente culpa y aversión hacia sí mismo por ello. No deseaba volver a recorrer ese tramo particular de carretera de nuevo.

Antes de que sus recuerdos lo arrastraran hacia las sombras de sus fallos pasados, Brock alzó la vista y vio la verja de la entrada del recinto a la que se aproximaban. Renata anunció su llegada a Gideon por el auricular de manos libres y el coche se detuvo junto a la alta puerta de hierro, hasta que se abrió para recibirlos.

—Gideon dice que la enfermería está preparada y nos está esperando —dijo Renata mientras conducía hacia el garaje ubicado en la parte trasera.

Brock lanzó un gruñido como respuesta, casi incapaz de hablar por el tamaño de sus colmillos. Toda la parte trasera del coche estaba bañada de luz ámbar, el brillo de sus ojos transformados lanzaba una luz semejante a la de una hoguera incluso a través de las lentes oscuras de sus gafas.

Renata aparcó el vehículo dentro del gran hangar, y luego se apresuró a ayudarlo a bajar a Jenna del asiento trasero y subirla al ascensor que los llevaría desde el nivel de la calle hasta los cuarteles del recinto, bajo tierra. Jenna despertó cuando las puertas se cerraron y el silbido del motor hidráulico se puso en acción.

—Déjame en el suelo —murmuró, luchando un poco entre los brazos de Brock como si estuviera incómoda por la ayuda—. No tengo dolor. Puedo sostenerme. Puedo caminar...

—No, no puedes —la interrumpió él, con palabras secas y roncas—. Tu cuerpo está conmocionado. Tu pierna necesita ser atendida. No irás caminando a ninguna parte.

Todavía aturdida, Jenna le dirigió una mirada fulminante, pero mantuvo los brazos en torno a su cuello mientras el ascensor se detenía en el recinto subterráneo. Brock salió, caminando rápidamente. Renata lo siguió, haciendo un ruido sordo con las suelas de sus botas de combate en contrapunto con el suave y húmedo rastro de sangre que iba dejando en el suelo la herida de Jenna.

Cuando giraron por una esquina del corredor que los conduciría hasta la enfermería, Lucan se cruzó con ellos. Se detuvo en seco, con los pies separados y los puños a los lados. Brock podía percibir el sutil movimiento de los orificios nasales del vampiro de la primera generación ante el aroma de la sangre que viajaba por el pasillo.

Los ojos de Lucan se centraron en la humana sangrante, mientras sus ojos grises emitían destellos de luz ámbar y sus pupilas se estrechaban rápidamente como las de los gatos.

—Dios bendito.

—Sí —gruñó Brock—. Un herida de bala en la pierna derecha, una bala del calibre 45 sin orificio de salida. Le hemos hecho un vendaje, pero ha perdido una cantidad enorme de sangre hasta llegar aquí desde el lugar donde la encontramos en la zona sur de Boston.

—Mierda —dijo Lucan, con sus colmillos claramente visibles ahora, dos puntas gemelas brillando cuando hablaba. Dejó escapar un crudo insulto—. Vamos, entonces. La esperan en la enfermería.

Brock asintió sombrío ante el líder de la Orden y siguió su camino. En la enfermería, Gideon y Tess habían preparado una mesa de operaciones para Jenna. El rostro de Gideon palideció un poco al verla y, cuando apretó la mandíbula, se marcó un músculo en sus delgadas mejillas.

—Colócala ahí —dijo Tess desde detrás de la mesa de cirugía, interviniendo al ver que Gideon, normalmente un macho de la estirpe sereno y controlado a la hora de curar las heridas de combate de los otros guerreros, parecía ahora desconcertado ante aquella paciente humana chorreando sangre.

—Joder —dijo Gideon tras un largo momento, con su acento británico más fuerte de lo normal—. Es mucha sangre. Tess, ¿puedes…?

—Sí —se apresuró a responder ella—. Yo puedo encargarme.

—De acuerdo —dijo él, visiblemente afectado—. Yo… creo que voy a salir fuera un momento.

Mientras Gideon salía, Brock colocó a Jenna sobre la mesa de acero. Al ver que no se apartaba, Tess le dirigió una mirada interrogante.

—¿Tú también estás herido, no?

Él encogió con indiferencia su hombro sano.

—No es nada.

Ella frunció los labios, no del todo convencida.

—Tal vez Gideon tenga que asegurarse de eso.

—No es nada —repitió Brock con impaciencia. Se quitó las gafas y las colgó en el cuello de su camisa negra—. ¿Qué pasa con Jenna? ¿Cuál es la gravedad?

Tess la miró e hizo una ligera mueca de dolor.

—Déjame echarle un vistazo. Es una lástima que mi don esté inhibido por el embarazo, porque si no fuera así podría curarla en cuestión de segundos, en lugar de necesitar una hora o más para controlar la hemorragia.

Tess había sido una experta veterinaria antes de mudarse al recinto de la Orden y convertirse en la compañera de Dante. Desde entonces ejercía un papel vital como mano derecha de Gideon en la enfermería, teniendo una clientela de mayor tamaño, y, sin duda, más desagradable que la que solía visitarla en su antigua clínica de la ciudad.

Como compañera de sangre, poseía también un talento extraordinario: un talento únicamente suyo y que heredaría el hijo que daría a luz, al igual que la madre de Brock le había transmitido el suyo. El don de Tess estaba relacionado también con la salud al igual que el talento de Brock, solo que el de ella llegaba más lejos. El don de Brock le otorgaba el poder de absorber el dolor humano, pero su efecto era solo temporal. Tess podía restaurar completamente la salud, incluso restaurar la vida, en una criatura viva.

O, mejor dicho, había sido capaz de hacerlo antes de que el embarazo inhibiera su poder.

Pero continuaba siendo una médico condenadamente buena, y Jenna no podía estar en manos más capaces. Sin embargo, Brock encontraba difícil apartarse de la mesa de operaciones, a pesar de la sed que le retorcía el estómago y lo removía por dentro.

Permaneció allí de pie, inmóvil, mientras Tess se lavaba las manos, retiraba el improvisado torniquete y hacía un examen superficial de la herida. Le pidió a Renata que se quedara cerca para ayudarla y luego habló a Jenna de forma tranquilizadora, explicándole que lo que haría sería extraer la bala y cerrar la herida.

—La buena noticia es que el hueso no está dañado, por lo que veo. Será un procedimiento simple retirar la bala y reparar la arteria afectada. —Hizo una pausa—. La mala noticia es que no estamos realmente bien equipados para tratar este tipo de heridas... Me refiero a heridas de este tipo en un ser humano. De hecho, tú eres la primera paciente no perteneciente a la estirpe que tenemos en la enfermería.

La mirada de Jenna se dirigió a Brock como para que le confirmara lo que estaba oyendo.

—Qué suerte la mía estar en un hospital de vampiros.

Tess le sonrió con simpatía.

—Cuidaremos de ti, te lo prometo. Lamentablemente, no disponemos de cosas como anestesia. Los guerreros no la necesitan para sus heridas, y sus parejas tienen un lazo de sangre que las ayuda a curar. Pero puedo darte anestesia local...

—Déjame ayudar —la interrumpió Brock, acercándose a la mesa y colocándose junto a Jenna. Sostuvo la mirada interrogante de Tess—. No me preocupa la sangre. Puedo con ella. Déjame ayudarla.

—Está bien —respondió Tess suavemente—. Vamos allá.

Brock miró sin pestañear mientras Tess cogía un par de tijeras de su bandeja de instrumental y procedía a cortar la ropa destrozada de Jenna. Centímetro por centímetro, desde el tobillo de su pierna derecha hasta la cadera, el vaquero empapado de sangre cayó a un lado. A los pocos minutos, lo único que cubría la parte inferior del cuerpo de Jenna eran unas diminutas braguitas de algodón blanco.

Brock tragó saliva, y se oyó el esfuerzo de su garganta ante el golpe combinado de ver la suave piel femenina mientras sus sentidos estaban empapados con la llamada cobriza de la sangre de Jenna, como un canto de sirena.

Su ansia debió de notarse, porque, en aquel mismo instante, Jenna abrió los párpados sobresaltada. Sin duda la visión era para asustarse: él parecía amenazante sobre la mesa de operaciones, con su mirada clavada en ella y todos los músculos y tendones de su cuerpo tensos como las cuerdas de un piano. Pero asustada o no, Jenna no apartó la vista. Se quedó mirándolo, sin pestañear, y él vio en sus valientes ojos color avellana algo de la antigua policía que había sido, según había oído.

—Renata —dijo Tess—. ¿Puedes ayudarme a mover un poco a Jenna para quitarle esta ropa?

Las dos compañeras de sangre trabajaron en equipo, quitando los vaqueros ensangrentados y el guardapolvo destrozado mientras Brock se limitaba a quedarse ahí, inmovilizado por la sed y por algo todavía más profundo.

—Listos —señaló Tess, captando su ardor con una mirada comprensiva. Se había lavado y secado las manos y se estaba poniendo un par de guantes de cirugía que había extraído de una caja de la bandeja con ruedas—. Empezaré cuando estés preparado, Brock.

Él se acercó hasta Jenna y colocó la palma de la mano contra un lado de su cuello. Ella al principio se estremeció, alzando su insegura mirada hacia él como si quisiera rechazar el contacto.

—Cierra los ojos —le dijo Brock, esforzándose por ocultar el matiz áspero y ansioso de su voz—. En unos minutos todo habrá acabado.

Su pecho subía y bajaba con movimientos rápidos y cerró los ojos tras clavarlos en los de él, todavía sin poder confiar.

¿Y por qué debería hacerlo? Él pertenecía a la misma raza que la criatura que la había aterrorizado en Alaska. Por el aspecto que tenía ahora, no sería extraño que ella se levantara de la mesa de un salto y tratara de apartarlo con uno de los bisturís de Tess.

Pero mientras él la miraba, Jenna dejó escapar un suave suspiro y cerró los ojos. Él notó la fuerte vibración de su pulso bajo el pulgar... y luego la primera sacudida penetrante de dolor mientras Tess comenzaba a limpiar la herida.

Brock concentró toda su atención en mantenerla cómoda, usando su talento contra las quemaduras ácidas de los antisépticos y los afilados y eficaces instrumentos quirúrgicos. Fue tragando el dolor de Jenna, apenas consciente del eficaz trabajo de Tess mientras extraía la bala de lo profundo del músculo del muslo de Jenna.

—La tengo —murmuró Tess. El pedazo de plomo repiqueteó en un cuenco de acero inoxidable—. Ya ha pasado lo peor. El resto del procedimiento será como comerse un trozo de pastel.

Brock gruñó. Podía soportar el dolor fácilmente. Demonios, una herida de bala y su consiguiente arreglo era habitual cada noche en más de uno de los guerreros que regresaban de patrullar. Pero Jenna no había escogido aquella mierda, aunque fuera una expolicía. No había pedido formar parte de las batallas de la Orden, aunque no sabía por qué tenía que importarle eso a él.

Estaba sintiendo un montón de cosas que no tenía derecho a sentir.

El ansia todavía lo revolvía como una tempestad, alzándose de dos fuentes poderosas e igualmente exigentes. Ceder ante cualquiera de ellas sería un error, especialmente ahora. Sobre todo porque el objeto de esos deseos gemelos era una mujer que la Orden necesitaba mantener a salvo. Mantener a su lado, al menos hasta que pudieran determinar lo que ella podía significar para su guerra contra Dragos.

Y, sin embargo, la deseaba.

Sentía un instinto de protección hacia Jenna, aunque supiera que ella se mostraba reacia ante la idea de necesitar la ayuda de alguien. Lucan la había convertido en su responsabilidad, pero Brock difícilmente podía negar que ella se había convertido en su misión personal incluso antes de eso. Desde el momento en que puso los ojos en ella en Alaska, después de que el Antiguo la hubiera atormentado durante días en su propia casa, él se había involucrado emocionalmente para mantenerla a salvo.

No estaba bien, se reprendió a sí mismo. Era una idea jodidamente mala haberse involucrado personalmente.

¿Acaso no había aprendido ya esa dura lección en Detroit?

Involucrarse personalmente en una misión era el modo más directo de equivocarse.

Debieron de pasar varios minutos mientras contemplaba los años de aquel oscuro capítulo de su vida y el lugar donde se hallaba ahora. Era débilmente consciente de cómo operaba Tess en atento silencio, mientras Renata, de pie junto a ella, le suministraba los instrumentos que iba pidiendo. No fue hasta que la última sutura estuvo en su sitio y Tess caminó hasta el lavamanos que Brock se dio cuenta de que todavía estaba sujetando a Jenna y acariciando la línea de su carótida con la yema del pulgar.

Se aclaró la garganta y apartó la mano. Cuando habló, su voz sonó como un crudo chirrido.

—¿Ya has acabado, doctora?

Tess se detuvo ante el lavamanos y se volvió a mirarlo por encima del hombro.

—¿Qué pasa con tu herida?

—Estoy bien —dijo él. No tenía ninguna intención de seguir allí más de lo necesario y, además, sus genes de la estirpe lo harían sanar en poco tiempo.

Tess le dedicó un leve encogimiento de hombros.

—Entonces, hemos acabado.

Desde la mesa, la mirada de Jenna se encontró con la de él, fuerte y firme. Sus labios, todavía pálidos y azulados por la conmoción y por el frío, se separaron para sacar una pequeña ráfaga de aire. Su garganta trabajó como si hubiera tragado y lo intentara hacer otra vez.

—Brock, gracias…

—Me largo de aquí —gruñó él, con intencionada dureza. Dio un paso atrás apartándose de la mesa; luego, con un insulto dirigido a sí mismo, giró sobre sus talones y salió a grandes pasos de la enfermería.

Capítulo siete

*B*rock dio un giro con el Rover negro para salir de la finca de la Orden y adentrarse a solas en la noche. Normalmente, los guerreros hacían sus patrullas en equipo, pero, francamente, le parecía que era ahora una pésima compañía, incluso para sí mismo.

Las venas le latían violentamente, y el hambre había clavado las garras en él cuando estaba en la enfermería, aunque Jenna no hiciera más que estar ahí. Necesitaba sentir el pavimento bajo sus botas y agarrar un arma en la mano. Demonios, la noche se estaba yendo tan rápido que casi daba la bienvenida a ese frío de principios de diciembre que congelaba, y que normalmente despreciaba. Cualquier cosa que lo distrajera de la necesidad que lo atenazaba.

Para ayudar a ese objetivo, sacó del bolsillo de su chaqueta el teléfono móvil y marcó el número rápido de Kade.

—Equipo de limpieza —respondió el guerrero con ironía—. ¿Cómo van las cosas en la hacienda?

Brock se limitó a gruñir.

Kade soltó una risita.

—Buena jugada, ¿eh? ¿Cuándo fue la última vez que alguien llevó a un humano sangrando al recinto? O simplemente a un humano, por otra parte.

—Las cosas se han puesto un poco tensas durante un rato —reconoció Brock—. Afortunadamente, Tess intervino y se ocupó de Jenna. Se pondrá bien.

—Me alegro de oírlo. Alex no nos perdonaría nunca si permitiéramos que le ocurriese algo a su mejor amiga.

Brock realmente no quería hablar sobre Jenna ni sobre la responsabilidad de mantenerla a salvo. Frunció el ceño mientras se adentraba en la ciudad, escudriñando las calles y callejones con la mirada, a la búsqueda de matones o de gilipo-llas... cualquier excusa para meterse en una pequeña pelea cuerpo a cuerpo. Que fuera alguien humano o de la estirpe le tenía sin cuidado, siempre y cuando pudiera tener una lucha decente.

—¿Cuál es la situación de la localización en Southie? —pre-guntó a Kade.

—Como si no hubiera ocurrido nada, amigo. Niko y yo nos hemos deshecho de los cuerpos, los cristales rotos y la sangre. El refrigerador de carne donde estaba Jenna parecía haber sido usado para una carnicería.

La mandíbula de Brock se tensó al revivir el momento en que la encontró, en un destello de vívidos recuerdos. Su humor se encendió todavía más cuando pensó en los dos cabrones que le habían hecho daño.

—¿Qué me dices de los testigos? —Durante el largo se-gundo de silencio que obtuvo como respuesta, Brock soltó un insulto—. Los dos tipos que recogieron a Jenna en el exterior del recinto y la llevaron allí. Dejé a uno de ellos semiincons-ciente en una oficina junto al refrigerador de carne. Y el otro salió volando después de dispararme y captar mis colmillos de un vistazo.

—Ah, joder —dijo Kade—. No había nadie en el edificio excepto los cadáveres que hicimos desaparecer. No sabíamos que había algún testigo, amigo.

Sí, cierto. Porque en el calor del momento, con Jenna san-grando y temblando en sus brazos, Brock olvidó mencionar el hecho.

—Maldita sea —gruñó, golpeando con el puño contra la superficie del salpicadero—. Es culpa mía. La cagué. Tenía que haberte dicho que había dos personas vivas que debíamos con-tener.

—No te preocupes —dijo Kade—. No estamos tan lejos. Le diré a Niko que regresemos. Podemos echar otro vistazo al lu-gar, dar con tus dos testigos y borrarles la memoria.

—No es necesario. Yo me encargo. —Brock dio un giro brusco a la izquierda en la primera intersección y cambió el rumbo hacia el South End de Boston—. Te informaré en cuanto tenga la situación contenida.

—¿Estás seguro? —preguntó Kade—. Si quieres algún refuerzo...

—Te llamaré cuando lo tenga controlado.

Antes de que su hermano de armas pudiera hacer algún comentario sobre el tono letal de la voz de Brock, él cerró el teléfono y se lo guardó en el bolsillo mientras el Rover salía disparado hacia la zona baja de la ciudad.

Al llegar al vecindario de la planta de embalaje de carne, su pulso tamborileaba con necesidad de violencia. Aparcó el vehículo en un callejón lateral y caminó a través de los montículos de nieve para llegar a la parte trasera del edificio. En el interior había luces encendidas y, a través de los ladrillos y el mortero del lugar, podía oír el apagado murmullo de dos voces masculinas, ambas con un fuerte acento y al borde de la histeria.

Brock saltó silenciosamente al techo del viejo edificio y se abrió camino hacia una claraboya con una costra de nieve. Los dos cretinos que quería ver estaban vagabundeando aquí y allá entre pedazos de carne colgados, compartiendo un vodka barato y fumando cigarrillos con los dedos temblorosos.

—Te lo dije, Gresa —gritó el de la nariz partida—. ¡Tenemos que llamar a la policía!

El que había disparado, Gresa, tomó un largo trago de la botella y luego sacudió la cabeza con severidad.

—¿Decirles qué, Nassi? ¡Mira a tu alrededor! ¿Tú ves alguna prueba de lo que creemos que hemos visto esta noche? Te digo que no ha pasado nada y que no necesitamos policías.

—Yo sé lo que vi —insistió Nassi, elevando todavía más el tono de la voz—. ¡Necesitamos contárselo a alguien!

Gresa avanzó dando una zancada y le entregó el vodka.

Mientras Nassi bebía, su amigo hizo un gesto señalando la tranquila planta.

—No hay sangre ni ninguna señal de problemas. Tampoco están a la vista Koli ni Majko.

—¡Están muertos! —aulló Nassi. Soltó unas pocas palabras en su lengua materna antes de continuar en un inglés roto—. ¡Yo vi sus cuerpos, y tú también! Estaban aquí cuando huimos del edificio. ¡Sé que los viste, Gresa! ¿Qué pasa si ese hombre... o lo que sea que fuese... se los ha llevado? ¿Y si vuelve a buscarnos a nosotros también?

El que había disparado buscó en su cadera y sacó una pistola. La agitó frente al otro como un premio.

—Si vuelve, tengo esto. Le disparé una vez y puedo dispararle de nuevo. La próxima vez, lo mataré.

Nassi se llevó la botella a la boca una vez más y se bebió lo que quedaba. Tiró la botella vacía a sus pies.

—Eres un loco, Gresa. Y creo que pronto serás un loco muerto. Pero yo no. Me voy. Dejo este apestoso trabajo y me voy a casa.

Se apartó de la línea de visión de Brock, con su compañero siguiéndole los talones.

Cuando los dos hombres salieron del edificio hacia la calle oscura, Brock los estaba esperando. Había bajado del tejado y ahora estaba frente a la puerta, bloqueándoles el paso.

—¿Íbais a alguna parte? —les preguntó amablemente, exhibiendo claramente los colmillos—. Tal vez necesitéis un impulso.

Los dos gritaron, con sonidos espeluznantes de puro terror que fueron música celestial para los oídos de Brock.

Saltó sobre el hombre que tenía delante, el de la nariz rota. Le desgarró la garganta y no bebió, pero sí lo mató. Dio un vistazo al cuerpo flojo sobre la nieve, y luego ladeó la cabeza hacia el hombre responsable del disparo en la pierna de Jenna.

Gresa gritó otra vez, con el revólver que sostenía en su mano temblando violentamente. Aunque Brock hubiera sido humano o hubiera estado distraído como antes en la planta, cuando su furia contra Nassi le hizo ignorar que una pistola lo estaba apuntando desde el otro extremo de la habitación, Gresa no hubiera sido capaz de dispararle de nuevo ahora.

De hecho sí disparó, pero fue un disparo torpe y mal dirigido.

Y Brock se movió a la velocidad de la luz, dando a Gresa un puñetazo que lo hizo tambalearse y lanzar su errante bala torcida en la oscuridad.

Con un giro del brazo, lo agarró de la muñeca y se puso a horcajadas sobre él en el suelo.

—Tu muerte será más lenta —gruñó, mostrando los dientes y colmillos y clavando sobre el asaltante de Jenna un chorro de luz ámbar de sus ojos transformados.

Gresa gimió y sollozó, y luego lanzó un aullido de terror cuando Brock se inclinó y hundió sus mandíbulas en la arteria que latía salvajemente en el cuello del humano. Succionó la sangre con un toque de alcohol, alimentándose con sed y rabia frenéticas.

Bebió y bebió más aún.

La sangre lo nutrió, pero fue la furia —la venganza por lo que esos hombres le habían hecho a una mujer inocente como Jenna— lo que realmente le dio satisfacción.

Brock se retiró y rugió triunfante ante el cielo nocturno, con la sangre caliente cayendo por su barbilla. Se alimentó un poco más, y luego agarró el cráneo del hombre entre las dos manos y, con un movimiento salvaje, le partió el cuello.

Cuando hubo acabado, cuando su rabia y su sed comenzaban a calmarse y todo lo que quedaba era encargarse de los cadáveres, Brock observó con más detenimiento la carnicería que había hecho. Era total y salvaje.

Una completa aniquilación.

—Dios santo —silbó, dejándose caer en cuclillas y pasándose la mano por la cabeza.

Era demasiado difícil ser estrictamente profesional cuando se trataba de Jenna Darrow.

Si esa había sido una prueba, imaginaba que había fracasado rotundamente.

Capítulo ocho

—*E*spero que todo el mundo tenga hambre —dijo Alex, saliendo de la puerta giratoria de la cocina de la finca con un gran cuenco de fruta fresca en una mano y una cesta de panecillos con hierbas aromáticas humeantes en la otra.

Colocó las dos cosas en la mesa del comedor frente a Jenna y a Tess, que habían recibido instrucciones de Alex y de las otras mujeres del recinto para sentarse y dejar que les sirvieran el desayuno.

—¿Cómo estás, Jen? —preguntó Alex—. ¿Necesitas algo? Si quieres tener la pierna levantada puedo traerte una otomana de la otra habitación.

Jenna negó con la cabeza.

—Estoy bien. —Su pierna estaba mucho mejor después de la operación de la noche anterior y no sentía mucho dolor. Era solo por la insistencia de Tess por lo que usaba un bastón para acompañar sus desplazamientos—. Realmente no hay necesidad de mimarme.

—Allí va mi amiga la poli del monte —dijo Alex, dirigiendo una mirada irónica hacia Tess y haciendo un gesto displicente con la mano—. Es solo una pequeña herida de bala, no hay por qué preocuparse.

Jenna se rio ligeramente.

—En comparación con la semana que he tenido, un agujero de bala en la pierna probablemente es la menor de mis preocupaciones.

No estaba buscando compasión, solo enunciaba una cuestión de hecho.

La mano de Tess le acarició suavemente la muñeca, y a Jenna le sorprendió el cálido y verdadero cariño que brillaba en los ojos de la mujer.

—Ninguna de nosotras puede pretender saber lo que has pasado, Jenna, pero espero que entiendas que ahora estamos aquí para ti. Con nosotras estás entre amigas.

Jenna se resistió al impulso de dejarse reconfortar por las palabras de Tess. No quería sentirse relajada en aquel lugar, entre Alex y aquellas personas aparentemente de un tipo extraño.

No con Brock.

Con él menos que nadie.

Su mente todavía le daba vueltas al rescate inesperado en la ciudad. Había sido un error irse como se había ido, mal preparada y emocionalmente trastornada. Había abandonado hacía tanto tiempo el trabajo de policía que ya no recordaba que la forma más segura de ser atrapado era huir estando medio jodido y en un territorio desconocido. Lo único que sabía en aquella fracción de segundo anterior a su huida del recinto era que estaba desesperada por escapar de esa oscura y nueva realidad.

Había cometido el clásico error de un novato, instigada por la pura emoción, y había acabado necesitando un apoyo para salvar el culo. Que ese apoyo viniera en la forma de un tremendo y aterrador vampiro era algo que todavía no estaba segura de poder asimilar.

En el fondo sabía que Brock le había salvado la vida anoche. Una parte de ella deseaba que no lo hubiera hecho. No quería deberle nada a nadie, y mucho menos a un hombre que ni siquiera podía ser clasificado de humano.

Dios, su vida se había convertido en un completo desastre.

Al ver que sus pensamientos se volvían progresivamente más oscuros, Jenna retiró la mano del suave contacto de Tess y se echó hacia atrás en la silla.

Tess no la presionó para que hablara, simplemente se inclinó sobre la mesa e inspiró el aroma de los panecillos.

—Mmm —gimió, meciendo con su delgado brazo la gran barriga de embarazada—. ¿Esta es la receta de albahaca y queso *cheddar* de Dylan?

—Por petición popular —respondió Alex alegremente—. Hay más por llegar, incluyendo las increíbles tostadas francesas de Savannah. Hablando de eso, será mejor que traiga algo más para el festín.

Mientras Alex se daba la vuelta y desaparecía en la cocina, Tess lanzó a Jenna una mirada traviesa.

—No sabes lo que es vivir hasta que no hayas probado los panecillos de Dylan y las tostadas francesas de Savannah. Confía en mí, es absolutamente celestial.

Jenna le sonrió con educación.

—Suena bien. Nunca he sabido mucho de cocina. Mi mejor receta para ganar fama en la cocina era una tortilla de alce ahumado con queso suizo, espinacas y patatas de piel roja.

—¿Alce ahumado? —se rio Tess—. Bueno, puedo garantizarte que ninguna de nosotras hemos comido nada parecido a eso. Tal vez nos lo puedas preparar algún día.

—Tal vez —dijo Jenna sin comprometerse, encogiéndose ligeramente de hombros.

Si no fuera por el inquietante material extraño que tenía insertado en el extremo superior de la columna y la herida de bala en la pierna que la tendría inutilizada quién sabe por cuánto tiempo, ya se habría ido de aquel lugar. No estaba segura de cuánto tiempo más tendría que quedarse, pero, tan pronto como fuera capaz de andar y salir de allí, eso es lo que haría. No importaba lo que la Orden creyera necesitar de ella; no tenía ningún interés en quedarse ahí para ser su conejillo de indias.

Todavía le resultaba extraño pensar que estaba sentada allí, en un cuartel militar secreto habitado por un equipo de vampiros guerreros y sus mujeres, en apariencia perfectamente sanas, felices y cómodas en su hogar.

El surrealismo de todo aquello se acentuó todavía más cuando Alex y el resto de las mujeres de la Orden —cinco jóvenes mujeres asombrosamente bellas y la pequeña niña rubia llamada Mira— salieron de la cocina con el resto del desayuno. Charlaban amigablemente, tan relajadas unas con otras como si llevaran juntas toda la vida.

Eran una familia, incluyendo a Alex, a pesar de que había llegado hacía tan solo una semana, junto con Jenna.

Un ritmo agradable se instaló en el comedor mientras iban colocando los platos de borde dorado llenos de cosas deliciosas. Los vasos de cristal para el zumo se llenaban hasta el borde, y las delicadas tazas de porcelana china pronto humeaban la fragancia del oscuro café tostado.

Jenna observaba en atento silencio el curso de la comida. Había sirope de arce caliente y suaves panecillos de mantequilla que iban pasando de mano en mano, deteniéndose durante más tiempo delante de la pequeña Mira, que remojaba su tostada francesa en el pegajoso sirope y untaba de mantequilla su panecillo como si estuviese muerta de hambre. Mira engulló el panecillo con dos grandes bocados, y luego atacó el resto de la comida con el mismo entusiasmo desenfrenado.

Jenna sonrió a pesar de sí misma ante el apetito voraz de la niña, sintiendo una punzada de melancolía, si no de culpa, al pensar en su propia hija. Libby había sido una niña cauta, disciplinada y seria, incluso siendo tan pequeña.

Dios, lo que daría por poder ver ahora a Libby al otro lado de la mesa, disfrutando de algo tan simple como un desayuno.

Con los dedos manchados de azúcar, Mira alcanzó su vaso de zumo de naranja y se lo bebió de un largo trago. Suspiró satisfecha al dejar el vaso sobre la mesa con un suave golpe.

—¿Puedo ponerle un poco de nata montada a mi melocotón? —preguntó clavando en Jenna sus extraños ojos violetas.

Por un momento, Jenna se sintió atrapada en esa mirada. Se sacudió la sensación de encima y alcanzó el cuenco de porcelana china que había a medio camino de su plato y el de Mira.

—Por favor, podría ponerle un poco de nata... —corrigió Renata, sentada a la derecha de la niña. La morena de aspecto duro dirigió a Mira una mirada decididamente maternal y un guiño afectuoso mientras se estiraba para recibir el cuenco que Jenna le pasaba.

—Por favor —repitió Mira, sin sentirse censurada.

Jenna cogió una tostada francesa y le dio un bocado. Era exactamente como Tess había prometido... celestial. Le costó no gemir en voz alta mientras disfrutaba del cremoso sabor a vainilla.

—¿Te gusta? —le preguntó Savannah, sentada en un extremo de la mesa.

—Es deliciosa —murmuró Jenna, que seguía paladeando el manjar. Dirigió una breve mirada que abarcó a todas las personas presentes—. Gracias por dejarme compartir esto con vosotras. En mi vida había visto tanta comida junta.

—¿Creías que te íbamos a dejar morir de hambre? —preguntó Gabrielle desde el otro lado de la mesa. Su sonrisa era amistosa y atractiva.

—No estoy segura de lo que creía —respondió Jenna sinceramente—. Para ser honesta, todavía no sé cómo procesar nada de esto.

Gabrielle inclinó la cabeza asintiendo lentamente. Parecía sabia y con una serenidad elegante, aunque sin duda era unos años más joven que Jenna, que tenía treinta y tres.

—Es comprensible. Has tenido que soportar mucho, y tu situación es distinta a la de todas nosotras.

—Mi situación —dijo Jenna, poniendo distraídamente en su plato un pedazo de pan con sirope—. ¿Te refieres al objeto sin identificar que tengo insertado en la base del cráneo?

—Sí, a eso —admitió Gabrielle, con una nota suave en su voz—. Y al hecho de que fuiste muy afortunada al escapar del Antiguo con vida. El hecho de que se haya alimentado de ti y te haya dejado vivir es…

—Inaudito —intervino otra de las mujeres que estaba sentada cerca de Gabrielle. Tenía una melena de un rojo feroz, y el bonito rostro salpicado de pecas rosadas—. Si supieras de lo que es capaz… o si tuvieras alguna idea de lo que les hizo a tantas otras… —Su voz se extinguió, y hubo un temblor en la mano con que sujetaba su tenedor—. Es poco menos que un milagro que todavía sigas viva, Jenna.

—Dylan tiene razón —admitió Tess—. Desde hace aproximadamente un año, cuando la Orden descubrió que el Antiguo había despertado, hemos estado tratando de localizarlo a él y a Dragos, el malnacido responsable de traer de nuevo al mundo a esa peligrosa criatura.

—Yo no estoy segura de cuál de los dos es peor —intervino Renata—. El Antiguo se ha cobrado un montón de vidas inocentes, pero es Dragos, su sádico nieto, quien ha estado manejando todos los hilos.

—¿Quieres decir que esa criatura tiene descendencia? —preguntó Jenna, incapaz de ocultar su repugnancia.

Gabrielle tomó un trago de café y luego dejó con cuidado la taza sobre su plato.

—Esa criatura y otras como ella engendraron a toda la raza de la estirpe sobre la tierra.

—¿Sobre la tierra? —ladró Jenna con una risa de incredulidad—. ¿Ahora estáis hablando de extraterrestres? Ese vampiro que me atacó...

—No era de este mundo —terminó Savannah por ella—. Es cierto. No es más difícil de creer que la existencia de vampiros, si me lo preguntas, y es la pura verdad. Los Antiguos conquistaron y violaron, después de verse obligados a un aterrizaje forzoso aquí miles de años atrás. Con el tiempo, algunas de sus víctimas quedaron embarazadas de la que sería la primera generación de la estirpe.

—¿Esto de verdad tiene sentido para vosotras? —preguntó Jenna, todavía incrédula. Lanzó una mirada a Alex, que estaba a su lado—. ¿Tú también te lo crees?

Alex asintió.

—Después de conocer a Kade y a todos los demás del recinto, ¿cómo no voy a creerlo? Yo también vi al Antiguo con mis propios ojos, momentos antes de que fuera asesinado en ese acantilado a las afueras de Harmony.

—¿Y qué me dices de ese otro... ese tal Dragos? —preguntó Jenna, que a su pesar sentía curiosidad por ver cómo que encajaban todas las piezas de ese sorprendente rompecabezas—. ¿Dónde entra él?

Dylan fue la primera en responder.

—Según parece, Dragos despertó al Antiguo mucho antes de lo que nosotros suponíamos. Décadas antes, de hecho. Lo mantuvo escondido en secreto y lo usó para crear toda una nueva primera generación de vampiros de la estirpe, descendientes directos del linaje del Antiguo, y no genéticamente diluidos, como las posteriores generaciones.

—Dragos ha estado criando un ejército personal de los más poderosos y letales miembros de la raza —añadió Renata—. Han crecido bajo su vigilancia, entrenados para ser asesinos despiadados. Asesinos privados de Dragos a quienes puede recurrir cuando quiera.

Gabrielle asintió.

—Y para crear esa primera generación, Dragos también necesitó un buen número de mujeres fértiles que entregar al Antiguo.

—Compañeras de sangre —dijo Alex.

Jenna le lanzó una mirada.

—¿Y quiénes son ellas?

—Son mujeres que han nacido con un tipo de ADN especial y una sangre con propiedades que las hacen capaces de compartir un lazo vital con miembros de la estirpe y engendrar a sus hijos —dijo Tess, pasando la mano distraídamente por su abultado vientre—. Mujeres como todas las que estamos ahora reunidas ante esta mesa.

La conmoción y el horror encogió el estómago de Jenna.

—Estáis diciendo que yo…

—No —dijo Tess, negando con la cabeza—. Tú eres mortal, no una compañera de sangre. La composición de tu sangre es normal, y no tienes la marca que tenemos todas nosotras.

Cuando ella frunció el ceño, Tess extendió la mano derecha y le mostró una pequeña marca roja entre el pulgar y el índice. Era una diminuta luna creciente y algo que parecía ser una lágrima, cayendo en su centro.

—¿Todas tenéis este mismo tatuaje?

—No es un tatuaje —dijo Alex—. Es una marca de nacimiento, Jenna. Todas las compañeras de sangre han nacido con una marca en sus cuerpos. La mía está en la cadera.

—No hay muchas de nosotras en el mundo —dijo Savannah—. Los vampiros de la estirpe consideran sagradas a las compañeras de sangre, pero Dragos no. Ha estado recogiendo mujeres durante años, manteniéndolas cautivas con el único propósito de dar a luz a asesinos de la primera generación. Muchas de ellas fueron asesinadas, por el propio Dragos o por el Antiguo.

—¿Cómo sabéis eso? —preguntó Jenna, horrorizada ante lo que estaba oyendo.

Dylan se aclaró la garganta.

—Yo las vi. Vi a las muertas.

La parte de policía que había en Jenna prestó toda su atención.

—Si tenéis cadáveres servirán como prueba, y probablemente podréis poner a ese cabrón de Dragos en manos de las autoridades.

Dylan sacudió la cabeza.

—No vi los cuerpos. Vi a las muertas. A veces… se me aparecen. A veces me hablan.

Jenna no sabía si echarse a reír o bajar la cabeza derrotada.

—¿Ves a personas muertas?

—Cada compañera de sangre tiene un talento particular, una habilidad que la diferencia de todas las otras —explicó Tess—. Para Dylan, esa habilidad es la de conectar con otras compañeras de sangre que han muerto.

Renata se inclinó, apoyando los antebrazos en el borde de la mesa.

—Gracias al don de Dylan, sabemos con certeza que Dragos es el responsable de la muerte de numerosas compañeras de sangre. Y gracias a otra amiga de la Orden, Claire Reichen, cuyo talento nos condujo a la localización de la base de operaciones de Dragos un par de meses atrás, sabemos que tiene prisioneras a muchas más compañeras de sangre. Desde entonces, la operación de Dragos se desarrolla de manera oculta. Ahora, la principal misión de la Orden —aparte de atrapar al bastardo cuanto antes— es encontrar sus nuevos cuarteles y poner a salvo a sus víctimas.

—Nosotras estamos ayudando todo lo que podemos, pero es difícil dar con un blanco que se mueve —dijo Dylan—. Podemos investigar informes de personas desaparecidas en la Red, buscando caras que yo reconozca. Y hacemos misiones de día a refugios de mujeres, orfanatos, albergues... cualquier sitio donde podamos hallar la pista de alguna joven desaparecida.

Renata asintió.

—Particularmente de aquellas mujeres con habilidades especiales, con capacidades que puedan hacernos sospechar que son compañeras de sangre.

—Hacemos lo que podemos —dijo Gabrielle—. Pero todavía no hemos tenido mucho éxito. Es como si estuviéramos buscando la llave que lo abriría todo, y hasta que no la encontremos lo único que estamos haciendo es perseguirnos la propia cola.

—Bueno, seguid en la lucha —dijo Jenna, sintiendo que su oxidado lado de policía empatizaba con la frustración que se siente al no dar con pistas que lleven a alguna parte—. La persistencia suele ser una gran aliada para un detective.

—Al menos ya no tenemos que preocuparnos por el Antiguo

—dijo Savannah—. Esa es una batalla menos en la que luchar.

Alrededor de la mesa del desayuno, se añadió un coro de voces aceptando la afirmación.

—¿Por qué te dejó con vida el Antiguo, Jenna?

La pregunta la hizo Elise, una rubia menuda de cabello corto que estaba al otro lado de Tess. La mujer más reservada del grupo, que parecía una frágil flor pero tenía la mirada franca e inquebrantable de un guerrero. Probablemente necesitaba ese acero interior, considerando los compañeros que tenían ella y las otras mujeres del recinto.

Jenna bajó la vista hacia su plato y consideró la respuesta. Le costó un largo momento formar las palabras.

—Me hizo escoger.

—¿A qué te refieres? —preguntó Savannah, frunciendo el ceño.

«¿Qué escogerás, Jenna Tucker-Darrow?»

«¿Vivir... o morir?»

Jenna sintió que cada par de ojos se clavaba en ella silenciosamente, forzándola a enfrentarse a las preguntas no formuladas que colgaban pesadas en el aire. Levantó la barbilla con cara de «estos son los hechos» y pronunció las palabras sucintamente, y con rapidez.

—Yo quería morir. Es lo que hubiera preferido, especialmente en ese momento. Él lo sabía, estoy segura de eso. Pero por alguna razón, parecía querer jugar conmigo, así que me hizo decidir si me mataría o no aquella noche.

—Oh, Jen, eso es espantoso. —La voz de Alex tembló un poco. Pasó el brazo por encima de los hombros de Jenna en actitud protectora—. Maldito cabrón.

—Entonces —intervino Elise—, ¿le dijiste al Antiguo que te dejara vivir y así lo hizo?

Recordando el momento con violenta claridad ahora, Jenna negó reflexivamente con la cabeza.

—Yo le dije que quería vivir, y lo último que recuerdo es que él se abrió un tajo en el brazo y extrajo esa cosa... ese diminuto pedazo de quién sabe qué... eso que ahora está metido dentro de mí.

Ella más que ver sintió el sutil intercambio de miradas alrededor de la mesa.

—¿Creéis que puede ser algo relevante? —preguntó, dirigiendo la pregunta a todo el grupo. Trató de controlar la repentina punzada de miedo que vibró en su pecho—. ¿Creéis que colocar ese objeto dentro de mí tiene algo que ver con eso de vivir o morir?

Alex la tomó de la mano para reconfortarla, pero fue Tess la primera en hablar.

—Quizá Gideon pueda hacer algunas pruebas más para ayudarnos a descubrirlo.

Jenna tragó saliva, y luego asintió.

Su plato de comida quedó intacto durante el resto del desayuno.

En el rincón sombreado de la *suite* de un caro y lujoso hotel de Boston, unas pesadas cortinas impedían el paso del más ligero rayo de sol de la mañana. Allí, el macho de la estirpe llamado Dragos estaba sentado en un sillón forrado de seda y tamborileaba con las yemas de los dedos sobre la mesita de luz color caoba que había a su lado. El retraso lo hacía impacientarse, y la impaciencia lo volvía letal.

—Si no llega en los próximos sesenta segundos, uno de vosotros tendrá que matarlo —dijo a la pareja de asesinos de la primera generación de la estirpe, procedentes del infierno, que lo escoltaban como musculosos sabuesos de dos metros de altura.

Tan pronto como hubo dicho eso, en el vestíbulo de la *suite* presidencial, el ascensor privado reprodujo el sonido de una suave campanita electrónica, anunciando la llegada de un invitado. Dragos no se movió de su asiento, sino que esperó en irritado silencio, mientras otro de sus guardias personales escoltaba al civil de la estirpe, el teniente secreto de una operación de Dragos, hasta la *suite* donde tendría una audiencia privada.

El vampiro tuvo la prudencia de hacer una reverencia con la cabeza en el instante en que puso su mirada en Dragos.

—Me disculpo por hacerle esperar, señor. La ciudad está llena de humanos. Turistas y gente de vacaciones haciendo compras —dijo, expresando su desdén con cada una de las refinadas sílabas. Se quitó los guantes de cuero negro y los metió en el bolsillo de su abrigo de cachemir—. Mi conductor tuvo que dar la vuelta al hotel una docena de veces antes de poder acercarnos a la puerta de servicio que hay al nivel de la calle.

Dragos continuaba tamborileando con los dedos sobre la mesa.

—¿Había algún problema para entrar por el vestíbulo principal?

Su teniente, nacido de la segunda generación de la estirpe, como el propio Dragos, palideció ligeramente.

—Es pleno día, señor. Con tanta luz del sol, me habría calcinado en cuestión de minutos.

Dragos se limitó a mirarlo fijamente, sin inmutarse. Él tampoco estaba contento con el inconveniente de tener que reunirse allí. Hubiera preferido la comodidad y seguridad de su propia residencia. Pero eso ya no era posible. No desde que la Orden había interferido en su operación, obligándolo a buscar una tapadera.

Por miedo a ser descubierto, ya no permitía que ninguno de sus colaboradores civiles supieran dónde estaban localizados sus nuevos cuarteles. Para mayor precaución, ninguno de ellos sabía tampoco la localización de sus otros emplazamientos y su personal. No podía correr el riesgo de que ninguno de sus tenientes cayera en manos de la Orden y terminara comprometiendo a Dragos, con la esperanza de salvarse de la cólera de Lucan.

Solo la idea de Lucan Thorne y sus guerreros de estilo caballeros le hacía sentir un gusto amargo en la boca. Todo aquello por lo que había estado trabajando —la visión de ese futuro que estaba tan ansioso por aferrar entre las manos— se había desmoronado por las acciones de la Orden. Lo habían obligado a retirarse y huir. Lo habían obligado a destruir el centro neurálgico de su operación: un enorme laboratorio de investigación científica que le había costado cientos de millones de dólares y varias décadas de esfuerzo para perfeccionarlo.

Todo eso se había desvanecido ahora, había quedado reducido a cenizas y metralla en medio de un frondoso bosque de Connecticut.

Ahora el poder y los privilegios a los que Dragos llevaba acostumbrado durante siglos habían sido reemplazados por la obligación de tener que esconderse entre las sombras, vigilando constantemente por encima del hombro para asegurarse de que sus enemigos no anduvieran cerca. La Orden lo había hecho huir y acobardarse como un conejo desesperado por esquivar la trampa del cazador, y eso no le gustaba ni un ápice.

El último cabreo había tenido lugar en Alaska, con la huida del Antiguo, la herramienta más valiosa e irreemplazable de Dragos en su búsqueda de la dominación final. Ya era bastante malo que el Antiguo se hubiera liberado al ser transportado a su nuevo tanque de contención. Pero el desastre había empeorado cuando la Orden se las ingenió de alguna manera no solo para encontrar el laboratorio de Alaska, sino también a ese fugitivo de otro mundo.

Dragos había perdido esas dos importantes piezas por culpa de los guerreros. No pensaba perder otra maldita cosa en sus manos.

—Quiero oír buenas noticias —dijo al teniente, alzando la vista ante el hombre bajo las arrugas de su ceño—. ¿Cómo estás progresando con la tarea asignada?

—Todo está en su lugar, señor. Nuestro objetivo y sus familiares más íntimos acaban de regresar a Estados Unidos después de unas vacaciones en el extranjero.

Dragos gruñó en señal de reconocimiento. El objetivo en cuestión era un vampiro mayor de la estirpe, casi de mil años, un vampiro de la primera generación, de hecho... Por eso precisamente Dragos tenía la vista puesta en él. Además de querer poner fuera de juego a Lucan Thorne y a su banda de guerreros, también había retomado uno de los objetivos de su misión inicial: la extinción sistemática y total de cada uno de los vampiros de la primera generación del planeta.

Que el propio Lucan y otro de los miembros fundadores de la Orden, como Tegan, fueran ambos vampiros de la primera generación solo hacía esa meta más apetecible. Y más imprescindible. Eliminando a los vampiros de la primera generación —salvo la cosecha de asesinos entrenados por él para servirlo sin cuestionar nada—, Dragos y los otros miembros de la segunda generación de la raza se convertirían en los vampiros más poderosos en la Tierra.

Y cuando Dragos se cansara de compartir el futuro que había imaginado solo y estuviera seguro de poder llevarlo todo a buen término, se encargaría de convocar a su ejército personal de asesinos para eliminar también a todos sus contemporáneos de la segunda generación.

Se sentó en contemplativo y aburrido silencio mientras su teniente se apresuraba a revisar los puntos más refinados del plan que el propio Dragos había planeado y organizado tan solo hacía unos días. Paso por paso, táctica tras táctica, el otro macho de la estirpe lo expuso todo, asegurándose de que nada quedara al azar.

—El vampiro de la primera generación y su familia han estado bajo vigilancia las veinticuatro horas desde su regreso a casa —dijo el teniente—. Estamos preparados para poner en marcha la operación en cuanto usted lo ordene, señor.

Dragos inclinó la cabeza asintiendo vagamente.

—Hacedlo.

—Sí, señor.

La profunda reverencia del teniente y su retirada fue para Dragos casi tan agradable como la idea de que el ataque que tenían previsto demostraría claramente a la Orden que él podía haber sido golpeado, pero estaba muy lejos de ser eliminado.

De hecho, su presencia en aquel ostentoso hotel de Boston y en una de las varias reuniones importantes que había tenido semanas atrás para negociar con un escogido grupo de humanos influyentes, solidificaría la posición de Dragos en su carrera hacia la gloria final. Prácticamente ya era capaz de saborear su éxito.

—Oh, una cosa más —dijo Dragos a su socio, a punto de marcharse.

—¿Sí, señor?

—Si me fallas en esto —dijo con tono agradable—, prepárate para darme de alimento tu propio corazón.

El rostro del hombre se puso tan blanco como la alfombra que blanqueaba el suelo como la nieve.

—No le fallaré, señor.

Dragos sonrió, exhibiendo los dientes y los colmillos.

—Asegúrate de no hacerlo.

Capítulo nueve

*D*espués de aquella noche de trabajo empapada de muerte en la ciudad, Brock consideró que era un triunfo personal haber conseguido evitar a Jenna durante la mayor parte del día al regresar al recinto. Después de lanzar los cuerpos de los dos hombres a las heladas aguas muertas del río Mystic, se había quedado solo hasta el amanecer, tratando de liberarse de la furia que pareció seguirlo durante toda la noche.

Incluso varias horas después de haber regresado a los cuarteles de la Orden esa mañana, el injustificado y completamente indeseado sentimiento de rabia que lo atenazaba al pensar que una mujer inocente pudiera ser herida, hacía vibrar sus músculos con violenta intensidad. Un par de dulces horas de ejercicio con cuchillos en la habitación de las armas lo habían ayudado a desahogarse un poco. La ducha de cuarenta minutos con agua hirviendo que siguió al entrenamiento también había contribuido.

Se habría sentido condenadamente bien, habría sentido que su cabeza estaba atornillada en su sitio de nuevo, si no hubiera sido por el doble golpe que Gideon le propinó no mucho después.

El primer golpe fue la noticia de que Jenna había vuelto de desayunar con las otras mujeres del recinto y le había pedido que le hiciera otra prueba de tejido y otro análisis de sangre. Había recordado algo sobre las horas pasadas en compañía del Antiguo, algo que, según explicó Gideon, había dejado a la inquebrantable mujer bastante temblorosa.

El segundo golpe había llegado casi inmediatamente después de que las primeras muestras fueran analizadas.

Los recuentos en la sangre de Jenna y su ADN habían cambiado considerablemente desde la última prueba de Gideon.

El día anterior sus resultados eran normales. Hoy, todos los indicadores estaban fuera de los límites de normalidad.

—No podemos sacar conclusiones precipitadas. No importa lo que estos informes parezcan indicar —dijo finalmente Lucan con voz profunda, grave y tranquila.

—Tal vez deberíamos tomar otra muestra —dijo Tess, la única mujer presente en el laboratorio en ese momento. Levantó la mirada de los perturbadores resultados para mirar a Lucan, Brock y el resto de la Orden, que se habían reunido allí para revisar los hallazgos de Gideon—. ¿Llevo a Jenna a la enfermería para una segunda prueba?

—Puedes hacerlo —dijo Gideon—, pero tomar otra muestra no va a cambiar nada. —Se quitó las gafas azul claro y las dejó sobre la base informática de acrílico que había frente a él. Se pellizcó la punta de la nariz y negó lentamente con la cabeza—. Este tipo de mutaciones de ADN y duplicaciones celulares masivas simplemente no ocurren. Los cuerpos humanos no están lo suficientemente avanzados como para manejar las exigencias que supondrían cambios de esta naturaleza para sus órganos y arterias, por no decir nada del impacto que tendría algo como esto en el sistema nervioso central.

Con los brazos cruzados sobre el pecho, Brock se inclinó contra la pared cercana a Kade, Dante y a Río. No dijo nada, luchando por extraer un sentido de todo lo que estaba viendo y oyendo. Lucan había advertido de que nadie sacara conclusiones, pero era condenadamente difícil no pensar que el bienestar de Jenna estaba severamente comprometido.

—No lo entiendo —dijo Nikolai desde el otro extremo del laboratorio, sentado ante una larga mesa junto a Tegan y Cazador—. ¿Por qué no? Quiero decir, si antes todo era normal, ¿por qué de repente hay tantas mutaciones en su sangre y su ADN?

Gideon se encogió vagamente de hombros.

—Podría ser porque hasta ayer estaba en un sueño profundo, prácticamente en estado de coma. Vimos que su fuerza muscular había aumentado al despertarse. Brock lo observó de primera mano, y nosotros también, cuando Jenna escapó del recinto. Los cambios celulares que estamos viendo ahora podrían ser una reacción retardada simplemente por despertarse.

Estar en estado consciente y de alerta puede haber actuado como algún tipo de detonante dentro de su cuerpo.

—Anoche le dispararon —añadió Brock, reprimiendo el gruñido de enfado que sentía atascado en la garganta—. ¿Eso podría tener algo que ver con el cambio que estamos viendo en su sangre ahora?

—Tal vez —dijo Gideon—. Supongo que todo es posible. Esto es algo que ni yo ni nadie de esta habitación hemos visto antes.

—Sí —admitió Brock—. Y no hace ni puta gracia.

Desde la parte trasera del laboratorio de tecnología, Sterling Chase dio una patada a la mesa de conferencias, se inclinó en su silla y se aclaró la garganta.

—Considerando todas las cosas, tal vez no es buena idea dar a esta mujer tanta libertad por el recinto. Representa ahora un interrogante demasiado grande. Por lo que sabemos, podría ser algún tipo de bomba de relojería andante.

Durante un largo momento, nadie dijo nada. Brock odiaba ese silencio. Odiaba a Chase por haber expuesto algo que ninguno de los guerreros quería considerar.

—¿Cuál es tu sugerencia? —preguntó Lucan, lanzando una mirada seria al macho que había pertenecido durante décadas a las fuerzas de la ley de la estirpe antes de unirse a la Orden.

Chase arqueó sus cejas rubias.

—Si por mí fuera, la sacaría del recinto lo antes posible. La metería en algún lugar cerrado y seguro, lo más lejos de nuestro centro de operaciones, al menos hasta que tengamos la oportunidad de derrotar a Dragos, de una vez y para siempre.

El rugido de Brock emergió de su garganta, oscuro y rencoroso.

—Jenna se queda aquí.

Gideon se puso de nuevo las gafas y asintió en dirección a Brock.

—Estoy de acuerdo. Yo no me sentiría cómodo sacándola de aquí ahora. Me gustaría mantenerla vigilada, como mínimo entender lo que está pasando a nivel celular y neurológico.

—Vosotros mismos —ladró Chase—. Pero si os equivocáis va a significar el funeral de todos.

—Ella se queda —dijo Brock, apuntando su afilada mirada a través de la mesa en la dirección en que estaba el sonriente exagente.

—Has mostrado debilidad por esa mujer desde el primer segundo en que la viste —señaló Chase, con tono ligero pero la expresión oscura y desafiante—. ¿Tienes algo que demostrar, amigo? ¿Qué es esto? ¿Eres uno de esos imbéciles nacido para socorrer a una doncella en peligro? ¿El santo patrón de las causas perdidas? ¿De eso se trata?

Brock se arrojó desde el otro lado de la mesa con un solo salto. Habría agarrado a Chase del cuello, pero el vampiro lo vio venir y se movió justo a tiempo. La silla se cayó y, en cuestión de medio segundo, los dos grandes hombres estaban frente a frente, mandíbula contra mandíbula, encerrados en una situación de empate donde ninguno de los dos podría ganar.

Brock sintió que unas manos fuertes lo apartaban de la confrontación antes de que pudiera darle su merecido a Chase. Eran Kade y Tegan, mientras que detrás de Chase estaban Lucan y Cazador, todos preparados para controlar la situación si cualquiera de los dos machos se crecía.

Brock lanzó una mirada de odio a Chase y permitió que sus compañeros lo apartaran, pero solo un poco. No era la primera vez que observaba la naturaleza agresiva y antagonista de Sterling Chase, y se preguntaba qué sería lo que había vuelto a un vampiro antes tan recto y hábil ahora tan inestable.

Si la Orden tenía alguna bomba de relojería en su seno, Brock se preguntaba si no se hallaban ahora mismo delante de la fuente del peligro.

—¿Qué demonios les está llevando tanto tiempo?

Jenna no se dio cuenta de que había expresado su frustración en voz alta hasta que Alex se inclinó y le cogió la mano para reconfortarla.

—Gideon dijo que quería hacer algunas pruebas extras con tus muestras. Estoy segura de que pronto nos dirán algo.

Jenna dejó escapar un profundo suspiro. Con el bastón en la mano, aunque no sentía la más mínima necesidad de usarlo, se levantó del sofá donde había estado sentada y fue cojeando hasta el otro lado del salón del apartamento. Alex y Tess la habían llevado allí unas horas antes después de su análisis de sangre, diciéndole que podía contar con esas habitaciones para uso privado mientras durara su estancia en el recinto.

La *suite* residencial era una mejora muy considerable respecto a su habitación en la enfermería. Espaciosa y confortable, con grandes muebles de cuero y mesas oscuras de madera meticulosamente pulidas y nada abarrotadas. Había altas estanterías de madera con una biblioteca de valiosos clásicos, libros de filosofía, política e historia. Obras serias y estimulantes que contrastaban con una estantería llena de libros populares de ficción colocados por orden alfabético.

Jenna dejó que su mirada vagara por las estanterías de títulos y autores, necesitada de alguna momentánea distracción para evitar obsesionarse demasiado durante esa larga espera de noticias por parte de Gideon y los demás.

—Tess lleva allí más de una hora —señaló, sacando distraídamente un libro sobre cantantes femeninas de jazz de la sección de historia. Hojeó algunas páginas, más para tener algo que hacer con las manos que por interés real en el libro.

Mientras señalaba con el pulgar una sección sobre los clubes nocturnos de los años veinte, se deslizó del libro una vieja fotografía amarillenta. Jenna la atrapó antes de que cayera al suelo. El rostro radiante de una bella mujer joven vestida con seda brillante y lujosas pieles aparecía en la imagen. Con sus ojos grandes y almendrados y una suave piel de porcelana que parecía brillar en contraste con su cabello negro, era bella y exótica, especialmente con el escenario del club de *jazz* detrás de ella.

Con su propia vida presa en una espiral de confusión y preocupación, Jenna se sintió golpeada un momento por la expresión de puro júbilo que había en la sonrisa de la joven. Era una alegría tan pura y honesta que a Jenna casi le dolía mirarla. Ella había conocido un tiempo atrás esa clase de felicidad, ¿no era así? Dios, ¿cuánto tiempo llevaba sin sentirse al menos la mitad de viva que la joven de esa fotografía?

Enfadada por su propia autocompasión, Jenna volvió a deslizar la fotografía entre las páginas, y luego colocó el libro en su lugar en la estantería.

—No soporto más esto de no saber qué pasa. Me está volviendo loca.

—Lo sé, Jen, pero…

—Joder… no voy a seguir esperando aquí —dijo, volviéndose hacia su amiga. La punta de su bastón golpeó la alfombra que cubría el suelo mientras iba hacia la puerta—. A estas alturas deberían tener ya algún resultado de las pruebas. Voy a presentarme allí.

—Jenna, espera —recomendó Alex detrás de ella.

Pero Jenna ya estaba en el pasillo, caminando tan rápido como podía con la incomodidad del bastón y las punzadas de dolor en la pierna que sentía con cada pisada.

—¡Jenna! —la llamó Alex, ganando terreno en el pasillo con sus pasos apresurados.

Jenna continuó, girando una y otra vez a lo largo del pasillo de mármol pulido. La pierna le latía con fuerza, pero no le importaba. Lanzó el bastón, que solo servía para avanzar más despacio, y casi corrió hacia el sonido amortiguado de voces masculinas que se oía enfrente. Llegó jadeante ante las paredes de vidrio del laboratorio de tecnología, con un brillo de sudor encima del labio y en la frente por culpa del dolor que se había provocado.

Sus ojos se encontraron con los de Brock antes que con los de ningún otro. Su rostro estaba tenso, los tendones de su cuello rígidos como cables y su boca formaba una línea seria y casi amenazante. Estaba de pie en el fondo de la habitación, rodeado por varios de los otros guerreros. Todos parecían tensos e incómodos, y más ahora que sabían que ella estaba allí. Gideon y Tess estaban apiñados cerca de la estación de ordenadores al frente del laboratorio.

Todo el mundo había dejado lo que estaba haciendo para mirarla a ella.

Jenna sintió el peso de esas miradas como una presión física. El corazón le dio un vuelco. Obviamente, tenían su análisis de sangre. ¿Hasta qué punto podían ser horribles los resultados?

Sus expresiones eran indescifrables. Todos la observaban con cautela mientras ella se aproximaba cada vez más lentamente hacia las puertas del laboratorio.

Dios, la miraban como si no la hubieran visto nunca antes.

No, se dio cuenta mientras el grupo permanecía inmóvil, simplemente observándola a través de la pared de vidrio que se levantaba entre ella y el sobrio grupo del otro lado. La miraban como si esperaran que ya estuviera muerta.

Como si fuese un fantasma.

El terror era frío y pesado en su estómago, pero no iba a echarse atrás ahora.

—Dejadme entrar —exigió, enfadada y aterrorizada—. ¡Maldita sea, abrid esta puerta y decidme lo que está pasando!

Levantó la mano para dar un puñetazo, pero antes de que tuviera la oportunidad de golpear el cristal, la puerta se abrió con suavidad. Se precipitó dentro del laboratorio, con Alex pisándole los talones.

—Hablad —dijo Jenna, recorriendo con la mirada a cada uno de los rostros silenciosos. Se detuvo en el de Brock, la única persona en esa habitación, aparte de Alex, por la que sentía algo de confianza—. Por favor, necesito saber lo que habéis descubierto.

—Ha habido algunos cambios en tu sangre —dijo, con su profunda voz en un tono excesivamente bajo. Demasiado suave—. Y también en tu ADN.

—Cambios. —Jenna tragó saliva con dificultad—. ¿Qué tipo de cambios?

—Anomalías —intervino Gideon. Cuando ella volvió la cabeza para mirarlo, quedó conmocionada por la preocupación que vio reflejada en los ojos del guerrero. Él habló con cautela, y su voz sonaba como la de un médico que trata de darle la peor de las noticias a su paciente—. Hemos encontrado extrañas réplicas celulares, Jenna. Mutaciones que están teniendo lugar en tu ADN y que se multiplican a un ritmo excesivamente veloz. Esas mutaciones no estaban presentes la última vez que analizamos tus muestras.

Negó con la cabeza, tanto por confusión como por una acción refleja de negar lo que estaba oyendo.

—No lo entiendo. ¿Estás hablando de algún tipo de enfermedad? ¿Esa criatura me infectó con algo al morderme?

—Nada de eso —dijo Gideon. Lanzó a Lucan una mirada ansiosa—. Bueno, no es eso exactamente.

—Entonces, ¿qué es exactamente? —exigió saber. La respuesta la golpeó una fracción de segundo más tarde—. Oh, Dios bendito. Es esa cosa que tengo en la nuca. —Puso la mano en la zona donde el Antiguo le había insertado ese pedazo de material no identificado del tamaño de un gránulo—. Esa cosa que me puso dentro es lo que está provocando los cambios. ¿Es eso lo que quieres decir?

Gideon asintió débilmente.

—Es alguna clase de biotecnología… nada que la estirpe ni los humanos sean capaces de crear. Por los rayos X que hemos tomado hoy, parece que el implante se está integrando en tu espina dorsal de forma muy acelerada.

—Quítamelo.

Una mirada incómoda recorrió al grupo de hombres. Incluso Tess parecía guardar un silencio difícil y era incapaz de sostener la mirada de Jenna.

—No es tan simple —respondió finalmente Gideon—. Tal vez deberías ver tú misma los rayos X.

Antes de que pudiera considerar si quería ver la prueba de lo que le habían dicho, la imagen de su cráneo y su columna vertebral llenaron la pantalla que había colgada en la pared frente a ella. En un instante, Jenna advirtió el espeluznante objeto del tamaño de un grano de arroz que brillaba en el centro de su vértebra superior. La ramificaciones que había presentes el día anterior eran ahora mucho más numerosas.

Había fácilmente cientos más de ellas, cada delgada hebra estaba intrincada e inextricablemente tejida a través y alrededor de su médula espinal.

Gideon se aclaró la garganta.

—Como te decía, el objeto al parecer está compuesto de una combinación de material genético y alta tecnología avanzada. Nunca había visto nada igual, y tampoco he podido encontrar ninguna investigación científica humana que se acercara a esto. Dadas las transformaciones biológicas que estamos viendo en tu ADN y en tu sangre, parecería que la fuente del material genético fuera el Antiguo mismo.

Lo cual significaba que parte de esa criatura estaba en su interior. Viviendo allí. Floreciendo.

El pulso de Jenna martilleaba con fuerza en su pecho. Sintió el bombeo y la velocidad de su sangre en las venas… Imaginó células mutantes abriéndose camino a través de su cuerpo con cada latido de su corazón, multiplicándose y creciendo, devorándola por dentro.

—Sácamelo —dijo, con la voz cada vez más angustiada—. ¡Sácame esa maldita cosa ahora mismo, o lo haré yo!

Levantó las dos manos y comenzó a arañarse la nuca con las uñas, enloqueciendo por la desesperación.

Ni siquiera vio que Brock se movía desde el otro extremo del laboratorio, pero en menos de un segundo se halló a su lado, envolviendo sus dedos entre sus grandes manos. Su oscura mirada castaña se encontró con la de ella y no la dejó.

—Relájate —le dijo, con un susurro suave pero firme, mientras le quitaba las manos de la nuca y las sostenía cálidamente—. Respira, Jenna.

Sus pulmones se encogieron y luego se soltaron en un sollozo entrecortado.

—Suéltame. Por favor, dejadme sola. Todos.

Se apartó y trató de alejarse, pero los fuertes latidos de su pulso y un repentino pitido en los oídos hizo que la habitación girara violentamente a su alrededor. Una oscura ola de mareo la recorrió, cubriéndolo todo en un espeso manto de niebla.

—Ya te tengo —murmuró la suave voz de Brock en su oído. Ella sintió que sus pies se alzaban del suelo y por segunda vez en pocos días se halló sumergida en la seguridad de sus brazos.

Capítulo diez

Él no se excusó por lo que estaba haciendo o por dónde la estaba llevando. Se limitó a salir a grandes pasos del laboratorio de tecnología y llevarla por el pasillo que había recorrido con Alex minutos antes.

—Déjame —le pidió Jenna, con los sentidos todavía aturdidos y sintiendo el zumbido con cada uno de los pasos de Brock. Se agitó en sus brazos, tratando de ignorar hasta qué punto ese pequeño movimiento le hacía girar la cabeza y le retorcía el estómago. Dejó caer la cabeza sobre su musculoso antebrazo, soltando un doloroso gruñido—. He dicho que me dejes, maldita sea.

Él gruñó pero continuó caminando.

—Ya te he oído la primera vez.

Ella cerró los ojos, solo porque le resultaba demasiado difícil mantenerlos abiertos y observar cómo el techo del pasillo se retorcía y giraba por encima de ella mientras Brock la llevaba cada vez más adentro del recinto. Aminoró la marcha al cabo de un momento y luego giró bruscamente. Entonces Jenna vio que la había llevado de vuelta hasta la *suite* que ahora le pertenecía.

—Por favor, déjame en el suelo —murmuró, con la lengua espesa y la garganta seca. El pulso detrás de los ojos era ahora un latido que golpeaba como un martillo, y el pitido en sus oídos un quejido ensordecedor de alta frecuencia que parecía a punto de partirle el cráneo en dos—. Oh, Dios —gimió, incapaz de ocultar su agonía—. Duele tanto…

—De acuerdo —dijo Brock tranquilamente—. Ahora todo se pondrá bien.

—No, no es cierto —sollozó ella, humillada ante el sonido

de su propia debilidad y ante el hecho de que Brock la viera así—. ¿Qué me está pasando? ¿Qué me ha hecho?

—Eso ahora no importa —susurró Brock, con su profunda voz demasiado tensa. Había un excesivo cálculo en su calma para resultar creíble—. Primero haremos que superes esto.

Cruzó la habitación con ella en brazos y se inclinó para colocarla sobre el sofá. Jenna se recostó y dejó que él le estirara suavemente las piernas, no tan presa de la incomodidad y la preocupación como para no reconocer la ternura de esas manos fuertes que probablemente podrían aplastar la vida de alguien con poco más que un movimiento.

—Relájate —le dijo, mientras sus manos fuertes y tiernas se colocaban en torno a su cara. Se inclinó sobre ella y le acarició suavemente las mejillas, persuadiéndola con sus ojos oscuros para sostener la mirada—. Ahora solo relájate y respira, Jenna. ¿Puedes hacer eso por mí?

Ella ya se había calmado un poco, relajándose al oír el sonido de su nombre en sus labios y la delicada calidez de sus dedos mientras recorrían lentamente sus mejillas, su mandíbula y luego su cuello. Su respiración entrecortada comenzó a hacerse más lenta, a relajarse, mientras Brock le sostenía la nuca con una mano y deslizaba la otra, con un movimiento lento y suave, por encima de su pecho.

—Eso es —murmuró, con su mirada todavía clavada en la de ella, intensa y sin embargo increíblemente tierna al mismo tiempo—. Libérate de todo el dolor y relájate. Estás a salvo, Jenna. Puedes confiar en mí.

No sabía por qué esas palabras le afectaban tanto. Tal vez era el dolor que la había debilitado. Tal vez era el miedo a lo desconocido, el enorme abismo de inseguridad que de repente se había transformado en su realidad desde aquella glacial y espantosa noche en Alaska.

O tal vez fuera el simple hecho de que llevaba mucho tiempo —cuatro solitarios años— sin sentir una caricia masculina firme y cálida, aunque solo fuera para ofrecerle consuelo.

Cuatro años vacíos en los que se había convencido a sí misma de que no necesitaba contacto tierno o intimidad. Cuatro años interminables en los que no recordaba lo que era sentirse como una mujer de carne y hueso, como si fuera deseada. Como si algún día fuera capaz de abrir su corazón a algo más.

Jenna cerró los ojos mientras empezaron a picarle por las lágrimas. Apartó a un lado la oleada de emociones que inesperadamente sentía despertar y se concentró en el suave contacto de las yemas de los dedos de Brock sobre su piel. Dejó que su voz la inundara, sintiendo que sus palabras y su tacto trabajaban en conjunto para animarla a superar el extraño trauma que parecía destrozarla por dentro.

—Está bien, Jenna. Ahora simplemente respira.

Sintió que una especie de tornillo de dolor en su cráneo se aflojaba mientras él le hablaba. Brock le acarició las sienes con los pulgares, extendiendo los dedos profundamente en su cabello, sujetándola de una forma muy reconfortante. El penetrante zumbido de sus oídos comenzó a extinguirse, hasta desaparecer del todo.

—Lo estás haciendo muy bien —murmuró Brock, con su voz más oscura que antes, casi un gruñido—. Déjalo ir, Jenna. Dame a mí todo lo que queda.

Ella exhaló un largo y liberador suspiro, incapaz de retenerlo ahora que Brock le acariciaba el rostro y el cuello. Gimió, dando la bienvenida a un placer que lentamente devoraba su agonía.

—Me siento bien —susurró, incapaz de resistir la necesidad de recrearse más con su tacto—. Ahora ya no me duele tanto.

—Eso está bien, Jenna. —Él hizo una inspiración que sonó más bien como un grito ahogado y luego soltó el aire con un débil gruñido—. Suéltalo todo ahora.

Jenna sintió un temblor vibrando a través de las yemas de sus dedos mientras hablaba. Abrió los párpados de golpe y lo miró boquiabierta, golpeada por lo que vio.

Los tendones de su cuello estaban tensos como cuerdas y su mandíbula tan apretada que era extraño que no se le rompieran los dientes. Un músculo se agitaba salvajemente en sus delgadas mejillas. Había gotas de transpiración en su frente y sobre su labio superior.

Sentía dolor.

Un dolor lacerante como el que había sentido ella hacía tan

solo unos pocos minutos, antes de que su agonía se calmara a través del contacto con él.

Ella ahora se daba cuenta.

Brock no la estaba simplemente calmando con sus manos. De alguna forma expulsaba el dolor fuera de ella y lo estaba desviando, voluntariamente, hacia sí mismo.

Ofendida por la idea, pero todavía más incómoda por haberse engañado al imaginar que él la tocaba por otro motivo más allá de la lástima, Jenna se apartó de él, escabulléndose para quedar sentada en el sofá. Respiraba con dificultad y escandalizada mientras miraba fijamente sus ojos oscuros, que brillaban salpicados de destellos color ámbar.

—¿Qué demonios crees que estás haciendo? —jadeó, poniéndose en pie de un salto.

El músculo que había estado palpitando en su mandíbula sufrió un tirón cuando él se levantó para mirarla a la cara.

—Te estoy ayudando.

Las imágenes se agolparon en su cabeza en un instante: repentinos y vívidos recuerdos del período que siguió a su cautiverio con la criatura que había invadido su cabaña de Alaska.

Ella también había sufrido dolor entonces. Había estado aterrorizada y conmocionada, inundada con tanto horror y confusión que creyó que moriría.

Y recordó las cálidas y cuidadosas manos que la reconfortaron. El rostro de un extraño atractivo y serio que entró en su vida como un ángel negro y la mantuvo a salvo, cobijada y en calma, cuando todo en su mundo era presa del caos.

—Tú estabas allí —murmuró, asombrada de no haberse dado cuenta hasta ahora—. En Alaska, después de la muerte del Antiguo. Te quedaste conmigo. Te llevaste mi dolor, también entonces. Y también más tarde, cuando me trajeron al recinto. Dios mío… ¿estuviste a mi lado todo el tiempo que permanecí en la enfermería?

Sus ojos permanecieron fijos en ella, oscuros e inexpresivos.

—Yo era el único que podía ayudarte.

—¿Quién te lo pidió? —exigió saber Jenna, deseando desesperadamente expulsar el calor que todavía viajaba a través de ella, de manera espontánea e involuntaria.

Ya era bastante malo que él creyera necesario mimarla

como a una niña durante aquella terrible experiencia. Y mucho peor que pareciera pensar que ahora debía hacer lo mismo también. Se condenaría antes que permitir que por un segundo él creyera que disfrutaba del contacto.

Con la expresión todavía deformada por el dolor que ella había sentido momentos antes, él sacudió la cabeza y dejó escapar un taco.

—Para ser una mujer que no desea la ayuda de nadie, desde luego pareces necesitarla mucho.

A ella le costó resistir la tentación de decirle dónde podía meterse esa ayuda.

—Puedo cuidar de mí misma.

—¿Como hiciste la última noche en la ciudad? —la desafió él—. ¿Como hiciste hace apenas unos minutos en el laboratorio de tecnología, justo cuando mis brazos eran la única cosa que se interponía entre tu tozudo trasero y el suelo?

La humillación le hizo arder las mejillas como si la hubiera abofeteado.

—¿Sabes qué? Ahórranos la molestia a los dos y no me hagas más favores.

Se dio la vuelta y caminó hacia la puerta, todavía abierta. Cada paso que daba, milagrosamente sin dolor, no hacía más que aumentar su ira hacia Brock. La llevaba a sentirse más decidida a poner entre ellos tanta distancia como fuera posible.

Antes de que hubiera recorrido un metro más allá del umbral, él se hallaba de pie frente a ella. Le bloqueaba el paso, a pesar de que Jenna no lo había visto ni oído moverse.

Se detuvo en seco. Lo miró boquiabierta, atónita por la velocidad sobrenatural que evidentemente tenía bajo control.

—Sal de mi camino —le dijo, y trató de pasar deprisa a su lado.

Él la esquivó y luego puso su inmenso cuerpo directamente frente a ella. La intensidad de su mirada indicaba que quería decir algo más, pero Jenna no quería oírlo. Necesitaba estar sola. Necesitaba espacio para pensar acerca de todo lo que le había ocurrido, todo lo que todavía le estaba ocurriendo, que se volvía cada vez más terrible.

—Apártate —le dijo, odiando el pequeño temblor que sonó en su voz.

Brock lentamente levantó una mano y le apartó de la frente un mechón despeinado. Era un gesto tierno, de una amabilidad que ella deseaba desesperadamente pero que temía demasiado aceptar.

—Estás en nuestro mundo, Jenna. Y quieras admitirlo o no, estás metida hasta el fondo.

Ella observaba su boca mientras él le hablaba, deseando no sentirse tan fascinada por los movimientos de sus sensuales y carnosos labios. Brock todavía seguía desgastado por el dolor; Jenna podía advertirlo por el ligero movimiento de sus orificios nasales cuando inspiraba y espiraba de forma controlada. La tensión de su atractivo rostro y su fuerte cuello tampoco habían cesado.

Verlo soportar una carga que le pertenecía a ella le hizo sentirse pequeña e impotente. Durante toda su vida, había luchado por demostrar su valía. Primero ante su padre y su hermano Zach, pues ambos le habían hecho saber, en términos claros, que dudaban de que tuviese lo que debía tener para pertenecer a las fuerzas de la ley. Más tarde, se había esforzado por ser la esposa y la madre perfecta. Su vida entera se había estructurado sobre la base de la fuerza, la disciplina y la capacidad.

Increíblemente, ahora que se hallaba de pie ante Brock, no era el hecho de que él fuera una criatura no humana, peligrosa y de otro mundo lo que la hacía desear que la tierra se abriera para engullirla entera; era el terror que podía sentir a través del cascarón de ira que la protegía como una armadura, el miedo de que él pudiera descubrir la criatura indefensa y asustada que en realidad era.

Brock sacudió levemente la cabeza durante el largo silencio que se prolongaba entre ellos. Recorrió lentamente su rostro antes de volver a mirarla a los ojos.

—Hay cosas peores que necesitar apoyarse en alguien de vez en cuando, Jenna.

—¡Maldita sea, te he dicho que salgas de mi camino! —Lo apartó, colocando las palmas contra su ancho pecho y empujándolo con toda la rabia y el miedo que sentía en su interior.

Brock salió disparado hacia atrás, y casi chocó contra la pared más alejada del pasillo.

Jenna contuvo la respiración, aturdida y sorprendida por lo que acababa de hacer.

Horrorizada.

Brock era una torre, de dos metros y unos cien kilos de músculo y fuerza. Mucho más poderoso que ella. Mucho más poderoso que ninguna otra cosa que ella conociera.

Y acababa de empujarlo varios metros.

Él alzó las cejas con la mirada sorprendida.

—Dios bendito —murmuró, con más sorpresa que ira en la voz.

Jenna puso sus manos delante de ella y las miró como si pertenecieran a otra persona.

—Oh, Dios mío. ¿Cómo es posible que yo…? ¿Qué es lo que acaba de ocurrir?

—No pasa nada —dijo él, avanzando hacia ella con esa calma suya tan exasperante.

—Brock, lo siento. Yo de verdad no pretendía…

—Lo sé —dijo él, asintiendo con seriedad—. No te preocupes. No me has hecho daño.

Ella sintió una bola de histeria que le subía por la garganta. Primero la impactante noticia de que el implante era algo que alteraba la estructura de su ADN, y ahora esto: una fuerza que no podía pertenecerle y, sin embargo, tenía. Recordó cómo había escapado de la finca y la extraña habilidad para otras lenguas que parecía tener desde que el Antiguo había insertado esa pieza en su médula espinal.

—¿Qué demonios me está pasando, Brock? ¿En qué acabará todo esto?

Él tomó sus manos temblorosas entre las de él y las sostuvo con firmeza.

—Sea lo que sea, no tienes que pasar por ello sola. Es necesario que entiendas eso.

Ella no sabía si se estaba refiriendo a otra persona del recinto o a él en concreto. Y no tenía voz para pedirle una aclaración. Se dijo que no importaba lo que significase; sin embargo, eso no impedía que el corazón le latiera aceleradamente al mirarlo. Bajo el calor de sus insondables ojos marrones, sintió que hasta el peor de sus miedos se esfumaba.

Se sentía reconfortada y protegida, cosas que no podía negar aunque quisiera mientras Brock la siguiera sosteniendo con sus manos y con su mirada.

Él frunció el ceño después de un largo momento y lentamente le soltó las manos, dejando que las suyas se deslizaran a lo largo de sus brazos. Era una caricia sensual, que se prolongó lo bastante como para no ser confundida con otro gesto que no tuviera un carácter íntimo. Jenna lo sabía, y podía ver que él lo sabía también.

Sus ojos oscuros parecieron volverse todavía más profundos, arrastrándola. Se deslizaron lentamente hacia su boca y se quedaron allí mientras la respiración de Jenna se convertía en un tembloroso suspiro.

Sabía que debería apartarse de él ahora. No había ninguna razón para permanecer tan cerca, con apenas unos centímetros de separación entre sus cuerpos. Apenas un pequeño espacio entre sus bocas. Con solo bajar levemente su cabeza o inclinar un poco hacia arriba la de ella, sus labios se tocarían.

El pulso de Jenna se aceleró al pensar en besar a Brock.

Era lo último que se le hubiera ocurrido cuando él la estaba llevando a la habitación. Y también unos minutos antes, cuando su miedo y su ira la habían hecho gruñir como un animal salvaje atrapado en la trampa de un cazador.

Pero ahora, cuando él estaba tan cerca que ella podía sentir el calor de su cuerpo irradiando hacia ella y el aroma picante de su piel la tentaba a apoyar la cabeza contra su pecho y olerlo, besar a Brock era una urgencia secreta que vibraba en ella con cada latido de su corazón.

Tal vez él supiera lo que ella estaba sintiendo.

Tal vez él estuviera sintiendo lo mismo.

Brock dejó escapar un improperio, luego retrocedió un pequeño paso y la miró frunciendo el ceño.

—Maldita sea… Jenna.

Cuando se acercó y tomó con ternura su rostro entre las manos, todo el aire pareció evaporarse de la habitación. Los pulmones de Jenna se helaron en su pecho, pero su corazón continuó martilleando, latiendo con tanta fuerza que parecía a punto de explotar.

Permaneció alerta, con terror y esperanza, perpleja ante la necesidad de sentir la boca de Brock en la suya.

Él deslizó rápidamente la lengua entre los labios, y el movimiento le permitió atisbar la punta afilada de sus colmillos brillando como diamantes. Dejó escapar otro insulto y luego se retiró a la distancia de un brazo, dejando un abismo de aire frío nadando frente a ella donde un segundo antes estaba el calor de su cuerpo.

—No debería estar aquí ahora —murmuró él con la boca densa—. Y tú necesitas descansar. Ponte cómoda. Si no tienes suficientes mantas en la cama, hay más en mi armario del cuarto de baño. Usa todo lo que quieras.

Jenna tuvo que esforzarse por poner su cabeza en el modo conversación.

—Esto... ¿Estas son tus habitaciones?

Él asintió débilmente, ya preparado para alejarse por el pasillo.

—Lo eran. Ahora son tuyas.

—Espera un momento. —Jenna fue tras él—. ¿Y qué pasa contigo? ¿Tienes otro sitio donde quedarte?

—No te preocupes por eso —dijo Brock, deteniéndose para mirarla mientras ella se apoyaba contra el umbral de la puerta—. Descansa, Jenna. Te veré por aquí.

La sangre de Brock todavía circulaba acaloradamente en sus venas un poco más tarde, cuando se hallaba de pie ante una de las últimas *suites* residenciales que quedaban y golpeaba con los nudillos en la puerta.

—Once minutos más temprano de lo que acordamos —dijo, como una simple cuestión evidente, la profunda voz masculina de un macho de la estirpe al otro lado.

La puerta se abrió y Brock fue ensartado por unos brillantes ojos dorados indescifrables.

—El placer es mío... —dijo Brock a modo de saludo mientras levantaba el petate negro de cuero que contenía todas las pertenencias que había sacado de sus habitaciones aquel día temprano—. ¿Y a qué te refieres con que se suponía que no iba a estar aquí hasta dentro de once minutos? No me digas que vas a ser uno de esos compañeros convencionales que se rigen en todo por el reloj, amigo. Mi elección era limitada al ver que tú y

Chase tenéis las últimas dos habitaciones que quedaban en el recinto. Para serte sincero, si Harvard y yo tenemos que compartir habitación, no sé si llegaríamos a sobrevivir una semana.

Cazador no dijo nada mientras Brock pasaba junto a él y entraba en la habitación. Lo siguió hasta la zona de literas, tan sigiloso como un fantasma.

—Creí que venías con alguien más —señaló más tarde.

—¿Sí? —Brock volvió la cabeza para mirar al estoico vampiro de la primera generación, con curiosidad genuina por el miembro más nuevo y reservado de la Orden. Por no mencionar el hecho de que estaba ansioso por apartar de su mente los abrumadores pensamientos acerca de Jenna Darrow—. ¿A quién más esperabas aparte de mí?

—No tiene importancia —respondió Cazador.

—De acuerdo. —Brock se encogió de hombros—. Solo intentaba entablar conversación, eso es todo.

La expresión del vampiro de la primera generación permaneció impasible, amargamente neutral. No era sorprendente, considerando la forma en que había sido criado, pues era uno de los asesinos preparado por Dragos. Demonios, ni siquiera tenía un nombre propio. Al igual que el resto del ejército personal que Dragos había engendrado a través del Antiguo, al vampiro de la primera generación se le llamaba por el apelativo de lo que había sido su única misión en la vida: Cazador.

Había llegado a la Orden unos meses atrás, después de que Brock, Nikolai y algunos de los otros guerreros hubieran asaltado una reunión con Dragos y sus tenientes. Cazador había quedado libre durante la refriega y ahora se había aliado con las fuerzas de la Orden en contra de su creador para derrotarlo.

Brock se detuvo frente al par de camas dobles que había a cada lado de la modesta habitación de literas de estilo barracón. Ambas estaban hechas con precisión militar, con la manta tostada y las sábanas blancas encajadas sin una sola arruga y una única almohada meticulosamente colocada en la cabecera de cada litera.

—¿Cuál quieres que me quede?

—A mí me da igual.

Brock volvió a mirar el rostro impasible y los ojos dorados inescrutables de Cazador.

—Dime en cuál duermes normalmente y escogeré la otra.

La mirada inexpresiva de Cazador no se inmutó ni un ápice.

—Son muebles. No tengo apego por ninguno de los dos.

—No tienes apego —murmuró Brock insultando por lo bajo—. Ya puedes decirlo, amigo. Tal vez puedas darme alguna clave para conseguir esa maldita actitud tuya de «me trae sin cuidado todo». Creo que debe de venir muy bien de tanto en tanto. Especialmente en relación a las mujeres.

Con un gruñido, arrojó sus cosas sobre la litera que había a su izquierda, y luego se pasó la palma de la mano por la cara y por encima de la cabeza. El gemido que se le escapó estaba lleno de frustración y de la lujuria reprimida que había estado sofocando desde que se obligó a alejarse de Jenna y de la enorme tentación que no le convenía.

—Maldita sea —soltó, con su cuerpo vibrando otra vez solo por recordar la imagen de su bello rostro, alzado para mirarlo.

De no haber sabido nada, hubiera creído que ella estaba esperando que la besara. Cada instinto masculino en su interior había estado clamando con esa certeza en aquel momento, pero sabía que era la última que Jenna necesitaba.

Estaba confundida y vulnerable, y él creía ser mejor hombre que aquellos que se aprovecharían de una situación así simplemente porque su libido ansiara probarla. Por supuesto que eso no lo hacía sentirse mejor ante la feroz erección que de nuevo volvía a sentir.

—Una acción heroica —se reprendió a sí mismo—. Ahora vas a necesitar ponerte en remojo en una bañera de agua helada durante una semana como pago por tu noble hazaña.

—¿Te encuentras mal? —le preguntó Cazador, sorprendiendo a Brock, que no había advertido que el otro vampiro seguía detrás de él en la habitación.

—Sí —dijo Brock, con una risita sardónica—. Me encuentro mal. Si quieres saber la verdad, me encuentro mal desde el momento en que puse los ojos en ella.

—La mujer humana —respondió Cazador con una sonrisa comprensiva—. Al parecer ella se ha convertido en un problema para ti.

Brock soltó un suspiro malhumorado.

—¿Eso crees?

—Sí, lo creo. —No había ningún juicio en su respuesta, se limitaba a expresar un hecho. Hablaba como una máquina, con total precisión y sin ningún sentimiento—. Supongo que todo el mundo en el laboratorio de tecnología llegó a la misma conclusión hoy, cuando permitiste que Chase provocara tu ira con su comentario respecto a tu vínculo con esa mujer. Tus acciones demostraron una debilidad en tu entrenamiento y, lo que es peor, una falta de autocontrol. Reaccionaste de manera imprudente.

—Gracias por advertirlo —respondió Brock, sospechando que su sarcasmo era una pérdida de tiempo con el insociable e imperturbable Cazador—. Recuérdame que te rompa las pelotas si alguna vez te sueltas lo bastante como para permitir que una mujer se te meta bajo la piel.

Cazador no reaccionó, se limitó a mirarlo fijamente sin asomo de emoción.

—Eso no ocurrirá.

—Mierda —dijo Brock, sacudiendo la cabeza ante aquel rígido soldado de la primera generación, educado con tan dura disciplina—. Es evidente que no has estado con la mujer adecuada si suenas tan seguro de ti mismo.

La expresión de Cazador permaneció inmutable. Distante e indiferente. De hecho, cuanto más lo miraba Brock, más claramente comenzaba a percibir la verdad.

—Demonios. ¿Nunca has estado con una mujer, Cazador? Dios mío... ¿eres virgen, verdad?

Los ojos dorados del vampiro de la primera generación permanecieron fijos en Brock como si estuviera forzando su voluntad para no permitir que la revelación le afectara. Y Brock tenía que reconocer que ni un solo destello de emoción asomó a esos ojos asombrosos, ni a las perfectamente adiestradas facciones de su rostro.

Lo único que hizo estremecerse a Cazador fue el suave sonido de unos pasos amortiguados acercándose por el pasillo. La voz de una niña, Mira, se oyó desde el salón.

—¿Cazador, estás ahí?

Él se volvió sin ofrecer ninguna excusa y fue al encuentro de la niña.

—Ahora no es un buen momento —le dijo con voz grave a la niña.

—¿Pero no quieres saber lo que pasa cuando Harry Potter se pone la capa para hacerse invisible? —preguntó Mira, con un tono de decepción en su voz habitualmente alegre—. Es una de mis partes favoritas de todo el libro. Tienes que oír este capítulo. Te va a encantar.

—Tiene razón, esa es una de las mejores partes —dijo Brock saliendo de la habitación de las literas, sin estar seguro de qué lo hacía reír más, si el descubrimiento de que el frío y duro asesino de la primera generación era todavía virgen o la nueva e igualmente divertida idea de que la cita que Brock al parecer había interrumpido era la hora de lectura de Cazador con la residente más joven del recinto.

Sonrió y guiñó un ojo a Mira mientras ella se dejaba caer en el sofá y abría el libro por el lugar donde lo habían dejado.

—Relájate —le dijo a Cazador, que estaba allí, duro como una estatua—, no voy a contarle a nadie tus secretos.

No esperó a comprobar su reacción; se limitó a salir hacia el pasillo y dejó a Cazador mirando su estela.

Capítulo once

—Cruzad los dedos, chicas, pero creo que es posible que hayamos encontrado la pista que andábamos buscando. —Dylan colgó el teléfono y giró la silla de su escritorio para mirar a Jenna, Alex, Renata y Savannah, que llevaban reunidas un par de horas en la sala de reuniones de las compañeras de sangre.

De hecho, llamarla sala de reuniones no le hacía justicia. Había nada menos que media docena de ordenadores dispuestos en la larga mesa del fondo de la habitación, y cajas de papeles y carpetas organizadas y colocadas en una alta estantería de fácil acceso. Casi cada centímetro de la pared estaba cubierto de mapas de Nueva Inglaterra con puntos marcados y detalles gráficos que harían avergonzarse a la mayoría de unidades policiales. Entre esos mapas y gráficos había varios bocetos de mujeres jóvenes dibujados por manos expertas, rostros de algunas de las desaparecidas que los miembros de la Orden y sus diligentes compañeras de sangre estaban decididas a encontrar.

No, pensó Jenna mientras miraba alrededor, aquella no era una simple sala de reuniones.

Era una habitación dedicada con fervor a la estrategia, la misión y la guerra.

Jenna dio la bienvenida a la energía del lugar, especialmente después de las turbadoras noticias que había obtenido de su análisis de sangre. También necesitaba una distracción para evitar pensar en los imprevistos malos momentos que había pasado con Brock en sus habitaciones del recinto, habitaciones que ahora eran las de ella. Había estado a punto de escapar de allí cuando él se marchó. Pero Alex apareció poco después para ver cómo estaba y la había llevado a la sala de operaciones junto a las otras compañeras de sangre para que tuviera compañía y conversación.

Ella no había querido interesarse por el trabajo en el que estaban involucradas las mujeres de la Orden, pero, al verse sentada entre ellas, era prácticamente imposible para la policía que había en ella ignorar el rastro de una buena caza de información. Permaneció sentada muy erguida en la silla ante la mesa de conferencias, mientras Dylan iba hasta la impresora láser y recogía la hoja de papel que acababa de deslizarse en la bandeja.

—¿Qué tienes ahí? —preguntó Savannah.

Dylan dispuso la página impresa sobre la mesa frente a las mujeres reunidas.

—La hermana Margaret Mary Howland.

Jenna y las demás se inclinaron para mirar la imagen impresa. Era la fotografía de grupo de una docena de mujeres jóvenes y niñas. Por el estilo de sus ropas parecía haber sido sacada hacía unos veinte años. El grupo estaba reunido en el césped bajo los escalones de un ancho parque cubierto, con la clase de postura preparada que los escolares adoptan a veces para la fotografía anual del colegio. Excepto que, en este caso, detrás de ellos no había una escuela, sino una gran y sencilla casa que decía ser el Hogar Saint John para Mujeres Jóvenes, en Queensboro, Nueva York.

Una mujer de mediana edad y rostro amable, que llevaba una cruz colgando y un modesto vestido de verano, se hallaba de pie a un lado del grupo reunido bajo el alero blanco donde estaba inscrito el nombre del lugar. Una de las chicas más jóvenes estaba junto a la mujer, con sus delgados hombros rodeados por un cariñoso abrazo y su pequeño rostro vuelto hacia ella con una sonrisa de satisfacción.

—Es ella —dijo Dylan, señalando a la mujer de la sonrisa maternal y los brazos acogedores—. La hermana Margaret.

—¿Y quién es esa mujer? —preguntó Jenna, incapaz de contener su curiosidad.

Dylan alzó la mirada hacia ella.

—En este momento, suponiendo que siga con vida, esta mujer es nuestra mejor posibilidad de descubrir más cosas sobre las compañeras de sangre desaparecidas o muertas a manos de Dragos.

Jenna sacudió levemente la cabeza.

—No te sigo.

—Algunas de las mujeres que él mató, y probablemente muchas de las que todavía retiene prisioneras, provenían de hogares de acogida —dijo Dylan—. Verás, no es infrecuente para las compañeras de sangre sentirse confundidas y fuera de lugar en la sociedad de los humanos. La mayoría de nosotras no tenemos ni idea de hasta qué punto somos diferentes, y mucho menos de por qué. Además de la marca de nacimiento y la naturaleza biológica que compartimos, todas tenemos una habilidad extrasensorial única.

—No tiene que ver con las tonterías que ves en los programas de televisión de gente con habilidades psíquicas —intervino Savannah—. Las reales habilidades extrasensoriales son a menudo la forma más segura de reconocer a una compañera de sangre.

Dylan asintió.

—A veces esos talentos son una bendición, pero la mayoría de las veces parecen más bien una maldición. Mi propio talento fue para mí una maldición durante la mayor parte de mi vida, pero afortunadamente tuve una madre que me quería. Porque la tenía, no importaba lo confundida o asustada que estuviera, siempre podía contar con la seguridad de un hogar.

—Pero no todo el mundo tiene esa suerte —añadió Renata—. Hubo una cadena de orfanatos en Montreal para Mira y para mí. Y de tanto en tanto, tuvimos que sobrevivir en las calles.

Jenna escuchaba en silencio, agradeciendo haber nacido en una familia normal y relativamente unida, en la que su mayor problema de infancia fue competir con su hermano por la aprobación y el afecto. No podía imaginarse teniendo el tipo de problemas de esas mujeres nacidas con la marca de una lágrima y una media luna creciente. Sus propios problemas ahora, por más incomprensibles que fueran, parecían disminuir un poco si consideraba las vidas que habían vivido esas mujeres. Por no decir nada del infierno que habrían tenido que soportar las que habían sido asesinadas o habían desaparecido.

—Entonces, ¿creéis que Dragos va a la caza de las jóvenes que terminan en esos refugios? —preguntó.

—Sabemos que así es —dijo Dylan—. Mi madre trabajaba en un hogar de acogida de Nueva York. Es una larga historia, para contar en otro momento, pero en resumen resultó que el refugio para el que trabajaba había sido fundado y dirigido nada menos que por el propio Dragos.

—Oh, Dios mío —suspiró Jenna.

—Se había estado ocultando detrás de un alias, haciéndose llamar Gordon Fasso cuando se movía en los círculos humanos, así que nadie tenía ni idea de quién era realmente... hasta que fue demasiado tarde. —Dylan hizo una pausa para tomar aire como reuniendo fuerzas—. Mató a mi madre tras darse cuenta de que había sido desenmascarado y que la Orden iba tras él.

—Lo siento —susurró Jenna, con toda sinceridad—. Perder a alguien que amas de esa manera tan atroz...

Las palabras se extinguieron mientras algo frío y feroz bullía en su interior. Como antigua agente de policía, conocía el sabor amargo de la injusticia y la necesidad de equilibrar las cosas. Pero contuvo sus sentimientos, diciéndose a sí misma que la lucha de la Orden contra su enemigo Dragos era algo que no le pertenecía. Ella tenía que hacer frente a sus propias batallas.

—Estoy segura de que Dragos acabará recibiendo su merecido —dijo.

Era una afirmación poco convincente, ofrecida intencionadamente como un apoyo emocional. Pero esperaba estar en lo cierto. Sentada allí junto a esas mujeres, ahora que las conocía un poco más a pesar del poco tiempo que llevaba en el recinto, Jenna rezaba para que la Orden tuviera éxito contra Dragos. La idea de que alguien tan perverso como él gobernara el mundo era totalmente inaceptable.

Cogió la imagen impresa y miró la cálida expresión de la monja de pie como un buen prado junto a su vulnerable rebaño.

—¿Cómo esperas que esta mujer, la hermana Margaret, sea capaz de ayudaros?

—El movimiento de personal es alto en los refugios de jóvenes —explicó Dylan—. Aquel en el que trabajaba mi madre no era una excepción. Una amiga de ella que trabajaba allí fue quien me dio el nombre de la hermana Margaret y esa fotografía. Dice que la hermana se retiró hace unos años, pero ha estado colaborando como voluntaria en varios refugios de Nueva York desde 1970. Es precisamente la clase de persona con la que necesitamos hablar.

—Alguien que haya estado en los refugios durante mucho tiempo y pueda ser capaz de identificar residentes del pasado con un boceto básico —dijo Savannah, señalando los rostros dibujados a mano colocados en las paredes.

Jenna asintió.

—¿Esos bocetos representan mujeres que han estado en los refugios?

—Esos bocetos —dijo Alex, que se hallaba junto a Jenna— son de compañeras de sangre que Dragos mantiene prisioneras mientras hablamos.

—¿Quieres decir que todavía están vivas?

—Lo estaban al menos hace un par de meses. —La voz de Renata sonó seria—. Una amiga de la Orden, Claire Reichen, usó su talento de compañera de sangre para entrar en sueños en los cuarteles de Dragos. Vio a las cautivas, más de una veintena, encerradas en celdas de su laboratorio. Aunque Dragos trasladó su centro de operaciones antes de que pudiéramos salvarlas, Claire ha estado trabajando con un artista de bocetos para dejar un registro de los rostros que vio.

—De hecho, eso es lo que está haciendo Claire ahora mismo, en colaboración con Elise —dijo Alex—. Elise tiene muchos amigos en la comunidad de civiles de Boston. Ella y Claire han estado trabajando en un par de nuevos bocetos, basándose en lo que Claire vio ese día en la guarida de Dragos.

—Una vez tengamos los rostros de las prisioneras —dijo Dylan—, podremos empezar a buscar los nombres y posibles miembros de la familia. Cualquier cosa que pueda servir para acercarnos al lugar donde se hallan esas mujeres.

—¿Y qué me dices de los archivos de datos de personas desaparecidas? —preguntó Jenna—. ¿Habéis comparado los bocetos con los perfiles del Centro Nacional de Personas Desaparecidas?

—Lo hemos hecho, pero no nos ha conducido a ninguna parte —dijo Dylan—. Muchas de las mujeres y chicas de esos refugios son fugitivas y huérfanas. Personas marginales. Algunas han cortado deliberadamente todos los lazos con su familia y amigos. El resultado final es el mismo: no tienen a nadie que las busque ni las eche en falta, así que no existen informes sobre su desaparición.

Renata gruñó suavemente en señal de reconocimiento y pareció hablar por experiencia propia.

—Cuando no tienes nada ni a nadie, puedes desaparecer y es como si nunca hubieras existido.

Por sus años en las fuerzas de la ley de Alaska, Jenna sabía hasta qué punto eso era cierto. Había gente que podía desaparecer sin dejar rastro tanto en las grandes ciudades como en las pequeñas comunidades del interior. Ocurría a diario, aunque ella jamás hubiera imaginado que podía pasar por las razones que Dylan, Savannah, Renata y las otras mujeres le explicaban ahora.

—Entonces, ¿cuál es vuestro plan una vez hayáis identificado a las compañeras de sangre desaparecidas?

—En cuanto tengamos una conexión personal con alguna de ellas —dijo Savannah—, Claire podrá intentar conectar con ella a través de un sueño y tenemos la esperanza de que extraiga alguna información para averiguar dónde han sido trasladadas las prisioneras.

Jenna estaba acostumbrada a asimilar y comprender rápidamente los hechos, pero la cabeza empezaba a darle vueltas con todo lo que estaba oyendo. Y no podía impedir que su mente no parara de buscar soluciones para los problemas que estaban exponiendo.

—Un momento. Si el talento de Claire la condujo ya una vez hasta la guarida de Dragos, ¿por qué no puede simplemente hacerlo ahora de nuevo?

—Para que el talento funcione necesita algún tipo de vínculo emocional o personal con quien pretende encontrar en sueños —respondió Dylan—. Su vínculo antes no era con Dragos, sino con otro vampiro.

—Su antiguo compañero, Wilhelm Roth —señaló Renata, prácticamente escupiendo el nombre como si fuese un insulto—. Era un individuo repugnante, pero al lado de Dragos su crueldad no era nada. De ninguna manera podemos permitir que Claire trate de interceptar a Dragos personalmente. Eso sería un suicidio.

—De acuerdo. ¿Entonces dónde nos deja todo esto? —preguntó Jenna. La palabra «nos» se escapó de sus labios antes de que se diera ni cuenta. Pero era tarde para retirarla, y estaba demasiado intrigada como para fingir indiferencia—. ¿Adónde nos llevan las cosas a partir de aquí?

—Tenemos la esperanza de encontrar a la hermana Margaret y que ella pueda ayudarnos a averiguar algo —dijo Dylan.

—¿Tenemos alguna manera de contactar con ella? —preguntó Renata.

La excitación de Dylan disminuyó un poco.

—Lamentablemente, ni siquiera tenemos la seguridad de que siga con vida. La amiga de mi madre dice que ahora debe de tener más de ochenta años. La única buena noticia que tenemos es que el convento de la hermana tenía su casa madre en Boston, así que hay una oportunidad de que ella pueda estar aquí. Lo único que tenemos por ahora es su número de la seguridad social.

—Dáselo a Gideon —dijo Savannah—. Estoy segura de que podrá acceder a un ordenador del Gobierno y conseguir toda la información que necesitemos de ella.

—Eso es exactamente lo que pensaba —respondió Dylan con una sonrisa.

Jenna consideró la posibilidad de ofrecer su ayuda para localizar a la monja. Todavía tenía amigos en las fuerzas de la ley y algunas agencias federales. Bastaría con una llamada o un correo electrónico, para pedir uno o dos favores confidenciales. Pero las mujeres de la Orden parecían tenerlo todo bajo control.

Y ella haría mejor en no involucrarse en nada de eso, se recordó a sí misma severamente, mientras Dylan cogía el teléfono que había al lado de su ordenador y llamaba al laboratorio de tecnología.

Minutos más tarde, Gideon y Río acudieron a la sala de operaciones. Los dos guerreros recibieron un resumen rápido de lo que Dylan había descubierto. Antes de que terminara la explicación, Gideon se sentó ante un ordenador y se puso a trabajar.

Jenna observaba desde su asiento junto a la mesa mientras todos los demás —Savannah, Renata, Alex, Río y Dylan— se reunían alrededor de Gideon para ver sus proezas. Savannah tenía razón; no le llevó más de cinco minutos atravesar la barrera de seguridad y el cortafuegos de la página web del Gobierno de Estados Unidos y descargar todos los archivos que necesitaban.

—Hermana Margaret Mary Howland, viva y con buena salud de acuerdo con los datos de la administración de la seguridad social —anunció—. Recogió su último cheque el mes pasado por el valor de doscientos noventa y ocho dólares y algo de monedas en una dirección de Gloucester. Ahora la estoy imprimiendo.

Dylan sonrió.

—Gideon, eres un genio de la informática.

—Dispuesto a complaceros. —Movió la silla y agarró a Savannah para darle un beso rápido—. Dime que estás deslumbrada, cariño.

—Estoy deslumbrada —replicó ella con gracia, riendo mientras le daba unas palmaditas juguetonas en el hombro.

Él sonrió y lanzó una mirada a Jenna por encima de sus gafas de color azul claro.

—Me ama —dijo, dando un fuerte apretón a su bella compañera—. Está loca por mí, en serio. No puede vivir sin mí. Probablemente quiere llevarme a la cama ahora mismo y practicar sus perversiones conmigo.

—¡Venga ya! Eso es lo que tú quisieras —dijo Savannah. Pero había un brillo ardiente en su mirada.

—Lástima que no tengamos la misma suerte para hallar alguna pista con ese asunto de Terra Global —dijo Río, pasando el brazo por encima de los hombros de Dylan con un movimiento que pareció instintivamente íntimo.

Renata frunció el ceño.

—¿Todavía no hay suerte por allí?

—No mucha —intervino Gideon. Luego debió de captar la mirada confundida de Jenna—. Terra Global es el nombre de una compañía que, según creemos, Dragos está usando como coartada de algunas de sus operaciones secretas.

Alex intervino al instante.

—¿Recuerdas esa compañía minera que abrió una sucursal en las afueras de Harmony unos meses atrás... esa tal Coldstream Mining? —Jenna asintió y ella continuó—. Pertenecía a Dragos. Creemos que estaba pensada para ser un centro de contención para el Antiguo cuando lo transportaran a Alaska. Lamentablemente, todos sabemos lo que pasó con aquello.

—Fuimos capaces de rastrear la compañía minera hasta que nos condujo a Terra Global —añadió Río—. Pero no pudimos llegar más lejos. Sabemos que Terra Global tiene muchísimas capas. Nos llevaría demasiado tiempo desentrañarlas todas. Mientras tanto, Dragos va cavando cada vez más profundo, y cada minuto que pasa se halla más lejos de nuestro alcance.

—Lo atraparéis —dijo Jenna. Trató de ignorar el pequeño impulso en su corazón que la urgía a hacerse con un par de armas y lanzarse a la carga—. Tenéis que atraparlo, así que lo conseguiréis.

—Sí —respondió Río, con su rostro marcado de cicatrices, tenso por la determinación mientras asentía mirando a Dylan a los ojos—. Algún día cogeremos a ese malnacido. Va a tener que pagar por todo lo que ha hecho.

Bajo su fuerte brazo, Dylan sonrió con tristeza. Se hundió en su abrazo, intentando sin éxito reprimir un bostezo.

—Vamos —dijo él, apartándole de los ojos algunos de los rizos pelirrojos—. Llevas muchas horas dedicadas a esto. Ahora te llevaré a la cama.

—No es mala idea —dijo Renata—. Pronto será de noche, y apuesto a que Niko todavía está probando nuevos disparos en la habitación de armas. Es hora de recoger a mi hombre.

Se despidió y se dispuso a marcharse. Dylan y Río y luego Savannah y Gideon hicieron lo mismo.

—¿Quieres venir un rato con Kade y conmigo? —le preguntó Alex.

Jenna negó con la cabeza.

—No, estoy bien. Creo que me quedaré aquí unos minutos, relajándome un poco. Ha sido un día largo y extraño.

Alex le sonrió comprensiva.

—Si necesitas cualquier cosa, sabes dónde encontrarme. ¿De acuerdo?

Jenna asintió.

—Estoy bien. Pero gracias.

Vio cómo su amiga se daba la vuelta lentamente y desaparecía por el pasillo. Cuando únicamente quedaba en la habitación soledad y silencio, Jenna se puso en pie y caminó hasta la pared de mapas, gráficos y bocetos.

Era admirable lo que los miembros de la Orden y sus compañeras pretendían hacer. Era un trabajo importante, más importante que cualquier otro que Jenna pudiera haber hecho en la Alaska rural, o en cualquier otra parte.

Si todo lo que había aprendido durante los últimos días era cierto, lo que la Orden estaba haciendo era nada menos que salvar el mundo.

—Dios bendito —susurró Jenna, conmocionada por la enormidad de todo.

Quería ayudar.

Si era capaz, aunque fuera de alguna manera modesta, tenía que ayudar.

¿Podía hacerlo?

Jenna caminó alrededor de la sala de operaciones, con una batalla propia bullendo por dentro. No estaba preparada para formar parte de algo así. No cuando todavía tenía tanto que descubrir por sí misma. Tras la muerte de su hermano, ya no le quedaba nadie de su familia. Alaska había sido su hogar durante toda su vida, y ahora también había perdido eso; una parte de su existencia anterior había sido borrada para ayudar a la Orden a preservar sus secretos mientras perseguían al enemigo.

En cuanto a su futuro, ni siquiera podía comenzarlo a atisbar. El material alienígena que llevaba insertado en su interior era un problema que jamás hubiera podido imaginar, y uno de sus mayores deseos era poder quitárselo. Ni siquiera la brillante inteligencia de Gideon parecía capaz de liberarla de esa complicación.

Y estaba también Brock. De todas las cosas que le habían ocurrido entre la invasión de su cabaña por parte del Antiguo y esta inesperada —pero no intolerable— acogida por todos en el cuartel de la Orden, Brock estaba demostrando ser aquello para lo que estaba menos preparada.

No estaba ni siquiera cerca de saber cuáles eran los sentimientos que despertaba en ella. Cosas que no había sentido en años, y que estaba segura de no querer sentir ahora.

De nada podía estar más segura, y lo último que necesitaba era involucrarse en los problemas a los que se enfrentaban los guerreros y sus compañeras.

Sin embargo, Jenna se sorprendió a sí misma dirigiéndose hacia el ordenador del escritorio más cercano. Se sentó ante el teclado y abrió el navegador de Internet. Luego visitó una página de correo y creó una nueva cuenta.

Abrió un nuevo mensaje y escribió la dirección de uno de sus amigos, agente federal en la ciudad de Anchorage. Formuló una simple pregunta, pidió una averiguación confidencial a modo de favor personal.

Inspiró profundamente, luego le dio al botón de enviar.

Capítulo doce

*E*n las duchas contiguas al salón de armas, Brock se frotaba la espalda y accionaba el grifo para pasar del agua caliente al agua hirviendo. Apoyó las manos en la puerta de madera de teca del compartimento de ducha privado y bajó la cabeza hacia el pecho, disfrutando del peso del agua hirviendo deslizándose sobre sus hombros y su espalda desnuda. El vapor caliente se acumulaba a su alrededor, espeso como la niebla, desde la altura de su cabeza hasta el suelo de baldosas a sus pies.

—Cristo —oyó decir a Kade a un par de compartimentos de distancia del suyo—. ¿Dos sólidas horas de artes marciales no han sido bastante castigo para ti? ¿Necesitas además quemarte vivo?

Brock gruñó, deslizándose la mano por la cara mientras el vapor continuaba acumulándose y el calor seguía atizando sus músculos excesivamente tensos. Había encontrado a Kade en la sala de armas junto a Niko y Chase después de dejar sus pertenencias en su nuevo cuarto compartido con Cazador. Parecía razonable esperar que algunas rondas de cuchillo y la práctica de artes marciales serían suficientes para dejarlo exhausto y acabar con su agitación e inquietud. Debería haber sido así, pero no lo fue.

—¿Qué te está pasando, amigo?

—No sé a qué te refieres —murmuró Brock, exponiendo su cabeza y sus hombros al chorro de agua hirviendo.

La burla de Kade hizo eco en la cavernosa habitación de las duchas.

—Al diablo si no lo sabes.

—Mierda. —Brock exhaló el insulto hacia la niebla que coronaba su cabeza—. ¿Por qué tengo la sensación de que quieres aleccionarme?

Se oyó el fuerte crujido de un grifo seguido de un portazo al tiempo que Kade salía de la ducha hacia la zona del vestuario. Minutos más tarde, la voz de Kade sonó en la otra habitación.

—¿Vas a explicarme qué es lo que ocurrió la otra noche en esa planta de embalaje de carne?

Brock cerró los ojos y soltó algo que sonó como un gruñido, incluso a sus propios oídos.

—No hay nada que explicar. Eran cabos sueltos. Acabé con ellos.

—Sí —dijo Kade—. Eso es lo que imaginaba que había ocurrido.

Cuando Brock levantó la cabeza, se encontró con el guerrero de pie frente a él. Kade estaba completamente vestido, con camisa negra y vaqueros, y se apoyaba contra la pared opuesta. Su dura mirada plateada era comprensiva.

Brock tenía demasiado respeto por su amigo como para engañarlo.

—Esos humanos eran escoria a quienes no les importaba herir a una mujer inocente. ¿Esperas que ese tipo de brutalidad sea justificada?

—No. —Kade lo miró fijamente, y luego asintió con seriedad—. Si yo me encontrara cara a cara con alguien que le ha puesto un dedo encima a Alex, tendría que matar a ese maldito bastardo. Eso es lo que tú hiciste, ¿verdad? Mataste a esos hombres.

—No puede decirse que fueran hombres —gruñó Brock—. Eran perros rabiosos, y lo que le hicieron a Jenna… lo que creyeron que podrían hacer con ella… probablemente no era la primera vez que se lo hacían a una mujer. Y dudo que Jenna hubiera sido la última. Así que acabé con ellos, sí.

Durante un largo momento, Kade no dijo nada. Se limitaba a observar a Brock, aunque él hubiera echado la cabeza hacia atrás bajo el furioso chorro de la ducha, sintiendo que no necesitaba dar más explicaciones. Ni siquiera a su mejor amigo de la Orden, el guerrero que era como un pariente para él.

—Maldita sea —murmuró Kade después del largo silencio—. Ella te importa mucho, ¿verdad?

Brock sacudió la cabeza, tanto para negar como para quitarse el agua de la cara.

—Lucan me dio la responsabilidad de cuidar de ella y mantenerla a salvo. Solo estoy haciendo lo que se espera de mí. Ella no es más que otra misión, en nada diferente a las demás.

—Oh, sí. No lo dudo. —Kade sonrió—. Yo tuve una misión de esas en Alaska no hace mucho. ¿Puede que te lo haya mencionado alguna vez?

—Esto es diferente —gruñó Brock—. Lo que tenéis Alex y tú es… no es lo mismo. Alex es una compañera de sangre, eso para empezar. No existe la amenaza de tener nada serio con Jenna. Yo no soy un tipo de relaciones largas, y además ella es humana.

Las cejas oscuras de Kade se fruncieron intensamente.

—En este momento no creo que ninguno de nosotros pueda saber exactamente lo que es Jenna.

Brock aceptó la verdad de esa afirmación con un renovado sentimiento de preocupación, no solo por Jenna, sino también por la Orden y el resto de la nación de la estirpe. Lo que fuera que le estaba ocurriendo parecía estar acelerándose. No podía negar que las noticias sobre su análisis de sangre lo habían turbado. Por no decir nada del hecho de que ese maldito material alienígena estuviera activo y metido profundamente dentro de su cuerpo, infiltrado a un nivel que ni siquiera Gideon parecía capaz de combatir.

Brock dejó escapar un insulto bajo el punitivo diluvio de la ducha.

—Si estás tratando de que me sienta mejor con todo esto, puedes parar cuando quieras.

Kade se rio, claramente disfrutando.

—No esperaba que pudieras hablar de corazón a corazón con tu nuevo compañero de habitación, así que aquí me tienes, demostrando que me importas.

—Tocado —murmuró Brock—. Ahora vete de aquí y déjame calcinarme en paz.

—Encantado. Toda esta charla sobre misiones y mujeres me recuerda que tengo deberes importantes que estoy descuidando y esperan ser atendidos en mis aposentos.

Brock gruñó.

—Dale saludos a Alex.

Kade se limitó a sonreírle y luego se dirigió hacia la salida.

Cuando se marchó, Brock permaneció bajo la ducha tan

solo unos minutos más. El día estaba ya bastante avanzado, pero él se sentía demasiado despierto como para acostarse. Y la charla con Kade sobre Jenna y sus cambios biológicos agitaba su mente.

Se secó con una toalla y luego se vistió con una camiseta gris y vaqueros oscuros. Se puso unas botas negras de piel y sintió la repentina urgencia de regresar a la habitación de armas y seguir desahogándose hasta que llegara la noche, cuando por fin podría volver a escapar del recinto. Pero si sudar no lo había ayudado demasiado la primera vez, dudaba de que ahora le sirviera de algo.

Sin saber muy bien qué hacer, Brock se halló caminando por el corredor central del recinto, hacia el laboratorio de tecnología. Los pasillos estaban silenciosos y vacíos. No era sorprendente por la hora del día, la hora en que los guerreros con pareja estaban en la cama con sus mujeres y el resto de los ocupantes de los cuarteles descansaban antes de salir a patrullar a la caída del sol.

Brock probablemente debería hacer eso también, pero estaba más interesado en saber si Gideon había descubierto algo más en los resultados del análisis de sangre de Jenna. Mientras entraba al tramo del corredor que lo llevaría al laboratorio, oyó movimiento en otra de las salas de reunión del recinto.

Siguió el sonido de movimiento de papeles y se detuvo ante la puerta abierta del centro de misiones de las compañeras de sangre.

Jenna estaba sola en esa sala.

Sentada ante la mesa de conferencias, con varias carpetas de archivos esparcidas en abanico ante ella y un par más apiladas bajo su brazo, estaba inclinada sobre un cuaderno de notas, con un bolígrafo en la mano y totalmente concentrada en lo que estaba escribiendo. Al principio, él creyó que no se había dado cuenta de que estaba ahí. Pero luego su mano se detuvo sobre la página y levantó la cabeza. Lss mechones de su cabello castaño claro se agitaron como la seda cuando se volvió para ver quién había en la puerta.

Esa debería haber sido su señal para alejarse rápidamente, antes de que ella lo viera. Él era de la estirpe; podría haber desaparecido antes de que sus ojos mortales registraran su presencia. En lugar de eso, por alguna razón idiota que no tenía interés en examinar, avanzó un paso hacia el interior y se aclaró la garganta.

Los ojos color avellana de Jenna se abrieron con asombro al verlo.

—Hola —dijo él.

Ella le dedicó una breve sonrisa, claramente azorada por haber sido sorprendida con la guardia baja. Era normal su azoramiento, después de cómo habían quedado las cosas en el último encuentro. Jenna cogió una de las carpetas y la colocó sobre el cuaderno de notas.

—Creí que todo el mundo estaba en la cama.

—Y así es. —Él entró en la habitación e hizo un repaso visual de toda la información esparcida sobre la mesa—. Parece que Dylan y las demás han conseguido reclutarte.

Ella se encogió de hombros, negando débilmente.

—Solo estaba… mirando algunas cosas. Comparando notas de algunas de las carpetas y anotando un par de ideas.

Brock tomó asiento en una silla cercana a la suya.

—Ellas lo agradecerán —dijo, impresionado al ver que estaba echando una mano. Se fijó en las notas que había estado tomando—. ¿Puedo echar un vistazo?

—En realidad no hay gran cosa —dijo Jenna—. A veces, simplemente un par de ojos nuevos ayudan.

Él miró la escritura clara y precisa que llenaba la mayor parte de la página. Su mente parecía operar de la misma forma organizada, basándose en el lógico flujo de las notas y la lista de sugerencias que había hecho para investigar los casos de personas desaparecidas que Dylan y las demás llevaban estudiando durante meses.

—Es un buen trabajo —dijo él, no para halagarla, sino simplemente porque así era—. Yo diría que eres una excelente policía.

Ella volvió a negarlo encogiéndose de hombros.

—Ya no soy policía. Llevo retirada mucho tiempo.

Él la observaba hablar y notó el tono de lamento que había en su voz.

—Eso no significa que hayas dejado de ser buena en lo que haces.

—Dejé de ser buena hace mucho tiempo. Ocurrió algo y me perdí. —Alzó la vista hacia él sin inmutarse—. Hace cuatro años hubo un accidente de coche. Mi marido y mi hija de seis años resultaron muertos, pero yo sobreviví.

Brock asintió débilmente.

—Lo sé. Lamento mucho tu pérdida.

Su compasión pareció ponerla un poco nerviosa, como si no supiera muy bien qué hacer. Tal vez habría sido más fácil para ella hablar sobre la tragedia en sus propios términos, sin saber que él ya tenía la información. Ahora lo miraba insegura, como si temiera que él fuera a juzgarla de alguna forma.

—Luché por aceptar que Mitch y Libby habían muerto. Durante mucho tiempo, incluso ahora, es difícil saber cómo se supone que tengo que continuar.

—Viviendo —dijo Brock—. Eso es lo único que puedes hacer.

Ella asintió, pero había angustia en sus ojos.

—Haces que parezca fácil.

—No es fácil, pero es necesario. —Observó como Jenna cogía distraídamente una grapa rota de uno de los informes—. ¿Es por eso que renunciaste a las fuerzas de la ley, porque no sabías cómo vivir después del accidente?

Mirando fijamente la mesa abarrotada que tenía delante, frunció el ceño y permaneció silenciosa durante un largo momento.

—Renuncié porque ya no podía cumplir con mi deber. Cada vez que tenía que hacer el informe de una infracción de tráfico, aunque fuera solo un golpe en el guardabarros o el pinchazo de un neumático, temblaba tanto en el momento de llegar a la escena que prácticamente no podía ni salir del vehículo para ofrecer ayuda. Y las llamadas verdaderamente espantosas, las de accidentes serios o altercados domésticos que acababan con violencia, me enfermaban del estómago durante días. Todo lo que aprendí entrenando para mi trabajo se hizo añicos cuando ese camión lleno de maderas cruzó la carretera helada y arrasó mi vida. —Alzó la vista hacia él, con su mirada marrón verdosa firme e inmutable como Brock nunca había visto—. Dejé de ser policía porque sabía que no podía hacer mi trabajo como era necesario. No quería arriesgarme a que nadie que confiara en mí pagara por mi negligencia. Así que me resigné.

Brock había respetado el coraje de Jenna y su resistencia desde el momento en que puso los ojos en ella. Ahora su opinión todavía mejoraba, y habría de anotar a su favor otro tanto o diez más.

—Te preocupas por tu trabajo y por la gente que depende de ti. Eso no es un signo de debilidad. Eso es fuerza. Y es evidente que sentías un gran amor por tu trabajo. Y creo que todavía es así.

Brock no entendía por qué esta simple observación podía ponerla nerviosa, pero no pudo dejar de notar el brillo defensivo que apareció en sus ojos. Ella apartó la mirada como si se hubiera dado cuenta y, cuando habló, no había ira en su voz. Solo una especie de tono resignado.

—Así que sabes mucho acerca de mí, ¿no es así? Sospecho que hay también muchas cosas que tú y la Orden ignoráis.

—Alex nos explicó lo básico —admitió él—. Después de lo ocurrido en Alaska, había cosas que necesitábamos saber.

Ella se quejó.

—Te refieres a después de que empezara a pronunciar en sueños ese galimatías alienígena y me convirtiera en la pupila involuntaria de la Orden.

—Sí —dijo él, permaneciendo sentado mientras Jenna se ponía de pie y se alejaba, con los brazos cruzados sobre el pecho. Brock advirtió que había abandonado por completo el bastón que Tess y Gideon le habían prescrito, y su pierna herida apenas cojeaba—. Veo que tu herida de bala está prácticamente curada.

—Está mucho mejor. —Lo miró asintiendo ligeramente por encima del hombro—. De hecho, parece que no era tan seria como parecía.

Brock inclinó la cabeza como mostrándose de acuerdo, pero recordaba con demasiada claridad lo seria que había sido la herida de bala. Si ella se estaba curando a un ritmo tan acelerado, supuso que las duplicaciones que Gideon había encontrado en su ADN tendrían algo que ver con eso.

—Me alegra que te sientas mejor —dijo, pensando que probablemente Jenna no necesitaba que le recordaran nada acerca del material desconocido que se había integrado en su cuerpo.

Su mirada permaneció en él y se suavizó.

—Te agradezco lo que hiciste por mí la otra noche… venir a buscarme y sacarme de ese horrible lugar. Creo que me salvaste la vida. Sé que lo hiciste, Brock.

—No es nada.

Dios, él esperaba que Jenna jamás supiera los detalles acerca de la carnicería que había hecho con sus asaltantes. No le daría las gracias si lo hubiera visto en acción esa noche, o si hubiera sido testigo de la despiadada forma en que sació tanto su sed de sangre como su furia con aquel par de humanos de los bajos fondos. Si ella supiera de lo que era capaz, sin duda lo vería de la misma forma en que veía al Antiguo que la había atacado.

No sabía por qué eso le molestaba tanto. No quería que lo equiparara con un monstruo, al menos no mientras tuviera la tarea de cuidar de ella en nombre de la Orden. Era necesario que confiara en él y, ya que había sido asignado como su protector, debía asegurarse de que así fuera. Tenía un trabajo que hacer, y no iba a perder de vista su responsabilidad.

Pero el asunto con Jenna iba más lejos que todo eso, y él lo sabía. Solo que no tenía ninguna intención de diseccionarlo… ni ahora ni en un futuro inmediato.

Él la observó moverse vacilante hacia la pared de mapas y gráficos que documentaban la investigación de las compañeras de sangre que Dragos mantenía cautivas.

—Están haciendo un trabajo sorprendente —murmuró Jenna—. Dylan, Savannah, Renata, Tess… Todas las mujeres que he conocido aquí son realmente increíbles.

—Sí, lo son —corroboró Brock. Se levantó y avanzó hacia Jenna—. La Orden siempre ha sido una fuerza para tener en cuenta, pero durante el año que llevo aquí he visto redoblar su fuerza gracias a la implicación de esas mujeres.

Ella le dedicó una mirada que Brock halló difícil de interpretar.

—¿Qué? —preguntó él.

—Nada. —Una breve sonrisa asomó a sus labios mientras sacudía ligeramente la cabeza—. Simplemente me sorprende oírlo, eso es todo. La mayoría de los hombres de mi entorno de trabajo, incluso mi padre y mi hermano, hubieran preferido tragarse sus placas antes que admitir que son mejores por asociarse con una mujer.

—Yo no llevo una placa —dijo él, devolviéndole la sonrisa—. Y no soy como la mayoría de los hombres.

Ella se rio suavemente, pero no apartó la mirada.

—No, no, no lo eres. Sin embargo, eres uno de los pocos que no tiene una compañera de sangre.

Brock sopesó el comentario, más que intrigado por el hecho de que Jenna tuviera alguna curiosidad por él a nivel personal.

—El trabajo es una cosa. Comprometerse con un lazo de sangre con una compañera es otra cosa muy distinta. Es un compromiso para siempre, y yo soy alérgico a las relaciones largas.

Sus ojos inteligentes lo evaluaban.

—¿Y eso por qué?

Debería haber sido fácil responderle alguna tontería encantadora, el tipo de ocurrencia fácil que estaba acostumbrado a usar con Kade y los demás cada vez que surgía el tema de las compañeras de sangre y los lazos emocionales. Pero no podía mirar a Jenna y no darle una respuesta honesta, no importaba la impresión que pudiera causarle.

—Una relación larga supone más oportunidades de defraudar a la otra persona. Así que hago un esfuerzo para evitarlas.

Ella no dijo nada durante uno o dos minutos. Solo lo miró en silencio, todavía cruzada de brazos, con cientos de emociones no expresadas intensificando el color de sus ojos.

—Sí, sé a qué te refieres —dijo finalmente, con la voz algo áspera y poco más que un susurro—. Yo lo sé todo acerca de defraudar a la gente.

—De ninguna manera voy a creerme eso. —No podía ver a esa mujer capaz y confiada fallando en nada que se propusiera hacer.

—Puedes creerme —dijo ella con seriedad. Luego se dio la vuelta y se alejó de él, caminando hacia la otra pared, donde había un puñado de bocetos colocados al lado de las notas sobre los casos y mapas impresos. Cuando Jenna volvió a hablar, había en su voz una despreocupación que parecía forzada—. ¿Entonces esa alergia a las relaciones largas es algo nuevo para ti o siempre has evitado el compromiso?

Al instante, a Brock le vino una imagen mental de unos oscuros ojos brillantes y la risa pícara y musical que aún oía a veces, como un fantasma escondido en los lejanos rincones de sus recuerdos.

—Hubo alguien una vez. Bueno… pudo haber habido alguien. Murió hace mucho tiempo.

La expresión de Jenna se suavizó por el remordimiento.

—Brock, lo siento. Yo no pretendía tomarlo a la ligera.

Él se encogió de hombros.

—No es necesario que te disculpes. Es una historia antigua. Ocurrió hace un siglo. —Casi literalmente un siglo, se dio cuenta él, sorprendido de que hubiese transcurrido tanto tiempo desde que su falta de cuidado le hubiese costado la vida a alguien a quien se suponía que tenía que proteger.

Jenna se acercó de nuevo a él y se sentó en el borde de la larga mesa.

—¿Qué fue lo que le ocurrió?

—Fue asesinada. Yo trabajaba como guardaespaldas para su familia en un Refugio Oscuro del distrito de Detroit. Mantenerla a salvo era mi responsabilidad, pero la jodí. Ella desapareció de mi vista. Su cuerpo apareció meses más tarde, tan brutalmente maltratado que era imposible reconocerlo y arrojado a un tramo mugriento del río.

—Oh, Dios mío. —La voz de Jenna era suave, y su frente se arrugaba con empatía—. Es horrible.

—Sí, lo fue —dijo él, recordando demasiado bien el horror que le habían infligido, antes y después de matarla. Tres meses en el agua habían hecho todavía más difícil mirar lo que quedaba de ella.

—Lo siento —dijo Jenna otra vez, y alargó la palma de su mano para apoyarla sobre el volumen de su bíceps.

Él trató de ignorar la súbita conciencia de cómo lo encendía ese contacto. Pero tratar de desconectar la atracción que sentía por ella era como pedirle al fuego que no fuera caliente. Tócalo y te quemarás. Igual que él estaba ardiendo ahora, al bajar la mirada al lugar donde descansaba la blanca mano de Jenna.

Cuando alzó la mirada de nuevo hacia ella, pudo saber, por la sutil forma en que Jenna inspiró con sorpresa, que sus ojos habían sido avivados con chispas color ámbar, y que su transformación delataba el deseo que sentía. Ella tragó saliva pero no apartó la vista.

Que Dios lo ayudara, tampoco apartó de él la suave mano, ni siquiera cuando se le escapó un breve gruñido de masculina necesidad del fondo de su garganta.

Lo que había ocurrido con ella unas horas atrás en sus habitaciones volvió a su mente como una ardiente ola de recuerdos. Entonces no había habido más que unos centímetros de separación entre ellos, como ahora. Pero en aquellos instantes se había preguntado si Jenna querría besarlo. Él estaba inseguro acerca de cuáles serían sus sentimientos, acerca de la posibilidad de que sintiera algo parecido al deseo que él sentía por ella. Ahora necesitaba saberlo con una ferocidad que lo asombraba.

Para asegurarse de que no estaba malinterpretando las cosas, al menos por su propia salud mental, usó su mano libre para cubrir los dedos de ella. Se acercó más, colocándose frente a ella, que continuaba apoyada contra la mesa.

Jenna no se apartó. Lo miró fijamente a los ojos, confrontándolo, como él había supuesto que haría.

—Realmente no sé cómo lidiar con todo esto —dijo ella suavemente—. Con las cosas que me han pasado desde esa noche en Alaska… todas las preguntas que tal vez nunca obtengan respuesta. Puedo manejarme con eso. De algún modo aprenderé a manejarme con eso. Pero tú… esto… —Ella bajó la mirada, tan solo un momento, mirando sus manos en contacto, sus dedos entrelazados—. No soy muy buena con esto. Mi marido murió hace cuatro años. No ha habido nadie desde entonces. No estaba preparada para eso. Yo no he querido…

—Jenna. —Brock le acarició la barbilla muy suavemente, alzando su rostro hacia el suyo—. ¿Te parecería bien que te besara?

Sus labios temblaron con una pequeña sonrisa que él no pudo resistirse a probar. Inclinó la cabeza y la besó lentamente, dejando que ella se relajara, a pesar de la intensidad de su propia necesidad.

Aunque ella había confesado su falta de práctica, él nunca lo habría sospechado al sentir la sensualidad de sus labios. Su beso, suave y a la vez directo, sabía dar y recibir. Y lo encendía en llamas. Se acercó más hasta colocarse justo entre sus piernas, con la necesidad de sentir su cuerpo apretándose contra el de él mientras su lengua recorría la aterciopelada juntura de su boca. La cogió y la hizo levantarse de la mesa de conferencias cuando su pierna herida comenzaba a temblar.

El beso había sido un error por su parte. Creyó que podía dejarlo ahí, en un beso, pero ahora que había comenzado estaba seguro de que no tendría fuerzas para parar.

Y por la sensación que le transmitía ella entre sus brazos, sus gemidos de placer y suspiros rotos mientras el beso se inflamaba convirtiéndose en algo más poderoso, estaba seguro de que ella también quería algo más.

Por lo visto no podía haber estado más equivocado.

Hasta que no advirtió la humedad de su rostro no se dio cuenta de que estaba llorando.

—Ah, Dios —dejó escapar, apartándose inmediatamente y sintiéndose como un idiota al ver sus mejillas inundadas de lágrimas—. Lo siento. Estaba yendo demasiado lejos...

Ella negó con la cabeza, claramente abatida pero sin poder hablar.

—Dime que no te he hecho daño, Jenna.

—Maldita sea. —Ella aspiró aire ahogando un sollozo—. No puedo hacer esto. Lo siento, es culpa mía. Nunca hubiera debido permitir que tú...

Las palabras se le quebraron, y al momento lo empujó para apartarlo, se escabulló y prácticamente se marchó corriendo por el pasillo.

Brock permaneció allí de pie por un segundo, con todo el cuerpo dolorido y en tensión, lleno de necesidad. Debía dejar que se marchara, clasificar aquello como un desastre impedido por un escaso margen y arrojar a la tentadora Jenna fuera de su mente.

Sí, eso era exactamente lo que debería hacer, y lo sabía condenadamente bien.

Pero cuando esta idea fue formulada en su mente, él ya había recorrido la mitad del pasillo, siguiendo los suaves pasos de Jenna, que regresaba llorando a las habitaciones que antes eran las suyas.

Capítulo trece

*J*enna se sentía como la mayor cobarde y la mayor estafadora mientras huía por el pasillo, reprimiendo las lágrimas. Había permitido que Brock creyera que no lo deseaba. Probablemente le habría hecho creer que él la había forzado de alguna manera con ese beso, cuando en realidad casi la había hecho derretirse como un charco sobre la mesa de conferencias. Lo había obligado a preocuparse como si hubiera cometido un error, como si la hubiera herido de alguna forma, y eso era lo más injusto de todo.

Sin embargo, no podía dejar de correr, necesitaba poner distancia entre ellos con una determinación que rozaba la desesperación. Le había hecho sentir algo demasiado intenso. Algo que no estaba preparada para sentir. Algo que anhelaba profundamente pero que no merecía.

Y por eso corría, más aterrorizada que nunca y odiando la cobardía que le hacía dar cada paso. Al llegar a las habitaciones, estaba temblando y sin aliento, con las lágrimas calientes corriendo por sus mejillas.

—Jenna.

El sonido de su voz profunda detrás de ella era como una cálida caricia contra su piel. Se volvió para mirarlo, atónita por la velocidad y el silencio con los que se había movido para llegar un segundo después que ella. De nuevo debía recordar que él no era humano. No era en realidad un hombre… Ese era un hecho que debía recordarse a sí misma cuando él se hallaba de pie tan cerca, con todo su tamaño, la cruda intensidad de su oscura mirada, hablándole a todo la mujer que había en su interior.

La boca todavía le ardía por el beso. Su pulso todavía latía con fuerza, y el calor seguía todavía ardiendo en lo profundo de su cuerpo.

Como si lo supiera, él se acercó más y la tomó de la mano sin decir nada. No había necesidad de palabras. A pesar de las lágrimas que se deslizaban lentamente y el temblor de sus piernas, ella no podía ocultar el deseo que sentía por él.

No se resistió cuando él la atrajo hacia el calor de su cuerpo, hacia el consuelo de sus brazos.

—Estoy asustada —susurró. Eran palabras que no le salieron con facilidad, que nunca le habían salido con facilidad.

Él la miró a los ojos, y le acarició suavemente la mejilla.

—No debes tener miedo de mí. Yo no voy a hacerte daño, Jenna.

Ella le creyó, incluso antes de que él inclinara la cabeza para rozarle los labios con un beso dolorosamente tierno. Era increíble, era imposible... Confiaba en aquel hombre que ni siquiera era un hombre. Quería sentir sus manos en ella. Quería sentir ese tipo de conexión con alguien de nuevo, aunque no fuera todavía capaz de pensar más allá de lo físico, del anhelo de tocar y ser tocada.

—Está bien —murmuró él contra su boca—. Conmigo estás a salvo, te lo prometo.

Jenna cerró los ojos mientras sus palabras se hundían en ella, las mismas palabras con que la había calmado en la terrible oscuridad de la cabaña de Alaska, y después otra vez en la enfermería del recinto. Brock había sido su conexión constante y firme con el mundo de los vivos después de la funesta experiencia con el Antiguo. Su único salvavidas durante las interminables pesadillas de los días que siguieron a su llegada a ese lugar extraño, días de cambios tan terribles.

Y ahora...

Ahora no sabía qué lugar ocupaba él dentro de la confusión que reinaba en su vida. No estaba preparada para pensar en eso. Y tampoco estaba nada segura de que estuviera preparada para sucumbir a las sensaciones que él despertaba en ella.

Se echó ligeramente hacia atrás, la duda y la vergüenza brotaban de la parte de ella que todavía estaba de luto. Ya hacía tiempo que había aceptado que esa herida abierta de su alma no sanaría nunca del todo.

Apretando la frente contra la cálida solidez de su pecho, sintió su exótica fragancia en el suave algodón de su camiseta gris y dio una inspiración fortificante. Soltó el aire con un suave suspiro roto.

—¿Los amé lo suficiente? Eso es lo que continúo preguntándome, y lo que me preguntaba también esa noche en mi cabaña…

Las manos de Brock se deslizaron suavemente por su espalda, sujetándola con fuerza y compasión. Esa era la firme calma que necesitaba al revivir los tormentosos momentos en que el Antiguo la había presionado para que eligiera su propio destino.

—Él me hizo escoger, Brock. Esa noche en mi cabaña, yo creí que iba a matarme, pero no lo hizo. No habría luchado con él si lo hubiera hecho. Yo creo que él lo sabía. —De hecho, estaba segura de eso. Estaba muy extraviada la noche en que el Antiguo invadió su cabaña. Él había visto la botella de whisky casi vacía en el suelo a su lado y la pistola cargada en su mano. También vio la caja de fotografías que sacaba cada año cuando llegaba el aniversario del accidente que le había arrebatado a su familia y la había dejado sola—. Él sabía que yo estaba preparada para morir, pero, en lugar de matarme, me obligó a decir las palabras en voz alta, me obligó a decirle si prefería vivir o morir. Lo sentí como una tortura, una especie de juego enfermo que me hacía jugar en contra de mi voluntad.

Brock dejó escapar un insulto por lo bajo, pero sus manos permanecieron suavemente apoyadas en su espalda, procurándole un tierno y relajante calor.

—Me hizo escoger —dijo ella, recordando cada insoportable minuto de la terrible experiencia.

Pero todavía peor que las interminables horas de cautiverio en las que había servido de alimento y el horror de darse cuenta de que su raptor no era una criatura de esta tierra, fue el momento en que oyó su propia voz pronunciando las palabras que parecían surgir de la parte más profunda y vergonzosa de su alma.

«Quiero vivir.»

«Oh, Dios… por favor, déjame vivir.»

«¡No quiero morir!»

Jenna tragó el nudo de angustia que sentía en la garganta.

—Continúo pensando que no los amé lo suficiente —susurró ella, sintiéndose miserable ante aquella idea—. Continúo pensando que si realmente los hubiera amado habría muerto con ellos. Que, cuando el Antiguo me obligó a decidir si quería vivir o no, habría hecho una elección diferente.

Cuando un sollozo le cortó la respiración, los dedos de Brock le acariciaron la barbilla. Le alzó el rostro para mirarla a los ojos con una mirada solemne.

—Tú sobreviviste —dijo él, con voz firme pero de una ternura infinita—. Eso es lo que hiciste. Nadie te culparía por eso, y mucho menos ellos.

Jenna cerró los ojos, sintiendo que el peso de su arrepentimiento cedía un poco ante sus reconfortantes palabras. Pero el vacío en su corazón todavía seguía allí, como un agujero frío. Un agujero que aún se hizo más grande cuando Brock la atrajo hacia sí, reconfortándola. Su calidez y su cariño se filtraron como un bálsamo a través de su piel, añadiendo una emoción profunda al deseo que no había disminuido por la proximidad de su cuerpo. Se acurrucó al abrigo de sus brazos, descansando la mejilla contra su sólida e inquebrantable fuerza.

—Yo puedo quitarte esa profunda pena, Jenna. —Ella sintió la cálida presión de su boca, la caricia de su aliento a través de su pelo, cuando él le besó la cabeza—. Yo puedo cargar con ese dolor si quieres que lo haga.

Había una parte de ella que se rebelaba ante esa idea. La mujer dura, la policía experimentada, aquella parte que siempre se enfrentaba abiertamente a cualquier situación, retrocedía ante la idea de que fuera demasiado difícil cargar con su dolor. Nunca había necesitado la ayuda de una mano amiga, y nunca había osado pedirla. Nunca se permitiría ese tipo de debilidad.

Se echó hacia atrás, con un «no» en la punta de la lengua. Pero cuando separó los labios para pronunciarlo, las palabras no le salieron. Miró fijamente el atractivo rostro de Brock, sus penetrantes ojos oscuros que parecían leer en su interior.

—¿Cuándo fue la última vez que te permitiste ser feliz, Jenna? —Le acarició la mejilla tan suavemente, tan respetuosamente, que ella se estremeció ante el contacto—. ¿Cuándo fue la última vez que sentiste placer?

Su mano grande recorrió un lado de su cuello. La palma de su mano y sus dedos largos irradiaban calor. A ella se le aceleró el pulso cuando él tomó su nuca y acarició con el pulgar esa sensible zona de detrás del oído.

La atrajo hacia él, inclinando su cabeza hacia la de ella. La besó, lenta y profundamente. Su boca se unió sin prisas con la de ella, enviando una corriente de líquido caliente a través de sus venas. El fuego formó un charco en su centro, llenándola con un anhelo fiero y vibrante.

—Si esto no es lo que deseas —murmuró él contra sus labios—, lo único que tienes que hacer es decírmelo. En cualquier momento, me detendré…

—No. —Ella negó con la cabeza mientras le tocaba la fuerte mandíbula—. Sí deseo esto. Te deseo a ti… por más que ahora mismo eso me haga estar muerta de miedo.

La sonrisa de él se extendió perezosamente, esos labios sensuales se separaron dejando al descubierto el blanco destello de sus dientes y sus colmillos crecidos. Jenna contempló su boca, sabiendo que su instinto humano de supervivencia debería estar disparando todo tipo de alarmas, advirtiéndole que acercarse demasiado a esos afilados colmillos podía ser letal.

Pero no sentía miedo. En lugar de eso, su mente reconocía la transformación con una inexplicable sensación de aceptación. De excitación, incluso, cuando el absorbente marrón de sus ojos comenzó a brillar con una feroz luz color ámbar.

Por encima del cuello redondo de su camiseta gris y por debajo de las mangas pegadas a los nudosos bultos de sus musculosos y suaves bíceps, los dermoglifos de Brock latían con un color intenso. Las marcas de la estirpe en la piel habían pasado de su habitual tono bronceado oscuro a matices burdeos, dorados y de un intenso púrpura. Jenna pasó los dedos a lo largo de las curvas como remolinos y estrechos arcos de sus dermoglifos, maravillada ante su belleza sobrenatural.

—Todo lo que creía saber ahora es diferente —meditó en voz baja mientras permanecía de pie entre sus brazos, recorriendo distraídamente el diseño de los dermoglifos trazados en su grueso antebrazo—. Ahora todo ha cambiado. Yo he cambiado… de tal forma que no sé si alguna vez hallaré un sentido a todo esto. —Alzó la vista hacia él—. No estoy buscando más confusión en mi vida. No me veo capaz de manejarlo, sumado a todo lo demás.

Él le sostuvo la mirada, sin juicio en sus ojos, mostrando únicamente paciencia y un aura de infalible control.

—¿Ahora estás confundida, cuando te toco... o cuando te beso?

—No —dijo atónita al darse cuenta de eso—. Ahora no.

—Bien. —Él inclinó la cabeza y reclamó su boca de nuevo, chupando su labio inferior, cogiéndolo entre los dientes mientras le acariciaba la espalda y luego pasaba las palmas de las manos a lo largo de la curva de sus glúteos. La apretó posesivamente, arrastrando su cuerpo electrizado hacia la dura protuberancia entre sus piernas. Hundió la nariz en la curva de su cuello, con los labios cálidos y húmedos sobre su piel. Cuando habló de nuevo, su voz sonó más espesa que antes, con el mismo tipo de necesidad que rugía a través de ella—. Permítete sentir placer, Jenna. Si tú quieres, eso es todo lo que puede haber entre nosotros. Sin presiones, sin lazos. Sin promesas que ninguno de los dos está preparado para hacer.

Oh, Dios. Sonaba tan bien, resultaba tan tentadora la idea de abandonarse al deseo que había estado crepitando entre ellos desde que había despertado en el recinto de la Orden. Aunque creía que no estaría preparada para abrir de nuevo su corazón, tal vez nunca volvería a estar preparada para ese tipo de vulnerabilidad, pero no sabía si era lo bastante fuerte como para resistir el regalo que Brock le estaba ofreciendo.

Él besó la hendidura en la base de su garganta.

—Todo está bien, Jenna. Entrégame el resto ahora. Suéltalo todo, excepto este placer.

—Sí —suspiró ella, incapaz de retener un jadeo mientras él acariciaba su cuerpo. Sus manos fuertes y talentosas enviaron un cosquilleo de energía a través de sus venas, y su don sobrenatural disipó todo resto de dolor, culpa y confusión. Su boca habilidosa y caliente solo dejaba a su estela sensación y ansia.

La besó a lo largo de la garganta y luego continuó siguiendo la línea de su mandíbula, hasta que sus labios se encontraron una vez más. Jenna dio la bienvenida a su pasión, abriéndose a él cuando su lengua lamió la costura de su boca. Él gruñó mientras ella aspiraba profundamente, con un gruñido de pura aprobación masculina mientras ella envolvía su nuca con los dedos y lo sujetaba más firmemente contra su boca.

Dios, no tenía ni idea de cuánto anhelaba las caricias de un hombre. Llevaba tanto tiempo sin tener intimidad, privándose voluntariamente de contacto sexual y liberación. Durante cuatro años se había convencido a sí misma de que ni lo quería ni lo merecía. Era simplemente una parte más del castigo que se había impuesto por la ofensa de haber sobrevivido al accidente que mató a sus seres queridos.

Se había creído inmune al deseo y, sin embargo, ahora, con Brock, todas esas barreras hasta ahora impenetrables se desmoronaban, cayendo ante ella como hojas secas y sin peso. No podía sentirse culpable por el placer que él le estaba dando. No podía estar segura de si era debido a la poderosa habilidad de Brock para absorber su angustia, o a la profundidad de su propia necesidad reprimida. Lo único que sabía era que su cuerpo respondía a él con elevada intensidad, una oleada de placer y tensa expectación que la dejaba sin aliento y ávida de más.

Las grandes manos de Brock recorrieron sus hombros y luego viajaron lentamente hacia sus pechos. A través del fino punto de algodón de su blusa, sus pezones se pusieron erectos, duros y doloridos, llenos de sensación mientras él masajeaba cada duro montículo. Jenna gimió, deseando sentir más su tacto. Le cogió la mano y lo guio por debajo del dobladillo de su blusa. Él no necesitó más indicación que esa. En menos de un segundo, desabrochó el cierre delantero de su sujetador y cubrió su piel desnuda con la palma caliente.

Jugó con la yema dura como un diamante mientras la acariciaba.

—¿Está mejor así? —murmuró a su oído—. Dime si te gusta.

—Dios… sí. —Era tan agradable que apenas podía pronunciar las palabras.

Jenna aspiró soltando un bufido de placer e inclinando la cabeza hacia atrás mientras la espiral de deseo se enroscaba con más fuerza en su centro. Él continuó tocándola, besándola y acariciándola, mientras le quitaba la blusa lentamente. Con el mismo cuidado le soltó el sujetador, deslizando los finos tirantes por los hombros y luego por los brazos. De pronto ella estaba de pie ante él desnuda de cintura para arriba. El instinto de cubrirse, de esconder las cicatrices que acribillaban su torso por el accidente y también la que recorría su abdomen recordándole diariamente el difícil parto de Libby, se encendió rápidamente, pero apenas por un instante.

Solo duró hasta que alzó la mirada y se encontró con los ojos de Brock.

—Eres hermosa —le dijo, tomando suavemente sus manos entre las de él y apartándolas de su cuerpo antes de que ella tuviera la oportunidad de sentirse torpe o incómoda por su elogio o por el hecho de que la mirara abiertamente.

Jenna nunca se había sentido particularmente bella. Confiada y capaz, físicamente en forma y fuerte. Esas eran palabras que entendía y podía aceptar. Palabras que habían ocupado sus pensamientos durante la mayor parte de sus treinta y tres años de vida, incluso a través de su matrimonio. ¿Pero hermosa? Ese adjetivo le resultaba tan extraño como ese lenguaje raro que se vio hablando en el vídeo grabado en la enfermería.

Brock, por otra parte, sí era hermoso, aunque esa pareciera una forma poco apropiada de describir la oscura fuerza de la naturaleza que se hallaba ahora de pie ante ella.

No quedaba ni una mota del color marrón aterciopelado de sus ojos, pues había sido devorado por el intenso brillo ámbar que calentaba las mejillas de ella como una llama abierta. Sus pupilas se habían estrechado como finas hendiduras, y sus delgadas mejillas ahora estaban tensas y más angulosas y su impecable piel oscura tersa sobre sus huesos. Todo en sintonía con el imponente aspecto de sus largos, afilados y letales colmillos.

Con esos ojos ardientes fijos en ella, se quitó la camiseta y la dejó caer al suelo. Su pecho era increíble, una sólida pared de músculos perfectamente formados cubiertos con un intrincado diseño de vibrantes dermoglifos. Ella no pudo resistir la urgencia de tocar esa suave piel, solo para ver si era tan satinada al contacto con la yema de los dedos como parecía ante sus ojos. Resultó ser todavía más suave de lo que imaginaba, pero la pura fuerza sobrehumana que había debajo de ella era inconfundible.

Brock parecía tan letal como la noche en que la había rescatado en la ciudad, solo que, en lugar de la fría malicia que emanaba de él aquella noche, ahora vibraba con otra cualidad igualmente agresiva e intensa: deseo. Todo su deseo concentrado en ella.

—Eres... maldita sea, Jenna —dijo con voz áspera, trazando la línea de su hombro y luego bordeando la punta rosada oscura de su seno—. No tienes ni idea de lo adorable que eres, ¿verdad?

Ella no le respondió, realmente no lo sabía. En lugar de eso, se acercó más y atrajo la boca de él hacia la suya para otro ardiente beso. Piel contra piel, sus pechos se aplastaron contra el corpulento pecho de él y Jenna casi pudo sentir arder el fuego por tanta necesidad. El corazón le martilleaba y respiraba aceleradamente mientras Brock le desabrochaba el botón y la cremallera de los vaqueros. Se mordió el labio con los dientes mientras él deslizaba sus manos entre la cinturilla elástica y la piel de sus caderas, para luego bajar lentamente los vaqueros dejando al descubierto sus braguitas blancas. Se puso en cuclillas, siguiendo con las manos el recorrido de los pantalones.

Prestó especial atención al llegar a la herida de bala, con cuidado de no mover la venda que le envolvía la pierna.

—¿Estás bien? —le preguntó, alzando la vista hacia ella, con su voz profunda tan ronca que ella apenas la reconoció—. Si sientes dolor puedo quitártelo.

Jenna negó con la cabeza.

—No me duele. De verdad, estoy bien.

Sus ojos color ámbar quedaron ocultos por la caída de sus pestañas cuando volvió a dirigir la vista a su tarea. Le quitó los vaqueros, se sentó sobre sus talones y la contempló, acariciándole las piernas de arriba abajo.

—Eres tan... tan hermosa —la alabó. Luego inclinó la cabeza y apretó los labios contra el triángulo de algodón blanco entre sus piernas, que era el único pedazo de tela que ahora la cubría.

Jenna soltó un suspiro tembloroso cuando él atrapó la tela con los dientes y los colmillos. Le dirigió una elocuente mirada mientras continuaba acariciándole las piernas y tironeaba del algodón antes de dejarlo suavemente de nuevo en su sitio cubriendo su acalorada carne. Siguió la tela con la boca, besándola de nuevo, con más determinación ahora, apartando a un lado la minúscula tela y hundiendo el rostro en la húmeda grieta de su sexo.

Sus manos le apretaron el trasero mientras la exploraba con los labios y la lengua y el erótico roce de sus dientes contra la carne húmeda de su centro. Le quitó las bragas, luego le separó las piernas y la recorrió de nuevo con los labios y la lengua. Le puso una mano entre las piernas, añadiendo el hábil juego de sus dedos a la increíble destreza de su boca experta. Jenna temblaba, perdiéndose en la sensación y a punto de deshacerse.

—Oh, Dios —jadeó, agitándose mientras él hurgaba entre sus labios empapados con la yema de un dedo, penetrándola lentamente, mientras su beso avivaba su urgencia todavía más. Ella se meció contra él, inundada de calor—. Oh, Dios mío... Brock, no pares.

Él gimió contra su humedad, con un largo ronroneo de descarado goce masculino que vibró a través de su carne y de sus huesos, en lo profundo de su ardiente centro. El clímax de Jenna rugió en ella como una tormenta. Se sacudió con su fuerza, gritando mientras el placer crecía y la lanzaba hacia el cielo. Se deshizo, y la sensación brilló en ella como polvo de estrellas mientras subía en espiral cada vez más y más alto, sacudida por temblores de puro éxtasis, uno tras otro.

Quedó blanda, como sin huesos, mientras flotaba de vuelta a la realidad. Blanda y exhausta, aunque su cuerpo estaba todavía vivo y vibrante por la sensación. Y Brock la continuaba besando. Todavía la acariciaba con sus dedos, extrayendo hasta el último temblor mientras ella se aferraba a sus gruesos hombros y jadeaba con pequeñas sacudidas de placer.

—Creo que necesitaba esto —susurró, temblando mientras notaba su risa contra la sensible piel. Él le besó la parte interior de los muslos, dándole pellizcos juguetones en sus piernas temblorosas. Ella se inclinó hacia delante, dejándose caer sobre la ancha espalda de Brock—. Oh, Dios mío. No tenía ni idea de cuánto necesitaba esto.

—El placer ha sido mío —dijo él con voz áspera—. Y todavía no he acabado contigo. —Se movió debajo de ella, agarrándola con un brazo para colocarla sobre su hombro derecho—. Sujétate a mí.

No tuvo otra elección. Antes de que ella supiera lo que pretendía, él se puso de pie. Levantó todo su peso sobre un hombro y se puso en pie como si no cargara más que plumas. Jenna se sujetó como él le había dicho y no pudo dejar de admirar el puro poder de él mientras caminaba hasta la habitación adyacente. Iba solo vestido con los vaqueros, y los músculos de su espalda se flexionaban y se juntaban bajo la piel suave con cada larga pisada que daba, un perfecto concierto de buena forma física.

No había ninguna duda, él era hermoso.

Y el cuerpo de ella, ya de nuevo electrizado, zumbó con renovado ardor al darse cuenta de que la estaba llevando directamente a la cama de grandes dimensiones.

Brock apartó la colcha y las sábanas, y luego la depositó en al borde del colchón. Jenna lo observó con creciente ansia mientras se desabrochaba y se bajaba los vaqueros oscuros. No llevaba nada debajo. Los elaborados dermoglifos recorrían su estilizada cintura y las caderas hasta la poderosa protuberancia entre sus piernas. Los colores vibraban y mutaban, distrayendo su vista apenas un instante de su enorme erección, que permanecía rígida e inmensa mientras él la contemplaba con adoración.

Jenna tragó saliva con la garganta reseca mientras él avanzaba hacia ella, devastador en su desnudez. Sus feroces ojos ámbar tenían ahora un brillo imposible y sus colmillos parecían enormes.

Se detuvo al borde de la cama, frunciendo el ceño mientras ella le sostenía la mirada.

—¿Tienes miedo de mí… al verme así?

Ella negó levemente con la cabeza.

—No, no tengo miedo.

—Si te preocupa quedarte embarazada…

Ella volvió a negar con la cabeza.

—Mis heridas internas en el accidente se encargaron de eso. No puedo quedarme embarazada. De todos modos, a pesar de eso, tengo entendido que el ADN de la estirpe y de los humanos no se mezcla.

—No —dijo él—. Y en cuanto a otras preocupaciones que puedas tener, conmigo estás a salvo. No hay enfermedades ni ningún tipo de dolencia entre los de mi raza.

Jenna asintió en señal de aceptación.

—Confío en ti, Brock.

Él dejó de fruncir el ceño, pero se quedó muy quieto.

—Si no estás segura… si esto no es lo que quieres, vuelvo a decirte lo de antes. Podemos parar en cualquier momento. —Él se rio por lo bajo—. Creo que me mataría parar ahora, cuando estás en mi cama mirándome tan ardiente, pero lo haría. Que Dios me ayude, pero te juro que lo haría.

Ella sonrió, conmovida al ver que alguien con tanto poder pudiera mostrarse tan honorable y humilde. Apartó las sábanas y le hizo espacio en la cama.

—No quiero parar.

Él esbozó una amplia sonrisa. Con un gruñido, se inclinó hacia delante y subió a la cama a su lado. Al principio, solo se tocaron y se acariciaron, besándose con ternura, aprendiendo más del cuerpo del otro. Brock era paciente con ella, aunque la tensión de su cuerpo le indicara que estaba atormentado por la necesidad de liberación. Era amable y cuidadoso, y la trataba como a una amante muy querida, aunque hubieran acordado que lo que había entre ellos no podía ser más que una unión despreocupada, sin lazos ni ataduras.

A ella le parecía increíble que aquel hombre que apenas conocía —ese macho de la estirpe que debería asustarla tanto— pudiera resultar para ella tan familiar, tan íntimo. Pero Brock difícilmente podía ser un extraño para ella. Había estado a su lado durante su terrible experiencia de pesadilla, y también los días que había necesitado para recuperarse en el recinto. Y había ido a buscarla la noche en que estaba sola y herida en la ciudad, había sido su oscuro e improbable salvador.

—¿Por qué lo hiciste? —le preguntó en voz baja, siguiendo con los dedos el recorrido de sus dermoglifos, que bajaban en espiral por sus hombros y su pecho—. ¿Por qué te quedaste conmigo en Alaska, y después todos esos días en la enfermería?

Él guardó silencio por un momento, con las cejas negras apretadas encima de los ojos ferozmente brillantes.

—Odiaba ver lo que te había ocurrido. Eras una testigo inocente que se había cruzado en la línea de fuego. Eres humana. No merecías ser arrastrada en medio de nuestra guerra.

—Soy una chica crecidita. Puedo manejarme —dijo ella, una respuesta automática que en realidad no sentía. Especialmente después de los turbadores resultados de su último análisis de sangre—. ¿Y qué me dices de esto...? Me refiero a ¿qué estamos haciendo aquí? ¿Esta también es una parte de tu programa Ser Amable con la Pobre Humana?

—Demonios... No. —Frunció el ceño casi con expresión de ira—. ¿Crees que esto tiene algo que ver con la lástima? ¿Eso es lo que te ha parecido? —Soltó el aire con aspereza, exhibiendo las puntas de los colmillos mientras la hacía caer de espaldas y se sentaba a horcajadas sobre ella—. Por si no lo has notado, estoy condenadamente caliente por ti. Un poco más de calor y me convertiría en cenizas.

Para demostrarlo, dio un empujón no demasiado sutil con las caderas, colocando su miembro entre los húmedos y afelpados pliegues de su sexo. Bombeó un par de veces, deslizando su rígida verga adelante y atrás en el interior de su escurridiza grieta, jugando con el duro calor de su erección. Puso una mano bajo su pierna y la hizo subir por encima de su hombro, volviendo la cabeza hacia su muslo y mordisqueando la tierna piel.

—Esto es pura necesidad, nada de lástima —dijo él, con la voz áspera y cruda mientras la penetraba, larga, lenta y profundamente.

Jenna no podía responder, ni siquiera intentándolo. La asombrosa sensación de él llenándola, ensanchándola con cada poderosa embestida, era tan sobrecogedora que le robó la respiración. Se agarró a él con las dos manos mientras él le atrapaba la boca con un atrevido beso y se mecía sobre ella, moviendo su cuerpo a un ritmo feroz y exigente.

Pronto, la cima de otro clímax se aproximaba rápidamente. No podía contenerse. Estalló en ella, sacudiendo sus sentidos, aumentándolos. Sintió la sangre corriendo por sus propias venas, y sintió también el furioso pulso de Brock, tamborileando bajo las yemas de sus dedos y en cada una de sus terminaciones nerviosas. Sus oídos se llenaron con el sonido de su grito de liberación y la fricción de sus cuerpos unidos retorciéndose contra las sábanas. La fragancia de sexo y jabón y el sudor limpio en la piel caliente la embriagaron. El sabor del ardiente beso de Brock en sus labios solo la hizo desearlo aún más.

Tenía un ansia que no podía entender.

Estaba sedienta de él, de una manera tan profunda que era como si le exprimieran las entrañas.

Quería saborearlo. Saborear el poder de todo lo que era.

Jadeante después de su orgasmo, se apartó de sus labios. Él dijo por lo bajo algo oscuro y agresivo, mientras sus caricias se hacían más intensas y sus venas y tendones se marcaban en su cuello y en sus hombros, como gruesos cables creciendo debajo de su piel.

Jenna se agarró a él y echó la cabeza hacia atrás durante un momento, tratando de perderse en el ritmo de sus cuerpos. Tratando de no pensar en nada salvo el persistente anhelo que la corroía en su centro, el confuso y a la vez irresistible impulso de volver a dirigir su mirada a su robusto cuello, a las congestionadas venas que latían en sus oídos como tambores de guerra.

Apretó el rostro contra la fuerte columna de su cuello y pasó la lengua a lo largo de la vena pulsante que allí encontró. Él gimió, con un sonido placentero que solo sirvió de combustible para el fuego que todavía ardía y se avivaba en su interior. Ella se aventuró un poco más, acercando los dientes a su piel. Él gruñó un oscuro improperio mientras ella apretaba un poco más, sintiendo la subida de tensión en todo el cuerpo de él. Estaba al filo del orgasmo ahora, con sus brazos como granito a su alrededor, y cada empujón de sus caderas era más intenso.

Jenna apretó con más fuerza la suave piel atrapada entre sus dientes.

Mordió hasta que él se entregó frenética y salvajemente a la pasión…

Hasta que saboreó la primera dulce gota de su sangre contra su lengua.

Capítulo catorce

*É*l no supo qué fue lo que lo colmó más… si la ajustada funda de Jenna ciñéndose a su miembro mientras él rugía y se encaminaba a su liberación, o el repentino y completamente inesperado mordisco en su cuello.

Juntas, las dos sensaciones produjeron un cataclismo.

Brock agarró a Jenna por la espalda y la apretó debajo de él mientras el nudo de presión crecía en una espiral cada vez más estrecha y caliente hasta finalmente explotar. Él exhibió los colmillos vibrantes y echó la cabeza hacia atrás soltando un grito gutural, duro, rápido e implacable, en medio del clímax más intenso que había conocido nunca.

Y por más que este lo colmó, su liberación no aplacó la necesidad que tenía de ella. Dios bendito, ni por asomo. Su sexo permaneció rígido dentro de ella, todavía desenfrenado y empujando, comportándose con voluntad propia mientras la terrosa y dulce fragancia del cuerpo de Jenna se mezclaba con el aroma de su propia sangre.

Él se tocó la zona que aún ardía por el pequeño mordisco. Las yemas de sus dedos recorrieron el pegajoso riachuelo que se escurría por su pecho.

—Dios santo —silbó, con la voz constreñida por la sorpresa y la excitación.

—Lo siento —murmuró ella espantada—. Yo no quería…

Cuando él la miró, el brillo ámbar de sus ojos transformados iluminó su precioso rostro y luego su boca. Su hermosa boca hinchada por los besos. La sangre también estaba ahí, pegajosa y roja en sus labios.

Toda su naturaleza de la estirpe se fijó en esa mancha oscura y brillante, y una necesidad salvaje se encendió en su vientre. Mucho peor cuando la punta de su lengua rosada se asomó para lamer los rastros escarlata.

El ansia se agitó aún más en él. Su necesidad ya era peligrosa, y ahora se sumaba esta otra, este anhelo creciente. Retrocedió, a pesar de que cada uno de sus impulsos salvajes bramaba con el deseo de poseer a esa mujer de todas las formas posibles para los de su raza.

Obligándose a sí mismo a suavizar las cosas antes de que se le fueran completamente de control, se apartó de su calor y giró las piernas por encima del borde de la cama dejando escapar un insulto. El suelo estaba frío bajo sus pies, glacial contra su piel encendida y brillante de sudor. Cuando la mano de Jenna se apoyó ligeramente sobre su espalda su contacto lo encendió en llamas por dentro.

—Brock, ¿estás bien?

—Tengo que irme —dijo él, con palabras bruscas que chirriaron en su lengua.

Era condenadamente difícil lograr que su cuerpo se moviera de la cama con Jenna tan cerca, desnuda y preciosa. Tocándolo con esa dulce pero innecesaria preocupación.

Aquel encuentro —el sexo que había ofrecido con benevolencia creyendo que lo tenía todo bajo control— era supuestamente para ella. Al menos él se había convencido de eso cuando la besó en la habitación de combate y se dio cuenta de lo sola que había estado. Pero había sido un movimiento egoísta por su parte.

Él la deseaba, y había esperado que al llevarla a su cama pudiera quitársela de la cabeza y de el corazón. Esperaba que aquel fuera otro de sus escarceos placenteros y despreocupados con una mujer humana. No podía haber estado más equivocado. En lugar de sofocar su atracción por Jenna, hacer el amor con ella únicamente había incrementado su deseo. Todavía la deseaba, sí, y con mucha más ferocidad que antes.

—No puedo quedarme. —La afirmación que masculló era más un refuerzo para sí mismo que una explicación para ella. Sin mirarla, sabiendo que no sería capaz de encontrar la fuerza para marcharse si lo hacía, se puso en pie. Cogió los vaqueros y se los puso rápidamente—. Pronto anochecerá. Tengo órdenes de patrullas que revisar, y debo preparar armas y municiones…

—Está bien, no tienes por qué darme excusas —intervino ella detrás de él—. No iba a pedir mimos ni nada de eso.

Eso lo hizo volverse para mirarla. Se sintió aliviado al ver que no había juicio ni ira en su expresión, ni en la firme mirada que fijó en él, pero no se creyó del todo la estudiada posición de su mandíbula. Probablemente ella pretendía parecer dura, imperturbable... con esa fría y práctica confianza que indicaba que nunca se echaría atrás ante un desafío.

Si acabara de conocerla, tal vez se habría tragado esa expresión. Pero todo lo que vio en ese momento fue la frágil y secreta vulnerabilidad que se escondía detrás de esa máscara de «nada de tonterías».

—No creas que esto ha sido un error, Jenna. No quiero que lamentes lo que ha ocurrido aquí.

Ella se encogió de hombros.

—¿Lamentar qué? Fue solo sexo.

«Sexo increíble y alucinante», la corrigió él mentalmente, pero se abstuvo de decirlo en alto cuando la sola idea lo hizo ponerse aún más duro. Dios, iba a necesitar una ducha de agua fría rápidamente. O tal vez una bañera con hielo. Durante una semana.

—Sí. —Se aclaró la garganta—. Ahora tengo que irme. Si te preocupa tu pierna, o si necesitas cualquier cosa... si hay algo que pueda hacer por ti, házmelo saber. ¿De acuerdo?

Ella asintió, pero él pudo advertir por el desafiante brillo de sus ojos y la tozuda inclinación de su barbilla que no le pediría nada. Puede que antes fuera reluctante a aceptar su ayuda, pero ahora estaba decidida a rechazar cualquier cosa que él pudiera ofrecerle.

Si se preguntaba si aquel encuentro había sido un error, la respuesta estaba ahora mismo claramente expuesta frente a él.

—Te veré por aquí —dijo él, sintiéndose muy tonto al oírse.

No esperó a que ella le dijera que no se preocupara o algo más sucinto. Se alejó de ella y salió de la habitación, cogiendo la camiseta en el camino e insultándose a sí mismo como a un gilipollas de primer orden al cerrar la puerta detrás de él y emprender el camino por el pasillo vacío.

Y

Con un gemido de desprecio hacia sí misma, Jenna se dejó caer sobre la cama cuando la puerta de la otra habitación se cerró detrás de Brock. Siempre había tenido algún truco para ahuyentar a los hombres, con o sin un arma cargada en la mano, pero lograr que un hombre tan formidable como Brock —un vampiro, por el amor de Dios— saliera disparado por la puerta después del sexo debería hacerla merecer algún tipo de premio.

Brock dijo que no quería que pensara que desnudarse con él había sido un error. No quería que lo lamentara. Sin embargo, la expresión de su rostro al mirarla parecía contradecir eso. Y la forma en que había salido volando de la habitación no dejaba lugar a dudas.

—Fue solo sexo —murmuró ella por lo bajo—. Supéralo.

No sabía por qué debería sentirse tan herida e incómoda. Como mínimo debería estar agradecida por el alivio de tanta energía sexual reprimida. Era evidente que lo necesitaba. No era capaz de recordar haberse sentido tan caliente y fuera de control como con Brock. Por más saciada que estuviera, su cuerpo todavía vibraba. Todos sus sentidos parecían afinados a una frecuencia más alta de lo normal. Sentía la piel viva, hipersensible, con un hormigueo y demasiado tirante para su cuerpo.

Y luego estaba la mezcla de emociones. Se echó hacia atrás, inundada de confusión por la curiosidad que todavía le despertaba el hecho de haber mordido a Brock... tan fuerte como para hacerlo sangrar. Todavía sentía en la lengua el peculiar sabor, dulce y picante, tan exótico y enigmático como el hombre mismo.

Tenía la fugaz sensación de que debería sentirse horrorizada por lo que había hecho —en realidad, así había sido durante un momento—, pero ahora que estaba allí tendida, sola en la cama que le pertenecía a él, había en su interior una parte oscura y retorcida que ansiaba más.

¿Qué demonios estaba pensando? Debía de haber perdido la cabeza para entretenerse con pensamientos como ese, y más aún si pensaba en actuar inspirada por ese impulso.

O tal vez lo que le estaba pasando era algo todavía peor.

—Oh, mierda. —Jenna se incorporó repentinamente, enferma de preocupación.

Su sangre y su ADN habían comenzado a alterarse por el implante que habían insertado en su interior. ¿Y si eso no era lo único que había cambiado en ella?

Sintiendo el terror como una roca fría en el estómago, se levantó de la cama de un salto y fue precipitadamente al cuarto de baño, encendiendo todas las luces. Inclinándose sobre la encimera de mármol, apartó el labio superior y miró fijamente su imagen en el espejo.

No había colmillos.

Gracias a Dios.

El espejo no devolvió nada más que el reflejo familiar y nada notable de su dentadura completamente humana. No se había sentido tan contenta de verla desde el primer día que se quitó los aparatos a los trece años, cuando era una niña poco femenina, demasiado alta y demasiado dura que había tenido que dar muchas patadas en el trasero a los chicos de la escuela por todas las burlas acerca de su boca metálica y su sujetador de deporte. Se le escapó una risa irónica medio histérica. Podía haberse ahorrado mucho esfuerzo y muchos moretones si hubiera podido mostrar unos afilados colmillos a sus torturadores del patio del colegio.

Jenna soltó un largo suspiro y se inclinó sobre la encimera. Parecía normal, lo cual era un alivio, pero por dentro era diferente. Ella lo sabía y no necesitaba los últimos resultados de los análisis de Gideon para entender que algo muy peculiar estaba teniendo lugar bajo su piel.

En sus huesos.

En la sangre que parecía precipitarse como ríos de lava a través de sus venas.

Se puso la mano debajo del pelo, rozando la nuca con los dedos, allí donde el Antiguo había hecho la incisión para insertar esa odiosa pieza de biotecnología en su interior. La incisión estaba curada; no notaba ninguna marca en la superficie de la piel que antes no tuviera. Pero había visto los rayos X; sabía que la pieza estaba allí, insertándose cada vez más profundamente en sus nervios y su médula espinal. Infiltrándose en su ADN.

Transformándose en una parte de ella.

—Oh, Dios —murmuró, sintiendo una oleada de náusea.

¿Cuánto más podía desquiciarse su vida? Tenía un asunto monumental del que ocuparse y no se le ocurría nada mejor que desnudarse junto a Brock. Aunque tal vez había necesitado estar con él precisamente por todo lo que le estaba pasando últimamente. Lo que desde luego no necesitaba era complicar aún más una situación ya de por sí complicada.

Desde luego no debía quedarse allí sentada preocupada por lo que él pudiera pensar de ella ahora. No necesitaba eso para nada, sino decirse a sí misma que no debía permitir que los pensamientos sobre él llenaran completamente su cabeza.

Mientras se quitaba el vendaje de la pierna para meterse en la ducha, se dijo también que no necesitaba que Brock ni que nadie más la ayudara a afrontar lo que tenía por delante. Había estado sola mucho tiempo. Sabía lo que era luchar por sí misma, pasar a través de días oscuros.

Pero saber eso no le impedía recordar la fuerza de Brock, el poder calmante de sus palabras tiernas y el don de sus manos. El suave murmullo de su voz cuando le prometía que no estaba sola. Que con él se hallaba a salvo.

—No lo necesito —susurró al vacío eco de la habitación—. No necesito nada de nadie.

Había un pequeño temblor en su voz. Una nota de miedo temblorosa que ella despreció al oír. Inspiró con fuerza y soltó un insulto.

Jenna se metió bajo el chorro caliente de la ducha y cerró los ojos. Dejó que el vapor la envolviera por entero, permitiendo que el firme ritmo del agua cayendo se tragara sus suaves y temblorosos sollozos.

Brock no debería haberse sorprendido al encontrarse con uno de los otros guerreros, puesto que se acercaba la noche y pronto la mayoría de los de la Orden saldrían a patrullar por la ciudad. Pero probablemente la última persona que quería ver al salir de la habitación de las duchas, donde había pasado una hora bajo un chorro de agua helada, era Sterling Chase.

El antiguo agente de la ley estaba limpiando sus armas de

fuego en la mesa de la habitación de armas. Alzó la vista de su trabajo cuando Brock pasó junto a él, ya vestido con su traje negro y sus botas de combate, preparado para enfrentarse a las misiones de la noche.

—Parece que esta noche somos compañeros —ladró Chase—. Lucan ha enviado a Kade y a Niko a Rhode Island. Tiene que ver con alguna información que Reichen encontró en su reciente trabajo en Europa. Saldrán en cuanto se ponga el sol.

Brock gruñó. ¿Él y Chase compañeros de patrulla? Eso significaba que el día iba de mal en peor.

—Gracias por ponerme al día. Trataré de no matarte accidentalmente cuando estemos buscando chicos malos esta noche.

Chase le dirigió una mirada inexpresiva.

—Lo mismo digo.

—Mierda —soltó Brock con brusquedad—. ¿Quién es el que ha querido jodernos?

La cejas de Chase se arquearon por debajo de su cabello corto y rubio.

—Lucan —dijo Brock—. No sé por qué demonios nos ha puesto en el mismo equipo, a menos que esté tratando de demostrar algo a uno de nosotros o a los dos.

—De hecho, la asignación ha sido sugerencia mía.

Ese reconocimiento no ponía las cosas precisamente mejor. Brock alzó las cejas con suspicacia.

—¿Tú sugeriste que fuéramos compañeros de patrulla?

Chase inclinó la cabeza.

—Eso es. Considera que te estoy tendiendo la mano. Me pasé de la raya antes con lo que dije respecto a ti y la humana. No debería haberlo dicho.

Brock lo miró fijamente, con incredulidad. Avanzó hacia él, más que dispuesto a dejar que la cosa se disparara si percibía cualquier tufillo de hipocresía en aquel macho arrogante.

—Deja que te diga una cosa, Harvard. No sé a qué clase de juego piensas que estás jugando, pero que no se te ocurra la idea de joderme.

—No es ningún juego —dijo Chase, mirándolo fijamente con sus penetrantes ojos azules. Claro. Honesto, para sorpresa de Brock—. Fue despreciable por mi parte comportarme como lo hice antes, y quiero disculparme.

Brock retrocedió, levantando la barbilla mientras consideraba la sorprendente sinceridad de las palabras de Chase.

—Está bien —dijo despacio, con la precaución de no sonar del todo convencido demasiado pronto.

Había estado en suficientes misiones con Sterling Chase. Lo había visto actuar, y sabía que podía ser una víbora, tanto en un combate armado como en una guerra de palabras. Era peligroso, y el solo hecho de que le ofreciera la mano en una aparente señal de tregua no significaba que Brock debiera mostrarse entusiasmado por apoyarlo.

—De acuerdo —murmuró—. Acepto las disculpas, amigo.

Chase asintió, y luego continuó limpiando las armas.

—Otra cosa, tienes un corte en el cuello que te está sangrando.

Brock soltó un improperio mientras se llevaba los dedos a la marca del pequeño mordisco de Jenna. Había apenas un leve rastro de sangre, pero por mínimo que fuera no podía pasar inadvertido a alguien de la estirpe. Y estuvieran en una tregua o no, Chase no podría dejarlo pasar sin soltar un comentario.

—Estaré preparado para salir al caer el sol —dijo Brock, con su mirada en la cabeza rubia inclinada, que apenas se movió en señal de respuesta, ya que la atención de Chase permanecía fija en el trabajo que estaba haciendo sobre la mesa.

Brock se dio la vuelta y salió por el corredor. No necesitaba que le recordaran lo que había pasado entre él y Jenna. Ella estaba en su mente, ocupando la mayor parte de sus pensamientos, desde el momento en que la había dejado en sus habitaciones.

La disculpa de Chase le había servido para darse cuenta de que le debía también una disculpa a Jenna.

No quería dejar las cosas como habían quedado. Una parte de él se preguntaba si había sido justo persiguiéndola, siguiéndola después de que hubiera huido de él, luchando por reprimir las lágrimas. Había aliviado su dolor con el contacto, ¿pero no la había hecho también de este modo más receptiva a su exigente necesidad de ella?

No era su plan manipularla para llevarla a su cama, por

mucho que la deseara. Y si la había seducido, no había duda de que Jenna también lo deseaba una vez empezaron. No le costaba nada revivir el tacto de las manos de ella en su piel, suave y a la vez exigente. Su boca húmeda y caliente en la de él, dando y recibiendo, volviéndolo salvaje. Su cuerpo se había acomodado al de él como una funda de cálido satén, y la simple aparición de ese recuerdo lo hacía ponerse duro otra vez.

Y luego, cuando sintió la presión de sus dientes humanos desafilados en la garganta...

Dios bendito.

Nunca había conocido nada tan excitante.

Nunca había conocido a una mujer tan excitante como Jenna, y no había llevado exactamente una vida de monje que lo hiciera carecer de base de comparación. Las mujeres humanas eran desde hacía tiempo su tipo preferido, una diversión placentera sin la amenaza de ataduras. Nunca se había visto tentado a pasar más que unas pocas noches con sus amantes humanas. Ahora se preguntaba si no había estado mirando a Jenna Darrow bajo la misma luz. En el fondo, tenía que reconocer que albergaba la esperanza de que pudiera mantenerla en ese pequeño compartimento.

En cuanto ahora, estaba decidido a poner una tapa sobre la atracción que sentía por ella y alejarse mientras aún tuviera la oportunidad.

Pero estaba todavía la cuestión de cómo había dejado las cosas con ella.

Incluso si Jenna estaba disgustada con él, cosa para la cual estaba en su derecho, quería hacerle saber que lo sentía. No es que lamentara el sexo tan ardiente que llevaba a preguntarse si podrían prenderse en llamas juntos, sino que sentía haberse dejado llevar por su debilidad después. Quería dejar las cosas claras para que pudieran seguir adelante.

¿Y quedar como amigos?

Demonios, ni siquiera estaba seguro de saber cómo hacer eso. Podía contar a sus amigos con los dedos de una mano, y ninguno de ellos era humano. Ninguno de ellos era tampoco una mujer que lo hiciera encenderse tan solo con compartir la misma habitación.

A pesar de todo eso, se encontró de pie ante sus antiguas habitaciones, con el puño preparado para golpear la puerta cerrada. Tocó con los nudillos y golpeó suavemente. No hubo respuesta. Por un momento se preguntó si no debía darse la vuelta y dejar las cosas tal como estaban. Anotar todo aquel episodio con Jenna como una falta de juicio que jamás iba a volverse a repetir. Pero antes de decidir cuál sería la mayor ofensa —entrar sin ser invitado o largarse otra vez— se sorprendió abriendo la puerta.

El lugar estaba a oscuras, sin una sola luz encendida. Olió a champú y al vapor de agua que salía del baño mientras entraba silenciosamente en el dormitorio, donde Jenna yacía en la cama durmiendo, acurrucada en un lado. Avanzó hacia ella, contemplándola durante un momento, escuchando su respiración lenta y tranquila.

La urgencia de deslizarse a su lado era muy fuerte, pero se mantuvo a raya. Casi.

Su pelo oscuro estaba extendido sobre la almohada, con mechones húmedos y brillantes. Él alargó una mano y dejó que sus dedos se perdieran en la suavidad de esos cabellos, con cuidado de no molestarla. Sus disculpas tendrían que esperar. Tal vez ella ni siquiera querría oírlas.

Sí, tal vez fuera mejor para los dos que simplemente redujera la interacción con ella a lo puramente profesional, sin nada personal, durante el tiempo que Jenna tuviera que permanecer en el recinto. Dios sabía que ese plan sonaba como el más razonable. El plan más seguro para los dos, pero especialmente para ella. Estar demasiado cerca de alguien que debía proteger significaba descuidar aquello para lo que estaba entrenado.

Ya había vivido antes esa situación, y una joven vibrante había pagado el precio con su vida. No estaba dispuesto a poner a Jenna en ese tipo de peligro. Desde luego que Jenna era segura y capaz, y no la joven ingenua que había confiado en Brock y había muerto por el error. Pero mientras estuviera encargado del bienestar de Jenna, a cargo de su protección, tendría que mantenerla al menos a la distancia de un brazo. Esa era una promesa que estaba decidido a cumplir.

Probablemente ella no se opondría, después del modo en que había echado a perder las cosas entre ellos en esa misma habitación.

Dejó el mechón de pelo oscuro y húmedo en su sitio sobre la almohada. Sin una palabra, sin un ruido, se apartó de la cama. Abandonó el apartamento sigilosamente tal como había entrado, ignorando que en el silencioso dormitorio, Jenna abrió los ojos y detuvo la respiración al notar que Brock volvía a emprender una escapada casi perfecta por segunda vez aquella noche.

Capítulo quince

—*L*lamando a Jenna desde la Tierra. ¿Va todo bien?

—¿Cómo? Ah, sí. Estoy bien. —Jenna alzó la mirada hacia Alex, obligándose a salir del estado ensimismado que había tenido secuestrada su concentración toda la noche. Todo desde que Brock había hecho su inesperada entrada en la habitación horas antes. Por no decir nada de la alucinante sesión de sexo que la precedió—. Solo estaba perdida en mis pensamientos, supongo.

—Precisamente por eso te he hecho la pregunta —dijo Alex—. Aunque estés sentada conmigo aquí esta noche en realidad te hallas en otra parte.

—Lo siento. No es nada preocupante. Todo está bien.

Jenna cogió el tenedor y persiguió un bocado de salmón en del plato. No tenía hambre, pero, ya que Alex se había ocupado de traer la cena para que comieran juntas, no podía negarse a dar la bienvenida a la compañía de su amiga. Quería fingir, al menos por un rato, que las cosas eran tal y como habían sido en Alaska apenas unas semanas atrás, antes de enterarse de la corrupción y muerte de su hermano, y antes de saber nada acerca de vampiros, biotecnología alienígena y mutaciones aceleradas en el ADN.

Antes de agravar todos sus problemas acostándose con Brock.

—¿Hola? —Al otro lado de la mesa, Alex la observaba por encima del borde de su vaso de cerveza—. Por si no te das cuenta, lo estás haciendo de nuevo, Jenna. ¿Qué es lo que te ocurre?

—Supongo que te refieres a algo más allá de lo evidente —respondió Jenna, apartando a un lado el plato y echándose hacia atrás en la silla.

Miró fijamente a su amiga, la persona más comprensiva y compasiva que conocía, la única persona, aparte de Brock, que le había dado la fuerza que necesitaba para atravesar las experiencias más duras de su vida. Jenna se dio cuenta de que le debía a Alex algo más que la habitual fachada de «no te preocupes por mí». No importaba el hecho de que Alex tuviera la habilidad de ver a través de su propio detector de mentiras, un don genético cortesía de su naturaleza de la estirpe.

Jenna respiró lentamente y dejó escapar un suspiro.

—Antes ocurrió algo. Entre Brock y yo.

—¿Que ocurrió… algo? —Alex la miró en silencio durante un momento antes de fruncir el ceño—. Estás diciendo…

—Sí, eso es exactamente lo que estoy diciendo. —Jenna se levantó y comenzó a quitar la mesa—. Yo estaba sola en la sala de operaciones, cuando todo el mundo se había ido ya a la cama. Llegó Brock y empezamos a hablar, y luego empezamos a besarnos. Las cosas se pusieron muy intensas, al instante. No creo que ninguno de los dos pretendiera que ocurriera eso.

Alex la siguió a la cocina.

—¿Tú y Brock… os habéis acostado juntos? —preguntó—. ¿Practicasteis sexo en la sala de operaciones?

—Dios, no. Allí únicamente nos besamos. Sobre la mesa de conferencias. El sexo vino después, en sus habitaciones. O mejor dicho, en las mías. —Jenna sintió rubor en sus mejillas. No estaba acostumbrada a hablar sobre su vida íntima, principalmente porque llevaba mucho tiempo sin tenerla. Y desde luego nunca había tenido nada que se escapara tanto de su control como lo que ella y Brock habían compartido—. Oh, por el amor de Dios, no me hagas deletrear cada detalle. Di algo, Alex.

Su amiga la miró fijamente, con la boca abierta ante la sorpresa.

—Yo… esto…

—¿Horrorizada? ¿Decepcionada? Puedes decírmelo —dijo Jenna, tratando de adivinar qué pensaba de ella su amiga, teniendo en cuenta que ella sabía de qué modo había evitado cualquier cosa que pudiera parecerse a una relación o un momento de intimidad durante todos los años transcurridos desde el accidente. Y ahora terminaba en la cama con uno de los guerreros de la Orden tan solo un par de días después de haber estado en su compañía—. Debes de creer que soy patética. Dios sabe que lo soy.

—Jenna, no. —Alex la tomó de los hombros, obligándola a levantar la mirada—. No pienso nada de eso. Estoy sorprendida... pero no tanto. Para mí era evidente que entre Brock y tú había una conexión, incluso antes de que te trajéramos al recinto. Y Kade mencionó un par de veces que Brock se sentía muy atraído por ti y que estaba preocupado por protegerte.

—¿En serio? —La curiosidad se despertó en ella en contra de su voluntad—. Le habló a Kade de mí... ¿Cuándo? ¿Qué es lo que dijo? —De repente se sintió como una adolescente entrometida pidiendo detalles en el patio de un colegio—. Oh, Dios, olvídalo. No quiero saberlo. No importa. De hecho, la verdad es que me gustaría olvidar este asunto.

Como si fuera tan fácil desterrarlo por entero de su cabeza.

La mirada de Alex se suavizó y escogió las palabras con cuidado.

—¿Eso es también lo que piensa Brock? ¿Que hacer el amor no significó nada? ¿Que deberíais fingir que no ocurrió nada?

Jenna recordó la increíble pasión que habían compartido y las tiernas palabras de después. Le había dicho que no quería que ella se arrepintiera. No quería que pensara que había sido un error. Le había ofrecido esas palabras dulces y cariñosas minutos antes de huir de la habitación y dejarla sentada sola y confusa en la oscuridad.

—Acordamos desde el principio que no habría ataduras, que no funcionaría de ese modo entre nosotros —se oyó murmurar a sí misma mientras apartaba la mirada de Alex y se daba la vuelta para seguir lavando los platos. No quería recordar lo bien que se estaba en los brazos de Brock, ni las ansias que él despertaba en su interior—. Fue solo sexo, Alex, y una sola vez. Creo que tengo cosas más importantes de las que preocuparme, ¿no es verdad? No voy a empeorarlo todo aún más liándome con él... ni físicamente ni de cualquier otra forma.

Sonaba como un argumento inteligente y razonable, aunque no estaba del todo segura de si trataba de convencer a su amiga o a sí misma.

Alex salió de la cocina detrás de ella.

—Creo que ya estás preocupada por él, Jen. Creo que Brock ha pasado a significar algo para ti, y estás aterrorizada.

Jenna se dio la vuelta, afligida al oír la verdad objetiva pronunciada en voz alta.

—No quiero sentir nada por él. No puedo, Alex.

—¿Tan terrible sería?

—Sí —respondió ella, tajante—. Mi vida ya está llena de incertidumbre tal y como está. ¿No sería una locura que me permitiera enamorarme de él?

La sonrisa de Alex era sutilmente compasiva.

—Creo que podrías hacer cosas peores. Brock es un buen hombre.

Jenna negó con la cabeza.

—Ni siquiera es totalmente humano, por si alguna de nosotras tiene la tentación de olvidar ese pequeño detalle. Aunque probablemente debería estar cuestionando mi propia humanidad, después de la forma en que le mordí.

Alex arqueó las cejas.

—¿Le mordiste?

Era demasiado tarde para corregir la metida de pata, así que Jenna se dio unos golpecitos con el dedo a un lado del cuello.

—Cuando estábamos en la cama. No sé qué me pasó. Supongo que me dejé llevar por la pasión del momento, y simplemente... le mordí. Lo bastante fuerte como para hacerle sangrar.

—¡Oh! —soltó Alex muy despacio, estudiándola atentamente—. ¿Y cómo te sentiste al morderlo?

Jenna dejó escapar un débil suspiro.

—Loca. Impulsiva. Como un tren descarrilado. Estaba condenadamente avergonzada, si quieres que te diga la verdad. Y me parece que Brock también. Inmediatamente después se alejó rápidamente de mí.

—¿Has vuelto a hablar con él desde entonces?

—No, y espero no tener que hacerlo. Como te dije, probablemente es mejor que los dos olvidemos lo sucedido.

Pero mientras lo decía, no podía dejar de pensar en el momento en que se dio cuenta de que él había vuelto a la habitación después de que ella se duchara y se metiera en la cama. No podía evitar recordar lo desesperada que estaba por oír su voz decir cualquier cosa, en esos pocos minutos en que Brock la observaba en la oscuridad, suponiendo que ella se había quedado dormida y no sabía que estaba allí.

Y ahora, después de tratar de convencerse a sí misma y también a Alex de que tenía bajo control la situación con Brock, el recuerdo de su pasión aceleraba el pulso en sus venas de manera innegable.

—Ha sido un error —murmuró ella—. No voy a empeorarlo imaginando que fue algo más que eso. Lo único que puedo hacer es ser lo bastante sensata como para no repetirlo.

Sonaba tan segura de sí misma que pensó que sin duda Alex la creería. Pero cuando volvió la vista hacia su amiga, su mejor amiga, que había estado a su lado en todos los triunfos y tragedias de su vida, vio que sus ojos se mostraban suaves y comprensivos.

—Vamos, Jen. Acabemos de lavar los platos, y luego nos vamos a conocer cómo avanzan con las investigaciones Dylan y las demás.

—Llevamos aquí sentados veinte minutos, amigos. No creo que tu tipo vaya a aparecer. —Brock dirigió una mirada a Chase desde el asiento del conductor en el Rover aparcado—. ¿Cuánto tiempo se supone que vamos a estar esperando a este gilipollas?

Chase miraba fijamente el terreno de Dorchester vacío y cubierto de nieve, donde se suponía que tendría lugar la cita con uno de sus antiguos contactos de la Agencia de la Ley.

—Debe de haber ocurrido algo. Mathias Rowan es un buen tipo. Nunca me ha dejado colgado. Vamos a darle otros cinco minutos.

Brock soltó un gruñido de impaciencia y subió la temperatura de la calefacción. No le había hecho gracia la idea de patrullar junto a Chase aquella noche, pero le hacía menos gracia todavía que su trabajo en la ciudad incluyera reunirse con un miembro de la estirpe perteneciente a la Agencia de la Ley. La Agencia y la Orden llevaban mucho tiempo desconfiando la una de la otra, pues estaban en desacuerdo acerca del método en que el crimen y el castigo debían funcionar entre la estirpe.

Si la Agencia había sido eficaz alguna vez, era algo que Brock no podía constatar personalmente. Hacía tiempo que la organización se había vuelto más política que otra cosa, generalmente favoreciendo el peloteo y el apoyo de boquilla como medios de manejar los problemas, dos cosas que no parecían figurar en las reglas de juego de la Orden.

—Amigo, odio el invierno —murmuró Brock, al ver una ráfaga de nieve que comenzaba a caer en serio. Una bocanada de viento helado azotó un lado del vehículo, aullando como un fantasma a través del terreno vacío.

A decir verdad, en gran parte su mal humor se debía a la forma en que había fastidiado las cosas con Jenna. No podía dejar de preguntarse qué estaría haciendo, qué estaría pensando. Incluso si lo despreciaba, estaría en su derecho. Estaba ansioso por que acabara la misión de la noche para poder regresar al recinto y comprobar personalmente si Jenna estaba bien.

—Será mejor que tu amigo Rowan no haga el gilipollas por aquí —gruñó—. Yo no me quedo sentado helándome el culo por nadie, y mucho menos por un fanfarrón engreído de la Agencia.

Chase le dirigió una mirada significativa.

—Lo quieras creer o no, hay algunos buenos individuos en la Agencia de la Ley. Mathias Rowan es uno de ellos. Ha sido mis ojos y mis oídos allí dentro desde hace meses. Si queremos tener una posibilidad de encontrar los posibles aliados de Dragos dentro de la Agencia, necesitamos a Rowan de nuestro lado.

Brock asintió con seriedad y se acomodó para continuar esperando. Chase estaba probablemente en lo cierto sobre su viejo aliado. Pocos en la Agencia de la Ley estarían dispuestos a admitir que había grietas en su fundación, grietas que habían permitido a un cáncer como Dragos operar durante décadas secretamente en el interior de la Agencia. Dragos se había ocultado detrás de un nombre falso, acumulando poder e información, reclutando a un sinnúmero de seguidores de ideas afines dispuestos a matar por él, si el deber lo exigía. Dragos había ascendido a la altura de director en la Agencia antes de que la Orden lo hubiera desenmascarado varios meses atrás y lo hiciera caer.

Aunque Dragos ya no estuviera en la Agencia, la Orden estaba segura de que conservaba varios de sus contactos. Había quienes todavía apoyaban sus peligrosos planes. Había quienes continuaban aliados con él en una silenciosa conspiración, oculta debajo de capas y capas de basura burocrática que impedía que Brock y los otros guerreros acudieran a liquidarlos con sus armas.

Uno de los principales objetivos de Chase en los meses transcurridos desde que Dragos fuese descubierto era comenzar a destapar esas capas en la Agencia. Para acercarse a Dragos, la Orden necesitaba hacerlo primero con sus tenientes sin hacer saltar ninguna alarma. Un solo movimiento en falso podría lograr que Dragos se ocultara todavía más.

La operación era extremadamente encubierta, y todavía la hacía más delicada el hecho de que la mayor esperanza de éxito de la Orden recayera en las volátiles e inestables manos de Sterling Chase y su confianza en un viejo amigo cuya lealtad se basaba únicamente en una promesa de Chase.

En el salpicadero del asiento del pasajero, el teléfono de Chase empezó a vibrar.

—Ese debe de ser Rowan —dijo él, cogiendo el teléfono y respondiendo la llamada—. ¿Sí? Te estamos esperando. ¿Dónde estás?

Brock contempló fijamente la nieve cayendo a través del parabrisas, a la vez que escuchaba a Chase, que no parecía estar recibiendo buenas noticias.

—Ah, joder… ¿Ha muerto alguien más? —Chase guardó silencio por un momento y luego dejó escapar una maldición. Ante la mirada interrogante de Brock, se explicó—. Tuvo que desviarse por otra llamada. Un chico de los Refugios Oscuros dejó que las cosas se le fueran de las manos en una fiesta. Hubo una pelea que continuó con un jaleo en la calle. Un humano está muerto y otro huyó, desangrándose.

—Dios —murmuró Brock.

Un humano muerto y un festín de sangre en una calle pública era algo bastante malo. Pero el mayor problema era que hubiera huido un testigo. No era difícil imaginar la histeria que un humano brutalmente atacado podía causar, corriendo y gritando la palabra «vampiro». Por no decir nada de lo que el humano sangrante podía incitar entre los vampiros.

El aroma de células rojas recién derramadas sería como un

faro para todos los miembros de la estirpe en un radio de cuatro kilómetros. Y que Dios no quisiera que hubiera renegados sueltos por la ciudad. Un tufillo de la herida abierta sería suficiente para invitar a los adictos de sangre, la escoria de la sociedad de la población de la estirpe, a un frenético festín.

La mandíbula de Chase estaba tensa al volver a hablar con Mathias Rowan por el móvil.

—Dime que tus chicos tienen controlado al que huyó. —A juzgar por la palabrota que siguió, Brock supuso que la respuesta era negativa—. Maldita sea, Mathias. Tú sabes tan bien como yo que tenemos que sacar a ese humano de las calles. Si necesitas toda la división de Boston para conseguirlo, utilízala. ¿Quién está contigo de la Agencia?

Brock observaba y escuchaba mientras la conversación continuaba, viendo un lado de Sterling Chase que le costaba reconocer. El antiguo agente ahora era frío y dominante, lógico y preciso. La personalidad exaltada e imprevisible que Brock estaba acostumbrado a ver en Chase como miembro de la Orden parecía haber dejado paso a un líder seco y capaz.

Había oído que Chase había sido un chico de oro en la Agencia antes de unirse a la Orden, aunque él no había podido comprobarlo durante el año que llevaba trabajando a su lado. Ahora sentía un renovado respeto por el antiguo agente, al mismo tiempo que una creciente curiosidad por ese otro lado oscuro de él, que nunca parecía lejos de la superficie.

—¿Dónde estás, Mathias? —Chase hizo a Brock una señal para que pusiera en marcha el vehículo mientras hablaba con su contacto en la Agencia—. Te diré una cosa, deja que yo sea el que me preocupe de si la Orden tiene que involucrarse o no en esto. No te estoy pidiendo permiso, y tú y yo jamás hemos tenido esta conversación, ¿entendido? Espera a que lleguemos allí. Ya estamos en camino.

Brock llevó el Rover a la calle y siguió las indicaciones de Chase mientras este interrumpía las protestas audibles de Mathias Rowan y luego se guardaba el móvil en el bolsillo del abrigo. Se adentraron a mayor velocidad por la ciudad, hacia los embarcaderos industriales, donde una multitud de jóvenes, tanto humanos como de la estirpe, se encontraban para ir a fiestas con música ácida y *after hours* privados.

No fue difícil encontrar la escena del crimen. Dos sedán sin matrícula estaban aparcados junto al muelle al lado de un almacén, y había varios machos de la estirpe con abrigos y trajes negros de pie junto a un bulto inmóvil tirado en la nieve sucia del terreno adyacente al edificio.

—Son ellos —dijo Chase—. Reconozco a la mayoría de esos hombres de la Agencia.

Brock dirigió el Rover hacia la zona, mirando al grupo mientras todas las cabezas se volvían hacia el vehículo que se aproximaba.

—Sí, son ellos. Inútiles y confundidos —gruñó Brock, sopesando a los agentes con la mirada—. ¿Cuál es Rowan?

No necesitaba preguntarlo. Tan pronto como lo dijo, uno de los del grupo se apartó de los demás, caminando con paso ágil para encontrarse con Brock y Chase cuando salían del coche. El agente Mathias Rowan era tan alto y corpulento como cualquiera de los guerreros, con hombros anchos y voluminosos bajo el pesado abrigo de lana confeccionado a medida. Sus ojos color verde claro tenían un brillo inteligente y reflejaban preocupación al acercarse, y su piel se notaba tirante en las mejillas.

—Tengo entendido que los chicos de la Agencia han tenido un pequeño problema esta noche —dijo Chase, alzando la voz lo bastante como para que el resto de los agentes reunidos lo oyeran tan bien como Rowan—. He pensado que tal vez necesitarais algo de ayuda.

—¿Estás chiflado? —gruñó Rowan por lo bajo, para que lo oyera solo Chase—. Tendrías que saber que cualquiera de estos agentes te atacaría si te ve inmiscuyéndoste en su investigación.

—¿Ah, sí? —replicó Chase, con la boca torcida en una sonrisa arrogante—. Está siendo una noche un poco tranquila para mí. Puede ser interesante dejar que lo intenten.

—Chase, maldita sea. —Rowan mantenía el tono de voz bajo—. Te dije que no vinieras.

Chase gruñó.

—Hubo un tiempo en que era yo el que daba las órdenes y tú el que las cumplías, Mathias.

—Pero ya no. —Rowan frunció el ceño, pero no había animosidad en su expresión—. Tenemos tres agentes persiguiendo al tipo que huyó; lo cogerán. El edificio ha sido despejado de humanos, y a todos los testigos potenciales del incidente se les ha borrado la memoria de la noche entera. Está todo controlado.

—Bueno, bueno… Aquí está el jodido Sterling Chase. —El saludo de reproche fue transportado por la brisa invernal, desde el otro lado del terreno industrial cubierto de nieve, donde un par de hombres se habían apartado tranquilamente del resto.

Chase alzó la mirada y clavó los ojos en el enorme hombre que tenía enfrente.

—Freyne —gruñó, escupiendo el nombre como si no pudiera soportar su sonido—. Debería haber sabido que este idiota iba a estar aquí.

—Estás interfiriendo en un asunto oficial de la Agencia —dijo el agente Rowan, ahora en tono más alto, con la intención de que todos lo oyeran. Lanzó a Chase una mirada de advertencia, pero habló con el tipo de arrogancia mojigata que parecía habitual en esos agentes, con sus trajes de modelo y sus lustrosos zapatos—. Este incidente no es de la incumbencia de la Orden. Es un asunto de los Refugios Oscuros, y tenemos la situación bajo control.

Sonriendo peligrosamente mientras se aproximaban los dos recién llegados, Chase dio un paso hacia su amigo y lo miró de soslayo. Brock lo siguió, con los músculos tensos preparados para la pelea mientras registraba el aire amenazante de los dos agentes que venían a confrontarlos.

—Dios santo, eres tú —dijo el tipo llamado Freyne, con una expresión despectiva en los labios—. Creí que habíamos acabado con el último de los tuyos cuando liquidamos a tu sobrino renegado el año pasado.

Brock se tensó, al ser sorprendido de forma desprevenida por el comentario tan deliberadamente cruel. Sintió un pinchazo de indignación, a pesar de que Chase no parecía sorprendido por el despiadado recordatorio. Ignoró la burla, lo que debió de requerir un enorme esfuerzo de autocontrol a juzgar por la fuerza con la que apretó la mandíbula mientras pasaba junto a sus antiguos colegas para dirigirse hacia la escena del crimen.

Brock caminó junto a Chase, atravesando las ráfagas de nieve que se arremolinaba y pasando junto a la ventanilla tintada de un sedán aparcado, en cuyo interior aguardaba el chico de los Refugios Oscuros que se había dejado llevar por su ansia de sangre. Brock sintió el peso de la mirada del joven de la estirpe sobre él cuando pasó junto a Chase al lado del coche. Su aspecto, dos hombres pesadamente armados con trajes de combate negros y largos abrigos de cuero, los delataba de manera inconfundible como miembros de la Orden.

En el terreno cercano al edificio, donde había tenido lugar la pelea, la nieve estaba manchada de rojo. El cuerpo sin vida del humano asesinado había sido metido en una bolsa con cremallera y estaba siendo cargado en otro vehículo de la Agencia allí aparcado. La sangre estaba seca y ya no era tentadora, pero el aroma a cobre todavía se sentía en el aire, y Brock sintió las encías tirantes por la emergencia de los colmillos.

Detrás de ellos, se oyó el crujido de unos pasos en la nieve y la grava. Freyre se aclaró la garganta, aparentemente incapaz de dejar correr las cosas.

—Tú lo sabes, Chase; yo estaba junto a ti. Nadie pudo culparte de liquidar al chico.

—Agente Freyne —dijo Mathias Rowan, a modo de advertencia, que fue desatendida.

—No es que él no lo viera venir, Chase. Quiero decir, que el chico era un renegado, y solo hay una manera de tratar con eso. Un renegado se trata igual que un perro rabioso.

Por más que el agente pareciera decidido a provocar, Chase parecía igualmente decidido a ignorarlo.

—Por ahí —le dijo a Brock, señalando el rastro de unas salpicaduras que se alejaban de la escena.

Brock asintió. Él ya había visto el camino tomado por el fugitivo. Y por mucho que deseara saltar personalmente sobre el agente Freyne y dar al petulante bastardo un buen golpe o diez, si Chase era incapaz de ignorarlo, sería mejor que él hiciera lo mismo—. Parece que nuestra presa huyó hacia los muelles.

—Sí —admitió Chase—. A juzgar por la cantidad de sangre derramada, está demasiado débil para llegar lejos. La fatiga lo hará venirse abajo no más lejos de un par de kilómetros.

Brock dirigió una mirada a Chase.

—Entonces, si la zona ha sido barrida y todavía no lo han encontrado...

—Significa que está escondido en alguna parte no muy lejos de aquí —terminó el razonamiento Chase.

Estaban a punto de emprender la búsqueda cuando la risa de Freyne sonó tras ellos.

—Si me preguntas a mí, disparar una bala al cerebro del chico fue un acto de piedad. Pero deberías preguntarte si su madre sintió lo mismo... al ver cómo mataste a su hijo delante de ella.

Chase se quedó helado al oír eso. Brock lo miró y observó que un músculo latía peligrosamente en su rígida mandíbula.

Mientras el resto del pequeño grupo se apartó de la zona inmediatamente, Mathias Rowan acudió frente a su agente, con cada centímetro de su cuerpo vibrando de furia.

—¡Maldita sea, Freyne, te he dicho que cierres el pico y es una orden!

Pero el desgraciado no se detuvo. Se apartó de su superior y se colocó justo frente a Chase.

—Elisa es la única a la que compadezco por todo esto. Esa pobre y dulce mujer perdió primero a tu hermano Quentin, que cumplió con su deber durante tantos años, y después tú le arrebataste a su único hijo ante sus propios ojos. Supongo que no es sorprendente que haya buscado consuelo en otra parte, aunque sea entre esos matones de la Orden. —Freyne emitió un sonido vulgar desde el fondo de la garganta—. Una mujer tan elegante como ella podría haber escogido entre unos cuantos machos entusiasmados por compartir su cama. Demonios, yo habría estado encantado de estar entre ellos. Me sorprende que tú nunca lo estuvieras.

Chase soltó un rugido que hizo temblar el suelo. En una ráfaga de movimiento que ni siquiera Brock pudo seguir, Chase se lanzó sobre Freyne. Los dos grandes hombres cayeron sobre la grava y la nieve. Chase tenía al agente debajo de él y le daba puñetazos en la cara.

Freyne luchaba, pero nada podía contener la furia de Chase. Observando de cerca, Brock dudaba de que alguien pudiera combatir contra la rabia feroz que emanaba de Chase mientras asestaba un golpe tras otro.

Ninguno de los otros agentes hizo un solo movimiento para detener el altercado, y menos Mathias Rowan. Retrocedió y guardó silencio, estoico, mientras el resto de subordinados parecían valorar su respuesta. Habrían dejado que Chase matara a Freyne, pero, fuera merecida o no esa muerte, Brock no podía permitir que la brutal escena llegara al esperado resultado final.

Avanzó un paso y colocó una mano en el ardiente hombro del guerrero.

—Chase, amigo, ya es suficiente.

Chase continuó golpeando, aunque Freyne ya no era ni capaz de luchar. Los colmillos se habían extendido en su boca y sus ojos tenían el fiero brillo ámbar de su furia. Chase parecía no querer o ser incapaz de controlar la bestia que se había desatado en él.

Cuando uno de sus puños ensangrentados retrocedió para asestar otro puñetazo, Brock le paró la mano. Empleó todas sus fuerzas, impidiendo el nuevo golpe. Chase se volvió para lanzarle una mirada feroz y gruñó algo grosero y desagradable.

Brock negó lentamente con la cabeza.

—Vamos, Harvard. Déjalo ya. No merece la pena que lo mates, no así.

Chase lo miró a los ojos con ira, exhibiendo los colmillos. Rugió de forma animal y luego volvió la cabeza para mirar al macho ensangrentado que tenía atrapado debajo de él, semiinconsciente sobre el terreno mugriento.

Brock sintió que el puño tenso que sostenía comenzaba a soltarse.

—Eso es, amigo. Tú eres mejor que esto. Mejor que él.

Sonó un teléfono móvil. De reojo, Brock vio que Rowan respondía y se alejaba para atender la llamada. Chase todavía era peligroso, aún incapaz de soltar a Freyne.

—Ya lo tienen —anunció el agente Rowan, pronunciando la afirmación serenamente en medio de aquella atmósfera tensa—. Dos de mis agentes encontraron al fugitivo escondido bajo un camión de reparto en el muelle. Han borrado el suceso de su memoria y lo han llevado al hospital del otro lado de la ciudad.

Brock asintió levemente con la cabeza.

—¿Has oído eso, Chase? Todo ha acabado. Ya está resuelto. —Soltó el puño de Chase, confiando en que no se descontrolara la situación con Freyne ni con ninguno de los otros agentes allí reunidos, que observaban en ansioso silencio—. Suéltalo, Chase. Esta mierda se ha acabado.

—Por ahora —murmuró finalmente Chase, con voz ruda y profunda. Se sacudió, apartando la mano que Brock mantenía sobre su hombro. Aún lleno de rabia, dio un último puñetazo al rostro maltrecho de Freyne antes de ponerse en pie—. La próxima vez que te vea —le advirtió— eres hombre muerto.

—Vamos, Harvard. —Brock le hizo alejarse de la zona, sin dejar de notar la mirada de Rowan mientras se dirigían hacia el Rover—. Demasiado para mantener relaciones diplomáticas con la Agencia, amigo.

Chase no dijo nada. Dio un par de pasos detrás de él, con la respiración entrecortada y el cuerpo latiendo por la agresión como si hubiera habido un estallido nuclear.

—Espero que no necesitemos de nuevo ese puente, porque acabas de incendiarlo —dijo Brock cuando llegaron al vehículo.

Chase no respondió. Permanecía callado detrás de Brock. Demasiado callado, de hecho.

Brock se dio la vuelta. Lo único que encontró fue el terreno vacío, donde Chase había estado parado un segundo antes. Se había ido, había desaparecido sin dar ninguna excusa o explicación, en la noche nevada.

Capítulo dieciséis

Un par de horas después de cenar con Alex, Jenna estaba sentada en la sala de operaciones de las compañeras de sangre, en la misma mesa de conferencias donde ella y Brock habían abierto una puerta que probablemente ninguno de los dos estaba preparado para atravesar. Pero trataba de no pensar en eso. Trataba de no pensar en la sensual boca de Brock sobre la suya, o en sus habilidosas manos, que le habían dado un placer tan intenso al tiempo que la liberaban de su dolor y sus inhibiciones.

En lugar de eso, centró su atención en la discusión que tenía lugar entre las mujeres de la Orden, reunidas en la habitación para revisar el estado de su misión de localizar a las prisioneras de Dragos. Solo Tess había faltado a la reunión; la compañera de sangre embarazada se había quedado descansando en las habitaciones que compartía con Dante, en compañía de la pequeña Mira.

—¿No se encuentra enferma, verdad? —preguntó Alex—. ¿No creerás que el bebé va a anticiparse, no?

Savannah sacudió suavemente la cabeza, con los codos apoyados sobre la mesa.

—Tess dice que se siente estupendamente, solo está un poco cansada. Es comprensible. Le quedan ya unas pocas semanas.

Hubo una ligera vacilación en su voz, y luego desvió la mirada sutilmente hacia Jenna. Había en sus ojos una silenciosa curiosidad. En ese momento, Jenna advirtió que las palmas de Savannah estaban apoyadas sobre la mesa. Sus delgadas cejas negras se alzaron ligeramente y, por el débil movimiento en la comisura de sus labios, era evidente que el talento de la compañera de sangre para leer los objetos a través del tacto acababa de revelarle, sin duda con vívido detalle, el beso apasionado que Jenna y Brock habían compartido en esa misma superficie.

Cuando la incomodidad hizo que Jenna apartara la mirada, Savannah se limitó a sonreír serenamente divertida y asintió con la cabeza en señal de aprobación.

—Dante está recaudando un bote para la apuesta a ver quién acierta el día del parto —señaló Dylan—. Río y yo apostamos que el niño nacerá en Navidad.

Renata negó con la cabeza, los mechones despuntados de su cabello oscuro se agitaron junto a su barbilla.

—La noche de Fin de Año, espera y verás. El hijo de Dante nunca se perdería la excusa para una fiesta.

En un extremo de la mesa, Gabrielle se rio.

—Lucan nunca admitirá que está deseando tener un bebé en el recinto, pero me consta que ha apostado cinco dólares al 20 de diciembre.

—¿Ocurre algo en especial con esa fecha? —preguntó Jenna, excitada por el tema y expresando genuina curiosidad.

—Es el cumpleaños de Lucan —dijo Elise, compartiendo el humor de Gabrielle—. Y Tegan ha apostado cien dólares al 4 de febrero, por más que sabe que esa fecha está demasiado lejos para considerarla.

—El 4 de febrero —dijo Savannah, asintiendo con serena comprensión.

La sonrisa de Elise era tierna por los recuerdos, agridulce.

—Esa fue la noche en que Tegan me encontró cazando renegados en Boston y trató de detenerme.

Dylan se estiró para apretar la mano de la compañera de sangre.

—Y el resto, como ellos dicen, es historia.

A medida que la charla sobre cosas pequeñas y cotidianas dio paso a temas más serios, como las pistas perseguidas y la formulación de nuevas estrategias en la misión, Jenna sintió un respeto creciente por las inteligentes y decididas compañeras de los guerreros de la Orden. Y a pesar de que hubieran asegurado que el agotamiento de Tess no era preocupante, se notó también inquieta por ella, sintiéndose como si el tejido de la reunión hubiera perdido uno de sus hilos más importantes.

Un pensamiento asaltó a Jenna mientras observaba en silencio, atenta a los rostros de las otras mujeres de la habitación: de alguna manera, había comenzado a considerarlas amigas. Esas mujeres le importaban, y también sus metas. Por muy inflexible que se mostrara respecto al hecho de que su sitio no estaba allí, entre esas personas, se daba cuenta de que quería que tuvieran éxito en su misión.

Quería ver que la Orden desafiaba a Dragos, y había una parte de ella, una parte muy determinada, que quería echar una mano para que eso pasara.

Jenna escuchaba con entusiasmo mientras Elise discutía la validez de los nuevos bocetos con los que ella y Claire Reichen habían estado trabajando con el contacto de Elise en los Refugios Oscuros.

—En tan solo un par de días estarán terminados los bocetos. Claire ha estado fantástica, asegurándose de que cada detalle sea exactamente como ella recuerda del sueño en el que entró en el laboratorio de Dragos. Ha tomado notas meticulosas, y su memoria es increíble.

—Eso está bien —dijo Renata—. Vamos a necesitar toda la ayuda que podamos. Lamentablemente, Dylan y yo hemos topado con un inconveniente con relación a la hermana Margaret.

—Vive en un hogar para monjas retiradas en Gloucester —intervino Dylan—. Hablé con la administradora y le conté que mi madre y la hermana Margaret trabajaban juntas en el refugio de mujeres de Nueva York. No mencioné lo que estábamos buscando realmente, por supuesto. En lugar de eso dije que se trataba de una llamada personal, y pregunté si sería posible visitar a la hermana para charlar sobre sus años de trabajo voluntario, y tal vez recordar así a mi madre. La buena noticia es que a la hermana Margaret le encanta la compañía.

—¿Y entonces, cuál es el inconveniente? —preguntó Jenna, incapaz de no saltar ante esa nueva pista.

—Demencia —respondió Renata.

Dylan asintió.

—La hermana Margaret padece demencia senil desde los últimos años. La administradora de la casa dice que es alta la probabilidad de que no recuerde mucho acerca de mi madre y de su trabajo en el refugio.

—Pero vale la pena intentarlo, ¿no? —Jenna miró a las otras mujeres—. Quiero decir, cualquier pista es buena en este momento. Hay vidas en juego, así que tenemos que usar todo cuanto podamos. Cualquier cosa que pueda ayudarnos a encontrar a esas mujeres y llevarlas a casa.

Más de una volvió la cabeza sorprendida en su dirección. Si alguna de las mujeres de la Orden encontraba extraño que ella se incluyera en sus esfuerzos para localizar a las compañeras de sangre desaparecidas, ninguna de ellas dijo una palabra.

La mirada de Savannah se demoró en ella un momento, con una expresión de gratitud, amistad o aceptación, brillando en sus ojos suaves.

Era esa aprobación fácil, esa sensación de bondad y comunidad que le transmitían cada una de esas mujeres especiales desde el primer día en que había despertado allí la que ahora provocaba un nudo de emoción en la garganta de Jenna. Le resultaba una sensación sobrecogedora, le parecía casi chocante que por un segundo pudiera sentir que formaba parte de la familia tan unida y extraordinaria que vivía y trabajaba en aquel lugar.

—De acuerdo. Vamos a trabajar —dijo Dylan después de un momento—. Hay mucho que hacer.

Una por una, volvieron a sus tareas, algunas revisando carpetas y otras colocándose frente a algún ordenador de la sala. Jenna fue hasta un ordenador y abrió el navegador de Internet.

Casi había olvidado el mensaje a su amigo del FBI, pero, tan pronto como accedió a la cuenta de correo, vio la respuesta esperando en la bandeja de entrada. Abrió el mensaje y leyó rápidamente lo que decía.

—Eh, chicas —dijo, sintiendo una pequeña oleada de excitación y triunfo al leer la respuesta de su amiga—. ¿Recordáis que habéis estado intentando extraer alguna información de Terra Global Asociados?

—La empresa que sirve de fachada a Dragos —dijo Dylan, acercándose para ver qué había encontrado Jenna.

Alex y las otras mujeres estaban detrás de ella.

—¿Qué ocurre, Jen?

—Nosotras no somos las únicas interesadas en Terra Global. —Jenna miró los rostros expectantes reunidos a su alrededor—. Una antigua amiga mía ha hecho una investigación básica para mí. Y ha encontrado algo.

Savannah soltó una risa incrédula mientras leía el mensaje de la pantalla.

—¿El FBI tiene una investigación abierta en Terra Global?

—Según mi amiga, se trata de algo reciente. La investigación está a cargo de alguien de la oficina de Nueva York.

Gabrielle dedicó a Jenna una sonrisa aprobatoria.

—Buen trabajo. Será mejor que informemos a Lucan de lo que hemos encontrado.

Tan solo había transcurrido media noche, pero él ya la consideraba un triunfo.

En la oscuridad de su helicóptero privado, Dragos sonrió con profunda satisfacción mientras su piloto guiaba el pulcro aparato alejándose del rutilante paisaje invernal de la atestada ciudad hacia las oscuras aguas del Atlántico, rumbo al norte, hacia la segunda cita prevista de la noche. Le costaba esperar el momento de llegar, la expectativa de otra victoria le aceleraba la sangre en las venas.

Llevaba ya algún tiempo cultivando sus alianzas más útiles, reuniendo sus recursos en preparación para la guerra que pretendía emprender, no solo contra los de su raza —cobardes impotentes y displicentes que merecían ser aplastados bajo sus botas— sino también contra el mundo en su totalidad.

Las recepciones privadas de esta noche eran cruciales para sus metas, y representaban solo el principio de la asombrosa ofensiva que se proponía acometer tanto contra la estirpe como contra el género humano. Si la Orden temía que su garra se insertara de manera peligrosamente profunda únicamente en los poderosos agentes de la raza de los vampiros, iba a tener un despertar muy duro. Y pronto.

Muy pronto, pensó, riendo para sí con entusiasta regocijo.

—¿Cuánto falta para que aterricemos en Manhattan? —preguntó al secuaz que le servía de piloto.

—Cincuenta y dos minutos, amo. Somos puntuales según el horario previsto.

Dragos lanzó un gruñido de aprobación y se relajó en su asiento para el resto del vuelo. Estaría tentado de calificar la noche de impecable si no fuera por una pequeña molestia que se le había atragantado, una noticia irritante que había recibido durante el día.

Era evidente que algún humilde funcionario de escritorio que trabajaba para los federales en Alaska estaba metiendo las narices en sus asuntos, haciendo averiguaciones sobre Terra Global Asociados. La culpa sería de la Orden. Sin duda, no ocurría cada día que una compañía minera —falsa o verdadera, daba igual—, estallara en llamas, como había ocurrido con su pequeña operación en el interior de Alaska en manos de los guerreros de Lucan.

Ahora Dragos sufría la irritación añadida de tener que enfrentarse con algún funcionario bocazas o buen samaritano ecologista intentando trepar mediante la denuncia de una malvada empresa culpable de Dios sabe qué ofensa.

Los dejaría escarbar, pensó, engreído y seguro de que se hallaba libre de cualquier fallo potencial. Había suficientes capas interpuestas entre él y Terra Global como para mantenerse aislado de las impertinentes fuerzas de la ley de los humanos o los toscos y entrometidos políticos. Al margen de eso, tenía activos en el lugar para asegurarse de que sus intereses fueran protegidos. Y desde una perspectiva mayor, todo eso ni siquiera importaba.

Él era intocable, cada día más.

Dentro de poco sería imparable.

Ese conocimiento se le quedó al borde de la lengua cuando sonó el teléfono con la llamada de uno de sus tenientes.

—Dime en qué estado se encuentra la operación.

—Todo está en orden, señor. Mis hombres están colocados en sus posiciones mientras hablamos y preparados para seguir con el plan mañana a la caída del sol.

—Excelente —respondió Dragos—. Infórmame cuando esté hecho.

—Por supuesto, señor.

Dragos colgó el teléfono y lo guardó en el bolsillo de su abrigo. Esta noche daría un paso triunfante para conseguir la meta dorada que había diseñado tanto tiempo atrás. Pero el movimiento del día siguiente contra la Orden —la mordedura de serpiente que jamás verían venir— sería una victoria todavía más dulce.

Dragos dejó que esa idea reposara en él mientras inclinaba la cabeza hacia atrás y cerraba los ojos, saboreando la promesa de la inminente derrota final de la Orden.

Capítulo diecisiete

$\mathcal{A}$proximadamente una hora antes del amanecer, Brock regresó solo al recinto. Odiaba terriblemente dejar a un compañero de patrulla detrás después de una misión, pero, tras pasar la noche registrando la ciudad en busca de Chase infructuosamente, no tenía otra elección. Donde fuera que Chase hubiese huido después de su altercado con el agente, estaba claro que no quería ser encontrado. No era la primera vez que se ausentaba sin permiso durante una patrulla, pero saber eso no aliviaba a Brock.

La preocupación por un compañero de armas no le hacía estar del mejor humor cuando abrió la puerta de las dependencias que compartía con Cazador y se deslizó sin hacer ruido en la habitación oscura. Se hallaba como en casa en la oscuridad, pues su visión era aún más afinada que con luz. Se quitó el abrigo de cuero y lo tiró en el sofá antes de continuar a través del salón hasta el dormitorio de literas.

El lugar estaba tan oscuro y silencioso que supuso que su compañero de cuarto todavía no había vuelto, hasta que entró en el dormitorio e inmediatamente vio el enorme cuerpo del vampiro de la primera generación, desnudo y cubierto de dermoglifos desde la nuca hasta los pies.

—Dios bendito —murmuró Brock, apartando la mirada de la inesperada y totalmente indeseada visión de su compañero—. ¿Qué demonios haces desnudo, amigo?

Cazador se incorporó, apoyando su poderosa espalda en la pared, con los ojos cerrados. Estaba tan quieto como una estatua, respirando casi imperceptiblemente, con sus gruesos brazos musculosos colgando. Aunque sus párpados se abrieron ante la irrupción de Brock, el inmenso e inexpresivo macho no parecía sobresaltado ni remotamente afectado.

—Estaba durmiendo —dijo, simplemente anunciando un hecho—. Ahora estoy descansando.

—Bien —gruñó Brock, sacudiendo la cabeza mientras daba la espalda al guerrero desnudo—. ¿Y qué tal si te pones alguna puñetera prenda de ropa? Acabo de enterarme de cosas tuyas que no tenía necesidad de saber.

—Duermo mejor sin ropa que me tenga confinado —fue la tranquila respuesta.

Brock resopló.

—Sí, bueno, yo también, pero dudo de que aprecies ver mi culo desnudo, o alguna otra cosa, más de lo que yo aprecio ver el tuyo. Por Dios, tápate eso de una vez.

Sacudiendo la cabeza, Brock se desabrochó el cinturón de armas y lo lanzó a una de las camas desocupadas. Recordó que Cazador no le había respondido al preguntarle cuál de las dos literas le pertenecía y lanzó por encima del hombro una mirada al vampiro de la primera generación, que se estaba poniendo unos pantalones holgados.

El macho de la estirpe nacido y criado para convertirse en una máquina de matar para Dragos. Un individuo crecido en amarga soledad, privado de contacto o compañía a excepción de la supervisión del secuaz asignado para manipularlo.

De pronto entendió por qué a Cazador le tenía sin cuidado qué cama escogiera.

—¿Siempre duermes así de pie? —preguntó, señalando el lugar donde lo había encontrado.

El extraño vampiro de la primera generación se encogió vagamente de hombros.

—Ocasionalmente en el suelo.

—Estoy condenadamente seguro de que no puede ser cómodo.

—La comodidad no sirve para ningún propósito. La necesidad de comodidad únicamente implica y aumenta la debilidad.

Brock asimiló la tajante afirmación, y luego soltó un improperio por lo bajo.

—¿Qué te hicieron Dragos y todos esos otros cabrones durante los años en que serviste para ellos?

Sus ojos dorados, sin pestañear, encontraron su ceño fruncido a través de la oscuridad.

—Me hicieron fuerte.

Brock asintió con solemnidad, pensando en la despiadada educación y disciplina que era lo único que conocía Cazador.

—Lo bastante fuerte como para acabar con ellos.

—Con cada uno de ellos —replicó Cazador, sin inflexión en la voz, aunque la promesa era tan afilada como un cuchillo.

—¿Quieres vengarte de lo que te hicieron?

Cazador movió lentamente la cabeza en señal de negación.

—Justicia —dijo—, quiero justicia por lo que hicieron a todos aquellos incapaces de devolverles el golpe.

Brock permaneció allí de pie durante un largo rato, comprendiendo la fría determinación que emanaba del otro macho. Él compartía esa necesidad de justicia, y al igual que Cazador, al igual que cualquier otro de los guerreros entregados al servicio de la Orden, él no descansaría hasta que Dragos y todos aquellos leales a su insana misión fueran eliminados.

—Tú nos honras a todos —dijo; una frase que los de la estirpe reservaban solo para aquellos más cercanos o para los acontecimientos más solemnes—. La Orden es afortunada por tenerte de su lado.

Cazador pareció quedarse desconcertado. Brock no estaba seguro de si era por el elogio en sí o por el lazo que este implicaba. Un destello de inseguridad asomó a su mirada dorada y, cuando Brock alargó la mano para darle una palmada en el hombro, Cazador se echó hacia atrás, evitando el contacto como si fuera a quemarle.

No ofreció ninguna explicación a la reacción acobardada y Brock tampoco le presionó para que lo hiciera, a pesar de que la situación pareciera requerir una respuesta.

—Muy bien, me voy de aquí. Necesito comprobar una cuestión con Gideon.

Cazador lo miró fijamente.

—¿Estás preocupado por tu mujer?

—¿Debería estarlo? —Brock hubiese querido corregir la referencia a Jenna como suya, pero estaba demasiado ocupado controlando la sangre que de pronto se le había enfriado un poco en las venas—. ¿Ella se encuentra bien? Dime qué ha pasado. ¿Le ha ocurrido algo mientras estaba patrullando?

—Yo no estoy al tanto de su estado físico —dijo Cazador,

con su calma exasperante—. Yo me refería a su investigación sobre Terra Global.

—Terra Global —repitió Brock, sintiendo el terror asentado en su estómago—. Esa es una de las fachadas de Dragos.

—Correcto.

—Dios santo —murmuró Brock—. ¿Me estás diciendo que ha contactado con ellos de alguna forma?

Cazador negó débilmente con la cabeza.

—Envió un correo electrónico a alguien que conoce en Alaska, un agente federal que hizo una búsqueda de datos en Terra Global por petición suya. Una unidad del FBI de la ciudad de Nueva York respondió. Están al tanto de Terr aGlobal, y han aceptado encontrarse con ella para hablar de la actual investigación.

—Dios santo. Dime que estás de broma.

No había humor en el rostro del otro hombre, y no es que a Brock le sorprendiera.

—Tengo entendido que la reunión ya está dispuesta para hoy en las oficinas del FBI de Nueva York. Lucan ha dispuesto que Renata la acompañe.

Cuanto más oía más nervioso y necesitado de moverse se sentía Brock. Caminaba adelante y atrás, sin ni siquiera intentar disimular su preocupación.

—¿Con quién va a encontrarse Jenna en Nueva York? ¿Sabemos si esa investigación en Terra Global es legal? Dios santo, ¿en qué demonios estaba pensando al involucrarse en esa mierda? Sabes lo que te digo… No importa. Voy a preguntárselo personalmente.

Ya estaba caminando por la habitación, así que solo le hicieron falta un par de pasos para salir del apartamento hacia el pasillo. Con el pulso acelerado y la adrenalina corriendo por sus venas no estaba en un estado de ánimo adecuado para encontrarse cara a cara con su compañero de patrulla errante.

Chase apareció caminando por el largo pasillo precisamente en ese momento, con un aspecto completamente infernal. Sus ojos azules todavía lanzaban destellos color ámbar y las pupilas eran más elípticas que circulares. Respiraba con dificultad, sacando el aire a través de los dientes y colmillos. Tenía la cara manchada de suciedad y sangre seca con espantosas marcas, todavía más en el pelo corto y rubio. Su ropa estaba hecha jirones y manchada Dios sabe con qué.

Su aspecto y su olor correspondían al de alguien que había estado en una zona de guerra.

—¿Dónde demonios has estado? —exigió saber Brock—. He recorrido todo Boston buscándote después de tu huida.

Chase lo miró con rabia, mostrando los dientes con una expresión de desprecio feroz, pero no ofreció ninguna explicación. Pasó a su lado como una ráfaga, dejando que su hombro golpeara el de Brock y casi desafiándolo a que se quejara de eso. Si Brock no hubiera estado tan preocupado por Jenna y el problema en que por lo visto se había metido, habría dado su merecido al arrogante cabrón.

—Gilipollas —gruñó Brock detrás de él mientras el agente se alejaba erguido con un silencio hermético y sepulcral.

Jenna se levantó del sofá con un salto ansioso cuando oyó un fuerte golpe en la puerta de sus habitaciones. Era temprano por la mañana, solo un poco más de las seis, según el reloj de la cadena de música que sonaba suavemente al otro lado del salón. No es que hubiera dormido durante las horas que habían pasado desde que habló con Lucan y Gideon.

Y tampoco iba a ser capaz de dormir en el tiempo que quedaba hasta la importante reunión que tendría más tarde con un agente del FBI en Nueva York.

El agente especial Phillip Cho se había mostrado bastante agradable por teléfono cuando ella lo llamó, y se sentía agradecida de que estuviera dispuesto a recibirla y se mostrara abierto con ella respecto a su investigación sobre Terra Global. Era prácticamente la primera vez que tenía un encuentro con un federal de las fuerzas de la ley, así que no estaba segura de cómo iban a responder sus nervios. Por supuesto, nunca en su vida tantas cosas habían dependido de una simple reunión informativa.

Ella quería hacer aquello bien, y no podía dejar de sentir el peso del mundo —tanto el de ella como el de la Orden— sobre sus hombros. Llevaba mucho tiempo sin ejercer de policía, y ahora tenía que ponerse al mando de una actuación en apenas unas horas. Así que tal vez era simplemente razonable que se sintiera un poco nerviosa con todo aquello.

Se oyó de nuevo el golpe en la puerta, más fuerte ahora, más exigente.

—Un segundo.

Tocó un botón en el control remoto para silenciar el volumen del aparato de música y dejó de oírse el viejo CD de Bessie Smith, que había encontrado a mano y había puesto para matar el tiempo. Cruzó la habitación y abrió la puerta.

Brock estaba fuera en el pasillo, lo que la tomó completamente por sorpresa. Debía de haber vuelto hacía poco de su patrulla por la ciudad. Vestía de negro de la cabeza a los pies, con un traje de combate y una camiseta de cuello redondo a juego pegada al pecho y los anchos hombros, con mangas cortas que remarcaban sus fuertes bíceps.

Jenna no pudo evitar recorrerlo con la mirada, bajando por sus músculos abdominales, acentuados por el pliegue de su camiseta, que llevaba metida por dentro de los pantalones negros, anchos pero no tanto como para enmascarar la estilizada forma de sus caderas y la poderosa protuberancia de sus muslos. Le costaba demasiado esfuerzo no recordar lo bien que conocía aquel cuerpo. Era demasiado turbador darse cuenta de lo mucho que lo deseaba, a pesar de que se hubiera prometido a sí misma que no volvería a recorrer ese camino con él.

No fue hasta que volvió la vista hacia su atractivo aunque tenso rostro cuando se dio cuenta de que estaba preocupado. Y muy enfadado por algo.

Ella fijó la vista en su mirada atormentada frunciendo el ceño.

—¿Qué es lo que ocurre?

—¿Por qué no me lo explicas tú? —Dio un paso hacia delante, moviendo su cuerpo grande como una pared, obligándola a retroceder hacia dentro de la habitación—. Acabo de oír que has estado indagando sobre Terra Global con el condenado FBI. ¿En qué demonios estás pensando, Jenna?

—Estaba pensando que tal vez la Orden podría usar mi ayuda —replicó, viendo saltar su propia ira ante su tono de confrontación—. Creí que podía dar un toque a alguno de mis contactos en las fuerzas de la ley para sacar algo en claro sobre Terra Global, ya que vosotros estáis en un callejón sin salida.

—Dragos es Terra Global —silbó él, todavía avanzando hacia ella. Sus ojos marrón oscuro chisporroteaban con diminutos destellos de luz ámbar—. ¿Tienes una remota idea de lo arriesgado para ti que es hacer eso?

—Yo no he arriesgado nada —dijo ella, poniéndose ahora a la defensiva. Se le erizaba la piel con cada uno de los pasos de él, que la empujaban más adentro de la habitación—. Fui totalmente discreta, y la persona a la que pedía ayuda es una amiga de confianza. ¿Crees honestamente que de manera intencionada pondría en peligro a la Orden o sus misiones?

—¿A la Orden? —Él se burló—. Estoy hablando de ti, Jenna. Esta no es tu batalla. Necesitas desvincularte, antes de que acabes herida.

—Disculpa, pero creo que puedo cuidarme sola. Soy policía, ¿lo recuerdas?

—Lo eras —le recordó él severamente, clavando en ella una dura mirada—. Y nunca has tenido que enfrentarte contra algo como Dragos.

—Tampoco ahora voy a enfrentarme a él —argumentó ella—. De lo único que estamos hablando es de una reunión inofensiva con una agente de campo del gobierno. Me he visto involucrada en ese tipo de fastidiosos asuntos cientos de veces. A los federales les preocupa que un pueblerino local pueda saber más que ellos sobre sus casos. Quieren saber lo que yo sé, y viceversa. No se trata de un asunto complicado.

No debería ser un asunto complicado, pensó. Pero esos nervios de punta todavía estaban ahí, y Brock tampoco parecía completamente convencido.

—Puede ser mucho más grande de lo que esperas, Jenna. No podemos estar seguros de nada que tenga que ver con Dragos y sus intereses. Creo que no deberías ir. —Su expresión era muy seria—. Voy a hablar con Lucan. Me parece que es muy peligroso que te permita hacer esto.

—No recuerdo haberte pedido tu opinión —dijo ella, tratando de no permitir que su expresión lúgubre y su tono de voz sombrío la dominaran. Él estaba preocupado, profundamente preocupado por ella, y una parte de su ser respondía a esa preocupación con una conciencia que quería ignorar—. Tampoco recuerdo haber pedido que te encargaras de lo que debo o no debo hacer. Yo tomo mis propias decisiones. Puede que tú y la Orden penséis que podéis tenerme atada con una correa o bajo un maldito microscopio tanto tiempo como os convenga, pero no confundáis conformidad con control. Yo soy la única que tiene el control sobre mí misma.

Cuando ella ya no pudo sostener por más tiempo su atronadora mirada, se apartó de él y fue hasta el sofá, para ocuparse de recoger la colección de libros que había estado hojeando en la inquietud de las últimas horas.

—Dios, eres una cabezota; ese es tu problema, ¿verdad? —Dejó escapar una palabrota—. Ese es tu mayor problema.

—¿Qué demonios significa eso? —Ella lo miró con el ceño fruncido y se sorprendió al comprobar que él se había movido para colocarse justo detrás de ella. Casi tan cerca como para tocarla. Tan cerca que ella sintió el calor de su cuerpo en cada una de sus terminaciones nerviosas. Se fortaleció contra el poder masculino que irradiaba de su enorme silueta, odiando el hecho de que todavía pudiera sentirse violentamente atraída hacia él aunque su sangre estuviera hirviendo de ira.

Su mirada penetrante parecía atravesarla.

—Así que se trata del control, Jenna. Simplemente no puedes renunciar al control, ¿verdad?

—No sabes de qué hablas.

—¿Ah no? Apuesto a que eras así desde niña. —Ella se apartó de él mientras hablaba, decidida a no permitir que la acosara. Cogió un puñado de libros y los llevó a las estanterías—. Apuesto a que has sido así toda tu vida, ¿verdad? Todo tiene que ser a tu manera, ¿no es cierto? Nunca permites que otra persona tome las riendas, no importa cuáles sean las circunstancias. No avanzas un centímetro a menos que tengas tu dulce y tozudo culo plantado firmemente en el asiento del conductor.

Por mucho que quisiera negarlo, él se acercaba mucho a la realidad. Volvió la vista hacia los años de su infancia, cuando todas las peleas en el patio y las proezas atrevidas que acometía a menudo eran simplemente para demostrar que no tenía miedo. Su época en la policía había tenido el mismo propósito, aunque a mayor escala, pasando de los puños a las balas, pero todavía impulsada por el propósito de demostrar que era tan buena como cualquier hombre, o incluso mejor.

El matrimonio y la maternidad habían representado otra serie de obstáculos que sortear, y esa era la única área en la que había fracasado miserablemente. Detenida ante la estantería, sintiendo las palabras desafiantes de Brock suspendidas detrás de ella, cerró los ojos y recordó la discusión que ella y Mitch habían tenido la noche del accidente. Él también la había acusado de ser tozuda. Tenía razón, pero ella no se había dado cuenta hasta que despertó en el hospital semanas después, sin su familia.

Pero esto era diferente. Brock no era su marido. Solo porque hubieran compartido unos momentos de placer juntos, y a pesar de la atracción que todavía crepitaba entre ellos cuando estaban cerca, eso no le autorizaba para imponerse en sus decisiones.

—¿Quieres saber lo que pienso? —preguntó, con sus movimientos teñidos de irritación mientras colocaba cada libro en su respectivo lugar—. Creo que eres tú el que tiene un problema. No sabrías qué hacer con una mujer que no necesite tus cuidados. Una verdadera mujer, capaz de sobrevivir perfectamente por sí misma y que no permita que tú te hagas responsable si resulta herida. Prefieres culparte a ti mismo por no vivir a la altura de alguna meta imaginaria que te has impuesto, alguna inalcanzable medida de honor y de valor. Si quieres hablar de problemas, intenta mirarte bien a ti mismo.

Él se había quedado tan callado e inmóvil que Jenna creyó que había abandonado la habitación. Pero cuando se dio la vuelta para comprobar si se había ido, lo vio de pie cerca del sofá, sosteniendo la vieja fotografía que ella había descubierto metida entre las páginas de uno de sus libros. Él contemplaba la imagen de la bonita joven de cabello negro y grandes ojos almendrados. Su mandíbula estaba rígida, y un músculo se agitaba en su suave y oscura mejilla.

—Sí, tal vez tengas razón respecto a mí, Jenna —dijo por fin, dejando caer la foto sobre el almohadón del sofá. Cuando volvió a mirarla, su rostro estaba serio y solemne, como el de un consumado guerrero—. Nada de esto cambia el hecho de que yo soy responsable de ti. Lucan ordenó que mi deber fuera protegerte mientras estuvieras bajo la custodia de la Orden...

—¿Custodia? —lo interrumpió ella, pero él continuó hablando.

—Y eso significa que, te guste o no, lo apruebes o no, tengo algo que decir respecto a lo que haces o respecto a aquellos con los que contactas.

Ella se burló, indignada.

—Demonios que sí.

Él caminó hacia ella y se detuvo a unos tres pasos, succionando todo el aire de la habitación. Un calor reluciente iluminaba sus ojos. Su mirada feroz podía haberla acobardado, pero ella estaba demasiado indignada, y era a la vez demasiado consciente de la forma en que sus sentidos se despertaban anhelantes, a pesar de la ira que le hacía inclinar la barbilla hacia arriba. Cuando lo miró con rabia, buscando dentro de sí la actitud de resistencia que podía darle la fuerza para empujarlo con palabras duras o un irritante desafío, vio que la indignación la había abandonado.

Lo único que pudo hacer fue contener la respiración, una respiración superficial, pues le faltaba el aire. Él le pasó los dedos por una mejilla, con una caricia tierna y deslizante. Demoró el pulgar en sus labios, acariciándolos lentamente mientras sus ojos se hundían en ella por lo que pareció una eternidad.

Luego, tomó su rostro entre las palmas de las manos y la atrajo hacia él para darle un beso abrasador y demasiado breve.

Cuando la soltó, ella vio los destellos que brillaban en sus ojos, ahora ascuas ardientes. Sintió su pecho firme y cálido contra el de ella, y su erección presionando de manera atrevida e inconfundible contra su cadera. Ella retrocedió sobre sus tobillos, estupefacta, sintiendo una llamarada de deseo en sus venas.

—Puedes luchar contra mí todo lo que quieras respecto a esto, Jenna; no me importa. —Aunque sus palabras trataban de sonar prácticas, su voz grave vibraba a través de ella como si se avecinara una tormenta—. Tengo la obligación de protegerte y mantenerte a salvo, así que no te equivoques: si sales del recinto, lo harás conmigo.

Capítulo dieciocho

*B*rock tuvo éxito en su intento de acompañarla a la entrevista con el FBI en Nueva York.

Jenna ignoraba lo que había dicho para persuadir a Lucan, pero una hora más tarde esa mañana, en lugar de aparecer Renata para conducir el Range Rover negro de la Orden durante cuatro horas por una autopista desconocida de Boston a Manhattan, fue Jenna quien tuvo que ponerse detrás del volante, con el GPS en el tablero de mandos y Brock haciendo de copiloto desde la parte trasera del vehículo. Por su piel sensible a los rayos UV debía protegerse de la luz del día, así que no podía ir sentado junto a ella y mucho menos todavía conducir.

Aunque probablemente era inmaduro por parte de Jenna que esto le hiciera gracia, debía reconocer que le procuraba cierta satisfacción verlo desterrado contra su voluntad al asiento de atrás. No había olvidado su acusación acerca de su necesidad de estar siempre al mando, pero a juzgar por los impacientes avisos sobre la conducción y los comentarios que murmuraba sobre el plomo que parecía pesar sobre su pie, era evidente que ella no era la única que tenía problemas en ceder el control.

Y ahora, mientras estaban sentados en el interior de un garaje subterráneo al otro lado de la calle donde se hallaba la oficina del FBI de la ciudad de Nueva York, Brock continuaba dando órdenes desde el asiento trasero.

—Envíame un mensaje de texto en cuanto pases el control de seguridad. —Ella asintió con la cabeza y él continuó—: Cuando estés reunida con el agente envíame otro mensaje. Quiero mensajes de texto periódicos, que no pasen más de quince minutos entre ellos o entraré a buscarte.

Jenna, malhumorada, dejó escapar un suspiro de impaciencia y volvió la vista hacia él desde su asiento.

—Esto no es una fiesta de baile del colegio. Es una entrevista profesional en un edificio público. A menos que algo se salga totalmente de lo previsto, te enviaré un mensaje al entrar a la reunión y otro cuando se acabe.

Ella estaba segura de que él había fruncido el ceño detrás de sus gafas envolventes.

—Si no te lo vas a tomar en serio tendré que ir contigo.

—Me lo estoy tomando muy en serio —contestó ella—. ¿Y cómo piensas entrar en un edificio del Gobierno? Por favor. Estás cubierto de armas de la cabeza a los pies. Ni siquiera pasarías el control de seguridad de la puerta principal, eso suponiendo que la luz del día no te dejara frito primero.

—El control de seguridad no es un problema. No notarían más que una ráfaga de aire frío en la nuca cuando yo pasara.

Jenna se echó a reír.

—De acuerdo, ¿entonces qué? ¿Vas a estar merodeando en el pasillo mientras yo me reúno con el agente especial Cho?

—Haré lo que sea preciso —respondió, totalmente serio—. El ejercicio de esta reunión de información en última instancia corresponde a la Orden. Vas en busca de información para nosotros. Y sigue sin gustarme la idea de que entres allí sola.

Jenna volvió la cabeza para apartar la vista, molesta por el hecho de que Brock no pensara en ella como parte de la Orden también. Miró a través de la ventanilla la luz amarilla que titilaba en el garaje.

—Si tanto te preocupa que no pueda manejarme sola en esta reunión, tal vez deberías haber dejado que Renata viniera conmigo.

Se inclinó hacia delante, quitándose las gafas y colocándose entre los asientos para sujetarla por los hombros. Sus dedos fuertes la agarraron con firmeza, y sus ojos encendidos eran una mezcla de marrón intenso y un ámbar feroz. Pero al hablar, su voz sonó como terciopelo.

—Estoy preocupado, Jenna. Pero no tanto por la maldita reunión como por ti. Me tiene sin cuidado la reunión. No hay nada que podamos extraer de aquí que pueda importarme ni la mitad de lo que me importa asegurarme de que tú estés a salvo.

Renata no está aquí porque si alguien va a protegerte las espaldas ese alguien voy a ser yo.

Ella gruñó suavemente, medio sonriendo a pesar de estar tan irritada con él.

—Será mejor que tengas cuidado. Estás comenzando a sonarme como un compañero pelmazo.

Ella se refería a un compañero de patrulla, pero el comentario que pretendía ser irónico ahora había quedado suspendido entre ellos como una peligrosa insinuación. Una tensión pesada y silenciosa invadió el apretado espacio del vehículo mientras Brock le sostenía la mirada. Finalmente, él soltó un oscuro insulto y relajó la mirada. La mejilla le latía mientras la contemplaba durante un largo silencio.

Se echó hacia atrás, retirándose de la parte delantera del vehículo y acomodándose entre las sombras, detrás de ella.

—Simplemente mantenme informado, Jenna. ¿Puedes hacer eso por mí?

Ella dejó escapar la respiración que había estado conteniendo y buscó el tirador de la puerta del lado del conductor.

—Te enviaré un mensaje cuando esté dentro.

Sin esperar a oír la respuesta que él lanzaría, salió del vehículo y se dirigió a las oficinas del FBI, al otro lado de la calle.

El agente especial Phillip Cho no la hizo esperar más de cinco minutos en la zona de recepción del piso dieciocho. Jenna acababa de enviarle el mensaje de texto a Brock cuando el acicalado agente vestido con un traje negro y una corbata muy seria salió de su oficina para recibirla. Después de que Jenna rechazara una taza de café rancio, la hizo pasar por una zona de cabinas hasta llegar a la sala de conferencias del área central.

El agente Cho le señaló una silla giratoria en la mesa rectangular del centro de la habitación. Cerró la puerta tras él, y luego tomó asiento justo frente a ella. Sacó una libreta negra de cuero, la colocó delante de él y le sonrió educadamente.

—Entonces, ¿cuánto tiempo lleva retirada de las fuerzas de la ley, señora Darrow?

La pregunta la sorprendió. No solo por lo directa que era, sino sobre todo porque su amigo del FBI le había ofrecido mantener en secreto su condición civil. Claro que no era extraño que Cho hubiera hecho alguna investigación para preparar su reunión.

Jenna se aclaró la garganta.

—Hace cuatro años que me retiré. Por motivos personales.

Él asintió de manera comprensiva y ella se dio cuenta de que ya sabía la respuesta y también sus razones para dejar la policía.

—Debo admitir que me sorprendió descubrir que su investigación en Terra Global no era una investigación oficial —dijo él—. Si lo hubiera sabido, probablemente no habría accedido a esta reunión. Estoy seguro de que entiende que usar los recursos federales o del Estado para sus intereses personales es ilegal y puede acarrear severas consecuencias.

Jenna se encogió débilmente de hombros, sin estar dispuesta a dejarse acobardar con amenazas sobre procedimiento y protocolo. Ella misma había jugado esa carta demasiadas veces cuando llevaba una insignia y un uniforme.

—Lláмеme curiosa. Tenemos una compañía minera en el interior literalmente encendida en llamas… y nadie de la empresa se ha molestado en ofrecer ni tan siquiera una disculpa al pueblo. Habrá una factura de una suma infernal unida a la limpieza, y estoy segura de que la ciudad de Harmony agradecerá saber adónde enviarla.

Debajo de la inhóspita luz de las lámparas fluorescentes, la mirada imperturbable de Cho le hizo sentir un extraño zumbido en las venas.

—Entonces su interés por el asunto se debe principalmente a su preocupación como ciudadana. ¿La estoy entendiendo correctamente, señora Darrow?

—Eso es. Y la policía que hay en mí no puede evitar preguntarse qué tipo de directores son empleados por una empresa tan oscura como Terra Global Asociados. Nada más que fantasmas y espíritus, por lo que he podido descubrir.

Cho gruñó, todavía clavando en ella esa incómoda mirada desde el otro lado de la mesa.

—¿Qué es exactamente lo que ha descubierto, señora Darrow? Estaré muy interesado en oír más.

Jenna bajó la barbilla y afiló la mirada.

—¿Espera usted que comparta información mientras está ahí sentado sin darme absolutamente nada a cambio? Eso no va a ocurrir. Usted primero, agente especial Cho. ¿Cuál es su interés en Terra Global?

Él se echó hacia atrás en la silla, apartándose de la mesa, y extendió los dedos sobre su delgada sonrisa.

—Me temo que esa es información confidencial.

Su aire de rechazo era inconfundible, pero ella no estaba dispuesta a haber hecho el largo camino hasta la reunión solo para toparse con las evasivas de un engreído trajeado que parecía disfrutar del hecho de ponerla nerviosa. Y cuanto más lo miraba más le ponía los pelos de punta su rostro inexpresivo.

Esforzándose por ignorar su propia incomodidad, Jenna intentó una táctica más conciliadora.

—Escuche, yo lo entiendo. Usted está obligado a darme la respuesta oficial. Solo esperaba que siendo dos profesionales pudiéramos ayudarnos un poco el uno al otro.

—Señora Darrow, yo solo veo a un profesional ante esta mesa. E incluso aunque siguiera usted afiliada a las fuerzas de la ley, no podría darle información acerca de Terra Global.

—Vamos —respondió ella, con frustración creciente—. Deme un nombre. Solo un nombre, una dirección. Cualquier cosa.

—¿Cuándo salió exactamente de Alaska, señora Darrow? —preguntó él distraídamente, ignorando su pregunta y ladeando la cabeza en un extraño ángulo como si la estuviera estudiando—. ¿Tiene allí amigos? ¿Familia, tal vez?

Ella se burló y sacudió la cabeza.

—¿No piensa darme ni un maldito dato, verdad? Solo aceptó reunirse conmigo porque creyó que podría sonsacarme algo útil para sus propios intereses.

Que él no respondiera ya decía suficiente. Abrió su libreta de cuero y comenzó a tomar algunas notas en el papel amarillo. Jenna permaneció allí sentada un momento, contemplándolo, sintiendo en los huesos que ese reservado y peculiar agente federal tenía todas las respuestas que ella y la Orden necesitaban tan desesperadamente para detener a Dragos.

—Está bien —dijo ella, imaginándose que era el momento

de jugar la única carta que le quedaba en la mano—. Puesto que usted no me da ningún nombre, yo sí voy a darle uno: Gordon Fasso.

La mano de Cho se detuvo a la mitad de lo que estaba escribiendo. Esa fue la única indicación de que el nombre significaba algo para él. Cuando alzó la vista, su expresión era igual de insulsa, con esos ojos apagados que no revelaban absolutamente nada.

—¿Disculpe?

—Gordon Fasso —dijo ella, repitiendo el alias que, según le habían dicho, usaba Dragos cuando se movía en la sociedad humana. Observó el rostro de Cho, tratando, infructuosamente, de leer su reacción en su impenetrable mirada de tiburón—. ¿Ha oído usted antes ese nombre?

—No. —Dejó el bolígrafo y cuidadosamente le colocó el tapón—. ¿Debería?

Jenna lo miró fijamente, evaluando las cuidadosas palabras y la forma despreocupada en que se echaba atrás en la silla.

—Yo diría que si ha estado investigando en Terra Global debería haberse topado con ese nombre algunas veces.

La boca de Cho era una línea seria.

—Lo siento. No lo recuerdo.

—¿Está seguro? —Ella esperó durante su prolongado silencio, manteniendo los ojos fijos en su mirada oscura aunque solo fuera para hacerle saber que ella podía ser igual de tozuda en aquel aparente punto muerto.

La táctica pareció funcionar. Cho soltó un suspiro lento y luego se levantó de su asiento.

—Hay otro agente en esta oficina que está llevando la investigación conmigo. ¿Me disculparía un momento si voy a consultarle algo sobre esto?

—Por supuesto que sí —dijo Jenna, relajándose un poco. Tal vez acabara consiguiendo algo.

Cuando Cho salió de la habitación, tuvo la oportunidad de enviar otro mensaje de texto rápido a Brock: «Tengo algo. Bajaré pronto».

En cuanto acabó de enviarlo, Cho reapareció en el umbral de la puerta.

—Señora Darrow, ¿podría venir conmigo, por favor?

Ella se levantó y lo siguió a lo largo de un pasillo con cabinas alineadas a los lados, pasando por delante de las cabezas de numerosos agentes que clavaban los ojos en las pantallas de sus ordenadores o hablaban en voz baja por teléfono. Cho continuó hacia una serie de oficinas traseras que había al final de ese piso. Giró a la derecha al final del pasillo y pasaron junto a numerosas puertas con placas con inscripciones del estado y designaciones departamentales.

Finalmente, se detuvo ante una puerta que daba al hueco de una escalera y pasó su placa de identidad por la ranura de un lector electrónico. Cuando la pequeña luz pasó de roja a verde, el agente empujó la puerta de acero y la mantuvo abierta para que ella pasara.

—Por aquí, por favor. El destacamento especial tiene la sede central en otro piso.

Por un instante, algo oscuro parpadeó en su inconsciente... una alarma silenciosa que parecía venir de ninguna parte. Ella vaciló, clavando la mirada en los ojos impenetrables de Cho.

Él ladeó la cabeza y frunció el ceño ligeramente.

—¿Señora Darrow?

Ella miró alrededor, recordándose que se encontraba en un edificio gubernamental, con unas cien personas trabajando en sus oficinas. No había razón para sentirse amenazada, se aseguró, mientras uno de esos empleados salía de una oficina cercana. El hombre iba vestido con un traje de negocios oscuro y corbata, acicalado y profesional, al igual que Cho y el resto de personas del departamento.

El hombre saludó con la cabeza al acercarse a la escalera.

—Agente especial Cho —dijo con una sonrisa educada que dirigió a Jenna un momento más tarde.

—Buenas tardes, agente especial Green —respondió Cho, permitiendo que el otro hombre caminara delante de ellos y atravesara la puerta—. ¿Vamos, señora Darrow?

Jenna se sacudió la extraña inquietud y pasó junto a Cho. Él la siguió inmediatamente detrás. La puerta de la escalera se cerró con un sonido metálico que hizo eco en el recinto vacío.

Y de pronto, allí estaba el otro hombre, Green, dándose la vuelta y dejándola acorralada entre los dos. Sus ojos también eran sobrecogedores. De cerca parecían tan apagados y carentes de emoción como los de Cho durante la entrevista.

La adrenalina se disparó en sus venas. Abrió la boca, dispuesta a soltar un grito.

Pero no alcanzó a tener la oportunidad.

Sintió algo frío y metálico debajo de la oreja. Sabía que no era un revólver, incluso antes de oír el crujido electrónico que se oyó al encender la poderosa pistola eléctrica.

El pánico inundó sus sentidos. Trató de sobreponerse a la corriente debilitante, pero era demasiado fuerte. Un dolor feroz la aniquiló, zumbando en sus oídos como un millón de abejas. Se convulsionó ante el asalto… hasta que las piernas le fallaron y la hicieron caer.

—Cógela de las piernas —oyó que Cho le decía al otro hombre mientras él la sujetaba por debajo de las axilas—. Vamos a llevarla al ascensor de mercancías. Mi coche está aparcado al otro lado de la calle en el garaje. Podemos tomar el túnel desde el sótano.

Jenna no tenía fuerzas para liberarse de ellos, ni voz para pedir ayuda. Sintió cómo cargaban su cuerpo por un par de tramos de las escaleras.

Luego perdió completamente la conciencia.

Estaba tardando demasiado.

Brock comprobó su teléfono móvil y leyó otra vez el mensaje de texto de Jenna. Decía que volvería pronto, pero hacía ya más de quince minutos que había enviado el mensaje. Y no había ningún rastro de ella. No había más mensajes de texto diciendo que se retrasaba.

—Mierda —dijo apretando los dientes desde la parte trasera del Rover.

Miró por la ventanilla de atrás, hacia la entrada abierta del garaje subterráneo y el brillo cegador de la tarde invernal. Jenna estaba en el edificio del otro lado de la calle. Tal vez tan solo a unos cientos de metros de donde él se hallaba sentado, pero, con la luz del día separándolos, era como si estuviera a kilómetros de allí.

Envió un breve mensaje de texto: «Informa. ¿Dónde estás?» Luego siguió esperando con impaciencia, todo el tiempo manteniendo los ojos atentos a la corriente de gente que entraba y salía del edificio federal, a la espera de verla aparecer.

—Vamos, Jenna. Sal de ahí de una vez.

Después de unos pocos minutos más sin una respuesta ni una señal de ella al otro lado de la calle, no podía seguir sentado allí sin hacer nada. Había cogido ropa protectora de los rayos UVA antes de salir del recinto esa mañana, una precaución que le concedería un poco más de tiempo si cometía la locura de abandonar el coche y cruzar al otro lado de la calle tal como estaba pensando. También tenía el linaje de su parte. Si fuera un vampiro de la primera generación, probablemente tendría como mucho diez minutos antes de que el sol comenzara a calcinarlo, con o sin traje protector.

Brock, considerando que lo separaban varias generaciones de los linajes más puros de la estirpe, podía contar con una media hora para exponerse a los rayos UVA sin consecuencias fatales. Era un riesgo que ninguno de los de su raza podía tomar a la ligera. Él tampoco, pero abrió la puerta trasera del vehículo y salió.

Algo no iba bien con Jenna y esa reunión. Aunque únicamente contaba con sus propios instintos para guiarse —y con el nudo de terror que sentía en el estómago por haber permitido que una mujer inocente se expusiera a un potencial peligro—, no podía quedarse allí un solo segundo más sin asegurarse de que Jenna estaba bien. Aunque para ello tuviera que caminar a la luz del día y pasar ante un ejército de agentes federales.

Se puso un par de guantes y una capucha que lo cubría hasta la frente. Las gafas envolventes a prueba de rayos UVA protegían sus retinas, que ya le ardían, mientras caminaba por el mar de vehículos aparcados hacia el chorro de luz que entraba por las fauces abiertas de la entrada del garaje.

Preparándose para el golpe que sufriría al exponerse a la furiosa luz del día, puso la vista en el edificio federal del otro lado de la calle y abandonó el refugio del garaje.

Capítulo diecinueve

*R*ecobró la conciencia en forma de un dolor sordo que le atravesaba todo el cuerpo. Sus reflejos respondieron enseguida, como si un interruptor se hubiera encendido en su interior. El instinto de despertarse pateando y gritando era fuerte, pero lo contuvo. Sería mejor fingir que aún seguía noqueada por el efecto de la descarga hasta que pudiera valorar la situación.

Mantuvo los párpados abiertos tan solo una fracción para evitar revelar a sus captores que estaba despierta. Tenía toda la intención de luchar contra esos cabrones, pero primero tenía que orientarse. Determinar dónde estaba y cómo podría salir de allí.

La primera parte fue bastante fácil. El olor del asiento de cuero y la alfombra mohosa le indicaron que estaba en la parte trasera de un vehículo, tumbada de lado, con la espalda apoyada contra el acolchado asiento trasero reclinable. Aunque el motor estaba en marcha, el coche todavía no se movía. Estaba oscuro dentro del coche, salvo por el parpadeo de una tenue luz amarilla chisporroteando a través del vidrio teñido de la ventanilla más cercana a su cabeza.

«Dios bendito.»

Una esperanza se encendió en su interior, brillante y fuerte. La habían llevado al garaje situado al otro lado de la calle, frente al edificio estatal.

El garaje donde Brock la estaba esperando.

¿Sabría lo que le había ocurrido?

Pero rechazó aquel pensamiento tan pronto como le vino. Si Brock supiera que ella tenía problemas, ya estaría allí. Sabía eso con una certeza que la estremecía. Él jamás dejaría que le hicieran daño si podía evitarlo. Así que no podía saber que ella estaba allí, apenas a unos metros del Rover negro de la Orden.

Por ahora, a menos que ella encontrara una manera de llamar su atención, se hallaba sola.

Abrió los párpados un poco más y vio que sus secuestradores iban sentados delante: Cho, detrás del volante del Crown Victoria; Green, en el asiento del copiloto, con el cañón de su Glock 23 reglamentaria del FBI apuntando por encima del asiento directamente hacia su pecho.

—Sí, amo, tenemos ahora mismo a la mujer en el vehículo —dijo Cho, hablando por un teléfono en modo manos libres—. No, no ha habido complicaciones. Por supuesto, amo. Lo entiendo, la quiere con vida. Contactaré con usted en cuanto la tengamos segura en el almacén a la espera de su llegada esta noche.

¿Amo? ¿Qué demonios...?

Sintió el miedo resbalando por su columna mientras escuchaba la obediencia robótica del extraño tono de voz de Cho. Incluso sin aquel extraño y servil intercambio, ella sabía que si permitía que esos hombres la llevaran a otra parte le esperaba la muerte. O quizás algo peor, si es que servían al peligroso individuo que le indicaban sus instintos.

Cho terminó la llamada y dio marcha atrás con el coche.

Esa era su oportunidad... tenía que actuar justo ahora.

Jenna se movió cuidadosamente en el asiento, llevando las rodillas hacia su pecho sin hacer ruido. Ignorando la débil punzada de dolor en la pierna, continuó encogiendo las piernas lentamente, hasta que sus pies quedaron en la separación entre los dos asientos de delante. Una vez alineada, no vaciló en golpear.

Pateó con los dos pies, golpeando con el de la derecha un lado de la cabeza de Green y con el de la izquierda el hombro del brazo con que sostenía el arma. Green rugió, llevando la barbilla hacia arriba mientras la mano que sostenía la Glock caía hacia el suelo del vehículo. El disparo se oyó con fuerza dentro del coche a través de la tapicería y el acero que había sobre sus cabezas.

En medio del caos del ataque sorpresa, el pie de Cho apretó con fuerza el acelerador. El coche chocó contra una columna de cemento que había detrás, pero Cho recuperó rápidamente el control. Puso en marcha el vehículo y pisó el acelerador del nuevo. Los neumáticos chirriaron mientras el coche salía dando bandazos.

«¿Dónde demonios está Brock?»

Jenna tocó el tirador de la puerta de atrás. Cerrada. Dio una patada a la puerta del otro lado atravesando el cristal de la ventanilla con el tacón de sus botas. Pedazos de cristal cayeron sobre sus piernas y el asiento de cuero. Entró una ráfaga de aire frío, con el hedor de aceite de motor y de la comida frita de la charcutería que había justo en la esquina.

Jenna gateó hacia el hueco de la ventanilla, pero tuvo que parar cuando Green se dio la vuelta y puso el cañón de su pistola contra su cabeza.

—Siente ese jodido culo y compórtese, señora Darrow —dijo en un tono agradable—. No irá a ninguna parte hasta que lo diga el amo.

Jenna se apartó lentamente de la Glock cargada y clavó la mirada en los ojos vacíos y escalofriantes del agente especial Green.

Ya no le cabía ninguna duda. Esos agentes del FBI —esos seres que parecían hombres y actuaban como tales pero sin serlo del todo— formaban parte de la organización de Dragos. Dios santo, ¿hasta dónde se extendía su alcance?

La pregunta le hizo sentir un nudo de miedo en el estómago mientras Cho alejaba el vehículo del garaje y se adentraba en el congestionado tráfico de la tarde.

Brock había cruzado la calle soleada en pocos segundos, usando la velocidad genética de la estirpe para moverse a plena luz del día hasta la puerta del alto edificio estatal. Estaba a punto de entrar y pasar el acceso de seguridad con otra carrera, cuando su afilado oído captó el sonido amortiguado de un disparo a cierta distancia detrás de él.

Procedía del garaje.

Lo supo incluso antes de oír el crujido de metal triturado y el chirrido estridente de los neumáticos derrapando en el pavimento.

«Jenna.»

Aunque no tuviera un lazo de sangre con ella que lo alertara de que corría peligro, sintió en el estómago la certeza de que así era. Ya no estaba en el edificio federal, sino de vuelta en el garaje, tras haber atravesado de nuevo la calle soleada.

Algo había ido terriblemente mal, y tenía que ver con Terra Global y con Dragos.

Tan pronto como acababa de formular esa idea, un Crown Vic gris sin matrícula salió a toda prisa del garaje. Mientras el vehículo se alejaba, vio a dos hombres en los asientos delanteros. El que ocupaba el asiento del copiloto estaba mirando hacia un ocupante de la parte trasera.

No, no eran hombres... sino secuaces.

Y Jenna estaba en el asiento trasero, sentada inmóvil, a punta de pistola.

Una oleada de furia lo inundó como una marea. Con la vista pegada en el coche que llevaba a Jenna, atravesó la multitud de humanos que abarrotaban la calle, moviéndose tan rápido que nadie podía captar su rastro.

Saltó por encima del capó de un taxi parado junto al bordillo, y luego esquivó un camión de transportes que apareció de no se sabe dónde y lo hubiera atropellado de no estar provisto de las habilidades de la estirpe y el impulso del miedo a lo que podría ocurrirle a Jenna si no llegaba a tiempo.

Con el corazón martilleándole, corrió hacia el garaje y se subió al Rover de un salto.

Dos segundos más tarde, salió disparado con el coche, desafiando los rayos ultravioletas que se colaban a través del parabrisas mientras se precipitaba en la dirección de Jenna, suplicando que pudiera alcanzarla antes de que la maldad de Dragos o el calcinante sol de la tarde lo impidieran, costándole la vida a la mujer que quería proteger.

A su mujer, pensó con ferocidad, mientras apretaba el acelerador y se lanzaba a perseguirla.

Capítulo veinte

*E*l agente especial Green —o quienquiera que fuese realmente— continuó apuntándola con mano firme mientras el coche serpenteaba y daba bandazos a través del congestionado tráfico de Nueva York. Jenna no tenía ni idea de dónde la llevaban. Solo podía imaginar que se trataba de un lugar en las afueras de la ciudad ya que iban dejando el laberinto de rascacielos detrás y se dirigían hacia un puente suspendido de estilo gótico que cruzaba el ancho río.

Jenna iba apoyada contra el respaldo del asiento, empujada hacia atrás y hacia delante con cada sacudida y aceleración. En un momento en que el coche adelantó a otro vehículo que iba más lento, ella perdió el equilibrio y en el balanceo pudo echar un vistazo al espejo retrovisor.

Un Range Rover negro se iba acercando a ellos, tan solo unos coches por detrás.

El corazón le dio un vuelco.

Tenía que ser Brock.

Pero en ese mismo instante, deseó que no fuera él. No podía ser… estaría loco si se arriesgaba. El sol era todavía una gigantesca bola de fuego en el frío cielo del oeste y faltaban al menos dos horas para que se pusiera. Conducir a plena luz del día sería un suicidio para alguien de la raza de Brock.

Pero sí, era él.

Cuando el sedán hizo otro movimiento hacia un lado del carril y Jenna pudo volver a mirar el espejo, reconoció la rígida mandíbula de Brock a pesar de la distancia que los separaba. Aunque llevaba las gafas de sol envolventes, las lentes opacas no eran lo bastante densas como para ocultar el feroz brillo ámbar de sus ojos.

Brock iba tras ellos, poseído por una furia letal.

—Hijo de puta —murmuró Green, mirando por encima de la cabeza de ella a través de la ventanilla trasera—. Nos siguen.

—¿Estás seguro? —preguntó Cho, aprovechando la oportunidad para adelantar a otro coche mientras se acercaban al final del puente.

—Estoy seguro —respondió Green. Una nota de incomodidad había aparecido en su rostro hasta entonces inexpresivo—. Es un vampiro. Uno de los guerreros.

Cho aceleró el vehículo.

—Informa al amo de que casi hemos llegado al lugar. Pregúntale cómo debemos proceder.

Green asintió y, sin dejar de apuntar a Jenna, sacó un teléfono móvil del bolsillo y apretó una única tecla. Se oyó el sonido de la llamada por el altavoz y luego la voz de Dragos.

—¿Situación?

—Estamos cerca de los muelles de carga, amo, como usted instruyó. Pero no estamos solos. —Green hablaba precipitadamente, como si sintiera la molestia de que los estaban siguiendo—. Alguien nos sigue por el puente. Es de la estirpe. Un guerrero de la Orden.

Jenna sintió no poca satisfacción ante el violento insulto que oyó explotar al otro lado del teléfono. Por más escalofriante que fuera para ella oír la voz del odiado enemigo de la Orden, era gratificante saber que temía a los guerreros. Como debería ser.

—Perdedlo —gruñó Dragos, con una voz que era puro veneno.

—Está justo detrás de nosotros —dijo Cho, mirando nerviosamente por el espejo retrovisor mientras tomaban la carretera que seguía por el muelle hacia la zona industrial—. Solo nos separa de él un coche ahora mismo y va ganando terreno. No creo que podamos librarnos de él a estas alturas.

Dragos rugió otro insulto, más salvaje que el de antes.

—Muy bien —dijo luego en un tono llano—. Entonces abortemos la operación. Matad a la perra y salid de allí. Tirad su cadáver a los muelles o dejadlo en la calle, me da lo mismo. Pero no permitáis que ese condenado vampiro se acerque a vosotros. ¿Entendido?

Green y Cho intercambiaron una breve mirada de reconocimiento.

—Sí, amo —replicó Green, terminando la llamada.

Cho dio un giro brusco hacia la izquierda de la carretera y entró en un terreno de aparcamiento junto al agua. Había grandes camiones de mercancías y furgones con cajas que habían dejado manchas de hielo en el pavimento agrietado. Y cerca de la orilla del río varios almacenes, a donde Cho parecía dirigirse a atropellada velocidad.

Green la apuntó con el arma, de modo que ella pudo contemplar el agujero del cañón por donde pronto saldría la bala destinada a su cabeza. Sintió una oleada de poder surgiendo en sus venas, algo mucho más intenso que la adrenalina, mientras todo parecía suceder a cámara lenta.

El dedo de Green apretó el gatillo. Hubo un suave chirrido metálico mientras los mecanismos del arma se ponían en acción como a través de la espesa niebla de un sueño.

Jenna oyó la explosión de la bala saliendo de su cámara. Olió el fuerte aroma de la pólvora y el humo. Y vio un temblor de energía provocando ondas en el aire mientras el arma disparaba.

Esquivó la bala. No supo cómo lo consiguió ni cómo era posible que ella pudiera esquivar una bala mientras Green le disparaba. Solo supo escuchar sus instintos, por muy sobrenaturales que parecieran.

Se colocó detrás del asiento de Green y le desgarró el brazo, rompiendo el hueso con sus propias manos. Él gritó de dolor. La pistola se disparó, esta vez de manera incontrolada.

Le dio a Cho a un lado del cráneo, matándolo instantáneamente.

El sedán cambió de dirección y se aceleró por el peso muerto del pie de Cho sobre el pedal. Chocaron contra la esquina de un oxidado contenedor de mercancías, y el Crown Vic cayó de lado dando una vuelta de campana sobre la nieve y el hielo.

Jenna se golpeó contra el techo del coche mientras este caía dando tumbos, al tiempo que se rompían los vidrios de las ventanillas y se desplegaban los airbags. Todo su mundo se sacudió violentamente, una y otra vez, hasta que finalmente todo se detuvo con una violenta sacudida que dejó el coche del revés sobre el pavimento.

Dios bendito.

Brock se metió en el terreno industrial y pisó los frenos, observando con una mezcla de rabia y horror cómo el Crown Victoria golpeaba contra un lado de un vagón de mercancías y empezaba a dar vueltas sobre el pavimento cubierto de hielo.

—¡Jenna! —gritó, dejando el Rover aparcado y saltando por la puerta abierta.

Ya había sido horrible soportar la luz del día en el interior del vehículo, pero fuera era más que infernal. Apenas podía ver a través de la bruma de cegadora luz blanca mientras corría sobre el hielo y el asfalto agrietado hacia el sedán dando vueltas. Las ruedas del coche todavía giraban, el motor estaba en marcha y arrojaba humo y vapor en el aire helado.

Mientras se acercaba oyó gruñir a Jenna, luchando en el interior del vehículo. El primer instinto de Brock fue agarrar el vehículo y darle la vuelta, pero no podía saber si eso la dañaría más a ella, y no era un riesgo que quisiera correr.

—Jenna, estoy aquí —dijo. Luego llegó hasta ella y arrancó de sus bisagras la puerta del acompañante. La tiró al suelo y se puso en cuclillas para mirar en el machacado interior del vehículo.

Ah, Dios.

Había sangre por todas partes, y el hedor de las células rojas muertas combinado con el humo de la gasolina y del aceite goteando perforaban sus sentidos a través de la niebla abrasada por el sol. Miró más allá del cadáver del conductor, cuya cabeza estaba abierta por una herida de bala. Toda la atención de Brock se concentró en Jenna.

El techo del sedán estaba torcido y machacado, dejando solo un pequeño espacio para ella y el otro hombre, que luchaba por agarrarse a las piernas de Jenna. Ella luchaba contra él con un pie mientras intentaba abrirse camino hasta la ventanilla más cercana. El humano abandonó su lucha tan pronto como su mirada se deslizó hacia Brock. Soltó el tobillo de Jenna y retrocedió para arrastrarse hacia el agujero que había en el parabrisas.

—Secuaz —ladró Brock, con un profundo sentimiento de

odio hacia esa mente esclava que hacía bullir su sangre todavía con más furia.

Esos dos hombres eran definitivamente los leales perros de caza de Dragos. Apenas quedaba en ellos la sangre estrictamente necesaria para seguir con vida y servirían a Dragos en cualquier cosa que él requiriese, obedeciéndolo hasta su último aliento. Brock quería encargarse personalmente de procurarle al humano ese final. Matarlo con sus propias manos.

Maldita sea que lo haría, pero no hasta asegurarse de que Jenna estuviera a salvo.

—¿Estás bien? —le preguntó, quitándose los guantes de cuero con los dientes y tirándolos a un lado para poder tocarla. Pasó los dedos por su pálido y bello rostro, y luego se acercó para cogerla en brazos—. Vamos, te sacaré de aquí.

Ella sacudió la cabeza con firmeza.

—Estoy bien, pero mi pierna está atrapada entre los asientos. Ve tras él, Brock. ¡Ese hombre trabaja con Dragos!

—Lo sé —dijo él—. Es un secuaz, y él no importa, pero tú sí. Sujétate a mí, cariño. Voy a sacarte de aquí.

Algo metálico provocó un chasquido fuera del coche. El ruido fuerte hizo eco y se oyó otro.

Disparos.

Los ojos de Jenna se encontraron con los de él a través del humo de los gases que se acumulaban dentro del coche.

—Debe de tener otro revólver con él. Nos está disparando.

Brock no respondió. Sabía que el secuaz no estaba tratando de dispararles a ellos a través de todo el metal y maquinaria del vehículo. Disparaba contra el propio coche.

Trataba de crear la chispa que prendería fuego al tanque de gasolina.

—Sujétate a mí —le dijo a ella, colocando una mano contra su espalda mientras con la otra manipulaba los asientos donde Jenna estaba atrapada. Dejando escapar un gruñido grave, los arrancó hasta dejarlos sueltos.

—Ya estoy fuera —dijo ella, gateando para liberarse.

Otra bala golpeó el coche. Brock oyó un grito ahogado antinatural ahí fuera y notó una ráfaga de aire que precedió al repentino hedor de denso humo negro y al calor que indicaba que el secuaz finalmente había conseguido su objetivo.

—¡Vamos! —dijo, agarrando la mano de Jenna.

Él la sacó del vehículo, y ambos se tumbaron sobre el pavimento. Una columna de fuego irrumpió del coche volcado cuando explotó el tanque de gasolina, haciendo temblar la tierra debajo de ellos. El secuaz continuó disparando, y las balas silbaron peligrosamente cerca.

Brock cubrió el cuerpo de Jenna con el suyo mientras agarraba una de las pistolas semiautomáticas que guardaba en su cinturón. Se puso de rodillas, preparado para disparar… solo para darse cuenta de que las gafas de sol se le habían caído al salir del coche. Entre la pared de calor, el humo que se alzaba en espiral y la abrasadora luz del día, su visión era totalmente nula.

—Mierda —silbó, pasándose una mano por los ojos, esforzándose por ver a pesar del dolor de su visión abrasada. Jenna se movía debajo de él, liberándose del escudo de su cuerpo. Él trató de alcanzarla, agitando la mano a ciegas y sintiéndola vacía—. ¡Jenna, maldita sea! ¡Estate quieta!

Pero ella no se quedó quieta. Le quitó la pistola de la mano y abrió fuego, un rápido puñado de balas que sonaron con fuerza por encima del rugido de las llamas y el metal que ardía junto a ellos. Al otro lado del terreno, el secuaz dio un grito agudo, y luego se hizo el silencio.

—Ya te tengo, malnacido —dijo Jenna. Un instante después, Brock envolvió sus dedos con los suyos—. Está muerto. Y tú te estás calcinando. Vamos, salgamos de este sitio infernal.

Brock corrió junto a ella de la mano por el terreno abierto, hasta llegar al Rover. Por mucho que su orgullo lo impulsara a decir que estaba bien para conducir, sabía que no debía ni siquiera intentarlo. Ella lo empujó hacia la parte trasera del vehículo, y luego saltó detrás del volante. En la distancia, se oyó el aullido de sirenas de la policía, las autoridades humanas que no dudaban en responder al aparente accidente que había habido junto a los muelles.

—Sujétate —dijo Jenna, encendiendo el motor del coche.

Ella parecía no inmutarse por nada; permanecía fría y serena, totalmente profesional. Y él no había visto nada tan excitante en todos aquellos años. Brock se acostó contra el cuero frío del asiento, agradeciendo el hecho de tenerla a su lado mientras ella pisaba el acelerador y se alejaban de aquel escenario.

Capítulo veintiuno

El viaje de regreso a Boston les había llevado casi cuatro horas, pero el corazón de Jenna todavía estaba acelerado y su preocupación por Brock no había disminuido cuando hizo entrar el todoterreno a través de las verjas del recinto y lo dirigió hacia el hangar de vehículos que había en la parte trasera de la finca privada de la Orden.

—Ya estamos aquí —dijo, al tiempo que aparcaba el vehículo dentro del amplio garaje y apagaba el motor.

Miró por el espejo retrovisor, comprobando el estado de Brock por milésima vez desde que habían salido de Nueva York. Él había estado quieto en el asiento trasero del todoterreno la mayor parte del viaje, a pesar de moverse con evidente dolor mientras trataba de recuperarse de los efectos de la exposición a los rayos ultravioletas.

Ella se dio la vuelta en su asiento para mirarlo más de cerca.

—¿Te pondrás bien?

—Sobreviviré. —Sus ojos se encontraron con los de ella a través de la oscuridad, y su ancha boca se curvó esbozando una mueca de dolor, más que una sonrisa. Trató de enderezarse en el asiento, gruñendo por el esfuerzo.

—Quédate ahí. Deja que te ayude.

Pasó al asiento trasero antes de que él pudiera decirle que prefería arreglárselas por su cuenta. La miró con un silencio largo y significativo, directamente a los ojos. Todo el aire pareció abandonar el espacio que había entre ellos. También pareció abandonar los pulmones de Jenna, el alivio y la preocupación colisionaban en su interior mientras contemplaba el atractivo rostro de Brock. Las graves quemaduras que había en su frente, sus mejillas y su nariz unas horas antes prácticamente habían desaparecido. Sus ojos oscuros todavía estaban húmedos y lagrimosos, pero ya no seguían enrojecidos e hinchados.

—Oh, Dios —susurró ella, sintiendo que la emoción se disparaba y la inundaba—. Estaba tan asustada, Brock. No tienes ni idea de cuánto.

—¿Asustada tú? —Él le pasó la mano tiernamente por un lado del rostro. Sus labios se curvaron y sacudió débilmente la cabeza—. Te vi hoy en acción. No creo que nada pueda realmente asustarte.

Ella frunció el ceño, reviviendo el momento en que se dio cuenta de que él iba tras ella en el todoterreno, sentado detrás del volante a plena luz del día. Pero la preocupación por él había aumentado hasta convertirse en algo cercano al terror cuando, después de que el coche sufriera el accidente, Brock se acercó hacia allí, completamente expuesto a los letales rayos UVA, para poder ayudarla. Incluso ahora ella seguía sobrecogida por lo que él había hecho.

—Arriesgaste tu vida por mí —susurró, apoyando la mejilla en la suave palma de su mano—. Te arriesgaste demasiado.

Él se incorporó en el asiento, y le cogió la cara entre las dos manos. Su mirada era solemne, y también muy seria.

—Hoy hemos sido compañeros. Y si me lo preguntas, te diré que formamos un equipo condenadamente bueno.

Ella sonrió a pesar de todo.

—Tuviste que salvarme el trasero… de nuevo. Como compañeros, odio tener que decírtelo, pero tú te llevas la peor parte del trato.

—No. Para nada. —Brock la miró a los ojos con una intensidad que parecía llegar directamente al centro de su ser. Le acarició la mejilla, y le pasó el dedo pulgar por los labios—. Y para que conste en acta, eres tú quien me salvó el pellejo. Si ese secuaz no hubiera sido capaz de matarnos a los dos o a uno de nosotros, habría sido la luz del sol la que hubiera acabado conmigo. Nos salvaste a los dos, Jenna. Maldita sea, eres increíble.

Cuando ella separó los labios para negarlo, él se movió y la besó. Jenna se derritió, perdiéndose en la cálida caricia de la boca de Brock en la suya. La atracción que sentía por él no se había extinguido ni un poco desde que estuvieron juntos en la cama, pero ahora había algo todavía más poderoso detrás del aumento de temperatura que llameaba en su interior. Él le importaba, realmente le importaba, y la conciencia de lo que estaba sintiendo la tomó totalmente por sorpresa.

No estaba previsto que fuera así. No estaba previsto que sintiera un vínculo tan fuerte con él, sobre todo teniendo en cuenta que Brock había aclarado que no quería complicar las cosas con emociones o con la expectativa de una relación. Pero cuando él interrumpió el beso y la miró a los ojos, ella pudo advertir que él también estaba sintiendo más de lo que esperaba. Había mucho más que deseo parpadeando en la luz ámbar de sus absorbentes ojos marrones.

—Cuando vi a esos secuaces conduciendo contigo en el interior del coche, Jenna... —las palabras se extinguieron. Soltó un insulto y la atrajo hacia él, estrechándola contra su pecho durante un largo momento. Hundió la cara en la curva de su cuello y de su hombro—. Cuando los vi contigo, me dije que te había fallado. No sé qué hubiera hecho si te hubiese ocurrido algo.

—Estoy aquí —dijo ella, acariciándole suavemente la espalda fuerte y la cabeza inclinada.

—No me has fallado en absoluto. Estoy aquí, Brock, gracias a ti.

Él la besó de nuevo, más profundamente esta vez, uniendo su boca a la de ella sin prisas. Sus manos se movían con delicadeza entre su pelo, sobre sus hombros y su columna. Ella se sentía tan protegida en sus brazos, tan pequeña y femenina contra su inmenso pecho de guerrero y sus gruesos brazos musculosos.

Y le gustaba la sensación. Le gustaba que él la hiciera sentirse a salvo y femenina, de una forma que nunca antes había sentido, ni siquiera con su marido.

«Mitch. Oh, Dios...»

Al pensar en él sintió una opresión en el corazón. No por dolor o por añoranza, sino porque Brock la estaba besando y abrazando, haciéndola sentirse digna de su afecto, cuando ella en realidad no se lo había dicho todo.

Puede que él sintiera algo diferente si supiera que habían sido sus propias acciones las que provocaron el accidente que mató a su marido y a su hija.

—¿Qué ocurre? —preguntó Brock, detectando sin duda el cambio que acababa de operarse en ella—. ¿Qué te pasa?

Ella se deshizo de su abrazo y apartó la vista de él, sabiendo que era demasiado tarde para fingir que todo estaba bien. Brock la continuaba acariciando con ternura, esperando que ella le contara qué era lo que la turbaba.

—Tenías razón respecto a mí —murmuró ella—. Dijiste que tengo problemas con la necesidad de control, y tenías razón.

Él articuló un sonido displicente con el fondo de la garganta y le levantó la cara para mirarla.

—Nada de eso importa.

—Sí importa —insistió ella—. Importó hoy e importó también cuatro años atrás, en Alaska.

—Estás hablando de cuando perdiste a Mitch y a Libby —dijo él, más en tono de afirmación que de pregunta—. ¿Crees que de alguna manera eres culpable de eso?

—Sé que lo soy. —Un sollozo trepó por el fondo de su garganta, pero ella lo retuvo—. El accidente no habría ocurrido si yo no hubiera insistido en conducir hasta casa ese día.

—Jenna, no puedes pensar...

—Déjame explicártelo —lo interrumpió ella—. Por favor, quiero que sepas la verdad. Necesito pronunciar las palabras, Brock. No puedo retenerlas más.

Él no dijo nada más, se quedó serio mientras le sostenía las manos y le permitió que ella explicara cómo su terquedad, su maldita necesidad de controlar todas las situaciones, les había costado la vida a Mitch y a Libby.

—Estábamos en Galena, una ciudad a varias horas de Harmony, donde vivíamos. La policía estatal había organizado una gala allí, uno de esos eventos anuales donde entregan medallas de honor y te sacas la foto con el gobernador. Yo tenía un mérito a la excelencia en mi departamento, era la primera vez que recibía algún tipo de recompensa. Estaba convencida de que sería bueno para mi carrera ser vista por tanta gente importante, así que le insistí a Mitch para que acudiéramos con Libby. —Respiró para reunir fuerzas y lentamente continuó—: Era noviembre, y las carreteras estaban casi intransitables. Llegamos a Galena sin problemas, pero de vuelta a casa...

—Entiendo —dijo Brock, acercándose para apartarle de la cara un mechón de pelo suelto—. ¿Te encuentras bien?

Ella asintió de manera temblorosa, aunque por dentro estaba muy lejos de sentirse bien. Tenía el pecho cargado de angustia y de culpa, y los ojos le ardían cada vez más llenos de lágrimas.

—Mitch y yo discutimos todo el tiempo. Él pensaba que las carreteras estaban demasiado mal para viajar. Y así era, pero había otra tormenta en camino, y eso solo empeoraría las cosas. Yo no quería quedarme esperando a que cambiara el tiempo porque necesitaba hacer un informe para mi turno del día siguiente. Así que partimos hacia casa. Mitch conducía el Blazer. Libby iba en el asiento de atrás. Tras un par de horas de autopista, un camión con remolque que llevaba un cargamento de madera se cruzó en nuestro carril. No hubo tiempo para reaccionar. No hubo tiempo para decir que lo sentía, o decirles a los dos cuánto los amaba.

—Ven aquí —dijo Brock, y la atrajo hacia sí. La abrazó durante un rato, con esa fuerza suya tan cálida y reconfortante.

—Mitch me acusaba de preocuparme por mi carrera más que por él o por Libby —susurró ella, con la voz quebrada y con dificultad para soltar las palabras—. Solía decir que era demasiado controladora y demasiado testaruda. Pero él siempre cedía, incluso entonces.

Brock le besó la cabeza.

—Tú no sabías lo que iba a ocurrir, Jenna. No podías saberlo, así que no te eches la culpa. Estaba fuera de tu control.

—Me sentí tan culpable por sobrevivir. ¿Por qué no me alcanzó a mí la muerte en lugar de a ellos? —Las lágrimas la ahogaban ahora, calientes y amargas en la garganta—. Ni siquiera tuve nunca la oportunidad de decir adiós. Fui trasladada al hospital de Fairbanks y me indujeron un coma para ayudar a que mi cuerpo se recobrara. Cuando me desperté, un mes más tarde, supe que ambos habían muerto.

—Dios —susurró Brock, todavía sosteniéndola en el cariñoso abrigo de su abrazo—. Lo siento, Jenna. Dios, cómo debes de haber sufrido.

Ella tragó saliva, tratando de no perderse en el dolor sufrido esos espantosos días. La ayudaba que Brock estuviera allí para abrazarla. Él era una roca que la mantenía firme sobre el suelo.

—Cuando salí del hospital estaba tan perdida. No quería vivir. No quería aceptar el hecho de que no volvería a ver a mi familia. Alex y mi hermano, Zach, se habían encargado de los funerales, ya que nadie sabía si saldría del coma. Cuando pude abandonar el hospital, Mitch y Libby ya habían recibido sepultura. Nunca tuve el coraje de ir al cementerio donde están enterrados.

—¿No has ido en todo este tiempo? —preguntó suavemente, acariciándole el pelo con los dedos.

Ella sacudió la cabeza.

—No estaba preparada para ver sus lápidas tan pronto después del accidente, y cada año que ha pasado no he logrado encontrar la fuerza para ir a decirles adiós. Nadie sabe eso, ni siquiera Alex. Me daba demasiada vergüenza confesarle a alguien lo débil que soy.

—Tú no eres débil. —Brock la hizo apartarse, solo lo suficiente como para poder inclinar la cabeza y mirarla a los ojos con expresión solemne—. Todo el mundo comete errores, Jenna. Todo el mundo tiene remordimientos y se arrepiente por cosas que deberían haber hecho de manera distinta en sus vidas. Ocurren cosas malas, y actuamos lo mejor que podemos en ese momento. No puedes echarte la culpa eternamente.

Sus palabras la calmaron, pero no podía aceptar todo lo que estaba diciendo. Lo había visto forcejear demasiado con su propia culpa como para saber que ahora solo estaba siendo amable.

—Solo me dices esto para que me sienta mejor. Sé que en realidad no crees en ti mismo.

Él frunció el ceño, un tormento callado asomó a su rostro en la oscuridad del Rover.

—¿Cómo se llamaba ella? —Jenna le tocó la mandíbula, ahora rígida, viendo en sus ojos el dolor que le traía el recuerdo—. La chica de la vieja foto en tus habitaciones... Me di cuenta de cómo mirabas la foto esa noche. La conocías, ¿verdad?

Él asintió, de manera apenas perceptible.

—Se llamaba Corinne. Era la joven compañera de sangre a la que me encargaron que protegiera en Detroit.

—Esa imagen debe de ser de hace varias décadas —dijo

Jenna, recordando las ropas de la época de la Gran Depresión y el club de *jazz* donde la joven había sido fotografiada.

Brock entendía lo que ella estaba preguntando, y ella lo notaba por cierto brillo irónico en sus ojos.

—Era julio de 1935. Lo sé porque fui yo quien sacó la foto.

Jenna asintió, percatándose de que tal vez debería sentirse más perpleja al recordar que Brock y los de su raza eran algo parecido a inmortales. Ahora mismo, y siempre que estaba a su lado, ella pensaba en él como en un simple hombre mortal. Un hombre honorable y extraordinario que todavía sentía el dolor de una vieja herida que lo había afectado profundamente.

—¿Corinne es la mujer que perdiste? —preguntó suavemente.

Ella frunció el ceño.

—Sí.

—Y tú te sientes responsable de su muerte —señaló con cuidado, necesitando saber lo que había tenido que soportar. Quería entenderlo mejor. Si pudiera, querría ayudarlo a sobrellevar su dolor y su culpa—. ¿Cómo ocurrió?

Al principio, no pensó que fuera a contárselo. Él miró fijamente los dedos que tenían entrelazados, y frotó distraídamente el pulgar contra el dorso de su mano. Cuando por fin habló, había algo crudo en su voz, como si el dolor de haber perdido a Corinne estuviera todavía vivo en su corazón.

—En aquella época en que yo estaba en Detroit, se vivían tiempos muy difíciles. No tanto para la estirpe, sino sobre todo para las ciudades humanas donde vivíamos. El líder de un Refugio Oscuro local y su compañera se habían hecho cargo de un par de chicas jóvenes sin hogar, compañeras de sangre, para criarlas como si fueran hijas propias. Yo fui asignado para vigilar a Corinne. Era una chica salvaje desde muy joven, llena de vida, y siempre se estaba riendo. Cuando se hizo un poco mayor, adolescente, se volvió todavía más salvaje. Se resentía por las precauciones de su padre, creyendo que él era demasiado autoritario. Comenzó a jugar el juego de tratar de liberarse de su reglas y de sus expectativas. Empezó a traspasar los límites, corriendo espantosos riesgos que ponían en peligro su seguridad personal y poniendo a prueba la paciencia de todo el mundo a su alrededor.

Jenna le sonrió con suavidad.

—Puedo imaginar que eso no te sentó muy bien.

—Por decirlo suavemente —respondió él sacudiendo la cabeza—. Corinne era inteligente, y trataba de deshacerse de mí en cada oportunidad que tenía, pero nunca fue más astuta que yo. Salvo la última vez, la noche en que cumplía dieciocho años.

—¿Qué ocurrió?

—Corinne amaba la música. En aquella época, el *jazz* era lo más grande. Los mejores clubes de *jazz* de Detroit estaban en una zona conocida como Valle Paraíso. Creo que no había semana en que no me suplicara que la llevara allí. A menudo la dejaba salirse con la suya. Fuimos a los clubes también la noche de su cumpleaños... No era poco atrevido, ya que estábamos a principios del siglo veinte, y ella era una mujer blanca sola en compañía de un hombre negro. —Soltó una risa suave y triste—. Puede que el color de la piel sea una cuestión incidental entre los de mi mundo, entre la estirpe, pero no ocurría lo mismo entonces en el caso de la humanidad.

—Demasiado a menudo tampoco ocurre lo mismo ahora —dijo Jenna, enlazando los dedos entre los de él un poco más fuerte y apreciando la belleza del contraste entre las dos pieles—. ¿Hubo problemas en el club esa noche?

Él asintió débilmente.

—Hubo algunas miradas y susurros. Había un par de hombres que bebieron demasiado. Se acercaron y le dijeron algunas groserías a Corinne. Yo les dije dónde podían irse. No recuerdo quién lanzó el primer puñetazo, pero se torcieron.

—¿Esos hombres sabían quién eras? ¿Sabían que eras de la estirpe?

—Al principio, no. Yo sabía que mi ira podía delatarme. Sabía que tenía que salir de aquel local antes de que todo el mundo viera los cambios que se producían en mí. Los hombres me siguieron fuera del local. Corinne también lo habría hecho, pero le dije que se quedara en el edificio y encontrara a alguien con quien esperarme mientras arreglaba las cosas. —Respiró de forma entrecortada—. No tardé ni diez minutos. Cuando regresé al club no había ni rastro de ella por ninguna parte. Registré todo el lugar. Busqué en cada rincón de la ciudad y toda la zona de los Refugios Oscuros hasta el amanecer. Continué buscando cada noche después de eso, incluso fuera del estado. Pero... nada. Se había desvanecido en el aire, tan simple como eso.

Jenna podía oír la frustración en su voz... el remordimiento, incluso después de tantos años. Levantó la mano y le tocó la cara suavemente, sin saber muy bien qué hacer por él.

—Desearía tener tu don. Desearía poder liberarte de todo tu dolor.

Él sacudió la cabeza, luego le cogió la palma y la llevó hasta su boca para darle un beso justo en el centro.

—Lo que siento es rabia contra mí mismo. Nunca debí perderla de vista, ni siquiera un segundo. Cuando me llegó la noticia de que había sido encontrado el cuerpo de una joven brutalmente maltratado y quemado en un río de la ciudad no lejos de los clubes, me sentí enfermo de pavor. No quería creer que fuese ella. Ni siquiera cuando vi el cadáver con mis propios ojos... o lo que quedaba de él, después de lo que le habían hecho antes de dejarlo en el agua, donde estuvo tres meses.

Jenna se estremeció, sabiendo demasiado bien lo espantoso que podía llegar a ser un cuerpo asesinado, especialmente para quienes sienten afecto por la víctima. Y más todavía para un hombre que se tiene por responsable de un crimen que no tenía manera de anticipar, y mucho menos de prevenir.

—Estaba irreconocible, excepto por algunos pedazos de ropa y un collar que todavía llevaba cuando fue arrojada al río. Quemarla y cortarle las manos no había sido suficiente para quien fuera que la mató. También habían sujetado peso a su cuerpo para conseguir que se hundiera y asegurarse de que nadie la descubriera hasta mucho tiempo después de su desaparición.

—Dios mío —susurró Jenna—. Ese tipo de brutalidad y premeditación no pasa porque sí. Quienquiera que lo hiciese tenía alguna razón.

Brock se encogió de hombros.

—¿Qué razón podría haber para matar a una joven indefensa? Era solo una niña. Una hermosa muchacha salvaje que vivía cada momento con intensidad. Había algo adictivo en su energía y en su espíritu. A Corinne le importaba un bledo lo que la gente dijera o pensara, iba por la vida sin pedir disculpas.

Se entregaba a vivir el día a día como si no hubiera un mañana. Dios, qué poco sabía de la vida.

Jenna vio la profundidad de su remordimiento en su cuidadosamente estudiada expresión.

—¿Cuándo te diste cuenta de que te habías enamorado de ella?

Su mirada estaba distante en la oscuridad del asiento trasero.

—No recuerdo cómo ocurrió. Yo me esforcé por esconder mis sentimientos. Nunca me dejé llevar por ellos, ni siquiera cuando ella flirteaba y jugaba. No hubiera sido correcto. Por un lado porque Corinne era demasiado joven. Y por otra parte porque su padre había confiado en mí para vigilarla.

Jenna sonrió mientras alargaba la mano para acariciar su mejilla y su mandíbula, rígidas.

—Eres un hombre honrado, Brock. Lo eras entonces y lo eres ahora.

Él negó con la cabeza lentamente, reflexionando durante un momento.

—Fallé. Lo que le ocurrió a Corinne… Dios, lo que esos asesinos le hicieron a su cuerpo… está más allá de toda comprensión. Nunca debería haber pasado. Se suponía que yo debía mantenerla a salvo. Me llevó mucho tiempo aceptar que ya no estaba… que esos restos carbonizados y profanados eran lo que quedaba de la joven vibrante que conocía desde que era niña. Quería negar que estaba muerta. Demonios, me lo negué durante mucho tiempo, incluso la busqué a través de tres estados, tratando de convencerme de que aún estaba en alguna parte, de que podía salvarla. Nunca pude dejarla atrás.

Jenna lo observaba, viendo el tormento que todavía vivía en su interior.

—¿Desearías recuperarla?

—Yo había sido contratado para protegerla. Ese era mi trabajo, la promesa que hacía cada vez que ella abandonaba el Refugio Oscuro de su padre. Hubiera intercambiado mi vida por la de Corinne sin vacilar.

—¿Y ahora? —preguntó Jenna suavemente, dándose cuenta de que sentía cierto temor de oírle que él todavía amaba a aquel bello fantasma de su pasado.

Pero cuando Brock alzó la mirada, sus ojos estaban firmes y serios, completamente centrados en ella. Su tacto era cálido y su boca estaba muy cerca de la suya.

—¿No prefieres saber lo que siento por ti? —Le acarició los labios con el dedo pulgar, apenas rozándolos, y ella se estremeció—. No he podido dejar de pensar en ti, y créeme si te digo que lo he intentado. Comprometerme no estaba en mis planes.

—Lo sé —dijo ella—. Eres alérgico a las relaciones. Lo recuerdo.

—He sido cuidadoso durante mucho tiempo, Jenna. —Su voz sonaba espesa, un sonido grave y áspero que ella sentía vibrar en los huesos—. Me he esforzado mucho por no cometer errores. Especialmente errores de esos que no pueden repararse.

Ella tragó saliva, de repente preocupada porque su voz se había vuelto demasiado seria.

—No me debes nada, si es eso lo que piensas.

—Ahí es donde te equivocas —dijo él—. Sí te debo algo… Te debo una disculpa por lo que ocurrió la otra noche.

Ella negó con la cabeza.

—Brock, no…

Él le cogió la barbilla y la alzó para que lo mirara a los ojos.

—Te deseaba, Jenna. La forma en que te llevé a la cama probablemente no fue justa. Estoy seguro de que no ha sido honesto emplear mi talento para aliviar tu dolor cuando sabía que eso también podía afectar a tu voluntad.

—No. —Ella le tocó la cara, recordando muy bien cuánto le había gustado besarlo, tocarlo, meterse desnuda en la cama con él. Había estado más que dispuesta a saber qué tipo de placer podía experimentar con él, entonces y ahora—. No fue así, Brock. Y no tienes que explicarme…

—Sobre todo —dijo él, eludiendo sus negaciones—, te debo una disculpa por sugerir que el sexo contigo podía ser puramente físico, sin lazos ni expectativas más allá de ese momento. Estaba en un error. Tú mereces más que eso, Jenna. Mereces mucho más que cualquier cosa que pueda ofrecerte.

—Yo no te he pedido nada más. —Acarició la línea de su mandíbula, y luego dejó que sus dedos bajaran por la sólida columna de su cuello—. Y el deseo era mutuo, Brock. Era

LAS PUERTAS DE LA MEDIANOCHE

dueña de mi voluntad. Todavía lo soy. Y volvería a hacer lo que hice contigo.

El gruñido que emitió en respuesta fue puramente masculino, al tiempo que la atrajo hacia sí y la besó profundamente. La abrazó con fuerza, mientras su corazón latía poderosamente y el calor de su cuerpo se colaba a través de su piel como un bálsamo. Cuando se apartó de su boca, respiraba de forma entrecortada, a través de los dientes y de las brillantes puntas de sus colmillos. Sus ojos oscuros emitían chispas de color ámbar.

—Dios, Jenna… lo que quiero hacer ahora mismo es coger este coche y marcharme contigo a algún lugar lejano. Los dos solos. Solo durante un rato, estar lejos de todo.

La idea era más que tentadora, pero se hizo todavía más irresistible cuando él se inclinó y le dio un beso sensual que le derritió los huesos. Ella lo rodeó con sus brazos y fue al encuentro de su lengua, perdiéndose en la erótica unión de sus bocas. Emitió un ruido grave con el fondo de su garganta, un rugido que vibró a través de ella mientras se hundía más profundamente en sus brazos y en su beso.

Jenna sintió la erosionante raspadura de sus colmillos contra la lengua, y la dura cresta de su erección presionando contra su cadera mientras él la hacía tumbarse sobre el asiento y la cubría con su cuerpo.

—Gideon nos está esperando en el laboratorio de tecnología —consiguió susurrar cuando él se apartó de su boca para esparcir un vertiginoso rastro de besos a lo largo de la sensible piel de su oreja. Habían telefoneado desde la carretera hacía una hora, para alertar a Gideon y a Lucan de la situación en que se habían encontrado en Nueva York y hacerles saber que se dirigían de vuelta al recinto—. Esperan que demos nuestro informe en cuanto lleguemos.

—Sí —gruñó él, pero sin dejar de besarla.

Le bajó la cremallera del abrigo y deslizó la mano por debajo de su blusa. Le acarició los pechos por encima de la delgada tela del sujetador, jugando con sus pezones hasta que se convirtieron en cristales de roca dura. Ella se retorcía debajo mientras él se movía encima de ella, dando lentos empujones con su pelvis que empapaban su cuerpo por la necesidad de sentirlo desnudo contra ella. Enterrándose dentro de ella.

—Brock —gimió, perdiéndose en la pasión que despertaba en ella—. Gideon sabe que estamos aquí. Probablemente habrá una cámara de seguridad filmándonos ahora mismo.

—Las ventanillas están tintadas —jadeó él, alzando la vista hacia ella con una sensual sonrisa que dejó ver las brillantes puntas de sus colmillos y le hizo sentir un estremecimiento en el estómago—. Nadie puede ver nada. Ahora deja de pensar en Gideon y bésame.

No era necesario que le dijera que dejara de pensar. Sus manos y sus labios borraban cualquier pensamiento, excepto el del ansia que sentía por él. La besó con exigencia, empujando la lengua dentro de su boca como si quisiera devorarla. Su pasión era embriagadora y ella se dejó llevar, aferrándose a él, maldiciendo interiormente las ropas que se interponían entre sus cuerpos y el hecho de estar confinados en el interior del Rover.

Ella lo deseaba todavía con más intensidad que la primera vez, con un deseo avivado por la dulzura de su innecesaria disculpa y la adrenalina que todavía hervía en sus venas por todo lo que habían pasado juntos ese día. Murmurando su nombre entre gemidos rotos de placer mientras la boca de él erraba a lo largo de su cuello y sus manos le acariciaban los hinchados y sensibles senos, Jenna supo que si se quedaban en el coche un solo minuto más terminarían los dos desnudos en el asiento trasero. No es que se quejara. Apenas tenía aliento para hacer otra cosa más que gemir de placer mientras él deslizaba la mano entre sus piernas y mecía su palma contra ella a un ritmo magistral.

—Oh, Dios —susurró—. Por favor, no pares.

Pero él sí paró... apenas un segundo más tarde. Se quedó quieto encima de ella, y levantó la cabeza. Entonces ella también lo oyó.

El rugido de un vehículo que se aproximaba al garaje a gran velocidad. La puerta del garaje se abrió y entró otro de los todoterrenos negros de la Orden. Este se detuvo de golpe a poca distancia de ellos y uno de los guerreros bajó de un salto del asiento del conductor.

—Es Chase —murmuró Brock, observándolo con el ceño

fruncido por la ventanilla trasera—. Mierda. Ha ocurrido algo. Quédate aquí, si prefieres que no sepa que estábamos juntos ahora.

—Olvídalo. Yo voy contigo —dijo ella. Luego se recompuso y bajó del vehículo junto a él para ir al encuentro del otro macho de la estirpe. Sterling Chase se dirigía hacia el ascensor del recinto a paso rápido. Lanzó una mirada a Brock y a Jenna mientras se acercaban. Si imaginaba lo que había interrumpido, sus sagaces ojos azules no delataron nada.

—¿Qué ocurre? —preguntó Brock, con un tono meramente funcional en su profunda voz.

Chase estaba tan serio como él, y apenas aminoró el paso para hablar.

—¿No te has enterado?

Brock negó con la cabeza.

—Acabamos de llegar.

—He recibido una llamada de Mathias Rowan hace unos minutos —dijo Chase—. Ha habido un secuestro en uno de los Refugios Oscuros de la zona de Boston esta noche.

—Oh, Dios mío —susurró Jenna, conmocionada—. ¿No será otra compañera de sangre?

Chase negó con la cabeza.

—Se trata de un joven de catorce años. Al parecer es el nieto de un vampiro de la primera generación llamado Lazaro Archer.

—Un vampiro de la primera generación —murmuró Brock, sintiendo despertar sus instintos ante la alarma—. No puede tratarse de una mera coincidencia.

—Es indudable que no —se mostró de acuerdo Chase—. La Agencia de la Ley está interrogando a los testigos, tratando de encontrar alguna pista de dónde puede haber sido llevado el chico y para qué. Mientras tanto, Lazaro Archer y su hijo, Christophe, el padre del chico, están haciendo saber que quieren encontrarse con los secuestradores personalmente, sean quienes sean, para negociar sobre la liberación.

—Ah, Dios, qué idea tan jodida —dijo Brock, deslizando una mirada tensa hacia Jenna mientras seguían a Chase a través del garaje—. Solo se me ocurre una persona que tenga alguna razón para secuestrar a un miembro de la familia de un vampiro de la primera generación. Es una trampa. Harvard. Me huele que Dragos está detrás de esto.

—A mí también. Y lo mismo piensa Lucan. —Chase se detuvo ante el ascensor y apretó el botón para llamarlo—. Ha organizado una reunión con el vampiro de la primera generación y su hijo en el recinto. Tegan irá a recogerlos dentro de una hora.

Capítulo veintidós

*L*ucan y Gideon los estaban esperando cuando Brock salió del ascensor en el que iba con Jenna y Chase.

—Menudo día infernal —murmuró Lucan, dirigiéndoles una mirada—. ¿Vosotros dos estáis bien?

Brock lanzó una mirada a Jenna, que se encontraba de pie, serena y firme junto a él. Estaba un poco magullada y tenía moretones, pero afortunadamente estaba entera.

—Podía haber sido peor.

Lucan se pasó una mano por el cabello oscuro.

—Dragos se está volviendo cada vez más osado. Secuaces en el maldito FBI, por el amor de Dios.

—¿Qué diablos es eso? —Chase frunció el ceño y lanzó una mirada incrédula a Brock y a Jenna—. Te refieres al agente de la reunión de hoy...

—Pertenecía a Dragos —respondió Brock—. Él y otra de las mentes esclavas de Dragos capturaron a Jenna en el interior del edificio y salieron con ella. Yo perseguí el vehículo, pero fui incapaz de detenerlos hasta que chocaron al otro lado del puente de Brooklyn.

Chase dejó escapar un insulto.

—Los dos tenéis suerte de estar vivos.

—Sí —se mostró de acuerdo Brock—. Gracias a Jenna. Ella se cargó a los dos secuaces y también evitó que me calcinara el pellejo.

—¿En serio? —Los duros ojos azules de Chase la miraron—. No está mal para un ser humano. Estoy impresionado.

Ella se encogió de hombros ante el cumplido.

—Debería haberme dado cuenta de que algo no iba bien con el agente con el que me reuní. De hecho sí me di cuenta.

Tuve cierta… sensación… por decirlo de alguna forma. No podría decir qué era exactamente, pero durante toda la reunión tuve la sensación de que había algo extraño en él.

—¿A qué te refieres? —preguntó Gideon.

Ella frunció el ceño, reflexionando.

—No lo sé exactamente. Fue solamente algo instintivo. Sus ojos me hacían sentir incómoda y tenía todo el tiempo la extraña sensación de que él no era muy normal.

—Sabías que no era del todo humano —sugirió Brock, tan sorprendido como el resto de los guerreros al escuchar su comentario—. ¿Sentías que era un secuaz?

—Supongo que sí —dijo asintiendo—. Pero no supe llamarlo de esa manera en ese momento. Lo único que sabía es que la piel se me encogía cuando estaba cerca de él.

A Brock no le pasó inadvertida la mirada silenciosa que intercambiaron Gideon y Lucan.

Y tampoco a Jenna.

—¿Qué ocurre? Decidme por qué os quedáis de repente tan callados.

—Los seres humanos no tienen habilidad para detectar secuaces —respondió Brock—. Los sentidos de los *Homo sapiens* no están lo bastante agudizados como para captar la diferencia entre un mortal y alguien que pertenece a un amo de la estirpe.

Ella arqueó las cejas.

—¿Creéis que tiene que ver con el implante, verdad? El regalo alienígena que me hicieron. —Soltó una risa amarga—. ¿Me he vuelto tan loca que todo esto me parece completamente normal?

Brock resistió la urgencia de envolverla en sus brazos. En lugar de eso dirigió una mirada seria a Gideon.

—¿Has descubierto algo más en los resultados del análisis de sangre?

—Nada significativo más allá de las anomalías que ya habíamos descubierto. Pero me gustaría tomar algunas muestras más, además de realizar otra prueba de estrés y volver a medir su fuerza y resistencia.

Jenna asintió mostrando su aceptación.

—Cuando quieras. Ya que parece que no hay manera de extraer esa maldita cosa, supongo que será mejor tratar de empezar a entenderla.

—Las pruebas tendrán que esperar un poco —intervino Lucan—. Quiero a todo el mundo reunido en el laboratorio de tecnología dentro de diez minutos. Han pasado muchas cosas hoy, y necesito asegurarme de que estemos todos al tanto antes de que lleguen nuestros invitados de los Refugios Oscuros.

El líder de la Orden dirigió una mirada de aprobación hacia Jenna, y luego hacia Brock.

—Me alegra que hayáis regresado enteros. Los dos.

Jenna dio las gracias brevemente, pero su expresión era de decepción.

—Lamentablemente, como la reunión no fue más que un montaje no hemos podido traer más información acerca de Terra Global.

Lucan gruñó.

—Tal vez no, pero descubrir que Dragos tiene secuaces infiltrados en los organismos públicos de los humanos podría ser de valor para nosotros a la larga. Desde luego no son buenas noticias, pero es algo que necesitábamos saber.

—Está haciendo las cosas a lo grande —añadió Gideon—. Entre el descubrimiento de hoy y ahora el secuestro del nieto de Lazaro Archer, está bastante claro que Dragos no está pensando en rendirse.

—Y es capaz de todo —señaló Brock, sombrío antes las posibilidades—. Eso hace que sea más peligroso que nunca. Será mejor que estemos preparados para lo peor tratándose de ese bastardo.

Lucan asintió, con la mirada seria, reflexivo.

—Por ahora nos ocuparemos de las crisis de una en una. Chase, ven conmigo. Quiero que acompañes a Tegan con la escopeta cuando vaya a recoger a los Archers. Todos los demás, nos vemos en el laboratorio tecnológico dentro de diez minutos.

Se rumoreaba que Lazaro Archer andaba cerca de los mil años, pero al igual que cualquier otro macho de la estirpe, el vampiro de la primera generación no aparentaba más de treinta. Las arrugas en torno a su boca circunspecta y las sombras debajo de los ojos azul oscuros, aunque acentuadas, solo eran la evidencia de la preocupación por el secuestro de su nieto. Esos ojos sagaces pero cansados escudriñaban los rostros de todos los presentes en el laboratorio de tecnología: los guerreros y sus compañeras... y también Jenna, al lado de Brock. Todos observaban y esperaban mientras Lucan y Gabrielle escoltaban al vampiro de la primera generación y a su hijo Christophe, de rostro serio, hasta la habitación.

Rápidamente se hicieron las presentaciones de cortesía en torno a la larga mesa de conferencias, pero todo el mundo entendía que la reunión no tenía ningún propósito social. Brock no recordaba la última vez que un civil de la estirpe había sido admitido en el recinto. Pocos en la nación de los vampiros sabían dónde estaban localizados los cuarteles de la Orden, y mucho menos habían entrado en su recinto.

Ninguno de los Archers parecía cómodo estando allí, especialmente el padre del chico secuestrado. A Brock no le pasó inadvertida la forma en que el joven inclinaba la barbilla hacia arriba con aire de superioridad mientras examinaba el laboratorio de tecnología y a cada uno de los guerreros sentados ante la mesa, la mayoría de los cuales todavía vestían su traje de patrulla nocturna e iban provistos de sus armas. Christophe Archer parecía reacio, si no del todo resistente, a que le ofrecieran una silla vacía entre esos paganos de la Orden.

Una situación desesperada, pensó gravemente Brock, inclinando la cabeza para saludar al civil de la segunda generación de la estirpe, con su abrigo de cachemir y su traje a medida impecable, mientras se colocaba cuidadosamente en el asiento contiguo.

Lucan se aclaró la garganta, y su voz profunda asumió el mando en la habitación mientras miraba a los dos recién llegados.

—Para empezar, quiero aseguraros a los dos que todos los presentes en esta habitación comparten vuestra preocupación por la seguridad de Kellan. Como te dije cuando hablamos antes, Lazaro, tienes el compromiso total por parte de la Orden de que tu hijo será encontrado y devuelto a casa.

—Todo eso suena muy alentador —dijo Christophe Archer junto a Brock, con un matiz de tensión en la voz—. La Agencia de la Ley nos ha asegurado lo mismo y, por mucho que quiera creerlo, lo cierto es que no sabemos ni por dónde empezar a buscar a mi hijo. ¿Alguien quiere decirme quién puede haber hecho esto? ¿Qué tipo de criminal cobarde entraría en casa cuando no estábamos para llevarse a mi chico?

Después de volver a hablar con Mathias Rowan, de la Agencia de la Ley, Chase había informado a todos acerca de los detalles problemáticos del secuestro antes de llegar los Archer. Al parecer, tres machos de la estirpe inmensos y pesadamente armados habían invadido la finca de los Refugios Oscuros donde vivían Lazaro y Christophe con sus familias. Los Archer y sus compañeras de sangre habían acudido aquella noche a un evento de recaudación de fondos para la caridad, y habían dejado al adolescente Kellan y a su primo solos en casa.

Por lo visto el secuestro había sido tan furtivo como preciso, encaminado a un blanco específico. En cuestión de minutos, los intrusos entraron en el Refugio Oscuro a través de una ventana trasera, mataron a dos de los guardias de seguridad de Christophe, luego secuestraron al joven de su dormitorio del piso de arriba y se marcharon con él.

El único testigo del secuestro fue el primo, varios años más joven que Kellar, que se escondió en un armario cuando tuvo lugar la invasión. Comprensiblemente asustado y angustiado, apenas logró describir a los secuestradores, excepto que vestían de negro de los pies a la cabeza, con máscaras que les tapaban toda la cara salvo los ojos. El chico también había advertido que los tres hombres llevaban un extraño collar grueso y negro alrededor del cuello.

Mientras que la Agencia de la Ley no podía entender todas las implicaciones de este detalle crucial, la Orden sí lo hacía. Ellos ya habían sospechado que Dragos estaba en el centro de todo aquello, pero oír hablar de ese trío de asesinos cultivados —vampiros de la primera generación entrenados para servirle, cuya lealtad estaba asegurada por los collares de rayos UVA que se veían obligados a llevar— había confirmado que sus sospechas eran correctas.

—Simplemente no puedo entender este tipo de locura —dijo Christophe, apoyando los codos sobre la mesa, con una expresión de aflicción en sus facciones y ojos suplicantes—. Quiero decir... ¿por qué? Es evidente que nuestra raza no es tan ruda como la de los humanos, que se pasan el tiempo peleando y conspirando por cuestiones de dinero, así que ¿qué podrían ganar secuestrando a mi único hijo?

—No —respondió Lucan. La palabra sonó tan seria como su expresión—. Nosotros no creemos que esto tenga nada que ver con ninguna posible ganancia económica.

—¿Y entonces qué es lo que pueden querer de Kellan? ¿Qué pueden ganar llevándoselo?

Lucan lanzó una breve mirada a Lazaro Archer.

—Influencia. El individuo que ordenó este secuestro sin duda hará una petición en breve.

—¿Una petición de qué?

—Me pedirá a mí —dijo Lazaro serenamente. Cuando la mirada de su hijo se deslizó hacia él con aire interrogante, el vampiro de la primera generación lo miró con remordimiento—. Christophe no está al tanto de la conversación que tuvimos hace un año, Lucan. Nunca le conté lo que tú nos advertiste a mí y a los otros pocos vampiros de la primera generación que quedan, eso de que alguien nos estaba buscando para eliminarnos. Él no sabe que han sido asesinados varios de nuestra generación.

Christophe Archer palideció.

—Padre, ¿de qué estás hablando? ¿Quién busca hacerte daño?

—Su nombre es Dragos —respondió Lucan—. La Orden sostiene desde hace algún tiempo una guerra privada con él. Pero antes tuvo la oportunidad de pasar varias décadas, siglos en realidad, construyendo un imperio secreto. El año pasado asesinó a varios vampiros de la primera generación, y lamentablemente eso tan solo es una pequeña muestra de su locura. Lo único que le interesa es el poder, y está dispuesto a exigirlo. No se detendrá ante nada para conseguir lo que quiere, y para él no hay ninguna vida sagrada.

—Dios bendito. ¿Y estás diciendo que ese bastardo enfermo es quien se ha llevado a Kellan?

Lucan asintió.

—Lo siento.

Christophe se puso en pie de un salto y caminó de un lado a otro detrás de la mesa.

—Tenemos que recuperarlo. Maldita sea, tenemos que traer a nuestro hijo a casa, cueste lo que cueste.

—Todos estamos de acuerdo en eso —dijo Lucan, hablando por todos los que permanecían reunidos en solemne silencio en el laboratorio de tecnología—. Pero debes entender que, lo hagamos como lo hagamos, habrá riesgos…

—¡Al diablo con los riesgos! —gritó Christophe—. Estamos hablando de mi hijo, de mi único hijo. Mi amado e inocente hijo. No me hables de riesgos, Lucan. Estaría dispuesto a ofrecer mi propia vida a cambio de la de Kellan.

—Y también yo —señaló Lazaro sombrío. Haría cualquier cosa por mi familia.

Brock observaba el intercambio emocional, sabiendo lo que se sentía ante la impotencia de enfrentarse a una pérdida semejante. Pero incluso más que conmovido por el dolor de los Archer, se sentía conmocionado por el aspecto de Jenna, que se hallaba junto a él.

Aunque ella mantenía la mandíbula rígida, la tensión se notaba en su boca. Sus labios temblaban ligeramente, y sus ojos avellana estaban húmedos por las lágrimas. No sabía con certeza si serían lágrimas de compasión por los dos machos de la estirpe o si se debían al recuerdo de la propia angustia que sintió al perder a los suyos tan repentinamente. Pero la ternura que vio en ella lo conmovió profundamente.

Bajo la mesa, la mano de Jenna buscó la de él. Brock sujetó sus dedos delgados y ella lo miró, sonriendo débilmente mientras sus manos se entrelazaban en un silencio reconfortante. Algo profundo ocurrió entre ellos en aquel momento, un reconocimiento silencioso del estrecho lazo que compartían.

Brock sabía que ella era fuerte, una mujer con capacidad de resistencia que había recibido una cantidad injusta de golpes durante su vida pero aun así seguía levantándose cada vez. Pero verla ahora, sorprendida en un momento de callada vulnerabilidad, hacía que el corazón se le encogiera un poco.

Le encantaba que no fuera una delicada flor capaz de marchitarse bajo la más pequeña ola de calor. Pero también adoraba ver en ella ese atisbo de debilidad.

Dios, había tantas cosas que adoraba en ella.

Si no fuera por el pequeño problema de que no era una

compañera de sangre, Jenna Darrow sería una mujer a cuyo lado era capaz de imaginarse, una verdadera compañera, para la vida y para todo. Pero era una mujer mortal, y caer enamorado de ella significaba irremediablemente tener que perderla un día. Lo que había ocurrido en Nueva York, lo que le ocurrió al verla en manos de los secuaces de Dragos, únicamente contribuía a agudizar esa percepción.

La muerte de Corinne había sido un golpe para el que no estaba preparado, pero había conseguido superarlo. Perder a Jenna, ya fuera por la edad o por otras razones, era algo que le resultaba sencillamente inconcebible.

Mientras sostenía su mano entre la suya, supo que ya no podía seguir fingiendo que era simplemente una misión más, o que protegerla era meramente su deber para con la Orden. Había llegado demasiado lejos como para no reconocer cuánto significaba para él.

Todavía tenía esa turbadora revelación en la cabeza cuando Lucan se levantó de la mesa y se colocó junto a Christophe Archer. Le puso la mano sobre un hombro y frunció las oscuras cejas con expresión solemne.

—No descansaremos hasta que encontremos a tu hijo y podamos traerlo de vuelta a casa. Tienes mi palabra y la palabra de mis hermanos presentes en esta habitación.

Ante su promesa, Brock y los otros guerreros se levantaron de sus asientos alrededor de la mesa en señal de solidaridad. Incluso Cazador, el vampiro de la primera generación que sabía de primera mano lo despiadados que eran realmente los asesinos de Dragos, se puso en pie expresando su apoyo a la nueva misión.

Christophe dirigió una dura mirada al líder de la Orden.

—Gracias. No hay nada más que pueda pedir.

—Y no hay nada que yo no pueda dar —dijo Lazaro, uniéndose a su hijo y a Lucan, al fondo de la habitación—. La Orden tiene mi fe y mi entera confianza. Nunca me perdonaré por haber ignorado tu consejo hace un año, Lucan. Mira lo que me ha costado. —Negó con la cabeza tristemente—. Tal vez he vivido demasiado, si un individuo tan malvado como Dragos puede existir entre nosotros. ¿En esto nos hemos convertido los de la estirpe? Nos hacemos la guerra los unos a los otros, permitiendo que la codicia y el poder nos corrompa, igual que hacen los humanos. Tal vez, después de todo no somos tan diferentes de ellos. ¿Acaso somos diferentes de los alienígenas salvajes que nos engendraron?

La mirada gris de acero de Lucan nunca se había mostrado tan decidida.

—Yo cuento con ello.

Lazaro Archer asintió.

—Y yo cuento con vosotros —dijo, recorriendo con la mirada a cada uno de los guerreros y a las mujeres, que ahora estaban de pie junto a ellos—. Cuento con todos vosotros.

Capítulo veintitrés

*L*a Orden continuó con la reunión durante un par de horas después de que Lazaro y Christophe Archer se marcharan. En algún momento, Jenna y el resto de las mujeres se habían ido a cenar a otro lugar del recinto, dejando que los guerreros se quedaran discutiendo sobre sus limitadas opciones y tácticas para ir en busca del muchacho secuestrado.

Aunque Brock escuchaba y ofrecía sugerencias cuando las tenía, su mente y su corazón estaban distraídos. Una gran parte de su concentración estaba fuera de la habitación desde que Jenna había salido, y contaba los minutos transcurridos hasta que pudiera verla otra vez. Tan pronto como terminó la reunión del laboratorio de tecnología, se encaminó por el pasillo para ir en su busca.

Alex salía de las habitaciones de Jenna, y cerró la puerta tras ella mientras él se acercaba. Al verlo le sonrió con complicidad.

—¿Cómo se encuentra? —preguntó él.

—Mucho mejor de lo que estaría yo después de lo que ha pasado. No se tiene en pie, pero ya conoces a Jen. Nunca se quejaría.

—Sí —dijo él devolviendo la sonrisa a Alex—. Ya lo sé.

—Creo que está más preocupada por ti. Me contó lo que hiciste, Brock. Cómo fuiste tras ella, conduciendo a plena luz del día.

Él se encogió de hombros, incómodo ante el elogio.

—Tenía un traje adecuado. Mis quemaduras eran mínimas. Se han curado desde que regresamos al recinto.

—Esa no es la cuestión. —La boca de Alex se curvó con calidez. Luego repentinamente se puso de puntillas y le dio un beso en la mejilla—. Gracias por salvar a mi amiga.

Cuando él se quedó allí, sin saber cómo reaccionar, Alex puso los ojos en blanco.

—¿A qué estás esperando? Entra y así verás tú mismo cómo se encuentra.

Él esperó a que la compañera de Kade se alejara antes de golpear la puerta con los nudillos. Al cabo de un momento Jenna la abrió. Iba descalza y vestida con un albornoz blanco. Él supuso que no debía de llevar nada debajo.

—Hola —dijo ella, dándole la bienvenida con una sonrisa que a él le encendió la sangre en las venas—. Estaba a punto de meterme en la ducha.

Oh, definitivamente no necesitaba esa tentadora imagen mental para encender todavía más su cuerpo.

—Quise venir a ver cómo estabas —murmuró, con la voz espesa al recordar las femeninas curvas y los lujuriosos miembros que se ocultaban bajo la amplia bata. Una bata únicamente atada por un holgado cinturón en torno a su delgada cintura. Se aclaró la garganta—. Pero si estás cansada…

—No lo estoy. —Se alejó de la puerta, dejándola abierta como invitándolo a entrar.

Brock entró y cerró la puerta tras él.

No había ido allí con la idea de seducirla, pero tenía que reconocer que le parecía una idea realmente estelar ahora que la tenía lo bastante cerca como para tocarla. Lo bastante cerca como para advertir que ella sentía lo mismo.

Antes de poder detenerse, alcanzó su mano y la atrajo hacia él. Ella no se resistió. Sus ojos avellana estaban abiertos y acogedores cuando Brock le puso una mano en la nuca y la hizo acercarse aún más. Atrapó su boca con un profundo y hambriento beso. Jenna agarró su labio inferior entre los dientes y todo lo que podía quedar en él de buena intención, por poca que fuera, se prendió en llamas.

—Jenna —murmuró contra su boca—. No puedo estar lejos de ti.

Su respuesta fue un gemido gutural, un lento y femenino ronroneo que vibró a través de su cuerpo y llegó directamente hasta su sexo. Él estaba tan duro como el acero, con la piel tirante y ardiente, y cada una de sus terminaciones nerviosas latía al ritmo del rugido de su pulso.

Le quitó el albornoz al exquisito cuerpo de Jenna, dejando que su sedienta mirada se deleitara con cada centímetro, con cada una de sus deliciosas curvas. Pasó las manos sobre la suavidad de su piel, recreándose en el tacto aterciopelado bajo la yema de los dedos. Sus pechos llenaban las palmas de sus manos, perfectas montañas de piel aterciopelada coronadas por los pequeños pezones rosados que suplicaban ser saboreados. Él bajó la cabeza y la agasajó con la lengua, recorriendo los pequeños y duros brotes y gruñendo con placer mientras ella gemía y suspiraba encima de él.

El dulce aroma de su excitación lo golpeó, logrando que sus colmillos, que ya se estaban asomando, atravesaran sus encías en una urgente y primaria respuesta. Él descendió hasta la zona de su entrepierna, hundiendo los dedos en la resbaladiza costura de su cuerpo.

—Es tan suave —murmuró, jugando con los pétalos de su cuerpo y disfrutando de la forma en que ella florecía aún más bajo su tacto—. Tan caliente y húmedo. Eres tan condenadamente atractiva, Jenna.

—Oh, Dios —jadeó ella, clavando los dedos en sus hombros mientras él la penetraba lentamente, primero con un dedo, y luego con el segundo—. Más —susurró—. No te detengas.

Con un gruñido, apoyó la palma contra ella y atrapó su boca en un ardiente y posesivo beso, hurgando profundamente a la vez con los dedos y la lengua, dando y tomando hasta sentir que el cuerpo de Jenna se estremecía con los primeros temblores de su liberación. Ella dejó escapar un suspiro agudo y estremecedor, pero él no la soltó hasta que quedó sin fuerzas contra él, gritando su nombre al correrse.

Todavía jadeaba, todavía se agarraba a sus hombros mientras él le acariciaba lentamente el sexo y se inclinaba para besar los duros y pequeños brotes de sus pezones.

—Llevas demasiada ropa —murmuró, bajando pesadamente los párpados sobre los ojos oscuros y exigentes, al tiempo que sus manos se movían a lo largo de sus brazos y se dirigían al enorme bulto que había por debajo de la cinturilla de su traje. Lo acarició por encima de la tela, y su descarada manera de tocarlo logró que su verga se volviera aún más dura,

LAS PUERTAS DE LA MEDIANOCHE

más grande, preparada para soltarse—. Quítate todo esto. Ahora.

—Tan mandona como siempre —dijo él, sonriendo mientras se apresuraba a satisfacer su sana exigencia.

Ella se rio, recorriendo todo su cuerpo con las manos mientras él se quitaba la ropa. Cuando se quedó desnudo, la envolvió entre sus brazos y la atrajo contra él hasta que sus curvas se unieron a sus duros y planos músculos. Ella no era un pajarillo frágil, y a él eso le gustaba. Amaba su fuerza. Amaba tantas cosas de esa mujer, se dijo mientras estaba allí, piel contra piel, mirándola a los ojos.

Oh, sí... tenía un problema grave.

—Decías algo de una ducha —murmuró, tratando de fingir que no se estaba enamorando en aquel mismo segundo. Tratando de convencerse a sí mismo de que no se había enamorado de ella ya mucho antes, tan pronto la vio por primera vez, aterrorizada pero entera, en la oscuridad de su cabaña de Alaska.

Ella le sonrió, ignorante de la revelación que lo inundaba.

—La verdad es que sí dije algo acerca de una ducha. Pero está allí en el cuarto de baño, y nosotros estamos aquí.

—Eso tiene fácil solución. —La levantó en brazos y empleó la velocidad sobrehumana con la que había nacido para llevarla hasta el cuarto de baño antes de darle tiempo siquiera a quejarse.

—¡Oh, Dios mío! —exclamó, hablando entres risas mientras la depositaba sobre el suelo de mármol—. Buen truco.

—Cariño, espera y verás. Tengo muchísimos más.

Ella arqueó una delgada ceja.

—¿Eso es una incitación?

—¿Quieres que lo sea?

En lugar de responderle con alguna broma o insinuación, ella se quedó repentinamente callada. Apartó la mirada por un segundo. Cuando volvió de nuevo la vista hacia él, su rostro estaba más serio que nunca.

—No sé lo que quiero... aparte de más de esto. Más de ti.

Brock levantó delicadamente con una mano su hermoso rostro.

—Toma todo lo que quieras.

Ella le pasó los brazos por detrás del cuello y lo besó como si no quisiera dejarlo ir jamás. Brock la abrazó, sus bocas unidas y necesitadas mientras la hacía caminar hacia la espaciosa ducha y, a continuación, abría el grifo. El agua cálida cayó sobre ellos, empapándolos mientras continuaban tocándose, acariciándose y besándose.

Jenna marcaba el ritmo y él se sometía gustosamente a ella, apoyándose contra las frías baldosas de mármol de la ducha cuando ella se apartó de su boca y lentamente se fue inclinando ante él. Pasó la boca sobre su pecho y su estómago, recorriendo con la lengua los diseños de sus glifos mientras sus manos húmedas se deslizaban arriba y abajo a lo largo de su duro sexo. Él estuvo a punto de perder la conciencia cuando ella cerró los labios en torno a la cabeza de su miembro. Chupó profundamente, logrando que él se rindiera y perdiera el sentido después de unos momentos de esa húmeda y dulce tortura.

—Ah, Dios —silbó, ya cerca del clímax—. Ven aquí arriba ahora.

La atrajo hacia su duro cuerpo y la besó hambriento, empujando la lengua contra la caliente funda de su boca de la misma forma que antes la había enterrado dentro de su sexo. Luego se agachó y le separó las piernas sujetándolas desde atrás, extendiendo los montículos húmedos de su firme y bonito culo. La atrajo hacia él y llevó una mano al resbaladizo y caliente centro de su cuerpo.

—Necesito estar dentro de ti —gruñó, con un ansia creciente que lo hacía sentirse a punto de explotar.

Afirmando los pies contra el suelo de la ducha y con la espalda apoyada en la pared, la levantó sobre él. Lentamente, silbando ante la pura sensación de placer ardiente, la guio a lo largo de su miembro totalmente erecto.

Ella gimió, enterrando la cara en su hombro mientras él la mecía a un ritmo sin prisas, deleitándose con cada suspiro y jadeo de placer que ella le daba. Ella se corrió con un grito estremecedor, ordeñándolo con la funda de su sexo, mientras él sentía diminutas pulsaciones recorriendo toda la longitud de su miembro.

Su propia necesidad de correrse rugía cada vez más. Le hizo darse la vuelta y le separó las piernas. Ella se inclinó hacia delante, apoyando las manos contra la pared de mármol, mientras el agua caía por su columna y por la grieta de su precioso culo. Él volvió a penetrarla, como si regresara a casa, pasando un brazo alrededor de su cintura mientras empujaba con fuerza hacia adentro, demasiado excitado para poder tomarse las cosas con calma.

Nunca había experimentado un sexo tan intenso. Nunca había conocido la profundidad del deseo que sentía por esa mujer. La urgencia de poseerla lo golpeaba, tanto como la primera vez que había hecho el amor con ella. El ardiente deseo de reclamarla como suya, marcarla como suya y retenerla lejos de cualquier otro hombre para siempre, era algo que no esperaba sentir.

Pero ahora ese sentimiento estaba vivo en él. Mientras bombeaba en el suave y húmedo calor de su cuerpo, las encías le dolían por el ansia de probarla. Unirla a él, a pesar de la imposibilidad de un lazo eterno con aquella mujer mortal, como ocurriría si fuese una compañera de sangre.

Rugió con la fuerza de ese deseo, incapaz de dejar de apretar su boca contra la suave curva de su cuello y de su hombro mientras la penetraba cada vez más profundamente con la firmeza de sus embestidas. Todo el tiempo, las puntas de sus colmillos descansaban contra la tierna piel. Jugando... jugando.

—Hazlo —susurró ella—. Oh, Dios, Brock... quiero sentirlo. Quiero sentirlo todo de ti.

Él soltó un gruñido grave y gutural, permitiendo que las afiladas puntas de sus colmillos se hundieran tan solo un poco más, a punto de atravesar la superficie de su piel.

—No significaría nada —dijo ásperamente, sin saber si era la rabia o el lamento lo que hacía que su voz sonara tan cruda. Su orgasmo se acercaba en espiral, a punto de explotar—. Yo solo... Ah, joder... necesito probarte, Jenna.

Ella se acercó hacia él y colocó la palma de su mano en la nuca, dispuesta a obligarlo.

—Hazlo.

Él mordió, penetrando la suave carne en el mismo instante en que se enterraba en ella y se derramaba en lo más profundo de su interior. La sangre de Jenna era caliente en su lengua, un espeso y cobrizo chorro de células rojas, y jamás había probado algo tan dulce. Bebió mientras ella alcanzaba de nuevo el clímax, con cuidado de no hacerle daño, deseando darle únicamente placer. Cuando ella terminó por relajarse, después de correrse otra vez, él pasó la lengua suavemente sobre los dos pinchazos gemelos para curarlos.

Hizo que se diera la vuelta para mirarlo, los dos empapados bajo el cálido diluvio de la ducha. Él no tenía palabras, solo reverencia y asombro ante aquella mujer humana que le había robado el corazón. Ella alzó la mirada hacia él por debajo de las oscuras pestañas, con las mejillas sonrosadas y la boca todavía hinchada por los besos.

Brock le acarició la mandíbula, esa tozuda y hermosa mandíbula. Ella sonrió, con esa seductora curva de sus labios, y de pronto se estaban besando de nuevo. El sexo de él respondió al instante, y el fuego en su sangre hirvió rápidamente. Jenna se acercó para tocarlo, al mismo tiempo que deslizaba la lengua en el interior de su boca para jugar con sus colmillos.

«Oh, sí.»

Iba a ser una noche larga.

Capítulo veinticuatro

Jenna se despertó en la gran cama de Brock, rodeada por sus fuertes brazos.

Habían hecho el amor durante horas interminables: bajo el agua de la ducha, contra la pared del dormitorio, sobre el sofá del salón... Perdió la pista de todos los lugares y todas las formas creativas que habían encontrado para que sus cuerpos se dieran placer el uno al otro.

Ahora abría los ojos en un estado de dichosa satisfacción mientras se acurrucaba aún más contra su abrazo, con la mejilla apretada contra su pecho, y una pierna flexionada y colocada sobre sus muslos. Su movimiento provocó en él un gruñido grave y profundo que vibró a través de ella.

—No quería despertarte —susurró.

Otro gruñido, algo oscuro y malévolo.

—No estaba durmiendo.

Sus bíceps se flexionaron cuando la apretó contra él, luego le cubrió una mano con la suya para guiarla hacia esa parte de él que, sin ninguna duda, estaba totalmente alerta. La risa de Jenna sonó algo somnolienta en el fondo de su garganta.

—Para ser tan viejo tienes mucha resistencia.

Él le dio un leve empujón mientras Jenna lo tocaba y su gruesa verga se puso todavía más rígida, imposiblemente larga, entre su mano.

—¿Tienes algo en contra de los centenarios?

—¿Tienes cien años? —preguntó ella, incorporándose sobre el codo para mirarlo. Había tantas cosas acerca de él que no sabía. Tantas cosas que quería aprender—. ¿Eres realmente tan viejo?

—Por ahí. Probablemente aún más viejo, pero dejé de contar los años hace ya mucho tiempo. —Sonrió, solo una ligera curva en sus labios sensuales mientras se estiraba para colocarle un mechón de cabello detrás de la oreja—. ¿Tienes miedo de que no pueda estar a tu altura?

Ella alzó una ceja.

—No después de esta noche.

Él se echó a reír y ella se inclinó para besarlo. Se incorporó y se puso a horcajadas sobre él, suspirando de placer al ver de qué modo tan perfecto se acoplaban. Mientras ella se movía perezosamente encima de él, simplemente recreándose en la sensación de cómo la llenaba de nuevo, advirtió las diminutas marcas del mordisco que le había dado en el cuello la última vez que hicieron el amor.

Había sido incapaz de resistirse a morderlo, especialmente después de que él bebiera de ella en la ducha. Solo el hecho de pensarlo de nuevo ahora la hizo excitarse. Se inclinó sobre él y lamió con la lengua la palpitante base de su garganta.

—Mmm —gimió contra su piel—. Eres increíble.

—Y tú eres insaciable —respondió él, aunque no pretendía que sonara exactamente como una crítica.

—Bueno, entonces considera que estás avisado. Parece que tengo energía para quemar, especialmente en relación contigo. —Ella lo dijo como una broma, pero al oírse se dio cuenta de hasta qué punto era cierta su afirmación. Se echó hacia atrás y lo miró fijamente, atónita por todo lo que estaba sintiendo—. No logro recordar cuánto tiempo llevaba sin sentirme tan bien. Nunca me había sentido tan… yo qué sé… tan viva, supongo.

Sus ojos marrón oscuro la miraron tiernamente.

—Pareces estar cada día mejor.

—Y lo estoy. —Tragó saliva, reflexionando sobre todos los cambios que habían tenido lugar desde su llegada al recinto de la Orden. Nunca se había sentido tan en consonancia con el mundo que la rodeaba, tan curiosa y comprometida con la vida. Físicamente todavía se estaba recuperando, todavía estaba esperando para ver qué impacto podía tener sobre ella la experiencia funesta sufrida en Alaska, pero por dentro se sentía optimista y fuerte.

Por primera vez en mucho tiempo, por dentro se sentía en paz, esperanzada. Se sentía como si fuera posible enamorarse otra vez.

Tal vez ya estaba enamorada.

Darse cuenta de eso le robó el aliento. Miró fijamente a Brock, preguntándose cómo había dejado que ocurriera. ¿Cómo podía haberle abierto su corazón tan rápido, tan enteramente? Tan imprudentemente...

Lo amaba, y esa idea la aterrorizaba.

—Eh —dijo él, acercándose—. ¿Estás bien?

—Sí, estoy bien —susurró—. Nunca he estado mejor.

Al fruncir el ceño él pareció indicar que no la creía del todo.

—Ven aquí —le dijo, y suavemente la colocó frente a él en la cama, envolviéndola con su cuerpo.

No la penetró inmediatamente, solo hizo anidar su dura erección entre sus muslos y la sostuvo al cálido abrigo de sus brazos. Le besó un hombro, en el mismo lugar donde había hundido sus colmillos la noche anterior. Ahora su boca era suave, su aliento resbalaba cálidamente sobre su piel.

Jenna suspiró profundamente, tan contenta por poder simplemente relajarse con él.

—¿Cuánto tiempo crees que podemos quedarnos juntos en la cama antes de que alguien note nuestra ausencia?

Él gruñó despacio y luego le besó el hombro.

—Estoy seguro de que ya lo han notado. Alex sabe que estoy aquí, lo que significa que Kade también sabe que estoy aquí.

—Y tu compañero de habitaciones —le recordó ella.

—Sí. —Soltó una risita—. A Cazador no le importa nada. Me gusta ese tipo, pero juraría que es una máquina de carne y huesos la mayor parte del tiempo.

—No soy capaz de imaginarme lo que debe de haber sido para alguien como él esa forma de crianza —murmuró Jenna, sin entender cómo alguien podía salir de ese tipo de entorno sin profundas cicatrices. Sintió un escalofrío al pensar en eso y se acurrucó todavía más entre los cálidos brazos de Brock. Notaba su cuerpo caliente y firme contra su espalda, algunas partes significativamente más firmes que otras. Ella sonrió, imaginándose lo fácil que le resultaría acostumbrarse a eso—. Hablando de compañeros de piso...

Él gruñó ante la pregunta, dejando que los dedos jugaran con su pelo.

—¿Qué pasa con ellos?

—Solo estaba pensando que parece bastante tonto por tu parte renunciar a tus habitaciones, especialmente ahora que...

—Dejó extinguirse las palabras, insegura de cómo clasificar su relación, que supuestamente iba a ser despreocupada y sin complicaciones pero que se había convertido en mucho más que eso.

Brock pasó la boca lentamente por la curva de su hombro, y luego la hizo subir por su cuello.

—¿Me estás pidiendo que me instale contigo, Jenna?

Ella se estremeció bajo la cálida humedad de sus labios y la erótica abrasión de los colmillos en su tierna piel.

—Sí, supongo que sí. Quiero decir... esta es tu cama, al fin y al cabo. Todo lo que hay aquí es tuyo.

—¿Y qué pasa contigo? —Le cogió el pelo y se lo apartó a un lado, apretando los labios contra su nuca desnuda—. ¿Tú también eres mía?

Ella cerró los ojos, inundada de placer por su beso y atravesada por una brillante y aterradora alegría.

—Si quieres saber la verdad, creo que una parte de mí te ha pertenecido desde Alaska.

El gruñido con que él respondió no sonó nada infeliz. La atrajo aún más cerca, y jugó con su lengua alrededor de esa sensible zona detrás de la oreja. Sin embargo, de repente se quedó muy quieto.

Ella no se esperaba el rudo insulto que siguió.

—Jenna —murmuró, con un deje de alarma—. Ah, joder.

Un nuevo miedo la recorrió, agudo y frío.

—¿Qué pasa?

Él tardó un segundo en responder.

Cuando lo hizo su voz sonó grave e incrédula.

—Es un glifo. Dios bendito, Jenna... se está formando un dermoglifo en tu nuca.

Una hora más tarde, Jenna estaba sentada en la mesa de exámenes de la enfermería, después de haberse sometido a una nueva tanda de análisis de sangre y muestras de tejidos, por petición de Gideon. Se había quedado conmocionada al ver el pequeño dermoglifo que cubría la incisión donde estaba localizado el implante del Antiguo, pero tal vez no más conmocionada que el resto de los habitantes del recinto. Todo el mundo había acudido a ver la marca en la piel, del tamaño de un dólar, oculta debajo de su pelo. Aunque nadie manifestaba sus especulaciones en voz alta, Jenna sabía que todos estaban preocupados por ella, sin saber lo que ese nuevo desarrollo podría significar para ella a largo plazo.

Ahora todos habían salido de la habitación excepto Brock, de pie a su lado, callado y de rostro serio con su camisa negra y sus vaqueros oscuros. Jenna tampoco tenía mucho que decir, miraba ansiosa mientras el genio residente de la Orden extraía una última pipeta de sangre de su brazo.

—¿Dices que todavía te encuentras bien? —señaló Gideon, mirándola por encima de los cristales azules sin montura de sus gafas—. ¿Has notado alguna otra marca en tu cuerpo? ¿Algún cambio físico o sistémico desde la última vez que hablamos?

Jenna negó con la cabeza.

—Nada.

Gideon deslizó una mirada a Brock antes de volver a mirarla a ella.

—¿Y qué me dices de otras funciones de tu cuerpo? ¿Has notado algún cambio en tu sistema digestivo? ¿Algún cambio en tu apetito o falta de interés por la comida?

Ella se encogió de hombros.

—No. Como como un caballo, igual que siempre.

Eso pareció aliviarlo un poco.

—Entonces, ¿no tienes ningún deseo extraño cuando tienes hambre o sed?

Una oleada de calor la inundó al alzar la mirada hacia Brock. Las marcas de mordisco que ella le hizo ya se habían ido, pero recordaba vívidamente la necesidad que se había despertado en ella al hundir los dientes en su carne mientras hacían el amor. Lo había deseado con una sed que difícilmente podía comprender, y mucho menos explicar.

Y ahora ella se preguntaba...

—Yo... hum... Si estás hablando de sangre —murmuró, incómoda al notar su rostro ruborizado mientras Brock permanecía con los ojos clavados en ella—. He tenido ciertos... deseos.

Las cejas rubias de Gideon se alzaron con sorpresa un momento antes de dirigir su atención hacia Brock.

—Te refieres a que vosotros dos...

—Lo mordí —soltó Jenna—. Anoche, y también unas noches atrás. No pude evirtarlo.

—Bueno, joder —dijo Gideon, sin intentar ocultar su diversión al saber que ella y Brock habían intimado—. ¿Y qué me dices tú, amigo? ¿Has bebido de ella también?

—Hace unas horas —respondió Brock, asintiendo con seriedad, pero sin parecer para nada arrepentido cuando volvió a mirarla—. Fue increíble, pero sé adónde quieres ir a parar con esto, Gideon, y puedo asegurarte que su sangre es pura sangre de *Homo sapiens*.

—¿No tiene aroma?

Brock negó con la cabeza.

—Solo el sabor cobrizo de la hemoglobina. Ella es humana.

—Excepto por las duplicaciones añadidas a su ADN que hallamos en los últimos resultados de sus muestras, la otra cosa que ella ha mencionado y el hecho de que ahora tiene un glifo. —El guerrero pasó los dedos por sus cortos y despeinados cabellos dorados—. Y hay también algo más.

Cuando miró de nuevo a Jenna, había en sus ojos una ansiedad que ella no había visto antes. No parecía seguro de lo que pretendía decir y, para un hombre que normalmente tenía respuestas para todos los problemas imaginables, su inseguridad ahora era descaradamente alarmante.

—Dímelo, Gideon.

Brock se acercó y la tomó de la mano.

—Mierda, Gideon. ¿Qué otra cosa puedes haber encontrado?

El otro guerrero tenía el ceño y los labios fruncidos.

—Hay algún tipo de lectura energética que parece estar asociada con el implante... una emisión de algún tipo.

—¿Qué demonios significa eso? —preguntó Brock, apretando los dedos de ella entre los suyos.

Gideon se encogió de hombros.

—No es nada que pueda capturar con ninguno de mis equipos, así que no puedo decirte lo que es exactamente. Se trata de tecnología avanzada, mucho más avanzada que cualquier cosa que tengamos aquí. Probablemente más avanzada que cualquier cosa que haya en este planeta. Lo que supongo es que esa emisión de energía está integrada en el implante mismo.

Jenna se llevó la mano libre a la nuca, y notó el ligero relieve del contorno de los arcos y curvas del glifo.

—¿Crees que esa energía es simplemente un indicador de que el implante está activo dentro de mí?

—Puede ser tan simple como eso, sí.

Ella lo observaba mientras hablaba, advirtiendo que todavía conservaba el mismo aire de gravedad y cautela.

—Podría ser así de simple, pero tú no crees que lo sea, ¿verdad?

Él se acercó y le tocó suavemente el hombro.

—Vamos a continuar buscando respuestas, tienes mi palabra.

Brock asintió con seriedad a su compañero antes de envolver a Jenna con un brazo protector.

—Gracias, amigo.

Gideon sonrió brevemente y los miró a los dos.

—Voy a examinar estas muestras y os daré los resultados tan pronto como los tenga.

Se volvió para dirigirse hacia la puerta, al mismo tiempo que se oyó el ruido de una pesadas botas acercándose por el pasillo. Apareció Kade, con un brillo de urgencia en sus agudos ojos plateados.

—Harvard acaba de recibir una llamada de Mathias Rowan —anunció abruptamente—. La Agencia de la Ley tiene una posible pista acerca de la localización de Kellan Archer.

—¿Qué sabemos? —preguntó Brock, con el brazo todavía sobre los hombros de Jenna, pero ya preparado para ponerse a funcionar a modo de un guerrero.

—Al parecer hay otro testigo. Un humano que vive en las calles de Quincy dice que vio a tres tipos enormes que parecían matones llevando a un chico a toda prisa hacia una zona de construcción en la madrugada de anoche.

Brock gruñó.

—¿Esa pista proviene de un humano? ¿Desde cuándo la

agencia usa *Homo sapiens* sin techo en calidad de informantes?

—A mí no me lo preguntes, amigo —dijo Kade, levantando las manos—. Un agente llamado Freyne pasó la información. Harvard dice que es un tipo que mantiene lazos con humanos que se prestan a tener sus ojos y sus oídos bien atentos en las calles a cambio de algo de dinero y narcóticos.

—Por el amor de Dios —soltó Brock—. ¿Freyne y un humano drogadicto son nuestras fuentes para seguir la pista del chico?

Kade sacudió la cabeza.

—Por ahora es todo lo que tenemos. Lazaro y Christophe Archer ya se han puesto de acuerdo con Mathias Rowan para dirigirse a Quincy esta noche con un equipo de agentes a registrar la zona.

El insulto de Brock fue un eco del que dejó escapar Gideon, igualmente brutal.

—Lo sé —dijo Kade—. Lucan quiere a todo el mundo en el laboratorio de tecnología para discutir nuestras alternativas. Suena a que vamos a tener una noche de tiroteo con la Agencia de la Ley.

Capítulo veinticinco

No hubo mucho tiempo para preparar el encuentro aquella noche con Mathias Rowan y su equipo de agentes de la ley. Por otra parte, toda la operación se organizaba sobre la base de una pista proveniente de fuentes más que dudosas, y del deseo desesperado que tenían Lazaro Archer y su hijo de que el muchacho hubiera sido efectivamente llevado a la ciudad en construcción que estaba a las afueras de Quincy.

Ni Brock ni el resto de la Orden tenían la misma esperanza en que la pista demostrara ser útil. Si Dragos era el instigador del secuestro, y parecía razonable asumir que así fuera, las probabilidades de encontrar al chico con vida, y además tan rápido, eran en el mejor de los casos remotas.

Pero ninguno de los guerreros dijo nada de todo eso mientras se acomodaban detrás de los vehículos de la Agencia de la Ley aparcados en la calle adyacente al terreno.

Mathias Rowan fue el primero en ir a su encuentro. Se separó de los otros seis agentes que lo acompañaban y caminó hacia el Rover. Mientras tanto, Brock apagaba el motor y los guerreros que venían con él bajaban al pavimento helado. Chase hizo las presentaciones, comenzando con Tegan y Kade y después con Brock, que ya había tenido contacto con el agente Rowan.

Cazador formaba parte de la operación de la Orden esa noche, pero se había bajado del Rover una manzana antes del punto de encuentro para moverse furtivamente y registrar el perímetro del edificio y la zona de los alrededores.

El edificio en cuestión era un bloque de diez pisos, o más bien lo habría sido, según rezaba el cartel de la inmobiliaria que había a la entrada, si el banco que financiaba su construcción no se hubiera hundido por la reciente crisis económica de los humanos. A medio construir durante meses y totalmente descuidada, la torre de ladrillos era poco más que el esqueleto de un refugio… vacío, con los suelos sin terminar y los huecos abiertos de las ventanas. El lugar parecía tranquilo, lo bastante desierto como para resultar útil para un posible escondite.

—Lazaro Archer y el padre del chico también están aquí —informó Rowan a los guerreros—. Los dos insistieron en venir, aunque les he advertido que será mejor para todos los involucrados que se queden en uno de los vehículos de la agencia mientras conducimos la búsqueda.

Tegan inclinó la cabeza en señal de acuerdo.

—¿Quieres decir que aún no os habéis acercado al edificio?

—No. Acabamos de llegar justo un momento antes que vosotros.

—¿Y no has visto a nadie entrando ni saliendo del edificio? —preguntó Brock, mirando la oscura estructura mientras una ráfaga de nieve fina se arremolinaba alrededor de ellos.

—No hemos visto ni oído nada —dijo Rowan—. Pero hasta ahora no tenemos ninguna pista mejor que esta.

—Vayamos a echar un vistazo —dijo Tegan, poniéndose en marcha.

Al acercarse a los vehículos de la Agencia de la Ley, Brock reconoció a Freyne entre el equipo de agentes de Rowan. Él y otros dos hombres estaban apoyados contra uno de los sedán, con sus pistolas semiautomáticas enfundadas y a la vista, bajo sus abrigos de invierno abiertos. Brock miró fijamente al agente beligerante, desafiando a cualquiera del grupo a hacer algún comentario estúpido mientras se acercaban.

Chase fue menos sutil. Sonrió al que había sido su adversario un par de noches atrás.

—Me alegro de verte de nuevo en pie después de limpiar el pavimento con tu culo la otra noche. Cuando quieras que lo haga otra vez, no tienes más que decírmelo.

—Que te jodan. —Freyne sonrió despectivamente, al parecer preparado para intensificar las cosas con su antiguo compañero.

El intercambio de veneno fue breve, interrumpido cuando se abrió la puerta trasera de un vehículo de la agencia. Lazaro

Archer salió del coche, con su severo rostro endurecido por la preocupación. Saludó a los guerreros con un gesto solemne.

—Christophe y yo queremos estar ahí cuando registréis el edificio —dijo, dirigiendo su petición a Tegan—. No podéis pretender que nos quedemos esperando...

—Eso es exactamente lo que pretendemos. —La voz de Tegan era firme pero respetuosa—. No sabemos lo que podemos encontrar ahí esta noche, Lazaro. Puede que no sea nada. Pero si hay algo, debes dejar que nos ocupemos nosotros.

—Mi hijo y yo queremos ayudar —argumentó.

La mandíbula de Tegan estaba ahora muy marcada.

—Entonces ayudadnos dejando que hagamos nuestro trabajo. Quedaos aquí. Sabremos muy pronto si esta pista conduce a algo. Chase, mantén la guardia con los hombres de Rowan hasta que volvamos. No los pierdas de vista.

A Brock no le pasó inadvertida la expresión de irritación del rostro de Harvard, pero el antiguo agente se dispuso a hacer lo que se le había ordenado. Con Freyne y los otros dos agentes haciendo guardia, hizo volver a Lazaro Archer al vehículo y cerró la puerta.

Se apoyó contra el coche, con los brazos cruzados sobre el pecho, y observó mientras Brock y el resto del grupo se movían hacia el oscuro edificio.

Se aproximaron silenciosamente. Las señales de Tegan para dividirse en dos equipos fueron entendidas y aceptadas tanto por Brock y Kade como por Rowan y sus tres agentes. El equipo de la Agencia de la Ley se dirigió a la escalera trasera, mientras que Tegan, Brock y Kade entraron por la parte frontal de la estructura vacía, accediendo a lo que debería ser un vestíbulo.

Una vez en el interior, se hizo evidente que el edificio no estaba por completo deshabitado. Primero se oyó el sonido de unos pasos en el piso superior justo encima de sus cabezas. Desde la misma zona general, la pata metálica de una silla hizo un chirrido agudo. Y luego, a contracorriente del viento helado que aullaba a través de los agujeros abiertos de las ventanas, se oyó el sonido amortiguado de unos gritos gimoteantes.

Tegan hizo un gesto señalando el hueco de la escalera del

piso principal. Brock y Kade lo siguieron. Los tres subieron el breve tramo de escaleras con las armas preparadas.

Al llegar al segundo piso, la mirada de Brock se dirigió hacia una débil luz que brillaba desde algún lugar cercano al otro extremo del apartamento inacabado. Tegan y Kade también la vieron.

—¿Humanos? —silabeó Tegan a sus compañeros sin hacer ruido. Supuso que debían de ser vagabundos ocupas, y ya que cualquier miembro de la estirpe podía ver perfectamente en la oscuridad y no necesitaba luz artificial podrían descubrirlos.

Tegan les hizo un gesto para seguir moviéndose e investigar la fuente de la pequeña luz.

Avanzaron en la oscuridad, y los tres se separaron para llegar al lugar desde distintos ángulos. Cuando estaban cerca, Brock distinguió tres grandes figuras masculinas vestidas de negro de los pies a la cabeza y cargados con armas semiautomáticas. Los guardias enmascarados se situaban amenazantes ante una figura pequeña situada en el centro del espacio sin paredes.

Kellan Archer.

Dios bendito, la pista de Freyne después de todo había resultado ser buena.

El joven de la estirpe estaba cabizbajo, con el pelo rojizo enredado y apelmazado y las ropas desgarradas probablemente por culpa del rudo trato de sus secuestradores. Tenía las manos atadas detrás de la espalda y los tobillos y el torso sujetos a una silla metálica con una cadena que daba un par de vueltas.

Siendo de la estirpe, aun tratándose de un adolescente, Kellan probablemente podría liberarse de sus cadenas si lo intentaba. Pero tendría pocas probabilidades de escapar de tres de los cazadores de Dragos, cada uno de ellos armado hasta los dientes y lo bastante cerca como para llenarlo de plomo.

Tegan lanzó una mirada a Brock y luego a Kade, una señal silenciosa para que avanzaran. Tenían que moverse en silencio y colocarse en la mejor posición para que cada uno pudiera ocuparse de uno de los asesinos de la primera generación sin que Kellan Archer quedara atrapado en el tiroteo.

Pero antes de que ninguno de ellos pudiera dar el primer paso, Brock oyó un suave clic metálico procedente de la zona más oscura del segundo piso.

Mathias Rowan y sus agentes estaban allí. Ellos también habían visto al chico capturado.

Y en aquel mismo instante, uno de los gilipollas de gatillo fácil de la Agencia de la Ley decidió abrir fuego.

El estallido de disparos dentro del edificio se oyó desde la calle.

—Joder —ladró Sterling Chase, sobresaltándose ante el estruendo repentino—. ¡Deben de haber encontrado al chico!

Freyne observaba la reacción del antiguo agente de la ley en un estado cercano al pánico mientras el tiroteo continuaba. Chase sacó su arma y dirigió una mirada salvaje al edificio. Sterling Chase, el macho de la estirpe que tenía una carrera brillante en el seno de la agencia no hacía tanto tiempo y que lo había dejado todo para unirse a la Orden.

Idiota.

Podía haberse aliado con una organización mucho más poderosa, tal y como había hecho el propio Freyne tan solo un mes antes.

—Voy a entrar —dijo Chase, levantando la pistola negra nueve milímetros y alejándose del vehículo de la agencia—. Tú y tus hombres quedaos aquí, Freyne. No mováis el culo de este lugar ni por un condenado segundo, ¿entendido?

Freyne asintió en señal de aprobación, esforzándose por ocultar su sonrisa entusiasta. Esa era exactamente la oportunidad que quería. De hecho, había contado con que las cosas ocurrieran exactamente como hasta ahora.

—Asegúrate de que los Archer sigan en el vehículo —gritó Chase mientras sus botas pisoteaban el asfalto cubierto de nieve y lo conducían hacia el caos de armas de fuego que aún sonaba desde la esquelética torre—. No les quites los ojos de encima, pase lo que pase.

—Cuenta con ello —murmuró Freyne por lo bajo cuando ya no podía oírlo el antiguo agente.

Junto a él en la calle, se abrió la ventanilla del asiento trasero del coche. Christophe Archer se asomó desde el interior del sedán; su rostro, normalmente orgulloso, estaba tenso por la preocupación.

—¿Qué está pasando? —Se estremeció al oír el eco del estruendo en la oscuridad—. Dios santo, ¿quién está disparando? ¿Han encontrado a mi hijo?

Archer hizo un movimiento como para intentar salir del vehículo. Freyne lo detuvo, bloqueando la puerta.

—Tranquilo —le dijo al nervioso padre. Mientras hablaba, silenciosamente sacó de su funda la semiautomática. Con un movimiento de ojos apenas distinguible ordenó a los otros dos agentes que se colocaran al otro lado del coche para imitarlo—. Lo tenemos todo bajo control.

Capítulo veintiséis

$\mathcal{T}$odo el segundo piso del edificio de apartamentos destrozado era un caos de balas y gritos groseros provenientes tanto de la Orden como de Mathias Rowan y sus hombres. Los tres enormes guardias que estaban con Kellan Archer repelieron el ataque, disparando salvajemente en las sombras y derribando a dos de los agentes de Rowan en el momento de la confrontación sorpresa.

El tercero cayó con un aullido de dolor, y su rótula crujió debajo de él justo en el momento en que otra bala lo silenciara por completo. El fuego implacable continuaba, y Brock esquivó una bala que le pasó rozando la cabeza.

En la confusión y refriega, la gruesa vela usada para iluminar la zona donde se hallaba Kellan fue derribada de una patada. Rodó a los pies de los secuestradores; su pequeña llama se apagó sobre el suelo y dejó el lugar sumido en la oscuridad. La débil luz se extinguió, pero Brock y sus compañeros apenas notaron su ausencia. Los hombres de Dragos, en cambio, parecieron momentáneamente desorientados en la oscuridad.

Brock alcanzó a uno de ellos con un disparo en la cabeza. Tegan le dio al otro apenas un segundo más tarde. Mientras el último asesino que quedaba lanzaba al aire una bala tras otra de su rifle automático, Brock se movió hacia un lado. Se agachó y avanzó a gatas hasta la silla donde estaba Kellan Archer, que ahora luchaba frenéticamente por liberarse de sus cadenas.

Los guerreros y Rowan arrinconaron al tercer asesino de capucha negra, con todas las armas apuntando hacia él. Hubo una frenética lluvia de disparos y el blanco fue rápidamente derribado y cayó al suelo como un bulto ferozmente encarnizado.

Brock agarró a Kellan por sus estrechos hombros, tratando de calmar los gritos aterrorizados del chico.

—Está bien, muchacho; ahora estás a salvo.

El repentino e inesperado olor a hemoglobina desde algún lugar cercano lo hizo retroceder.

¿Qué demonios…?

Sus colmillos emergieron de las encías, como respuesta fisiológica instintiva, mientras sus sentidos de la estirpe detectaban la presencia de sangre fresca derramada. Lanzó una mirada a Tegan y a los demás y observó que los otros también habían captado el aroma cobrizo de las células rojas.

—Humanos —murmuró Tegan, con sus ojos ahora color ámbar fijos en los tres guardias muertos que yacían en el suelo sobre charcos de sangre.

—No tienen collares —añadió Brock, dándose cuenta ahora de que debajo de sus cabezas cubiertas con capuchas negras los secuestradores de Kellan no llevaban el aparato de rayos UVA de los verdaderos cazadores de Dragos—. Maldita sea. No son los asesinos de la primera generación los que secuestraron al chico.

Kade y Mathias Rowan se acercaron a la vez. Se dispusieron a quitar las máscaras de los hombres caídos. Kade levantó los párpados cerrados de uno de ellos y soltó un taco.

—Son secuaces.

—Secuaces que pretendían hacernos creer que eran asesinos de la primera generación —añadió Brock, al tiempo que quitaba la última de las cadenas de Kellan Archer y lo ayudaba a ponerse en pie—. Esto era algún tipo de montaje.

—Sí —dijo Kade—. ¿Pero con qué propósito?

—Dios bendito. —Chase estaba de pie detrás del grupo; acababa de llegar justo en aquel momento. Sus ojos lanzaron una llamarada ámbar, sus pupilas se estrecharon y sus colmillos asomaron por debajo de su labio superior. Observaba fijamente a los humanos ensangrentados—. ¿Qué demonios ha ocurrido aquí?

Tegan fue hacia él.

—¿Dónde están los Archer?

—Están fuera —respondió con voz grave. Pareció costarle cierto esfuerzo llevar su foco de atención hacia Tegan—. Los dejé con Freyne y sus hombres cuando oí los disparos aquí.

Una expresión de terror repentino inundó el rostro de Tegan, normalmente impasible.

—Joder, Harvard. Te dije que no los perdieras de vista.

Cazador no hizo ningún ruido mientras regresaba de su registro alrededor del perímetro de la construcción. Retrocedió corriendo al oír el estallido de disparos en el edificio de apartamentos, pero de repente le interesó más el disparo único que oyó cerca de los vehículos de la agencia que estaban en la calle.

A través de las ráfagas de nieve que se arremolinaban en el aire de la noche oscura, divisó a ese agente llamado Freyne sosteniendo una pistola recién usada frente a la ventanilla abierta del asiento trasero del sedán negro de la agencia. En aquel mismo instante, los compañeros de Freyne también abrieron fuego sobre el coche, disparando por todos lados.

Cazador dio un salto enorme, atravesando los metros que lo separaban de la escena en menos de un pestañeo. Se abalanzó sobre Freyne. Mientras derribaba al vampiro atisbó la carnicería del interior del sedán, donde había explotado un cráneo. El hedor de pólvora y muerte impregnaba el aire mientras los otros dos guardias continuaban asaltando a los ocupantes del vehículo.

Freyne rugió debajo de Cazador, sacudiéndose y tratando de deshacerse de él. Cazador apretó las manos a cada lado de la cabeza del vampiro e hizo un movimiento fuerte y eficaz. La lucha cesó. El cuerpo sin vida de Freyne quedó en la cuneta, con los ojos sin brillo mirando en un ángulo antinatural por encima de su hombro.

En el mismo momento, un ruido sordo agitó el coche. Un aullido hizo vibrar la tierra, y luego la puerta del otro lado fue arrancada de sus bisagras. Salió volando a varios metros de distancia antes de aterrizar sobre el pavimento.

Lazaro Archer irrumpió desde el interior, con el abrigo y la cara salpicados de sangre y pedazos de hueso y de sesos.

Se arrojó sobre uno de los agentes traidores y aferró al otro por la garganta con sus enormes colmillos afilados como puñales. Mientras los dos caían al suelo en un abrazo mortal, Cazador saltó sobre el capó del sedán y agarró al último de los asaltantes, acabando con él tan fácilmente como lo había hecho con Freyne.

Lanzó una mirada apática a Lazaro Archer y al macho de la estirpe cuya garganta estaba abierta, derramando sangre de un mordisco despiadado y letal. Archer no había acabado, aunque el agente que había debajo de él sin duda estaba bien muerto. Estaba poseído por una furia salvaje, perdido en un dolor sobre el que Cazador, criado para carecer de todo apego emocional, solo podía especular.

Cazador se puso en pie y miró el interior del vehículo, donde el hijo de Lazaro yacía sin vida en el suelo del asiento trasero, muerto por la bala que Freyne le había disparado a un lado de la cabeza.

El terror que Tegan había sentido en el edificio no estaba fuera de lugar. De hecho, lo que esperaba al grupo mientras se precipitaban fuera del edificio con el joven Kellan Archer era todavía peor de lo que imaginaban.

La muerte estaba presente en la calle donde se hallaban aparcados los vehículos de la agencia. Uno de ellos —ese donde se encontraban Lazaro y Christophe Archer— estaba acribillado de balas, lleno de agujeros y con las ventanillas destrozadas. Desde más cerca, Brock pudo advertir que el lado opuesto del sedán estaba totalmente abierto y la puerta del asiento trasero había sido arrancada de sus bisagras.

Habían tendido una emboscada a los ocupantes del coche, un ataque cobarde desde fuera del vehículo. No había duda acerca de quién lo había perpetrado… ni acerca de cómo había terminado. Freyne y los otros agentes yacían en el suelo sin vida, cubiertos de sangre sobre el pavimento. Cazador estaba de pie junto a ellos, impasible, escaneando la zona de alrededor con sus intensos ojos dorados, preparado para reaccionar ante cualquier nuevo problema o amenaza.

Y sentado en el interior del sedán, con la cabeza y el torso inclinado sobre un cuerpo sin vida apoyado en su regazo, se hallaba Lazaro Archer. Incluso a esa distancia, Brock podía ver la sangre y los pedazos de tejido que habían salpicado el abrigo oscuro y el cabello del vampiro de la primera generación. El enorme macho sollozaba en silencio, conmocionado por el dolor de la pérdida de su hijo.

—Dios —susurró Chase cerca de Brock—. Oh, Dios santo… no.

—Freyne —ladró Brock—. Ese bastardo debía de estar trabajando con Dragos.

Chase sacudió la cabeza y se pasó una mano por encima del cuero cabelludo con un gesto evidente de dolor. Cuando habló, su voz sonó apenas sin aire, plana por la conmoción.

—No debí dejarlos con él. Oí los disparos en el interior del edificio y pensé… Ah, joder. No importa lo que pensé. Maldita sea, debería haber sabido que Freyne no era de confianza.

Probablemente tenía razón, pensó Brock, aunque ni él ni ningún otro en el grupo le echaron la culpa en voz alta. La angustia de Chase estaba escrita en su cara. No necesitaba que le recordaran que su falta de juicio le había costado la vida a Christophe Archer esta noche. El típico gallito de Harvard que había en él ahora palidecía y desaparecía en su interior mientras se alejaba de la carnicería y se adentraba en las sombras del edificio vacío.

En cuanto a Brock y los demás, un grave silencio se había instalado ante la vista de tanta sangre y tanta muerte. El nieto de Lazaro Archer había sido rescatado de sus secuestradores, pero el precio había sido alto. El hijo de Lazaro yacía asesinado en sus brazos apenas a unos pocos metros.

Mientras el grupo asimilaba el peso del siniestro giro de los acontecimientos, el joven Kellan Archer de pronto salió de su propio estado de conmoción. Venía detrás de Brock, y aparentemente no había visto a Lazaro sentado en el sedán.

—¡Abuelo! —gritó, con lágrimas que ahogaban su joven voz. Se soltó de la mano de Brock. Y, cojeando, emprendió una débil carrera—. ¡Abuelo! ¿Está también papá contigo?

—Sujeta al chico —gritó Cazador sin alterar la expresión de la voz—. No dejes que se acerque.

Brock agarró a Kellan por el brazo y lo hizo volverse en la dirección opuesta, usando su cuerpo de escudo para impedir que viera la carnicería.

—¡Quiero ver a mi abuelo! —gritó el chico—. ¡Quiero ver a mi familia!

—Hijo —le dijo Brock—, ahora tienes que ser fuerte, amigo. Estarás con tu familia muy pronto. Pero antes tenemos que encargarnos de algunas cosas, ¿de acuerdo?

Kellan dejó de luchar, pero siguió tratando de ver algo por encima de Brock. Trataba de ver qué le ocultaban en el interior del sedán tiroteado.

—Ven y espera aquí conmigo —dijo Kade, acercándose y protegiendo al chico con un brazo alrededor de sus delgados hombros, para guiarlo lejos de su padre y de la sangre hacia el otro extremo de la calle.

Cuando Kellan ya no podía oírlos, Mathias Rowan murmuró un insulto.

—No tenía ni idea de que Freyne y los otros que iban con él eran corruptos, lo juro. Dios mío, no puedo creer lo que ha ocurrido esta noche. Todos mis hombres, Christophe Archer… todos muertos. —Agarró su teléfono móvil—. Tengo que informar de esto.

Antes de que pudiera darle a una tecla, Tegan pasó su mano alrededor de la muñeca del agente y sacudió la cabeza muy serio.

—Necesito que guardes la mayor discreción posible en torno a esto. ¿Podrías retrasar tu informe mientras la Orden se ocupa de investigar mejor el secuestro y la emboscada?

Rowan inclinó la cabeza en señal de asentimiento.

—Puedo retrasarlo durante unas horas, pero más sería difícil. Algunos de estos agentes tenían familia. Harán preguntas.

—Lo entiendo —respondió Tegan. No soltó la muñeca del agente, y Brock supo que el don del vampiro de la primera generación para leer a una persona a través del tacto le diría si Rowan era verdaderamente o no un aliado de la Orden. Después de un momento, Tegan asintió débilmente—. Sé que has sido el contacto de Chase en el interior de la agencia durante un tiempo, Mathias. La Orden agradece enormemente tu ayuda. Pero ahora no podemos confiar en nadie, ni siquiera en tus mejores agentes.

Mathias Rowan asintió con la cabeza y su mirada solemne se detuvo sobre toda la destrucción que había detrás de Tegan y Brock.

—Este es un ejemplo de lo que Dragos es capaz de hacer, así

que es mi enemigo también. Dime lo que la Orden necesita y haré todo lo que pueda para contribuir a la derrota de ese hijo de puta.

—Por ahora necesitamos tiempo y silencio —respondió Tegan—. No creo que Dragos haya acabado con Lazaro Archer y su familia, por tanto su protección es primordial. Estoy seguro de que Lucan estará de acuerdo con que el rescate de esta noche parecía demasiado fácil, a pesar de las casualidades. Hay algo que no está bien en todo esto.

Brock asintió, pues había tenido la misma sensación al descubrir que los secuestradores de Kellan eran secuaces y no el trío de asesinos de la primera generación que según los testigos habían raptado al chico.

—El secuestro ha sido una artimaña. Dragos se guarda algo más en la manga.

La mirada de Tegan era sombría.

—Eso es lo que me dicen también mis entrañas.

—Ruego que estéis los dos equivocados —dijo Rowan, dirigiendo una mirada sombría al sedán donde todavía seguía Lazaro con su hijo muerto—. Estas últimas horas ya hemos tenido suficiente sangre.

—Debemos desalojar el edificio y la calle y largarnos de aquí —dijo Tegan—. Es demasiado arriesgado que cualquiera de los Archer esté al descubierto durante más tiempo.

—Empezaré con la limpieza de las pruebas —se ofreció Brock.

Tan pronto como se dirigió hacia el edificio de apartamentos, Rowan fue junto a él.

—Deja que te ayude, por favor.

Caminaron hacia el terreno en construcción, pero no habían recorrido ni la mitad del camino cuando el teléfono de Rowan empezó a vibrar con una llamada. Lo sostuvo frente a él como pidiendo permiso a Tegan para responder. El guerrero de la primera generación asintió con la cabeza.

Rowan se llevó el aparato al oído y Brock observó en un estado de alarma creciente cómo palidecía la cara del agente.

—Debe de haber algún error —murmuró—. El Refugio Oscuro entero… Dios santo.

Brock se dirigió hacia Tegan, sintiendo que se iba quedando

helado por dentro mientras Rowan seguía diciendo palabras de incredulidad hasta desconectar finalmente la llamada.

—¿Qué ocurre? —preguntó Tegan, que se acercó a paso rápido ante la señal de Brock—. ¿Qué demonios ha pasado?

—El Refugio Oscuro de Lazaro Archer —murmuró Rowan—. Ha ardido esta noche. Hubo una supuesta fuga de gas y una explosión masiva. No ha habido supervivientes.

Durante un largo rato nadie dijo una palabra. Una ligera ráfaga de nieve se arremolinaba bajo la invernal luz de las estrellas, el único movimiento en una noche que de pronto se había vuelto fría y oscura como una tumba.

Y entonces, al otro lado de la calle, el joven Kellan enterró el rostro entre las manos y comenzó a llorar. Con sollozos torturados de pura angustia. El chico sabía lo que había perdido esa noche. Lo sentía. Y cuando alzó la vista con los ojos llenos de lágrimas y destellos de un furioso brillo ámbar, Brock vio la rabia que ya comenzaba a arder en el corazón del joven.

Desde esa noche ya no volvería a ser el chico que había sido. Igual que su abuelo, que a varios metros de distancia cubría con su cuerpo a su hijo ensangrentado, Kellan Archer nunca olvidaría ni perdonaría la muerte y el dolor que había sufrido esa noche de forma tan traicionera.

—Limpiemos este lugar y salgamos de aquí —dijo finalmente Tegan—. Llevaré al chico y a su abuelo en el Rover. Ahora están bajo la protección de la Orden.

Capítulo veintisiete

*L*azaro Archer rechazó estoicamente la oferta de la Orden de llevarlo hasta los restos de su Refugio Oscuro para despedirse. No deseaba ver los escombros de su vida. Habían arrebatado la vida a casi una docena de personas inocentes, incluida la de su amada compañera de sangre de hacía varios cientos de años. Aunque el informe oficial de la Agencia de la Ley había atribuido la explosión a un escape de gas, todos en la Orden y también Lazaro sabían lo que había sido realmente el incidente. Una completa matanza, llevada a cabo bajo las órdenes de Dragos.

El dolor de Archer tenía que ser profundo, pero cuando llegaron al recinto era la viva imagen del control emocional. Recién duchado, se había deshecho de las ropas manchadas de sangre y se había puesto un traje limpio de trabajo de la Orden que había encontrado en la habitación de suministros. Lazaro Archer parecía transformado, una versión más oscura y más imponente del civil de la estirpe que había estado en el laboratorio de tecnología la noche antes, desesperado por encontrar a su nieto. Sombrío, contenido, parecía decidido a concentrar toda su atención en la salud y el bienestar de su nieto y único heredero sobreviviente.

—Kellan dice que no recuerda mucho del secuestro —murmuró Lazaro mientras él y Lucan observaban al chico a través de la ventana de su cuarto de recuperación en la enfermería. En ese momento el joven estaba limpio y descansando, en compañía de la pequeña Mira, que se había ofrecido a leer junto a su cama—. Dice que se despertó en ese edificio infestado de ratas, helado y con las armas apuntándole. Los golpes no empezaron hasta que estuvo consciente. Cuenta que los bastardos le dijeron que querían que gritara y sufriera.

La mandíbula de Lucan se tensó al oír los abusos a los que había sido sometido el joven.

—Ahora está a salvo, Lazaro. Los dos lo estáis. La Orden se ocupará de eso.

El otro vampiro de la primera generación asintió.

—Aprecio todo lo que estáis haciendo por nosotros. Como la mayoría de los civiles, sé que la Orden valora su privacidad, especialmente cuando se trata de sus cuarteles. Me doy cuenta de que no debe de ser fácil para vosotros permitir la entrada a extraños en el recinto.

Lucan alzó una ceja en señal de reconocimiento. Solo había habido unas raras excepciones, empezando por Sterling Chase y la compañera de Tegan, Elise, hacía más de un año, y el caso reciente de Jenna Darrow. Durante más de un siglo antes de ellos, no había habido excepciones.

Por mucho que a Lucan le disgustara dar su brazo a torcer, él no era el líder rígido y frío que daría la espalda a alguien en caso de necesidad. Mucho tiempo atrás tal vez sí lo fue… antes de conocer a Gabrielle. Antes de saber lo que era tener una familia y un corazón que late por otro con devoción.

Puso su mano en el ancho hombro del vampiro de la primera generación.

—Necesitas una casa segura, y el chico también. No encontraréis un refugio más seguro que este recinto.

En cuanto a cualquier preocupación que Lucan pudiera tener sobre el hecho de confiar la localización del recinto a Archer o a su joven nieto, Tegan le había asegurado que ambos estaban libres de sospecha. Tampoco es que Lucan desconfiara de la honestidad de ninguno de ellos.

Sin embargo, tenía cuidado de no entregar su confianza a ciegas. Debía ser cuidadoso. Últimamente, cada vez que miraba a su alrededor, sentía el peso de muchas vidas descansando sobre sus hombros. Era una responsabilidad que se tomaba muy en serio, demasiado consciente de que si Dragos quería atacar al corazón de la Orden lo haría en aquel mismo lugar.

Era una idea en la que no le gustaba pensar, pero a la vez no podía permitirse ignorarla.

Sería incapaz de soportar que la Orden, su familia, sufriera un golpe tan espantoso como el que había recibido la familia de

Lazaro esa noche. Todo lo que le quedaba al vampiro civil de la primera generación después de haber vivido mil años era el maltratado chico de la cama de la enfermería y el cuerpo de su hijo agujereado por las balas, que Tegan y el resto del equipo habían traído aquella noche de vuelta al recinto.

Lucan se aclaró la garganta.

—Si quieres hacer los ritos funerarios para Christophe por la mañana haremos las preparaciones necesarias.

Lazaro asintió sombrío.

—Gracias por todo, Lucan.

—Los alojamientos aquí en el recinto son limitados, pero podemos reorganizar algunas cosas y hacer espacio para ti y para Kellan en una de las habitaciones de literas. Sois bienvenidos y podéis quedaros tanto como necesitéis.

Archer hizo con educación un gesto de rechazo con la mano.

—Eso es más que generoso, pero tengo propiedades personales en otro lugar. Hay otros sitios donde yo y mi nieto podemos ir.

—Sí —replicó Lucan—, pero, hasta que podamos estar seguros de que tú y Kellan no estáis en peligro inminente por parte de Dragos, no me siento cómodo liberándote de la protección de la Orden.

—Dragos —dijo Archer, con la expresión de su rostro endurecida por la furia contenida—. Recuerdo ese nombre de los Tiempos Antiguos. Dragos y su progenie siempre fueron corruptos. Arteros, maquinadores. Moralmente decadentes. Dios santo, creía que el linaje entero había desaparecido hacía mucho tiempo.

Lucan gruñó.

—Permanece un hijo de la segunda generación, oculto durante décadas detrás de múltiples nombres falsos, pero no muerto. No todavía. Y hay algo más, Lazaro. Cosas que no sabes. Cosas que la población civil no desearía saber acerca de Dragos y sus maquinaciones.

Le sostuvo la mirada con ojos sombríos y jóvenes.

—Cuéntamelo. Quiero entenderlo. Necesito entenderlo.

—Ven —dijo Lucan—. Vamos a dar un paseo.

Guio a Archer lejos de la habitación de la enfermería donde

estaba su nieto. Los dos vampiros de la primera generación recorrieron en silencio una corta distancia mientras Lucan consideraba por dónde empezar a explicar todo lo que sabían acerca de Dragos. Finalmente decidió que empezaría por el principio.

—Las semillas de esta guerra contra Dragos fueron sembradas hace cientos de años —dijo, mientras él y Archer avanzaban por el pasillo de mármol blanco—. Debes recordar la violencia de aquella época, Lazaro. Tú pasaste por lo mismo que yo cuando los Antiguos se movían a su antojo, guiados por su sed de sangre y la emoción de la caza. Eran nuestros padres, pero tenían que ser detenidos.

Archer asintió con gravedad.

—Recuerdo cómo eran las cosas entonces. Puedo decirte todas las veces que fui testigo de la ferocidad de mi propio padre cuando era un muchacho. Parecía aumentar con el tiempo. Él se volvía cada vez más feroz y descontrolado, especialmente cuando regresaba de sus reuniones.

Lucan ladeó la cabeza.

—¿Reuniones?

—Sí —respondió Archer—. No sé dónde se reunían él y los otros Antiguos, pero a veces se ausentaba durante semanas o meses. Yo sabía cuándo había regresado a la zona porque los asesinatos en los pueblos humanos de los alrededores comenzaban de nuevo. Me sentí aliviado cuando finalmente se marchó. Fue para bien.

Lucan frunció el ceño.

—Mi padre nunca mencionó reuniones, pero sé que pasaba largos períodos errante. Sé que cazaba. Cuando mató a mi madre en un ataque de lujuria de sangre, supe que era el momento de poner fin a toda aquella carnicería.

—Recuerdo haber oído lo que le ocurrió a tu madre —replicó Archer—. Y recuerdo tu llamada a las armas a todos los hijos vampiros de la primera generación para aliarse contigo en una guerra contra nuestros padres alienígenas. Yo no creía que pudieras tener éxito.

—Pocos lo creyeron —recordó Lucan, pero eso no lo amargaba, ni entonces ni ahora—. Ocho de nosotros luchamos contra un puñado de Antiguos supervivientes. Creímos haber eliminado hasta el último de ellos, pero teníamos traidores en nuestras filas: mi hermano Marek resultó ser uno de ellos, y el otro fue el vampiro de la primera generación padre de Dragos. Conspiraron en secreto y construyeron una cripta oculta en la montaña donde escondieron al último de los Antiguos. Declararon que había muerto, pero lo mantuvieron protegido en estado de hibernación durante varios siglos. Finalmente lo extrajeron de la cripta y sobrevivió bajo el control de Dragos hasta hace poco. Dragos lo mantenía drogado y muerto de hambre en un laboratorio privado. No conocemos la extensión de la locura de Dragos, pero estamos seguros de una cosa: durante décadas ha estado usando al Antiguo para criar un pequeño ejército de vampiros de la primera generación. Esa prole ahora está al servicio de Dragos. Son sus asesinos personalmente criados por él.

—Dios santo —murmuró Archer, visiblemente consternado—. Me cuesta creer que todo esto sea cierto.

A Lucan le hubiera pasado lo mismo, si no fuera porque lo había vivido. Pensó en todo lo ocurrido en el curso del pasado año. Todas las traiciones y revelaciones, los secretos explosivos y tragedias inesperadas que habían apuñalado profundamente la estructura de la Orden y sus miembros.

Y la lucha no había acabado. Su fin ni siquiera se hallaba cerca.

—Hasta ahora, Dragos ha conseguido eludirnos, pero cada día nos acercamos más a él. Logramos hacerle perder terreno al destrozar la que probablemente fue su primera localización. Perdió otra pieza clave cuando el Antiguo logró escapar de algunos de sus hombres en Alaska. Seguimos el rastro de la criatura y acabamos con ella. Pero gran parte del daño ya ha sido hecho —añadió Lucan—. No sabemos cuántos asesinos de la primera generación consiguió crear Dragos ni dónde pueden estar. Pero estamos intentando encontrarlos. Y tenemos a uno de ellos trabajando con nosotros. Se unió a la Orden no hace mucho, tras liberarse de los lazos de Dragos.

El rostro de Archer adquirió una expresión de cautela.

—¿Crees que eso es prudente? ¿Poner vuestra confianza en alguien que ha estado tan estrechamente unido a Dragos?

Lucan inclinó la cabeza.

—Yo al principio tenía las mismas reservas, pero Cazador

ha demostrado sobradamente que merece la confianza de la Orden. Tú has podido comprobarlo por ti mismo, Lazaro. Él estuvo esta noche contigo y ayudó a matar a los asesinos de Christophe.

El vampiro de la primera generación soltó un improperio por lo bajo.

—Ese guerrero me salvó la vida. Nadie podía haber actuado lo bastante rápido como para salvar a mi hijo, pero si no fuera por Cazador yo tampoco estaría aquí ahora.

—Es un hombre honorable —dijo Lucan—. Pero fue engendrado y criado para convertirse en una máquina de matar. Basándonos en las descripciones que hemos recibido sobre los secuestradores de Kellan, estamos seguros de que fueron tres de los cazadores de Dragos los que entraron a tu casa para llevárselo.

—Creo haber oído decir a alguno de los guerreros esta noche que los secuestradores asesinados en el interior del edificio eran humanos... secuaces.

Lucan asintió.

—Sí, lo eran. Por alguna razón quisieron tener el mismo aspecto que los individuos que se llevaron a Kellan, pero los secuaces formaban parte de un plan mayor. Al igual que el ataque en tu Refugio Oscuro, no me cabe duda.

—¿Pero por qué? —murmuró Archer—. ¿Qué esperaba ganar arrebatándome a casi toda mi familia y reduciendo mi casa a cenizas?

—Todavía no tenemos la respuesta, pero no descansaremos hasta conseguirla. —Lucan se detuvo en el pasillo, cruzando los brazos sobre el pecho—. Dragos nos ha obligado a enfrentarnos a un infierno últimamente, y mis entrañas me dicen que solo estamos viendo el principio de lo que es capaz. Recientemente hemos descubierto que tiene secuaces como mínimo en una de las agencias gubernamentales de los humanos. No hay duda de que hay otras malas noticias por venir.

Archer soltó otro juramento.

—Y pensar que todo esto ha estado sucediendo delante de nuestras narices. Lucan, no sé qué decir, más allá de que lamento no haberte dado mi apoyo antes. No puedes saber cuánto siento todo esto.

Lucan sacudió la cabeza.

—No es necesario. Esta lucha pertenece a la Orden.

La expresión de Lazaro era seria y llena de determinación.

—A partir de ahora la lucha también es mía. Estoy en esto, Lucan. Por todos los medios en que pueda servirte a ti y a los guerreros, si aceptas mi oferta, por más tardía que sea, estoy en esto.

La limusina negra de Dragos subió al bordillo cubierto de nieve donde esperaba su teniente, malhumorado y congelado debajo de una farola, con su abrigo negro de cachemir y su sombrero de ala.

Cuando el secuaz conductor frenó hasta detener el vehículo, el hombre de Dragos se acercó a la puerta trasera y entró en el coche. Se quitó el sombrero y los guantes y volvió el rostro hacia Dragos, que se hallaba junto a él en el asiento trasero.

—La Orden recibió el soplo sobre el edificio donde estaba retenido el muchacho, señor. Se presentaron allí esta noche, tal y como anticipábamos, junto con Lazaro Archer y su hijo y una unidad de la Agencia de la Ley. Los secuaces que custodiaban al chico fueron asesinados en la confrontación.

—No me sorprende —dijo Dragos con un ligero encogimiento de hombros—. ¿Y el agente Freyne?

—Muerto, señor. Él y sus hombres fueron asesinados por uno de los guerreros mientras pretendían llevar a cabo su misión. Christophe Archer fue eliminado, pero su padre todavía vive.

Dragos protestó. Si uno de los Archer tenía que sobrevivir al asesinato que él había organizado, hubiera preferido que fuera el otro, que muriera Lazaro en lugar de su hijo. Fuera como fuese, el ataque múltiple orquestado esa noche había sido todo un éxito. Había observado desde una distancia segura, en el interior de su limusina, cómo el Refugio Oscuro de Lazaro Archer explotaba en medio de la noche invernal como una bengala.

Había sido glorioso.

Una aniquilación total.

Y ahora tenía a la Orden precisamente cómo quería... Estaban confundidos y aislados.

Su teniente de la estirpe continuó relatando el resto de los acontecimientos de la noche.

—El fuego en el Refugio Oscuro se cobró todas las vidas que había en el interior, y he recibido informes de que Lazaro Archer no ha sido visto ni oído desde entonces. Aunque aún no tengo la confirmación, sospecho que tanto el vampiro de la primera generación como el chico están bajo la custodia de la Orden mientras hablamos.

—Muy bien —replicó Dragos—. Mientras Lazaro Archer todavía respire, difícilmente puedo llamar a esto una perfecta ejecución de mis órdenes. Pero si pretendiera perfección, debería encargarme de todo yo personalmente.

Su teniente tuvo la desfachatez de considerar eso una ofensa.

—Con mis debidos respetos, señor, pero, si hubiese sabido que la Orden cuenta ahora con uno de nuestros cazadores entre ellos, hubiera adoptado precauciones extras respecto al papel de Freyne en la misión de esta noche.

Dragos había vivido tanto que las sorpresas raramente tenían el poder de desconcertarlo. Pero esa nueva información —ese dato perturbador— realmente hizo que el pulso se le acelerara contra el esternón. La rabia llenó su cráneo, una furia fría que prácticamente le hizo escupir el insulto que le vino a la lengua.

—¿No lo sabía, señor? —preguntó su teniente, acurrucándose contra la puerta en un esfuerzo por poner la mayor distancia posible entre ellos.

—Un cazador —replicó Dragos, con chispas color ámbar brillando en el oscuro interior de la limusina—. ¿Estás seguro de que es verdad?

Su hombre asintió sombrío.

—Tenía cámaras de vigilancia sobre el terreno en construcción en más de una localización cercana. La forma en que se movía, el tamaño y la precisión de sus asesinatos... Señor, no cabe duda de que ese guerrero solo puede ser uno de vuestros cazadores.

Y había solo uno de sus asesinos, despiadados, criados y entrenados para matar, que había conseguido hallar la forma de escapar al control de Dragos. Que se hubiera aliado con la Orden era sencillamente una gran conmoción.

Dragos suponía que el cazador se había librado de su collar y había huido en la oscuridad, como un perro que se aleja perdido sin su amo. En realidad había supuesto que el asesino fugitivo a estas alturas se habría convertido en un renegado.

Pero no se esperaba esto.

Y mucho menos de aquel cazador en particular.

Había sido diferente desde el principio. De una eficacia escalofriante. Una inteligencia fría. Implacablemente disciplinado, pero sin embargo no sumiso. Esa fue la lección que no había sido capaz de aprender, por muy despiadada que fuese la manera de instruirlo.

Dragos debería haber eliminado a ese hijo de puta, pero era también el mejor asesino de su ejército personal de vampiros de la primera generación.

Y ahora por lo visto estaba del lado de Lucan y de los guerreros en aquella guerra.

Dragos rugió de indignación ante esa idea.

—Sal de mi vista —le gritó a su teniente—. Espera mis órdenes para empezar la siguiente fase del plan.

El otro macho de la estirpe se arrastró fuera del coche sin decir una palabra, cerró la puerta de un golpe tras él y se apresuró en dirección al otro lado de la calle.

—Conduce —ladró Dragos al secuaz que había detrás del volante.

Mientras la limusina se adentraba a toda velocidad en el bullicioso tráfico nocturno de Boston, se enderezó las solapas del esmoquin de seda italiano y se pasó las manos por el cabello peinado con estilo. A la tenue luz de la autopista, sacó del bolsillo de su chaqueta una invitación con relieve y leyó la dirección del evento político de recaudación de fondos al que acababa de acudir.

Una pequeña gota de sangre humana manchaba la esquina inferior del papel color marfil, todavía lo bastante fresca como para esparcirse ante la presión de su pulgar.

Dragos se rio por lo bajo, recordando lo complacidos que se habían sentido los del grupo de oficiales con su generosa donación.

Y qué sorprendidos se habían mostrado apenas unos minutos más tarde, al darse cuenta de lo que cada uno de ellos le debía como contraprestación.

Ahora, al recordarlo, se echó hacia atrás y cerró los ojos, dejando que el bullicio de la carretera lo arrullara mientras saboreaba el zumbido de poder que aún inundaba sus venas.

Capítulo veintiocho

*J*enna nunca había visto a Brock tan callado.

Él y los demás guerreros habían regresado hacía poco, acompañados por Lazaro Archer y su nieto. El alivio que supuso el rescate del chico fue severamente empañado por el coste que lo había acompañado. Mientras se organizaban para acomodar a los nuevos recién llegados en el recinto, Brock y los otros guerreros que habían tenido misión esa noche se dispersaron hacia sus propias habitaciones.

Brock apenas había dicho una palabra desde su regreso. Estaba cubierto de sangre y mugre, y en su rostro se dibujaba la tensión y el horror por lo que él y sus compañeros habían tenido que ver durante el rescate del chico. Jenna había caminado junto a él de regreso a la habitación que ahora compartían y se había quedado sola sentada en el borde de la cama, mirando fijamente la puerta cerrada del baño mientras él se duchaba al otro lado.

No sabía si a él le gustaba ahora tener compañía o si prefería la soledad, pero después de oír lo ocurrido en su patrulla le parecía que no podía quedarse allí sentada mientras él podía estar herido al otro lado de la puerta cerrada.

Caminó hasta allí y comprobó el pomo de la puerta. No estaba cerrada con llave, así que abrió la puerta una rendija y escudriñó en el interior.

Brock estaba desnudo bajo el chorro de la ducha, con sus dermoglifos de la espalda mirando hacia la puerta, las manos apretadas en un puño y apoyadas contra la pared de la ducha frente a él. Aunque ella no le veía ninguna herida, el agua corría teñida de rojo por su piel oscura antes de caer al desagüe a sus pies.

—¿Puedo entrar? —preguntó ella suavemente.

Él no respondió, pero tampoco le pidió que lo dejara a solas. Ella entró cerrando la puerta detrás. No necesitaba preguntarle si se encontraba bien. Aunque no parecía dañado físicamente, la tensión era evidente en cada uno de los músculos de su ancha espalda. Los brazos le temblaban y tenía la cabeza inclinada contra su pecho.

—Una familia entera ha volado en pedazos esta noche —murmuró, con la voz ruda y cruda por la emoción contenida—. La vida de ese chico nunca volverá a ser la misma.

—Lo sé —susurró ella, acercándose.

Él levantó la cara bajo la cascada de agua caliente y luego se pasó una mano por encima de la cabeza.

—Hay veces en que no me veo capaz de soportar tanto maldito dolor y tanta muerte.

—Eso es lo que te convierte en humano —dijo ella, y luego se rio en silencio al pensar en lo fácil que era para ella verlo como un hombre, su hombre, a pesar de todo lo que lo convertía en algo más que eso.

Demonios, se le estaba haciendo difícil pensar en ella como meramente humana. Se estaba convirtiendo en algo que no podía entender del todo —más y más cada día—, pero también estaba cada vez menos asustada de los cambios que tenían lugar en su interior. La estaban volviendo más fuerte, dándole el renovado sentido de un propósito… un renacimiento.

Se sorprendía ansiando con ganas la oportunidad de tener una vida diferente. Una nueva vida, tal vez justo allí, en aquel mismo lugar. Tal vez con Brock a su lado.

Después de la última vez que había estado en sus brazos se dio cuenta de que tenía menos miedo de los sentimientos que albergaba hacia él.

Fue esa falta de miedo lo que la impulsó a quitarse la camiseta y los pantalones holgados de yoga. Su sujetador y las braguitas fueron lo siguiente. Los lanzó al suelo, se metió dentro de la ducha con Brock y con los brazos envolvió su fuerte espalda.

Él se tensó ante el contacto, respirando bruscamente. Pero luego, sus brazos bajaron sobre los de ella y se quedaron allí, sus grandes manos le daban cálidas y consoladoras caricias.

—Estoy mugriento por la misión, Jenna.

—No me importa —dijo ella, dejando un rastro de besos en el suave y musculoso arco de su columna. Sus dermoglifos latieron con un color más intenso—. Deja que hoy me ocupe yo de ti, para variar.

Separó de él los brazos para coger la pastilla de jabón del estante de la ducha. Él permaneció inmóvil mientras ella llenaba sus manos con espuma y empezaba a enjabonar sus inmensos hombros y sus voluminosos bíceps. Le lavó la fuerte espalda, luego lentamente dejó que sus manos vagaran hacia abajo, pasando por su ceñida cintura y por ambos lados de sus esbeltas caderas.

Sintió el poderoso movimiento de su cuerpo mientras se colocaba frente a él, con las manos resbaladizas de jabón acariciando el borde de su ingle. Él ya tenía una erección antes de que la mano de ella llegara allí y gimió mientras sus dedos agarraban la base de su polla, jugando, pero todavía sin tocarla. Puso sus manos alrededor y reunió más espuma, luego se agachó detrás de él para limpiarle las piernas.

Él se estremeció mientras ella pasaba sus dedos enjabonados por detrás de sus muslos, apretando su cuerpo arrebatado contra el de él al levantarse, resbalando por la espuma de jabón que aún quedaba en su piel. Envolvió un brazo en torno a su cintura, y estiró la otra mano para acariciar su dura verga. Él lanzó un oscuro deseo mientras ella lo acariciaba y su sexo se hinchó todavía más dentro de su mano.

Ella encontró un ritmo que parecía complacerlo, y trabajó sin piedad, deleitándose en la sensación de que su cuerpo respondía al contacto. Con un gemido grave, él se inclinó hacia delante para apoyar un codo contra la pared de la ducha.

—Ah, joder, Jenna… Me encantan tus manos cuando me acarician.

Ella sonrió ante su halago, perdiéndose en su placer mientras lo acariciaba con más dureza y más intensamente. Él rezongó, impulsando su sexo entre los movimientos del puño. Entonces, antes de que ella pudiera hacerle perder todo el control, él soltó un crudo improperio entre sus dientes y sus colmillos apretados.

Se dio la vuelta para tenerla a ella de frente. Su polla erecta se alzó más arriba de su ombligo, dura como el acero pero ardiente como una llama cuando la atrajo contra él, sujetando con manos firmes la parte superior de sus brazos, agarrándola de forma feroz y posesiva. Su rostro atractivo mostraba afilados ángulos por la agonía de su pasión; sus ojos brillantes parecían carbones encendidos y sus colmillos blancos, desnudos y enormes mostraban un filo letal.

Jenna se relamió los labios, con la garganta de repente seca por la necesidad.

Él sabía lo que ella quería. Jenna pudo leer su comprensión con la misma seguridad con que él leía su hambrienta mirada.

La levantó del suelo, guiando sus piernas alrededor de su cintura para sacarla del baño y llevarla hasta la enorme cama que había en el dormitorio. Sus cuerpos estaban mojados, todavía cubiertos por la espuma en algunas zonas cuando cayeron juntos sobre el colchón, íntimamente enredados.

Él mantuvo las piernas de Jenna en torno a él mientras rodaba sobre su espalda para colocársela encima. En esta posición, empujó con determinación dentro de ella, llenándola por completo. Ella echó la cabeza hacia atrás y exhaló un lento suspiro de placer mientras él la penetraba hasta el fondo.

—Eres tan hermosa —murmuró, con sus manos vagabundeando sobre su sensible piel.

Ella abrió los ojos y le miró fijamente.

—Quiero ser hermosa para ti. Así es como me haces sentir.
—Jenna sostuvo su inquebrantable mirada de brillo ámbar, obligándose a no apartar la vista por la emoción que la embargaba. Se sentía segura junto a él. Lo bastante segura como para decirle lo que había en su corazón—. Me siento feliz, Brock; por primera vez en mucho tiempo. Me haces sentir tantas cosas…

—Jenna —murmuró él, ahora frunciendo el ceño, con una expresión muy seria.

Ella siguió adelante, pues ya había dado el paso más allá del abismo y estaba decidida a recorrer todo el camino.

—Ya sé que dijiste que no te gustaban las complicaciones o las relaciones largas. Sé que dijiste que no querías comprometerte…

—Ya estoy comprometido —dijo él, pasando las manos por ambos lados de su cuerpo y dejándolas descansar sobre sus caderas, allí donde sus cuerpos estaban íntimamente unidos. Se meció dentro de ella lentamente—. No puedo estar más comprometido. Dios, nunca llegué a planearlo, Jenna. Creí que jugaba un juego seguro, pero tú lo has cambiado todo. —Le acariciaba suavemente la mejilla y la línea de la mandíbula—. No tengo las respuestas en todo lo que tiene que ver contigo... con nosotros... y con lo que tenemos juntos.

Ella tragó saliva, sacudiendo la cabeza para negar en silencio.

—Yo no quería enamorarme —susurró—. No creí que jamás pudiera volver a hacerlo.

Él la abrazó con una mirada tierna.

—Y yo me dije que no lo haría.

Jenna separó los labios, sin saber muy bien lo que quería decir. Un instante más tarde, ya no importaba. Brock la hizo ponerse debajo de él y la besó, envolviéndola con sus brazos. Su boca apretó la de ella, su lengua le separó los labios y la volvió loca por la necesidad de más. Ella se afianzó bajo sus caderas, sintiendo un calor ardiente en su centro que se propagaba a lo largo de cada una de sus terminaciones nerviosas.

Ella se levantó, ahora jadeante, incapaz de dejar de moverse mientras su necesidad crecía a un extremo febril.

—Tú tienes el control, cariño —dijo él, con la voz densa y rasposa—. Toma todo lo que quieras.

Ella miró su garganta, observando la vena que latía con fuerza a un lado de su cuello. El hambre golpeaba en lo profundo de su interior, sorprendiéndola con su ferocidad. Apartó la mirada y se encontró con el parpadeante calor de sus ojos transformados.

—Lo que quieras —insistió él, más que entusiasmado ante la idea de que ella hiciera con él lo que quisiera.

Se movió contra él, saboreando la sensación de sus cuerpos unidos, ya medio mareada por la excitación. Su orgasmo se acercaba rápidamente. Trató de contenerlo, pero la sensación la inundó mientras cabalgaba desatada por el calor y el poder del sexo de Brock.

Él la observaba con ávido interés, subiendo los labios para mostrar los colmillos, con los tendones de su cuello como cuerdas tirantes mientras arqueaba los hombros por encima de la cama. Jenna no podía apartar los ojos del frenético latido de su pulso. Este hacía eco en sus huesos y en sus propias venas, en el impaciente ritmo de su cuerpo mientras se sacudía con el estallido repentino de su liberación.

—Sí —gruñó Brock, extendiendo las manos sobre la espalda de Jenna para no dejar que se apartara cuando el hambre crecía en ella como una marea—. Hazlo, Jenna. Toma todo lo que quieras.

Con un grito que no pudo contener, ella enterró la cara a un lado de su cuello y mordió con fuerza. La sangre llenó su boca, caliente, espesa, picante y dulce.

Brock soltó una ruda exclamación que sonó como cualquier cosa menos como un lamento. Su cuerpo se sacudió mientras empujaba profundamente dentro de ella, conduciendo su hambre a picos todavía más altos. Gritó cuando su orgasmo lo poseyó y Jenna sintió su alocado pulso tamborileando con fuerza en la punta de su lengua mientras cerraba los labios en torno a la vena abierta y comenzaba a beber de él.

Capítulo veintinueve

*H*abían pasado dos días desde el ataque a la familia de Lazaro Archer y la misión de rescate que había salvado la vida del joven Kellan. El chico se estaba recuperando físicamente de la captura y los malos tratos, pero Jenna sabía tan bien como cualquiera que sus cicatrices emocionales —la realidad de todo lo que había perdido en un solo momento infernal— permanecerían en él mucho después de que los cortes y moratones hubieran sanado. Solo esperaba que fuera capaz de encontrar la manera de sobrellevarlas en menos tiempo que ella y sin el dolor tan contraproducente que Jenna había sufrido.

Le deseaba lo mismo también a su abuelo, aunque Lazaro Archer no parecía necesitar la compasión de nadie. Una vez tuvo lugar en el recinto la ceremonia por su hijo Christophe, Lazaro se negó a seguir hablando de esa noche tan violenta. En el tiempo transcurrido desde entonces, se había entregado a trabajar estrechamente para la Orden. El vampiro civil de la primera generación ahora parecía tan resuelto como cualquier guerrero en ver destruida toda la operación de Dragos.

Jenna conocía esa sensación. Era enloquecedor pensar que alguien tan malvado como Dragos andaba suelto por el mundo. Estaba avanzando con su operación, lo que significaba que la Orden no podía permitirse dejar escapar ninguna oportunidad de contar con ayuda extra. Después de lo que Dragos había sido capaz de hacer a Lazaro Archer y a su familia, Jenna no podía dejar de preocuparse incluso más por el grupo de compañeras de sangre que estaban bajo su control.

Al menos en ese frente, había un brillo de esperanza. Dylan había recibido esa mañana una llamada de la administradora del hogar de retiro de la hermana Margaret Howland. La monja había recibido la noticia de que Dylan quería visitarla, y le excitaba la idea de tener un poco de compañía y conversación.

Jenna había sido la primera en ofrecerse como voluntaria cuando Dylan anunció la excursión de la tarde. Renata y Alex también se habían ofrecido a acompañarlas, todas ansiosas por comprobar si los bocetos de las compañeras de sangre cautivas dibujados por Claire Reichen darían algún fruto.

Ahora, mientras las cuatro mujeres viajaban hacia Gloucester en uno de los Rover negros del parque móvil de la Orden, todas albergaban la esperanza de que la hermana Margaret tuviera al menos algún momento de lucidez.

Incluso Lucan había reconocido que si pudieran obtener tan solo el nombre de una de las mujeres la misión valdría la pena.

A Brock no le había entusiasmado la perspectiva de que Jenna saliera del recinto, especialmente cuando había pasado tan poco tiempo de la violencia perpetrada contra Lazaro Archer y sus parientes. Estaba preocupado, como siempre y, aunque normalmente eso a ella solía irritarla, ahora su preocupación la reconfortaba.

Se preocupaba por Jenna, y ella tenía que reconocer que era muy agradable sentirse protegida por alguien. Más que eso, creía que Brock era un hombre que protegería su corazón con el mismo cuidado con que se ocupaba de su seguridad y bienestar.

Esperaba que así lo hiciera, porque en los últimos días… con sus increíbles noches… había dejado su corazón completamente abierto en sus manos.

—Ya hemos llegado —dijo Dylan desde el asiento del copiloto mientras Renata giraba por el camino de entrada al hogar de retiro—. El administrador me dijo que la hermana Margaret toma su té sobre esta hora en la biblioteca. Dijo que podemos entrar directamente.

—Ahí está. —Alex indicó una señal de bronce pegada en un banco de nieve frente a una modesta y pequeña cabaña de madera.

Renata aparcó en el terreno medio vacío y apagó el motor.

—Jenna, ¿podrías coger el bolso de mano de piel que hay en el maletero?

Jenna se dio la vuelta para coger el conjunto de carpetas y cuadernos del maletero y luego salió del vehículo junto a sus amigas.

Mientras Jenna pasaba por delante del Rover, Dylan le cogió el bolso de cuero y lo sostuvo contra su pecho. Frunció los labios y soltó un profundo suspiro.

Alex se detuvo cerca de ella.

—¿Qué ocurre?

—Toda mi investigación de los meses pasados está en juego en este momento. Si esto resulta ser un callejón sin salida no tengo ninguna pista para empezar a buscar en otra parte.

—Relájate —le dijo Renata, tomando a Dylan por los hombros en un abrazo fraternal—. Te has estado esforzando mucho en esta investigación. No la habríamos podido llevar tan lejos sin ti. Sin ti y sin Claire.

Dylan asintió, aunque no la había animado demasiado la arenga.

—Realmente necesitamos una pista decente. No creo que pudiera soportar tener que volver a empezar desde cero.

—Si tenemos que empezar de nuevo —dijo Jenna— simplemente trabajaremos más duro. Juntas.

Renata sonrió; sus ojos verde pálido brillaban mientras se abotonaba la gabardina de cuero para ocultar los cuchillos y el cinturón con la pistola, que se abultaban en sus caderas bajo el pantalón caqui.

—Vamos. Tomaremos un té con estas agradables señoras mayores.

Jenna pensó que sería prudente subir la cremallera de su abrigo también, puesto que Brock había insistido en que llevara un arma siempre que saliera del recinto. Le resultaba extraño llevar de nuevo una pistola, pero era un tipo de extrañeza diferente a la que había sentido en Alaska.

Todo lo que sentía era diferente ahora.

Ella era diferente, y le gustaba la persona en la que se estaba convirtiendo.

Y lo más importante, estaba aprendiendo a perdonar a la persona que había sido en Alaska.

Había dejado atrás una parte de sí misma en Harmony, una parte que nunca podría recuperar, pero mientras entraba en la cálida biblioteca de la cabaña con Renata, con Dylan y con Alex no podía imaginarse volviendo a ser la mujer que había sido antes. Ahora tenía amigas, y había un trabajo importante que hacer.

Y lo mejor de todo era que tenía a Brock.

Fue ese pensamiento el que dio más brillo a su sonrisa mientras Dylan las conducía hacia una delicada mujer mayor, que estaba sentada en silencio en un sofá con un estampado rosa, cerca de la chimenea de la biblioteca.

Sus ojos azules pestañearon un par de veces por debajo de la suave y sedosa corona de pelo blanco y rizado. Jenna todavía podía reconocer la expresión amable de la monja de la fotografía del refugio en el rostro arrugado que miraba con curiosidad a las mujeres de la Orden.

—¿Hermana Margaret? —dijo Dylan, sujetando su mano—. Soy Dylan, la hija de Sharon Alexander. Y estas son mis amigas.

—¡Oh, Dios mío! —exclamó la dulce monja—. Me dijeron que tendría compañía para el té hoy. Por favor, sentaos, chicas. Es tan raro que tenga invitados.

Dylan se sentó en el sofá junto a la monja. Jenna y Alex se sentaron al otro lado de la mesa de café, en un par de sillones orejeros. Renata se situó de espaldas a una pared, con los ojos fijos en la puerta… como una guerrera entrenada siempre en guardia.

No importaba que las únicas personas en la habitación aparte de ellas cuatro y la hermana Margaret fueran un par de damas con batas de algodón que cojeaban detrás de andadores metálicos y llevaban collares con llamada de emergencia junto a las cuentas de sus rosarios.

Jenna escuchó distraídamente mientras Dylan le daba un poco de conversación a la hermana Margaret y luego abordaba el propósito de su visita. Sacó un puñado de bocetos, tratando desesperadamente de hacer arrancar la memoria defectuosa de la monja. No parecía funcionar muy bien.

—¿Está segura de que no recuerda a ninguna de estas chicas como huéspedes del refugio? —Dylan colocó un par de bocetos más frente a la anciana mujer. La hermana miró con atención los rostros dibujados a mano, pero no hubo ningún brillo de reconocimiento en sus amables ojos azules—. Por favor, inténtelo, hermana Margaret. Cualquier cosa que recuerde podría sernos de gran ayuda.

—Lo siento, querida. Me temo que mi memoria ya no es la de antes. —Cogió su taza de té y tomó un sorbo—. Pero nunca fui buena con los nombres y las caras. Supongo que Dios me dio otras bendiciones.

Jenna observó cómo Dylan se desinflaba mientras comenzaba a recoger el material a regañadientes.

—No se preocupe, hermana Margaret. Agradezco que haya estado dispuesta a recibirnos.

—¡Oh, cielos! —soltó la hermana, dejando su taza sobre el platillo—. ¡Qué terrible anfitriona soy! He olvidado ofrecerles una taza de té.

Dylan cogió su bolso de mano.

—No es necesario. No deberíamos robarle más tiempo.

—Tonterías. Han venido a tomar el té.

Mientras se levantaba y arrastraba los pies hasta la pequeña cocina de la cabaña, Dylan dirigió una mirada de disculpa a Jenna y las demás. Y mientras la hermana trajinaba en la otra habitación, hirviendo el agua y disponiendo las tazas, Dylan recogió todos los bocetos y fotografías. Lo metió todo en el bolso de mano y lo colocó en el suelo junto a ella.

Después de unos pocos minutos, la aguda voz de la hermana Margaret llegó hasta ellas.

—¿La hermana Grace pudo ayudaros, querida?

Dylan levantó la mirada, frunciendo el ceño.

—¿La hermana Grace?

—Sí, la hermana Grace Gilhooley. Ella y yo éramos voluntarias en el refugio. Ambas pertenecíamos al mismo convento aquí en Boston.

—Dios bendito —murmuró Dylan, con un brillo de excitación en los ojos. Se levantó del sofá y fue hasta la cocina—. Me encantaría hablar con la hermana Grace. ¿Usted no sabe cómo podemos encontrarla, verdad?

La hermana Margaret asintió con orgullo.

—Por supuesto que lo sé. Vive a cinco minutos de aquí, junto a la costa. Su padre era capitán de barco. O pescador. Bueno, no recuerdo muy bien, a decir verdad.

—Perfecto —dijo Dylan—. ¿Puede darnos su teléfono o su dirección para contactar con ella?

—Puedo hacer algo mejor que eso, querida. Puedo llamarla personalmente y explicarle que te gustaría hacerle unas preguntas sobre esas chicas del refugio. —Detrás de la hermana Margaret, la tetera empezó a silbar. Ella sonrió, con tanta dulzura como una abuelita—. Primero tomaremos esa taza de té juntas.

Se tomaron la taza de té lo más rápido que pudieron sin parecer completamente maleducadas.

Aun así, les había llevado más de veinte minutos deshacerse de la dulce hermana Margaret Mary Howland. Afortunadamente, su ofrecimiento de telefonear a la hermana Grace demostró ser útil.

La otra monja retirada tenía por lo visto mejor estado de salud que su amiga, vivía sin asistencia y, por lo que Jenna y las otras oyeron de la conversación, parecía que la hermana Grace Gilhooley era capaz y estaba dispuesta a proporcionarles toda la información que necesitaran acerca de su trabajo en el refugio.

—Bonito lugar —señaló Jenna mientras Renata conducía el Rover a lo largo de la estrecha carretera junto a la costa que llevaba hasta una alegre construcción victoriana amarilla retirada en un saliente de tierra rocosa.

La gran casa se situaba en un terreno de unos dos acres. Era una postal en comparación con los emplazamientos de Alaska, pero sin duda se trataba de un lujo allí en la costa de Cape Cod. Con la nieve llenando el patio y pegada por un lado a las rocas y el océano azul metálico expandiéndose por el horizonte, la resplandeciente casa victoriana parecía tan saludable y acogedora como un rincón soleado en medio del frío invernal.

—Espero que aquí tengamos más suerte —dijo Alex, sentada junto a Jenna en el asiento de atrás, mientras miraba con asombro la impresionante finca. Atravesaron la valla blanca frente a la casa y luego giraron por un camino estrecho.

Mientras Renata aparcaba el Rover cerca de la casa, Dylan se movió para acercarse a ella desde su asiento.

—Si no consigue identificar a las mujeres desaparecidas del

refugio de Nueva York, quizás al menos sea capaz de decirnos los nombres de las compañeras de sangre de los dos nuevos bocetos que Claire Reichen nos ha entregado.

Jenna y Alex bajaron del coche y ambas fueron hacia la parte delantera del vehículo, donde se hallaban Renata y Dylan.

—No me había dado cuenta de que tenemos bocetos nuevos.

—Elise los recogió ayer en el Refugio Oscuro de su amiga.

Dylan le entregó a Jenna una carpeta de papel de manila y caminaron hacia la galería estilo cuento de hadas y el porche principal de la casa. Jenna abrió la carpeta mientras seguía a sus compañeras por los escalones de madera crujiente hasta la puerta principal. Dio un vistazo al trabajo de la artista, basado en lo que Claire recordaba de las caras vistas meses atrás, cuando su don de entrar en los sueños le había permitido el acceso inesperado a uno de los laboratorios ocultos de Dragos.

Dylan tocó la campanilla de la puerta.

—Cruza los dedos. Y reza una oración mientras lo haces.

Un ama de llaves apareció un momento más tarde y les comunicó educadamente que las estaban esperando. Mientras tanto, Jenna examinó los dos bocetos con más atención... y el corazón le dio un vuelco y cayó como una piedra en su estómago.

La imagen de una joven con el pelo liso, oscuro y brillante le devolvía la mirada con ojos en forma almendrada. El delicado rostro le resultaba familiar, aunque el dibujo a lápiz no capturaba plenamente el impacto de su exótica belleza.

Corinne.

La Corinne de Brock.

¿Podía ser realmente ella? ¿Cómo era posible? Él estaba seguro de que estaba muerta. Brock le había contado que había visto el cuerpo de la compañera de sangre después de haberlo rescatado del río. También había mencionado que habían transcurrido meses desde su desaparición y el momento en que encontraron el cadáver, y que lo único que permitió identificarla fueron sus ropas y el collar que llevaba el día de su desaparición.

Oh, Dios, ¿podría en realidad estar viva? ¿Habría ido a parar a manos de Dragos y era su prisionera desde entonces?

Jenna estaba demasiado atónita como para hablar, demasiado aturdida para hacer algo más aparte de seguir a sus amigas al interior de la casa después de que el ama de llaves las invitara a pasar. Una parte de ella estaba conmovida ante la esperanza de que una joven a la que daban por muerta estuviera en realidad viva.

Sin embargo, otra parte de ella se sentía atenazada por un miedo oscuro y vergonzoso... el temor de que este nuevo descubrimiento la llevara a perder al hombre que amaba.

Tenía que contárselo a Brock lo antes posible. Era lo correcto... Él debía saber la verdad. Tenía que ver el boceto y determinar si la sospecha de Jenna tenía fundamento.

—Por favor, instalaos cómodamente. Voy a avisar a la hermana Grace de que estáis aquí —dijo la agradable mujer antes de dejarlas solas en el salón principal.

—Alex —murmuró Jenna, dándole un ligero tirón en la manga de su abrigo—. Necesito telefonear al recinto.

Alex frunció el ceño.

—¿Qué ocurre?

—Este boceto —dijo, mirándolo con más atención y esta vez con la certeza total de que Claire Reichen había visto a Corinne cuando entró en sueños en la guarida de Dragos—. Reconozco el rostro de esta mujer. Lo he visto antes.

—¿Qué? —replicó Alex, cogiendo la carpeta para observarlo personalmente—. Jen, ¿estás segura?

Renata y Dylan se acercaron también, las tres compañeras de Jenna apiñadas a su alrededor en el tranquilo salón de la casa. Ella señaló el delicado rostro de la mujer de pelo oscuro del boceto.

—Creo que sé quién es esta compañera de sangre.

—Por supuesto, querida —dijo una fría voz femenina—. Dilo.

La mirada de Jenna se alzó de repente hasta el otro lado de la habitación, donde un par de serenos ojos grises la miraban fijamente, en un rostro arrugado y en apariencia amable. Con su pelo largo y plateado recogido en un moño, una bata celeste de flores y una chaqueta blanca de punto, la hermana Grace Gilhooley parecía salida de una pintura de Norman Rockwell.

Pero eran sus ojos los que la delataban.

Esos ojos vacíos y el pinchazo de los nuevos sentidos de Jenna, que se encendieron como un árbol de Navidad tan pronto como la mujer entró en la habitación.

Jenna le sostuvo la afilada mirada, advirtiendo al instante lo que ocurría con la hermana Grace.

—Maldita sea —dijo, recordando el peculiar aspecto de los ojos de los hombres del FBI que habían intentado matarla a ella y a Brock en Nueva York apenas hacía unas días. Jenna lanzó una mirada a Renata—. Es una maldita secuaz.

Capítulo treinta

—*E*s la décima vez que compruebas ese chisme desde que estamos aquí. —Brock sonrió a Dante mientras el guerrero, padre ansioso y expectante, se apartaba del grupo en la habitación de armas para mirar de nuevo su busca—. Maldita sea, amigo, estás tan nervioso como un gato.

—Tess está echando la siesta en nuestro cuarto —replicó Dante—. Le he dicho que me escriba si necesita algo.

Por lo visto no había ningún mensaje desde su última consulta hacía cinco minutos, así que dejó el aparato sobre la mesa y regresó hasta el polígono de tiro donde Brock, Kade, Río y Niko lo esperaban para retomar las prácticas.

Mientras Dante recuperaba el lugar entre sus compañeros, Niko lo escudriñó con fingida intensidad, acercándose y observando fijamente su rostro antes de encogerse de hombros con un gesto exagerado.

—Será posible… En realidad no hay nada.

—¿Qué? —preguntó Dante, frunciendo sus cejas negras—. ¿Qué diablos estás haciendo?

Niko sonrió, dejando ver sus hoyuelos gemelos.

—Solo buscaba un anillo en la nariz o algo así. Me imaginé que Tess te habría instalado uno junto a la corta cadena a la que estás sujeto.

—Que te jodan —dijo Dante soltando una risotada. Señaló con un dedo en dirección a Niko—. Te recordaré esto cuando sea Renata la que esté embarazada de ocho meses y medio y te toque a ti preocuparte.

—No es necesario que esperes eso —intervino Kade—. Renata ya lo tiene entrenado para saltar ante sus órdenes. Probablemente también está sujeto a una cadena.

—¿Ah, sí? —Niko hizo el gesto de desabrocharse el pantalón—. Dame un segundo y te lo demuestro.

Brock negó con la cabeza ante sus compañeros, sin sentirse parte de las bromas y la despreocupada charla sobre las compañeras de sangre y los bebés que pronto habría en camino. No podía dejar de pensar en Jenna, y en cómo podría encontrar la manera de que tuvieran un futuro juntos.

Ella no era una compañera de sangre, y eso lo turbaba. No por el hecho de que nunca podrían tener descendencia. Ni siquiera por la ausencia de un lazo de sangre, que los conectaría el uno al otro inexorablemente mientras siguieran vivos.

No necesitaba un lazo de sangre para reforzar lo que sentía por ella. Ya era su compañera, de todas las maneras que importaban. La amaba y, aunque no estuviera seguro de cómo sería su futuro juntos, no podía ni tan siquiera empezar a imaginarse viviendo sin ella.

Miró a los otros guerreros que estaban con él en la habitación de armas y supo que moriría por Jenna si tuviera que hacerlo, como cualquier otro macho de la estirpe unido a una mujer por un lazo de sangre.

Al pasar la mirada por Kade, Niko y Dante, se dio cuenta de que Río llevaba varios minutos en silencio. El guerrero español marcado con cicatrices estaba apoyado contra una pared cercana, mirando a la nada mientras se frotaba el puño distraídamente contra el pecho dibujando un pequeño círculo.

—¿Estás bien, Río?

Él alzó la mirada hacia Brock con un vago encogimiento de hombros. Su puño continuó dibujando círculos, justo sobre su corazón.

—¿Qué hora es?

Brock comprobó el reloj, al otro extremo de las instalaciones.

—Casi las tres y media.

—Las mujeres deberían llamar en cualquier momento —dijo Kade. Su mirada parecía preocupada también, sus ojos plateados brillaban con una nota de ansiedad.

Niko dejó su arma y cogió el teléfono móvil.

—Llamaré a Renata. De repente tengo una sensación que no me gusta.

—Sí —se mostró de acuerdo Kade—. ¿No creerás que ha ocurrido algo, verdad?

Aunque a Brock no le gustaba la expresión repentinamente seria que apareció en sus compañeros, trató de convencerse de que todo iba bien. El viaje que habían hecho Jenna y las otras mujeres era solo un pequeño trayecto hasta Cape. La visita a una monja de setenta años, por el amor de Dios.

Jenna iba armada, y Renata también, y ambas sabían cómo arreglárselas por sí mismas. No había razón para preocuparse.

Dante se puso a caminar, frunciendo el ceño oscuramente, mientras Niko esperaba con un prolongado silencio que su compañera atendiera la llamada.

—¿No hay respuesta?

—No —contestó Niko en voz baja.

—Madre de Dios —soltó Río apartándose de la pared—. Algo ha asustado a Dylan. Puedo sentir su miedo en mis venas.

Brock registró la señal de alarma viajando a través de sus otros compañeros en ese momento.

—¿Vosotros dos también? —preguntó, lanzando una mirada seria a Kade y a Niko.

—Mi pulso se ha acelerado —dijo Kade—. Ah, mierda. Algo va mal con Alex y las demás.

—No anochecerá como mínimo hasta dentro de una hora —les recordó Dante, sombrío ante la advertencia.

—No tenemos tanto tiempo —dijo Niko—. Tenemos que ir tras ellas ahora.

Con la mirada de Dante puesta en él, Brock se colocó al lado de los otros guerreros, sintiéndose perdido y a la deriva, dependiendo de que los instintos de ellos lo ayudaran a guiarse hasta la amenaza a la que por lo visto se estaban enfrentando ahora Jenna y las compañeras de sangre.

Dios bendito. Jenna estaba en peligro y él no tenía ninguna pista.

Podía estar agonizando en aquel mismo momento y él no lo sabría hasta que no se hallara ante su cuerpo.

Esta revelación fue tan fría como la muerte misma; alcanzó su pecho y le agarró el corazón como un puño helado.

—Vamos —ladró a sus compañeros.

Los cuatro juntos salieron corriendo de la habitación de armas, cogiendo sus revólveres y sus equipos antes de irse.

En el mismo instante, Jenna y Renata apuntaron con sus pistolas a la sonriente monja secuaz, cuyos ojos muertos parecían mirar a través de ellas como si no estuvieran allí.

Como si no fueran nada ni significaran nada.

Jenna no tenía duda de que para aquella mujer así era. Ellas no significaban nada.

Detrás de la hermana Grace, había ahora de pie dos hombres corpulentos. Habían estado acechando entre las sombras del pasillo a su espalda, y avanzaron hacia delante incluso antes de que Jenna y Renata levantaran sus pistolas para disparar. Los ojos de los hombres tenían la misma mirada fría que los de la monja. Cada uno de ellos sostenía una gran pistola: una apuntaba a Renata y otra a Jenna.

La situación de empate se prolongó en cauteloso silencio durante un momento, tiempo durante el que Jenna valoró las formas posibles de desarmar a uno de los hombres o a los dos sin arriesgarse a que Alex o Dylan resultaran dañadas en el proceso. Pero desgraciadamente eso no parecía viable. Incluso si pretendía usar la velocidad de reflejos que su implante supuestamente le permitía, el riesgo de que sus amigas resultaran heridas era demasiado alto.

Y había más malas noticias.

Desde algún lugar a su izquierda, apareció otro secuaz y apoyó el cañón frío de un revólver contra su cabeza.

La monja sonrió con su sonrisa falsa.

—Voy a tener que pediros, chicas, que dejéis vuestras armas ahora.

Renata no se movió. Tampoco lo hizo Jenna, a pesar del chasquido metálico que se oyó cuando el secuaz que había a su lado cargó una bala.

—¿Cuánto tiempo llevas trabajando para Dragos? —preguntó a la mujer de mente esclava—. Él es tu amo, ¿verdad?

La hermana Grace pestañeó, sin inmutarse.

—Un momento, querida. Baja tu arma. La alfombra sobre la que estás parada ha pertenecido a mi familia desde hace más de doscientos años. Sería una lástima estropearla si Arthur o Patrick hacen explotar un jodido agujero en tu pecho.

El pecho de Jenna se encogió de miedo ante la idea de que alguna de sus amigas resultase herida por esos secuaces gilipollas. Esperó con tensión, en un silencio aterrorizado, observando cómo los músculos del delgado brazo de Renata perdían algo de su tensión. Jenna creyó que estaba a punto de obedecer, pero la mirada de soslayo que le dirigió repentinamente pareció indicar otra cosa.

Jenna reconoció esa mirada con un movimiento prácticamente imperceptible de la suya. Tendría una única oportunidad para efectuar su movimiento. Una sola fracción de segundo para hacer que funcionara o para perderlo todo en un instante.

Renata soltó un suspiro que pretendía parecer resignado.

Comenzó a bajar el revólver...

Mientras lo hacía, Jenna convocó toda la velocidad que pudo reunir de los tendones y nervios de sus miembros humanos. Se dio la vuelta con ciega velocidad y atrapó la muñeca del secuaz que la apuntaba con la pistola. Él gritó de dolor y toda la habitación se sumió en un estado de caos.

En lo que a Jenna le pareció un movimiento lento, pero que probablemente transcurrió en una fracción de segundo, apuntó con su pistola al secuaz caído y le disparó dos balas en la cabeza. Renata, mientras tanto, había disparado a uno de los dos que se hallaban detrás de la monja. Cuando el segundo de los secuaces comenzó a chorrear por el pecho una fuente de sangre, la hermana Grace se dio la vuelta para correr por el pasillo.

Jenna estaba ante ella antes de que pudiera llegar a dar dos pasos.

Saltó sobre la secuaz, cortándole el paso de inmediato. Apoyó las manos sobre la mujer y la empujó por la espalda, lanzando por el aire al monstruo de pelo gris, que cayó sobre el suelo del salón mientras Renata daba una sacudida de corriente al último de los secuaces dejándole el cuerpo temblando y sangrando sobre la alfombra que había sido una reliquia de la hermana Grace.

Jenna se lanzó hacia la monja secuaz, que huía desesperadamente, y la atrapó bajo la delicada funda de seda del sofá que había cerca de la ventana.

—Comienza a hablar, perra. ¿Cuánto tiempo has estado sirviendo a Dragos? ¿Ya le pertenecías cuando trabajabais en el refugio?

La secuaz sonrió con los dientes manchados de sangre y negó con la cabeza.

—No sacaréis nada de mí. No me asustáis. La muerte no me da miedo.

Mientras hablaba, se oyeron un par de pesadas pisadas provenientes del piso inferior. Dos secuaces más subían desde el sótano. La puerta del pasillo se abrió de golpe e irrumpieron en el salón. Renata se dio la vuelta y les dio directamente en el centro de la cabeza, deteniéndolos en seco.

Dylan dejó escapar un pequeño grito de triunfo mientras la casa quedaba en silencio de nuevo.

Y entonces... se oyeron débiles sonidos de voces que procedían del sótano.

Voces femeninas.

Más de una docena de voces distintas, todas gritando y llorando, llamando a quien fuera que pudiera oírlas.

—Dios bendito —murmuró Alex.

Dylan abrió los ojos con asombro.

—No creerás...

—Vamos a averiguarlo —dijo Renata. Se volvió hacia Jenna. ¿Estarás bien aquí arriba?

Jenna asintió.

—Sí, estoy bien. Puedo retenerla hasta que volváis. Marchaos.

La hermana Grace aprovechó la distracción momentánea para moverse en el pequeño sofá, hurgando en el bolsillo de su chaqueta. Jenna volvió a mirarla justo a tiempo para ver que se metía algo pequeño dentro de la boca. Tragó rápidamente, engullendo el objeto. Los tendones de su garganta se contrajeron. Y le empezó a salir espuma a borbotones por la boca.

—¡Oh, mierda! —gritó Jenna—. ¡Se está envenenando!

—Está muerta. Olvida a esa perra —dijo Renata—. ¡Baja con nosotras, Jenna!

Ella se apartó de la secuaz, dejando su cuerpo convulsionando en el suelo. Corrió junto a las otras mujeres por los escalones de piedra que conducían al enorme sótano, débilmente iluminado, que parecía esculpido en las escarpadas rocas de la península.

Cuanto más profundo bajaban mejor se oían los gritos de ayuda.

—¡Os oímos! —gritó Dylan a las aterrorizadas mujeres—. ¡Todo está bien, os hemos encontrado!

Jenna no estaba preparada para lo que les aguardaba en el sótano que se ensanchaba ante ellas. Excavada en la roca, había una larga celda, cubierta por una rejilla de hierro. Dentro había más de veinte mujeres… sucias, despeinadas, vestidas con batas de laboratorio hechas jirones. Algunas estaban embarazadas. Otras parecían crías delgadas y pálidas. Se las veía como los peores prisioneros de guerra, descuidadas y abandonadas, la mayoría de los rostros demacrados e inexpresivos.

Miraban fijamente a sus rescatadoras, algunas de ellas mudas de asombro, otras sollozando suavemente, mientras las había que lloraban abiertamente con grandes sacudidas.

—Oh, Dios —susurró alguien, tal vez la propia Jenna.

—Vamos a sacarlas de aquí —dijo Renata con voz rígida—. En alguna parte ha de haber una llave que abra esta condenada reja.

Dylan y Alex comenzaron a buscar en el espacio oscuro. Jenna caminó hacia el rincón más alejado, escudriñando en las sombras que parecían continuar para siempre en los agujeros de la cueva del viejo sótano. Con su visión periférica, captó el ligero movimiento de manos de una de las mujeres cautivas. Trataba de llamar la atención de Jenna, señalando el túnel más débilmente iluminado que se extendía en la oscuridad.

Tratando de alertarla.

Jenna oyó el sonido casi imperceptible de unas pisadas viniendo de la oscuridad. Volvió la cabeza justo a tiempo para ver el reflejo metálico de un movimiento rápido. Entonces sintió el repentino golpe del cuerpo de otro secuaz, que salía disparado hacia ella y casi la tumbó.

—¡Jenna! —gritó Alex—. ¡Renata, ayúdala!

El disparo resonó como un cañón en el sótano cerrado. Las mujeres cautivas gritaron y retrocedieron ante el sonido.

—Todo está bien —gritó Jenna—. Está muerto. Todo va a salir bien.

Se quitó de encima el bulto sin vida y salió reptando. Se oyó un sonido metálico cuando el secuaz rodó sobre su espalda y exhaló el último aliento.

—Creo que he encontrado la llave —dijo ella, inclinándose sobre él para sacarle del bolsillo de sus pantalones un llavero con varias llaves.

Corrió hasta la celda y comenzó a probar cuál de ellas servía para abrir la reja. La sangre del secuaz le había mojado el abrigo y las palmas de las manos, pero no le importaba. Lo único que le importaba ahora era sacar a las prisioneras de aquel lugar.

El cerrojo se abrió al segundo intento.

—Oh, gracias a Dios —dijo Dylan con un grito ahogado—. Vamos, salid todas fuera. Ya estáis a salvo.

Jenna abrió de golpe la gran reja de hierro y observó con una sensación de orgullo y alivio cómo la primera de las prisioneras comenzaba a salir de su prisión arrastrando los pies. Una a una, todas las mujeres fueron saliendo, libres por fin.

Capítulo treinta y uno

*L*os guerreros se hallaban tan solo a unos pocos kilómetros de la localización cuando Río recibió una llamada frenética de Dylan, para contarle todo lo que había ocurrido. A pesar de que habían sido advertidos, a pesar de que sabían que Dylan, Alex, Renata y Jenna de alguna manera milagrosa habían encontrado y liberado a las mujeres prisioneras de Dragos durante tantos años, Brock y sus compañeros sentados en el todoterreno de la Orden no estaban preparados para la visión que los esperaba cuando tomaron la carretera de la costa y divisaron la gran casa amarilla entre las rocas.

El sol acababa de comenzar a ocultarse al otro lado del horizonte, proyectando las últimas y largas sombras a través del patio cubierto de nieve junto al alto edificio victoriano. Y en ese patio, cubriendo la puerta principal, envueltas en mantas, antiguos edredones y colchas de ganchillo, había fácilmente una docena de jóvenes mujeres desaliñadas y demacradas.

Compañeras de sangre.

Otras ya estaban en el Rover aparcado en el camino. Y otras estaban todavía saliendo de la casa junto a Alex y Dylan.

—Dios bendito —susurró Brock, sobrecogido por la enormidad de lo que había ocurrido.

Renata estaba de pie cerca del Rover, ayudando a algunas de las antiguas prisioneras a acomodarse en el asiento trasero.

¿Dónde demonios estaba Jenna?

Brock examinó toda la zona con una mirada rápida, con el corazón latiendo fuertemente en su pecho. Dios, ¿qué pasaría si estaba herida? Dylan sin duda lo habría dicho si hubiera habido alguna víctima, pero eso no evitaba que se le formara una roca en el estómago. Si le ocurriera algo a ella…

—Aguanta —dijo Niko mientras entraba con el coche por el camino y luego dirigía el vehículo por el césped.

Brock bajó de un salto antes de que se detuviera del todo. Tenía que ver a su mujer. Tenía que sentirla cálida y a salvo en sus brazos.

Corrió a través del patio helado, recorriendo la distancia en pocos segundos.

Alex alzó la vista cuando se dirigió hacia ella.

—¿Dónde está? —preguntó—. ¿Dónde está Jenna? ¿Qué le ha ocurrido?

—Está bien, Brock. —Alex señaló hacia la puerta abierta de la casa, por donde se veía el cadáver sangriento de al menos un secuaz—. Jenna se está asegurando de que el resto de las mujeres salgan a salvo de la celda donde estaban prisioneras.

Flaqueó ante la noticia de que ella estaba bien, incapaz de ocultar su alivio.

—Tengo que verla.

Alex le dedicó una cálida sonrisa mientras conducía a una de las pálidas y temblorosas compañeras de sangre hacia los vehículos que las aguardaban. Él siguió adelante y se dispuso a saltar por encima de la galería.

—¿Brock?

La débil voz femenina, tan inesperada, tan remotamente familiar, lo hizo detenerse en seco. Algo crujió en su cerebro. Una chispa de incredulidad.

Una fuerte sacudida de reconocimiento.

—Brock... ¿de verdad eres tú?

Lentamente, se dio la vuelta para toparse con una diminuta mujer de pelo oscuro que se hallaba de pie en el camino, a unos pocos pasos del porche. No se había fijado al pasar junto a ella un momento antes. Dios santo, no sabía si la hubiera reconocido de encontrarla por la calle.

Pero conocía su voz.

Por debajo de la suciedad y el cabello desaliñado que daba a sus mejillas un aspecto cetrino, su piel de alabastro estropeada por la mugre y los arañazos, él se dio cuenta de que en efecto también reconocía su rostro.

—Oh, Dios mío. —Se sintió como si alguien le hubiera extraído de golpe todo el aire de los pulmones—. ¿Corinne?

—Eres tú —susurró ella—. Nunca creí que volvería a verte.

Su rostro se arrugó y luego se quebró en sollozos. Corrió hacia él, lanzando sus delgados brazos alrededor de su cintura y llorando con fuerza sobre su pecho.

Él la abrazó, sin saber muy bien qué hacer.

Sin saber ni siquiera qué pensar.

—Estabas muerta —murmuró—. Desapareciste sin dejar rastro, y luego arrojaron tu cuerpo al río. Yo lo vi. Estabas muerta, Corinne.

—No. —Ella sacudió la cabeza vigorosamente, todavía sollozando y sacudiendo su pequeño cuerpo—. Me secuestraron.

La furia lo invadió, ardiendo por debajo de la conmoción y la incredulidad.

—¿Quiénes te secuestraron?

—No lo sé. Me secuestraron y me retuvieron prisionera durante todo este tiempo. Me hicieron… cosas. Me hicieron cosas terribles, Brock.

Ella se hundió en su abrazo, aferrándose a él como si no quisiera dejarlo marchar nunca. Brock la abrazó, aturdido por todo lo que estaba oyendo.

No sabía qué decirle. No tenía ni idea de cómo podía ser cierto lo que decía.

Pero lo era.

Ella estaba viva.

Después de tantos años, década tras década de culparse por su muerte, Corinne de repente estaba viva, respirando y entre sus brazos.

Jenna subió las escaleras del sótano detrás de la última de las prisioneras. Apenas podía creer que aquello hubiera acabado, que ella y Renata, y Dylan y Alex realmente hubieran localizado a las mujeres y hubieran conseguido liberarlas.

Su corazón todavía latía con fuerza en su pecho, su pulso todavía estaba acelerado por la adrenalina y un profundo sentimiento de realización, o de alivio al saber que el tormento de esas cerca de veinte mujeres indefensas por fin había terminado. Condujo a la última a través del salón, pasando por delante de los secuaces asesinados, y la guio hacia la galería. Había anochecido, y el patio estaba inundado de serenos tonos azules.

Jenna respiró el aire fresco mientras bajaba los escalones del porche detrás de la mujer que arrastraba los pies. Alzó la vista hacia el camino, donde Renata y Niko ayudaban a algunas de las mujeres a entrar en el Rover. Río, Dylan, Kade y Alex estaban ocupados en el césped cubierto por la nieve delante de la casa, acomodando a más mujeres en otro de los todoterrenos de la Orden.

Pero fue la visión de Brock lo que la hizo quedarse congelada en su sitio.

Sus pies simplemente dejaron de moverse, y en su corazón se abrió una grieta al verlo abrazando tiernamente a una mujer menuda de pelo oscuro.

Jenna no necesitaba ver su rostro para saber que era el del boceto de Claire. O que la frágil belleza que Brock envolvía tan suavemente en sus brazos era la misma joven de la fotografía que había conservado durante todos estos años en que la creía muerta.

Corinne.

Por algún milagro del destino, el antiguo amor de Brock había vuelto a él. Jenna contuvo un amargo sollozo, percatándose de que le había sido concedido lo imposible: el don del amor resucitado.

Por mucho que le desgarrara el corazón ser testigo de aquello, no podía evitar sentirse conmovida por su tierno encuentro.

Y no era capaz de interrumpirlo, aunque anhelara desesperadamente ser ella la que se hallara en aquel momento al abrigo de sus brazos.

Armándose de valor, dio un paso fuera del porche y pasó ante ellos para continuar la evacuación de las otras prisioneras liberadas.

Capítulo treinta y dos

*B*rock alzó la mirada y vio que Jenna se alejaba de él, hacia la actividad que tenía lugar en el camino de la entrada.

Estaba a salvo.

Gracias a Dios.

El corazón le dio un vuelco en el pecho, saltando con tanto alivio al verla que sintió que podría explotarle dentro de la caja torácica.

—¡Jenna!

Ella se dio la vuelta lentamente y el alivio que él había sentido un momento atrás se extinguió completamente. Su rostro estaba afligido y pálido. La parte delantera de su abrigo estaba hecha jirones y manchada de un intenso color escarlata.

—Oh, Dios. —Se separó de Corinne y corrió hacia Jenna. La agarró por los hombros y la miró de arriba abajo, sus sentidos de la estirpe abrumados ante la presencia de tanta sangre derramada—. Oh, Dios, Jenna… ¿Qué te ha ocurrido?

Puso mala cara al negar con la cabeza y apartarse de él.

—Estoy bien. La sangre no es mía. Uno de los secuaces intentó atacarme en el sótano y yo le disparé.

Brock silbó, atormentado por la preocupación aunque ella se hallara ahora delante de él, asegurándole que no había resultado herida.

—Cuando oí que algo no iba bien por aquí… —Su voz se ahogó en un crudo insulto—. Jenna, estaba tan aterrado ante la idea de que pudieras estar herida.

Ella negó con la cabeza, sus ojos avellana parecían tristes pero firmes.

—Estoy bien.

—Y Corinne —soltó él, lanzó una mirada hacia donde estaba ella, pequeña y triste, una débil sombra de la chica vibrante que había desaparecido en Detroit décadas atrás—. Está viva, Jenna. Estaba prisionera aquí junto con las otras.

Jenna asintió.

—Lo sé.

—¿Que lo sabes? —Él la miró ahora confundido.

—Uno de los nuevos bocetos de Claire Reichen me hizo descubrirlo —explicó ella—. Lo vi cuando llegamos aquí, y reconocí el rostro de la fotografía de Corinne que guardas en tus habitaciones.

—No puedo creerlo —murmuró él, todavía atónito ante lo que acababa de oír—. Me ha dicho que alguien la raptó aquella noche. No sabe quién. No tengo ni idea de quién sería el cuerpo que vi, ni de por qué estaba preparado para que pareciera el de ella. Dios mío… No sé qué pensar sobre todo esto.

Jenna le oyó divagar, con expresión paciente y comprensiva. Mucho más calmada que él. Fiel a su costumbre, permanecía firme como una roca, la fría profesional, aunque hubiera atravesado una experiencia infernal.

La emoción lo inundó, el respeto que sentía por ella era inmenso en aquel momento.

Como también lo era su amor por ella.

—¿Te has dado cuenta de lo que has conseguido aquí? —le preguntó, acercándose para pasar los dedos por su mejilla salpicada de sangre—. Dios mío, Jenna. No podría estar más orgulloso de ti.

La besó y la atrajo hacia él, dispuesto a decirle allí mismo y en aquel momento cuánto agradecía tenerla en su vida. Quería gritar su amor por ella, pero la profundidad de sus sentimientos había devorado su voz.

Y de repente, demasiado pronto, Jenna se apartó de sus brazos. Ambos fueron alertados por el sonido de unos pasos que se aproximaban. Brock se volvió para enfrentarse a Nikolai y Renata. Dylan pasó ante ellos para rescatar a Corinne y conducirla gentilmente hacia el Rover que esperaba con la puerta abierta en el camino de la entrada.

Niko se aclaró la garganta incómodo.

—Siento interrumpir, amigo, pero tenemos que movernos. El Rover está casi lleno, y Río ha llamado al recinto para que envíen un par de vehículos más para recoger al resto de las mujeres. Chase y Cazador vienen hacia aquí con transporte adicional.

Brock asintió.

—Necesitarán alojarse en algún sitio.

—Andreas y Claire han ofrecido abrir su casa en Newport para todas las prisioneras —respondió Renata—. Río llevará el otro todoterreno hasta allí ahora.

—Exacto —añadió Niko—. Kade y yo nos quedaremos aquí con Renata y Alex para limpiar la escena y esperar que lleguen Chase y Cazador con vehículos extras para el resto de las mujeres y uno para nuestro regreso al recinto.

—Necesitamos a alguien que conduzca el Rover hasta Newport —dijo Renata.

Brock estaba dispuesto a ofrecerse voluntario, pero apenas podía soportar la idea de apartase de Jenna, aunque fuera tan solo las pocas horas del viaje.

Desgarrado, le lanzó una mirada.

—Ve —dijo ella débilmente.

Él quería cogerla en brazos y no dejarla marchar jamás.

—¿Estarás bien hasta que regrese?

—Sí, voy a estar bien, Brock. —Su sonrisa era triste. Las manos le temblaron cuando le dio un ligero abrazo. Lo besó, rozando apenas los labios sobre los de él—. No tienes que preocuparte por mí ahora. Haz lo que tengas que hacer.

—Tenemos que ponernos en marcha —lo presionó Niko—. Es necesario limpiar el lugar antes de que algunos humanos empiecen a curiosear.

Brock aceptó con desgana, apartándose de Jenna. Ella asintió débilmente mientras él se alejaba otro paso.

Se dio la vuelta y caminó hacia el Rover que lo esperaba. Al sentarse en el vehículo y dar marcha atrás para disponerse a seguir a Río, una parte de él no podía dejar de sentir que el casto beso que Jenna le había dado era algo más que un simple adiós.

A Jenna y a los demás les llevó más de una hora ocuparse de los secuaces muertos y despejar la enorme casa de todos los rastros de la batalla que allí había tenido lugar. Cazador y

Chase habían ido y vuelto con las últimas prisioneras, y dejaron uno de los todoterrenos de la Orden para que el equipo de limpieza regresara al recinto.

Jenna había trabajado en pesado silencio, estaba cansada y emocionalmente agotada mientras ayudaba a Alex a cargar una de las alfombras manchadas de sangre hasta el maletero del vehículo de la Orden.

No podía dejar de pensar en Brock. No podía dejar de decirse que había cometido un terrible error al dejarle ir a Newport con Corinne.

Deseaba desesperadamente llamarlo y rogarle que regresara. Pero por mucho que deseara reclamar que le pertenecía, no podía ser tan injusta.

A él le había sido concedido un milagro aquella noche, y ella no era capaz de concebir la idea de quitárselo.

¿Cuántas veces había rezado para tener una segunda oportunidad con Mitch y Libby después de haberlos perdido? ¿Cuántas veces había deseado que sus muertes fueran tan solo un error cósmico que pudiera repararse de alguna forma? ¿Cuántas veces había esperado, más allá de toda esperanza, que un giro imposible del destino le devolviera el amor que había perdido?

Ahora se preguntaba si aún sería capaz de rezar esas oraciones y tener esos deseos. Sabía que no podía. Hacerlo sería negar lo que sentía por Brock, y eso le parecía aún más imposible que esa milagrosa condición reversible de la muerte.

Pero al mismo tiempo, no podía pedirle a Brock que hiciera ese tipo de elección.

Aunque le hiciera pedazos el corazón dejarlo marchar.

Un oleada de tristeza acompañó aquel pensamiento. Se agarró a un lado del Rover, notando que las piernas apenas la sostenían.

Alex se hallaba a su lado en aquel instante.

—Jen, ¿estás bien?

Ella asintió débilmente, sintiéndose de repente más que vacía por dentro. La cabeza le daba vueltas y la visión se le empezó a borrar.

—¿Jenna? —Alex se colocó frente a ella y dejó escapar un grito ahogado—. Oh, Dios mío. Jenna, estás herida.

Mareada, ella miró la zona por donde Alex le estaba desabrochando el abrigo manchado de sangre. Al separar la gruesa lana vio la terrible verdad que había hecho palidecer el rostro de su amiga.

La mente de Jenna recordó el secuaz que la había atacado en las sombras del sótano. Le vino a la memoria el brillo de un objeto metálico que sostenía en la mano. Un cuchillo, adivinó ahora, mirando fijamente la pegajosa sangre roja que le empapaba la blusa y se derramaba a lo largo de una pierna, dejando un charco oscuro a sus pies en la nieve.

—¡Kade, deprisa! —gritó Alex, con pánico en la voz—. Renata, Niko… que alguien nos ayude, por favor. ¡Jenna está herida!

Mientras los otros se precipitaban fuera de la casa en respuesta, el mundo de Jenna comenzó a desvanecerse a su alrededor. Oía a sus amigos hablando ansiosamente a lo lejos, pero no podía mantener los ojos abiertos. No pudo evitar que las piernas se le doblaran.

Se apartó del vehículo y una pesada oscuridad cayó sobre ella.

Capítulo treinta y tres

*L*a casa de Andreas y Claire Reichen en Newport era un enjambre de ansiosa actividad cuando las compañeras de sangre rescatadas llegaron esa noche y comenzaron a acomodarse en la gran finca de Narragansett Bay. Brock y Río habían sido los primeros en llegar allí. Cazador y Chase lo habían hecho hacía un momento con el resto de las antiguas prisioneras y las estaban haciendo entrar.

—Increíble —dijo Reichen, de pie junto a Brock en el vestíbulo del segundo piso de la mansión a orillas del mar. El vampiro alemán y su compañera de sangre, nacida en Nueva Inglaterra, llevaban tan solo unos meses viviendo en la casa. La nueva pareja se había trasladado a Estados Unidos después de sobrevivir a una terrible experiencia en manos de Dragos y sus peligrosos aliados—. Claire ha estado obsesionada todo este tiempo después de lo que vio viajando en sueños al laboratorio de Dragos, pero ver de verdad a esas mujeres ahora, vivas y fuera de peligro después de todo este tiempo… Dios… es sobrecogedor.

Brock asintió, todavía sin poder dar crédito.

—Es muy generoso por vuestra parte alojarlas aquí.

—No podría ser de otra manera.

Ambos se dieron la vuelta cuando Claire salió de una habitación con una pila de toallas dobladas en el brazo. Bella y menuda, la mujer de pelo oscuro tenía un brillo propio al salir al vestíbulo y encontrarse con la mirada de aprobación de su compañero.

—Llevo mucho tiempo rezando para que llegara este día —dijo, moviendo sus intensos ojos marrones de Reichen a Brock—. Casi no tenía esperanzas de que pudiera realmente llegar.

—El trabajo que habéis hecho tú y el resto de las mujeres de la Orden ha sido completamente admirable —respondió él, seguro de que jamás olvidaría la imagen de Jenna y las demás guiando a las prisioneras liberadas de lo que había sido su prisión a un exterior de aspecto mucho más alegre.

Dios, Jenna, pensó. Ella había estado en su cabeza todo el tiempo. El único lugar donde ahora quería estar era a su lado… Quería sentirla a salvo y cálida en sus brazos.

Ella era la razón de que hubiera conducido en silencio hasta Rhode Island, atormentado por el hecho de que Corinne estuviera durmiendo en el asiento del copiloto junto a él —milagrosamente viva después de tantos años— aunque cada fibra de su ser se sintiera impulsado inextricablemente de vuelta hacia Boston.

De vuelta hacia Jenna.

Pero no podía simplemente alejarse de Corinne. Le debía más que eso. Por su culpa, por su falta de cuidado a la hora de protegerla, había sido apartada de todo cuanto conocía y obligada a soportar torturas innombrables en manos de Dragos. Por su culpa, su vida había sido destrozada.

¿Cómo podía limitarse simplemente a ignorar todo eso y retornar a la felicidad que había encontrado con Jenna?

Como conjurada por el peso de sus oscuros pensamientos, sintió la presencia de Corinne detrás de él.

Reichen y Claire no dijeron nada al verla, se apartaron a la vez y lo dejaron para que pudiera enfrentarse a solas al fantasma de sus errores del pasado.

Ella se había bañado y llevaba ropa limpia. Pero Dios, seguía siendo todavía tan pequeña y tan frágil. El jersey de lana de manga larga y los pantalones de yoga quedaban holgados en su diminuta figura. Sus mejillas estaban pálidas y demacradas. Y bajo esos ojos antes brillantes y de forma almendrada, ahora había oscuras ojeras.

Con el cabello negro recogido en una coleta, él podía ver que habían pasado los años desde la última vez que la viera a sus dieciocho. Aunque el paso del tiempo la haría tener ahora noventa, Corinne aparentaba tener unos treinta. Solo la ingestión regular de sangre de la estirpe había preservado su juventud, y a Brock le horrorizaba imaginar las circunstancias en que podía haber tenido lugar esa alimentación en los terribles laboratorios de Dragos.

—Jesús, Corinne —murmuró, acercándose mientras ella permanecía inmóvil y silenciosa a unos pasos de él en el vestíbulo—. No sé ni siquiera por dónde empezar.

Pequeñas marcas y cicatrices estropeaban el rostro que había sido perfecto en su memoria. Sus ojos seguían siendo exóticos, todavía lo bastante osados como para no amedrentarse bajo su acosador escrutinio, pero había otro matiz en su mirada ahora. Ya no existía aquel diablillo juguetón, aquella dulce inocencia. En su lugar había una superviviente, callada y calculadora.

Él se acercó para tocarla, pero ella lo hizo retroceder sacudiendo ligeramente la cabeza. Él dejó caer la mano, con el puño colgando a un lado.

—Oh, Dios, Corinne. ¿Podrás perdonarme alguna vez?

Ella frunció ligeramente las delgadas cejas.

—No...

Su suave negativa lo hundió profundamente. Se lo merecía, él lo sabía, y no era capaz de decir una palabra en su defensa. Le había fallado. Tal vez más que si hubiera muerto. Probablemente la muerte hubiera sido mejor que lo que habría tenido que soportar siendo prisionera de un bastardo como Dragos.

—Lo siento —murmuró él, decidido a pronunciar las palabras aunque arrugara la frente y estuviera negando silenciosamente con la cabeza—. Sé que mis disculpas ahora no significan nada. No cambian nada para ti, Corinne... pero quiero que sepas que no ha pasado un solo día que no pensara en ti y deseara haber estado allí. Desearía poder intercambiar lo que te ha ocurrido, mi vida en vez de la tuya...

—No —dijo ella, con la voz más fuerte esta vez—. No, Brock. ¿Eso es lo que piensas? ¿Que yo te culpo por lo que me ocurrió?

Él la miró fijamente, sorprendido por la falta de ira en sus ojos.

—Tienes todo el derecho de culparme. Se suponía que yo debía protegerte.

Su oscura mirada era ahora un poco triste.

—Lo hiciste. No importaba lo imposible que yo fuera, siempre me mantenías a salvo.

—No esa noche —recordó él sombrío.

—Esa noche… no sé lo que ocurrió —murmuró ella—. No sé quién me raptó, pero no había nada que tú pudieras hacer, Brock. Nunca debiste culparte. Nunca quise que pensaras eso.

—Te busqué por todas partes, Corinne. Durante semanas, meses… años después de que sacaran el cuerpo del río, tu cuerpo, creía yo, continuaba buscándote. —Respiró con dificultad—. Nunca debí haberte perdido de vista aquella noche, ni un solo segundo. Te fallé…

—No —dijo ella, sacudiendo la cabeza ahora lentamente, con el rostro desprovisto de cualquier recriminación, perdonándolo completamente—. Tú nunca me fallaste. Me enviaste de vuelta al interior del club esa noche porque pensaste que allí estaría a salvo. ¿Cómo ibas a saber que me secuestrarían? Tú siempre hiciste lo correcto conmigo, Brock.

Él sacudió la cabeza, atónito ante su absolución, humilde ante la resolución de su voz. Ella no lo culpó, y algo de la pesada culpa que había estado cargando durante tanto tiempo simplemente se esfumó.

En la ola de alivio que lo inundó, pensó en Jenna y en la vida que quería comenzar junto a ella.

—Estás comprometido con alguien —dijo Corinne, estudiando su silencio—. La mujer que nos ayudó hoy a salvarnos a todas.

Él asintió, sintiendo crecer el orgullo en su interior a pesar del dolor que todavía lo embargaba al contemplar a la joven que ahora se había convertido en una mujer seria y delicada después de tantos años prisionera de Dragos.

—¿Estás enamorado? —preguntó.

No podía negarlo, ni siquiera ante ella.

—Sí, lo estoy. Se llama Jenna.

Corinne sonrió tristemente.

—Es una mujer afortunada. Me alegra verte feliz, Brock.

Sobrecogido por la gratitud y la esperanza, no pudo contener el impulso de acercarse a Corinne y envolverla en un fuerte abrazo. Al principio ella estaba rígida, su pequeño cuerpo se estremeció como si el contacto la sobresaltara. Pero luego se aflojó ligeramente, dejando que las manos descansaran en su espalda.

Él la soltó después de un momento y se alejó para mirarla.

—¿Y qué hay de ti? ¿Estarás bien, Corinne?

Ella le sonrió débilmente mientras levantaba un frágil hombro.

—Lo único que necesito ahora es ir a casa. —Algo vacío y crudo, algo que parecía sangrar en su interior como si tuviera una herida abierta, ensombreció su mirada—. Lo único que necesito ahora es estar con mi familia.

El teniente de Dragos temblaba ante las malas noticias del día.

Todas las mujeres que Dragos llevaba recogiendo durante varias décadas para sus laboratorios privados —aquellas que habían sobrevivido a sus prolongados experimentos y requerimientos para la gestación— habían sido descubiertas y liberadas por la Orden.

Y aún peor, habían sido las mujeres de la Orden, y no los guerreros de Lucan, quienes hicieron el descubrimiento. La monja secuaz que servía a Dragos, primero en el refugio donde trabajaba localizando compañeras de sangre para su causa, y luego más recientemente como guardiana de su pequeña prisión junto al mar, había fallado a la hora de proteger sus intereses. La inútil imbécil había muerto, pero no antes de hacerle perder las veinte mujeres que tenía a su cuidado.

Y ahora la Orden había conseguido debilitar otro de los ladrillos de los cimientos de su operación.

Primero le quitaron su autonomía, terminando con sus años de poder sin freno como director de la Agencia de la Ley. Luego dieron con su laboratorio secreto, asaltando sus cuarteles y obligándolo a retirarse. A continuación dieron muerte al Antiguo, aunque Dragos probablemente habría puesto fin a esa criatura más pronto o más tarde.

Y ahora esto.

De pie en el interior del vestíbulo de la *suite* de Dragos en Boston, su teniente agitaba su sombrero frente a él como si fuera un trapo húmedo.

—No sé cómo consiguieron encontrar la localización de las prisioneras, señor. Tal vez habían estado vigilando la casa por alguna razón. Tal vez fue un puro golpe de suerte lo que las llevó hasta allí y…

El rugido furioso de Dragos silenció al instante aquel balbuceo. De un salto se levantó del sofá, lanzando el brazo hacia delante para golpear un jarrón de cristal con orquídeas que había apoyado en un delicado pedestal cercano. La pieza explotó contra la pared y se hizo pedazos, lanzando vidrio y agua y pedazos de flores en todas direcciones.

El teniente ahogó un grito asustado y saltó hacia atrás, golpeándose la espalda contra la puerta cerrada. Los ojos casi se le salían de las órbitas y su rostro estaba conmocionado por el miedo. Su expresión cobró un aire todavía más aterrorizado cuando Dragos fue hacia él hirviendo de rabia.

En esos ojos aterrados y abiertos como platos supo reconocer el recuerdo de la amenaza que había hecho a su teniente en aquella misma habitación de hotel una semana antes.

—Señor, por favor —susurró—. El secuaz es quien le ha fallado, y no yo. Yo solo soy responsable del mensaje, no del error.

A Dragos no le importaba nada de eso. Su ira había llegado demasiado lejos como para ser refrenada ahora. Con un grito de guerra animal que significaba más para Lucan y sus guerreros que para el pobre títere que ahora temblaba ante él, impulsó su puño y dio un puñetazo al pecho del vampiro. Le atravesó la ropa, la piel y los huesos como un martillo y le arrancó el órgano que latía frenéticamente en el interior de su tórax.

El teniente muerto cayó de golpe a sus pies. Dragos miró hacia abajo, con el puño cerrado empapado de sangre que caía en cascada hacia el cadáver y la alfombra blanca que había debajo de este.

Dragos tiró el corazón del vampiro como si fuese basura; luego echó la cabeza hacia atrás y soltó un bramido, haciendo vibrar el aire con su furia como el retumbar de un trueno.

—Ocupaos de toda esta basura —ladró al par de asesinos que miraban en silencio desde el otro extremo de la *suite* de hotel.

Fue al cuarto de baño para limpiarse aquella asquerosa sangre de las manos, y trató de calmarse con el pensamiento de que, aunque la Orden hubiera conseguido asestarle hoy otro golpe, todavía tenía la sartén por el mango. Era una lástima que todavía no se hubieran percatado.

Pero muy pronto se darían cuenta.

Tenía ahora su mirilla puesta de lleno en la Orden.

Y estaba más que preparado para apretar el gatillo.

Capítulo treinta y cuatro

*C*uando Jenna despertó, tenía ante su vista el techo de la enfermería del recinto. Pestañeó lentamente, a la espera de sentir en un costado el punzante dolor de una herida de cuchillo. En lugar de eso, sintió el cálido contacto de una suave caricia a lo largo de su brazo.

—Hola —dijo la voz profunda y aterciopelada que había estado oyendo en sus sueños—. Estaba esperando que abrieras esos preciosos ojos.

Brock.

Volvió la cabeza sobre la almohada y se sintió conmovida al verlo sentado junto a ella en la cama. Le pareció tan guapo, tan cariñoso y tan fuerte. Su intensa mirada marrón se deleitaba en ella, y su boca sensual se curvó con el ligero rastro de una sonrisa.

—Me llamaron a Newport y me informaron sobre tu herida —dijo, soltando un improperio por lo bajo—. Te vi la sangre a la salida de la casa, pero no sabía que era tuya. Necesitaba volver lo antes posible para asegurarme de que estabas bien.

Ella le sonrió, con el corazón latiéndole fuertemente al volver a estar cerca de él otra vez, aunque le daba miedo permitirse sentir felicidad, pues no sabía si había regresado tan solo para ayudarla a sanar.

—¿Cómo te encuentras, Jenna?

—Bien —respondió ella, y justo entonces se dio cuenta de que se sentía realmente muy bien físicamente. Se incorporó en la cama y echó a un lado la sábana y la manta que la cubrían. El profundo corte que había bajo sus costillas ahora no era más que una pequeña costra, la herida que sangraba tan copiosamente había desaparecido—. ¿Cuánto tiempo llevo aquí?

—Unas pocas horas. —La expresión de Brock se suavizó al mirarla—. Nos has sorprendido a todos, especialmente a Gideon. Sigue intentando averiguar qué es lo que ocurre con tu fisiología, pero al parecer tu cuerpo está aprendiendo a curarse por sí mismo. Regeneración adaptativa, creo que lo llamó. Dice que quiere hacerte más pruebas, pretende determinar si la regeneración podría tener también un impacto en el proceso de envejecimiento de tus células con el tiempo. Parece inclinado a creer que hay bastantes probabilidades de que así sea.

Jenna sacudió la cabeza, atónita. También irónicamente divertida.

—Sabes, empiezo a pensar que puede que tenga gracia eso de ser un *ciborg*.

—A mí no me importa lo que seas —respondió él con seriedad—. Simplemente me encanta ver que estás bien.

Durante el silencio que se alargó entre ellos, Jenna jugueteó con el borde de la sábana.

—¿Cómo están las otras mujeres… las compañeras de sangre rescatadas?

—Están alojadas en casa de Reichen. Va a ser un largo camino para muchas de ellas, pero están vivas y Dragos no podrá volver a tocarlas.

—Eso está bien —respondió ella en voz baja—. ¿Y Corinne?

El rostro de Brock adoptó una expresión solemne.

—Ha viajado al infierno y ha vuelto. Quiere volver a casa con su familia en Detroit. Dice que hay cosas de su pasado de las que debe ocuparse antes de poder pensar en su futuro.

—Oh —dijo Jenna.

Entendía el sentimiento de Corinne. Ella también había pensado mucho sobre su pasado y sobre las cosas que dejó inacabadas en Alaska. Cosas a las que había sido demasiado cobarde para enfrentarse antes pero que ahora estaba preparada para mirar de frente en cuanto fuera capaz.

Desde el rescate de las mujeres ese mismo día, también había estado pensando sobre su futuro. Le era imposible imaginárselo sin Brock en la ecuación, especialmente ahora que contemplaba su atractivo rostro, mientras sentía la calidez y el consuelo de su mirada oscura y sus suaves caricias.

—Corinne me ha pedido que la lleve de vuelta a casa —dijo. Fueron palabras que a ella le desgarraron el corazón.

Reprimió el impulso egoísta de rogarle que no fuera. En lugar de eso, asintió, y luego soltó lo que sabía que él necesitaba escuchar.

Cosas que lo aliviaran de cualquier culpa por lo que habían compartido juntos o por las tiernas promesas que él le había hecho antes de saber que su antiguo amor le sería devuelto a sus brazos.

—Brock, quiero agradecerte la forma en que me has ayudado. Me salvaste la vida, más de una vez, y has sido el hombre más bueno, más tierno y más generoso que he conocido nunca.

Él frunció el ceño, separando los labios como si fuese a decir algo, pero ella habló por encima de él.

—Quiero que sepas que estoy agradecida por la amistad que me has dado. Y sobre todo, estoy agradecida por la forma en que me has demostrado que puedo volver a ser feliz otra vez. No creía que pudiera volver a serlo, no de verdad. Y nunca pensé que fuera capaz de volverme a enamorar…

—Jenna —dijo él, con voz severa y frunciendo el ceño.

—Sé que tienes que irte con Corinne. Sé que yo no puedo ofrecerte ninguna de las cosas que ella sí te puede dar, como compañera de sangre. Tú y yo nunca podríamos tener hijos, ni un lazo de sangre. Está claro que no podemos compartir nada comparable a lo que podrías tener con ella. —Él negó con la cabeza, soltó una palabrota por lo bajo, pero no pudo detenerla hasta que ella acabó de decirlo todo—. Quiero que vayas con ella. Quiero que tengas tu segunda oportunidad…

—Deja de hablar, Jenna.

—Quiero que seas feliz —dijo ella, ignorando su petición—. Quiero que tengas todo lo que mereces tener con una compañera, incluso si eso significa que ha de ser sin mí.

Él finalmente la hizo callar con un intenso beso, colocando la mano en su nuca y atrayéndola hacia él. Luego alejó la cara para dedicarle una mirada apasionada y posesiva.

—Deja de decirme lo que tengo que hacer. —La besó de nuevo, con más suavidad esta vez; su boca cubría la de ella y su lengua exigía la entrada. Ella sintió su necesidad, y una emoción que parecía decir que nunca la dejaría marchar. Cuando finalmente la soltó, sus ojos oscuros brillaron con chispas color ámbar—. Por un maldito segundo, Jenna, renuncia al control y deja que otro se ocupe.

Ella lo miró fijamente, casi sin atreverse a tener la esperanza de saber a qué se estaba refiriendo.

—Estoy enamorado de ti —le susurró ferozmente—. Te amo, y me tiene sin cuidado que seas humana, un *ciborg*, alienígena o cualquier tipo de combinación entre las tres cosas. Te amo, Jenna. Quiero que seas mía. Tú eres mía, maldita sea. Da igual que podamos pasar juntos varias décadas o algo parecido a la eternidad. Tú eres mía, Jenna.

Ella aspiró de forma entrecortada, rebosante de alegría y alivio.

—Oh, Brock, te amo tanto. Hoy creí que te había perdido.

—Nunca —dijo él, mirándola profundamente a los ojos—. Tú y yo somos compañeros. Compañeros en todo ahora. Siempre voy a estar a tu lado apoyándote, Jenna.

Ella rio en medio de un sollozo y asintió con la cabeza temblorosa.

—Siempre estarás en mi corazón.

—Siempre —dijo él, y luego la estrechó en sus brazos para darle un profundo beso interminable.

Epílogo

*L*as botas de Jenna crujieron en la nieve iluminada por la luna cuando dio un paso por el inmaculado terreno sagrado a las afueras de la diminuta villa de Harmony, en Alaska. Habían transcurrido un par de días desde que despertara en el recinto de la enfermería, totalmente recuperada de la herida de puñal que había recibido durante el rescate de las compañeras de sangre cautivas.

Solo un par de días desde que ella y Brock habían prometido pasar su futuro juntos, como amantes, compañeros... pareja.

—¿Estás segura de que estás preparada para hacer esto? —le preguntó él, pasando su fuerte brazo alrededor de sus hombros.

Sabía que él odiaba el frío de ese lugar; sin embargo, el viaje al norte había sido sugerencia suya. Se había mostrado paciente y comprensivo, y ella sabía que sería capaz de quedarse allí para siempre si pensaba que necesitaba un tiempo extra. Su aliento dejaba un vapor en el aire helado de la noche, su atractivo rostro tenía un aire solemne y a la vez alentador bajo la capucha de su parka.

—Estoy preparada —dijo ella, dirigiendo una mirada llorosa al pequeño cementerio que se extendía soñoliento ante ella. Entrelazó sus dedos enguantados con los de él y caminaron juntos hacia el rincón más lejano del terreno, donde un par de altas lápidas de granito se alzaban una al lado de la otra sobre el espeso manto de nieve.

Estaba preparada para la oleada de emoción que la inundó mientras Brock y ella se acercaban a las tumbas de Mitch y de Libby por primera vez, pero aun así se le cortó el aliento. El corazón le dio un vuelco, la garganta se le contrajo y, por un momento, no estuvo segura de si realmente tendría la fuerza para pasar por eso.

—Estoy asustada —susurró.

Brock le apretó la mano, y su profunda voz le habló con suavidad.

—Puedes hacerlo. Yo voy a estar aquí, cerca de ti, todo el tiempo.

Ella alzó la mirada hacia sus ojos oscuros y firmes, sintiendo que su amor la envolvía, prestándole su fuerza. Asintió y luego continuó caminando, con los ojos humedecidos clavados en las letras grabadas que lo hacían parecer todo tan irrefutable.

Tan crudo y real.

Las lágrimas comenzaron a caerle en el momento en que pisó el terreno frente a las lápidas. Soltó la mano de Brock y se acercó más, sabiendo que tenía que hacer aquella parte sola.

—Hola, Mitch —murmuró suavemente, arrodillándose en la nieve. Colocó una de las dos rosas que traía en la base de la inscripción. La otra, que iba atada con un lazo rosado a un pequeño oso de peluche, la depositó cuidadosamente cerca de la lápida más pequeña—. Hola, chiquitina.

Durante un momento permaneció allí, escuchando el viento que soplaba a través de los pinos, con los ojos cerrados llenos de lágrimas mientras recordaba los tiempos felices con su marido y su hija.

—Oh, Dios —susurró, ahogada por la emoción—. Lo siento. Os echo tanto de menos.

No pudo contener el dolor. Este surgió a través de grandes sollozos… Salió toda la angustia y la culpa acumulada que había estado conteniendo en su interior desde la noche del accidente.

Nunca antes había sido capaz de sentir esa purga. Estaba demasiado asustada. Demasiado enfadada consigo misma para permitirse sacar el dolor y finalmente dejarlo ir.

Pero ahora no podía detenerlo. Sintió la firme presencia de Brock detrás de él, su salvavidas, su refugio seguro en medio de la tormenta. Se sentía más fuerte ahora, a salvo.

Se sentía amada.

Y aún había algo más milagroso para ella: se sentía digna de ser amada.

Murmuró unas pocas palabras más de despedida, tocó cada una de las lápidas y lentamente se puso en pie.

Brock estaba allí mismo, con los brazos abiertos esperándola para ofrecerle un cálido abrazo. Su beso fue dulce y calmante. La miró a los ojos, y le limpió suavemente las lágrimas con los dedos.

—¿Estás bien?

Ella asintió, sintiéndose más ligera a pesar del nudo que aún tenía en la garganta. Preparada para empezar su futuro con el extraordinario macho de la estirpe que amaba con todas las piezas de su remendado corazón.

Miró fijamente los cálidos ojos de Brock y lo cogió de las manos.

—Ahora estoy preparada para ir a casa.

Agradecimientos

Cada vez que escribo un libro, recuerdo lo afortunada que soy por trabajar con la gente tan talentosa y concienzuda que compone mis equipos de representantes y editores, tanto en Estados Unidos como en el extranjero. Muchas gracias por todo lo que hacéis. Es un privilegio trabajar con todos vosotros.

Gracias especialmente al equipo de mi hogar por los cuidados básicos y la alimentación, y por manejar las incontables cosas que tiendo a descuidar cuando estoy felizmente inmersa en mi escritura. No podría hacer esto sin vuestro amor y vuestro apoyo.

Y a mis lectores, os debo la gratitud por recibir a mis personajes con los brazos abiertos y por honrarme con el regalo de vuestro tiempo y amistad en cualquier lugar donde os sentéis a leer uno de mis libros. ¡Espero continuar disfrutando del viaje!